Daan Heerma van Voss (Ámst
es novelista e historiador. Ha
como uno de los autores más
generación y ha escrito para medios internacionales
como *Haaretz, Svenska Dagbladet, PEN International,
Vogue* y el *New York Times*. Sus obras han resultado
finalistas de varios galardones y recibió el
Premio Tegel en 2012 por sus extraordinarios
logros periodísticos. Su trabajo ha sido traducido
a varias lenguas.

LA ÚLTIMA GUERRA

DAAN HEERMA VAN VOSS

LA ÚLTIMA GUERRA

TRADUCCIÓN DE MARTA ARGUILÉ BERNAL

MALPASO

BARCELONA   MÉXICO   BUENOS AIRES   NUEVA YORK

PRIMERA PARTE

«Absolutley estamos aki!»

1988

1

Dos personas, un hombre y una mujer, de veinticuatro y veintidós años, congelados por el *flash*. Hasta entonces su relación había consistido en noches y mañanas, en dormir hasta tarde y despertar, reían y retozaban y se besaban, la repetición era embriagadora. Las sábanas húmedas y arrugadas parecían montañas de un mapamundi. En medio del mapa, había una hondonada de muelles agotados que ellos llamaban cariñosamente el hoyo de follar.

Una mañana cualquiera, él tomó su cámara y se subió a la cama. Ella yacía desnuda debajo de él, mordiéndose la punta del pulgar, el diafragma se le agitaba por la risa: aquella sería la imagen que él capturaría. En el momento de disparar, supo que ampliaría la foto y la enmarcaría. Debía colgarla sobre la cama de ella, así se aseguraría de que ella seguiría mirándolo. Aunque él no saliera en la foto, cada vez que ella la mirara, lo vería a él. Esa foto era la promesa que ambos le hacían al mundo.

Lo que ninguno de los dos sabía entonces era que cada vez les resultaría más difícil identificarse con aquellas versiones de sí mismos ancladas en el tiempo. Al principio aún se reconocían en ellas y coincidían en parte, pero el paso del tiempo demostraría que los años de aquella sencilla perfección habían quedado definitivamente atrás. Ya no conseguían sonreír como en aquella foto, el placer de aquel momento capturado parecía una apostilla sobre el silencioso presente; la mujer de la foto se reía de ellos.

Al final quedarían dos preguntas. ¿Qué vidas habían ocupado el lugar de la promesa? Y, sobre todo, ¿aprovecharían el hombre y la mujer su última oportunidad para cumplir aquella promesa o la dejarían pasar?

2013

2

—¿Quién es ese extranjero?

Esas fueron las primeras palabras que Abel Kaplan dirigió a Eva Kaplan, su esposa, aunque solo oficialmente. Estar callado lo había puesto nervioso. Ella no debía olvidar su presencia. Otra vez.

—¿Quién es ese extranjero?

Eva siguió sonriendo, qué bien se le daba, lanzó besos al aire, saludó a todo el mundo con la mano, se abrió paso entre la multitud y lo condujo hasta un rincón tranquilo de su gigantesco *loft*. Estaba rodeado de mujeres ataviadas con vistosas joyas que habían convertido su carrera en su hijo único, de hombres canosos con patillas afiladas. La gente de Eva. Kaplan y Eva se detuvieron junto una planta de interior que sin duda ella habría hecho traer de Surinam o de Brasil. Eva cogió dos copas de una hilera, una para él y otra para ella.

—Acabo de ver brochetas con una sola gamba —dijo Kaplan—. Que tú no comas esas cosas no significa que tus invitados deban pasar hambre. ¿O acaso te van mal los negocios?

Ella no se dejó provocar tan fácilmente. Ya no.

—Ahora mismo preguntaré si hay alguien que quiera brochetas con tres gambas. Y lo haré solo por ti. ¿Dejarás de chincharme entonces?

—Hacía tiempo que no oía esa palabra.

—Tú y tu eterna nostalgia lingüística.

Eva tomó un sorbito de su copa, su carmín rojo dejó la impronta de una boca fina y perfecta.

—¿Quién es ese extranjero? —preguntó él una vez más.

—¿Te refieres a ese inmigrante? ¿O prefieres retroceder aún más en el tiempo y decir «ese negro»?

—Comoquiera que se llame eso.

—¿Eso? —dijo ella sin necesidad de mirar hacia la sala. Solo había una persona que encajase con la descripción—. Eso, querido, es el señor Trustfull, Frank.

—El señor Trustfull, Frank. ¿Y qué hace el señor Trustfull, Frank?

—Trabaja en el ministerio.

—Interesante, el primer inmigrante en una de tus veladas. ¿Acaso el señor Trustfull, Frank, está aquí por ser tu nueva conquista?

Ella se acercó más y se le iluminó la cicatriz que tenía bajo el ojo derecho, camuflada por el maquillaje. Una herida de guerra en tiempos de paz, sufrida hacía quince años, la víspera de Año Nuevo, mientras preparaban juntos el pavo —una vez y nunca más— con un relleno de arroz salvaje y manzana. Ella se había quemado con la sartén, del susto se había echado para atrás y había chocado contra un armario. Una cajita metálica con especias de Andalucía había caído y le había golpeado con fuerza en la cara.

—¿Quieres saber si me acuesto con él? ¿Si el sexo es mejor? ¿Si me despierto mejor con él a mi lado?

Él levantó los dedos para hacerla callar, pero Eva ya había ganado aquella batalla: sabía cuánto odiaba él la banalidad. Ahora debería esforzarse por superarla, había que respetar aquella dinámica agotadora.

—No me importa en absoluto si ahora te lías con surinameses. Lo único que quiero saber es si eso amenaza con cambiar definitivamente nuestro acuerdo.

Un destello de vulnerabilidad surcó los ojos de Eva, algo del pasado, algo que lo excluía a él más aún: la vulnerabilidad de Eva ya no era asunto suyo.

—Pequeño Abel —suspiró ella—, sigues poniéndote grosero cuando tienes miedo. Y hazme el favor de no llamarlo acuerdo, porque no lo es.

Kaplan se encogió de hombros, ella se acercó más a él y se agachó para atarle los cordones de los zapatos como solía hacer antaño. Al enderezarse de nuevo, se le habían subido los colores a la cara.

—Gracias. Y hace tiempo que ya no tengo miedo.

Ella miró alrededor y palideció.

—Por cierto, estás guapa —comentó él. Ella asintió. El ambiente se había vuelto desconcertantemente tranquilo—. ¿Y bien? —insistió Kaplan con suavidad—. ¿Existe el riesgo de que todo cambie?

—Aún no. Tal vez. En fin, ahora debo volver con mis invitados. Bebe lo suficiente como para pasar desapercibido, pero no tanto como para emborracharte.

Sin esperar ninguna reacción, se alejó de él. Aquellas elegantes pantorrillas, el lunar en forma de murciélago en la corva derecha. No era fácil aceptar lo lejos que ella había llegado y lo poco que lo había necesitado a él para conseguirlo. El único baremo para medir el amor que nunca perdía vigencia era la pérdida. Pero no se puede vivir sin estropear nada, se dijo para sí.

Kaplan vio su imagen reflejada en la copa de champán, el cabello negro mate, su nariz fina, sus ojeras. Y, a su espalda, las numerosas luces de la gran ciudad que nunca envejecía. En dos grandes pantallas de plasma retransmitían en silencio una regata. San Francisco. ¿Qué tenía de malo el canal de remo de Bosbaan?

Mientras tanto, había decenas de personas apretujadas, cuchicheando, charlando y lanzándose besos al aire. Los cumplidos zumbaban incesantemente. Anunciaron algo, un breve discurso apenas inteligible resonó por la sala. Por todas partes había hombres que a Kaplan no le gustaban y mujeres con las que no hablaba formando grupitos parecidos, como anémonas de mar adhiriéndose a una roca. Al rato, todos se soltaban de nuevo y se entregaban a la corriente de chismorreos sobre quién había engordado y quién había sufrido un aborto, para acoplarse al corrillo siguiente.

En otros tiempos, el papel de Kaplan había estado más claro. Él había sido el hombre que estaba junto a ella, el centro de todos aquellos trajes giratorios: Eva Kaplan. Él había adoptado su apellido y ya no se había vuelto a desprender de él. Según el *midrash*, una persona tiene tres nombres. El que le ponen sus padres, el que utiliza el resto del mundo y el que consigue para sí. Este último es, con diferencia, el más importante de los tres. A aquellas alturas, casi se había olvidado de su primer nombre, le traía sin cuidado cómo lo llamasen los demás, pero el tercer nombre, Kaplan, era como una preciada cicatriz.

Cerró los ojos. Ahí estaba, entre anécdotas y risas. En las fiestas de Eva siempre tocaban música clásica. Esa noche, un trío de jóvenes serias, de pelo largo y brillante, daba la murga interpretando piezas archiconocidas con sus violines. Antes, cuando aún estaban juntos, Eva contrataba por un billete de diez al músico Elias Contrabas, de la Leidseplein, para que amenizara las conversaciones del pequeño salón con su himno interminable.

Entonces era la casa de ambos, pequeña, lo justo para ellos dos. Cada vez que ponían a hervir el agua para el té, la luz de la lámpara de pie palidecía un poco, no había suficiente potencia para tener encendidos varios aparatos a la vez. En invierno, los ratones patrullaban en busca de alguna miga de pan que hubiera podido caerse, en más de una ocasión habían roído parte de las braguitas de Eva. Ambos soñaban con una casa más grande, con tener suficientes estantes donde meter las pilas de libros que se habían ido acumulando por los rincones y una vajilla para cenas de verdad.

Empezaron a salir en 1986. Ella tenía veinte años, y él, veintiuno, esa edad se le antojaba ahora completamente irreal. ¿Quién era él a los veintiuno? Kaplan intentó recordarlo. Un desplazado. Ya por aquel entonces. Nunca se sintió unido a sus padres, aunque siempre tuvo curiosidad por la época que los había visto nacer, la responsable del silencio. A esa edad ya escribía, pero se guardaba las pruebas para sí.

Él estudiaba historia; ella, historia del arte. Los dos cursaban la misma asignatura, Historia del arte del Tercer Reich, a cargo del señor Van Donselaar, un hombre que parecía ya toda una reliquia.

Fue su nuca, el cabello recogido que tanto le acentuaba las líneas de la mandíbula y del cuello, un rostro que cabía definir como duro y suave a la vez, el rostro de una persona que jamás necesitaría a nadie. Era la prueba viviente de que aún había clases en Holanda: diferencias entre ellos y tú.

Eva se había matriculado demasiado tarde.

Durante las dos primeras clases fue él quien llevó la voz cantante, susurrando comentarios a sus compañeros, bromas eruditas. Entonces entró ella, pidiendo disculpas sin perder por ello un ápice de dignidad. Pasó por su lado, él vio por primera vez el lunar en la corva y enmudeció. La seguridad de Eva tenía algo de agresivo. De pronto, él no pudo imaginar nada más liberador que ser objeto de su mirada. Los chicos especulaban sobre su cuello, sus pechos, su vida. Se limitaban a especular; saber no sabían nada.

Un día en que suspendieron una clase, fueron a tomar algo juntos al bar de estudiantes. Fue ella quien rompió el hielo al quedarse absorta mirando la copa y comentar con aire soñador que le encantaba ver trocitos de corcho flotando en el vino tinto. Cediendo a un impulso, él le besó la mano. No era especialmente bueno con las mujeres, pero todo sería distinto con ella, él sería distinto con ella.

Así empezó todo, con vino y virutas de corcho. 1986. Resultó que Kaplan era capaz de hacer cosas con el cuerpo y la mente de Eva que jamás habría sospechado, sobre todo los primeros meses en los que el sexo era doloroso y las conversaciones —lo que ambos llamaban «auténticas conversaciones», sobre miedos y ambiciones—, difíciles, pero se acostumbraron el uno al otro, se olvidaron de estar solos. El tiempo discurría entre los momentos de cama. Al final del día, siempre había una sábana de matrimonio, sudor familiar, durmientes sobre la almohada, protegiéndose mutuamente del frío y los mosquitos, el mundo exterior no pintaba nada... y así un año tras otro.

Se casaron en 1993. Él tenía veintinueve años, y ella, veintisiete, buenas edades para empezar lo que ellos llamaban «la auténtica vida», pero mientras se hallaban bajo la *jupá*, el dosel nupcial que simbolizaba el techo bajo el cual iba a vivir la pareja, Kaplan se sintió de pronto abrumado por un peso. No podía mover la boca, le temblaban los párpados. Lo asaltó una premonición que le hizo pensar en lo despreocupado que había sido hasta entonces, lo descuidado. Supo que si algún día las cosas se torcían entre ellos, su pena sería más grande y sincera que la de ella, lo vio de pronto en los ojos de Eva.

Pero la punzada de oscura melancolía desapareció tan repentinamente como había llegado. Kaplan sonrió y se le aclaró la vista. ¿Había sido solo un espasmo de temor de la mente o un presagio? Si era un presagio, ¿cómo podía escapar de él? Quizá la vida adulta consistiera en no intentar escapar más. De un pisotón, hizo añicos la copa como si fuera el templo. *Mazel tov*, brotó de todas las gargantas.

A aquellas alturas de la velada ya debería haber entrado todo el mundo. La puerta se cerró: el portal por el que podría haber aparecido un último invitado potencialmente prominente se había cerrado. Kaplan hizo ademán de ir a coger una ostra de la bandeja, pero el hombre de las ostras tardaba demasiado en abrirlas y él se encaminó de nuevo a la mesa de las bebidas.

Un retazo de conversación fue saltando de hombro en hombro y revoloteó hasta a él, iba sobre la «vida social» de alguien.

No era un término fácil de ignorar. ¿Cuánta vida social le quedaba a él? Tenía su trabajo en el colegio, Judith yacía a veces a su lado, lo besaba. Y Eva aún estaba en su vida: en esas escasas veladas, Eva era suya.

Así lo había propuesto ella.

Al mes siguiente de haberse separado, lo llamó. Kaplan recordaba la conversación palabra por palabra. El engañoso alivio que sintió al oír su voz: como si de repente le quitasen toda la flema de la garganta, le despejasen el letargo de la cabeza.

Pero pronto se hizo evidente que Eva no quería que volviese. Era imposible. El daño era demasiado grande, dijo. Las semanas pasadas había llorado, implorado, maldecido. Había sufrido mucho, él mismo lo había visto. Su futuro juntos se había esfumado. Pero un *guet* era inadmisible. La frase clave: «Un Kaplan jamás se divorcia». El matrimonio era un baluarte, aunque estuviera hecho pedazos.

Lo único que ella necesitaba ahora, así se lo comunicó por teléfono, era la figura del marido, no al marido en sí. Sería solo de vez en cuando, le prometió. Apenas hacía un año, habían escogido a Eva como una de las mujeres más inspiradoras del país. Ambos se tomaron el asunto a risa, pidieron comida china y dejaron manchas de grasa en el sofá. Pero poco después la risa se apagó para siempre. Empezaron las peleas.

El presagio del día de la boda se había cumplido. En efecto, ella superó más fácilmente la ruptura que él. Había ganado. El único consuelo que le quedaba a él era haber presentido su victoria. Ella dijo que estaba lista para empezar una nueva vida. Él no había sospechado que ella pudiese albergar aquella seriedad mortal, aquella dureza. La satisfacción que Kaplan experimentó durante años había sofocado el miedo a perder todo. Después de la llamada telefónica, asumió que la comodidad y la frivolidad serían enemigas que lo acompañarían de por vida, igual que la oscuridad nocturna o la luna.

Eva pasó por su lado sosteniendo dos copas perfectamente llenas entre el pulgar y el índice. Por un instante él extendió el brazo hacia ella, un gesto involuntario que intentaría analizar en vano en los minutos posteriores, pero solo percibió la corriente de aire que ella dejó a su paso.

«Aún no. Quizá.»

La agridulce conversación telefónica de hacía nueve años que tanto había determinado su presente. Sucedió un jueves, tarde de compras y de aguanieve; la luna acechaba en el cielo. La figura de un cónyuge. Con el teléfono en la mano, Kaplan se dejó caer sobre el colchón de su casa vacía. Ella ya se había trasladado llevándose consigo todas sus pertenencias salvo una tetera amarilla bastante fea. Él disponía aún de dos semanas, después ya no podría pagar el alquiler. Dos semanas extrañas y vulnerables, encerrado entre paredes conocidas. Un frío ardiente parecía envolver todos los objetos y las perspectivas antes tan entrañables; no se atrevía a tocar nada.

—¿Por qué? —le preguntó.

—No vamos a tener de nuevo esta conversación —contestó ella—. ¿Puedo contar contigo o no?

—¿Qué gano yo con eso? —dijo él.

Se hizo un silencio al otro lado de la línea. Entonces ella le preguntó:

—¿Qué quieres?

—Te quiero a ti.

—Eso ya no puede ser.

—Entonces te quiero a veces. Quiero poder despertarme a tu lado de vez en cuando.

Si él tenía que representar su antiguo papel de vez en cuando, ella también debería hacerlo. Secretamente pensó que una vez en la cama, conseguiría hacerla recordar cómo era antes, la convencería para volver a intentarlo. Claro que lo pensó.

—No me parece buena idea.

—No es una idea. Es un deseo.

—Ya veremos cómo va —dijo ella por fin.

Aquello le bastó de momento.

En las veladas en las que la imagen de Eva debía protegerse a toda costa, en las cenas y los encuentros importantes, un par de noches al año a lo sumo, él estaba a su lado. Los primeros años, aún sonreía representando el papel del perfecto anfitrión y, a veces, se quedaba a dormir. Especialmente para la ocasión, ella montaba una sencilla cama doble de madera en la primera habitación que había en el pasillo. Al entrar al apartamento, Kaplan tocaba invariablemente el picaporte, quizá para sentir si había entrado alguien más, quizá por superstición; el acero siempre estaba frío.

Él se acostaba primero. Ella necesitaba más tiempo. Durante el sexo, ella cerraba los ojos, aquello era una novedad. Deseo, nostalgia, euforia o decepción por el transcurso de la velada: él desconocía sus motivos. Aquello era una debilidad y lo sabía. Sin embargo, se tomó como un triunfo aquel extraño acuerdo, que no podía llamarse así y que sin duda era difícil de asimilar para ella. Y muy de tanto en tanto, él sentía que durante el sexo podían percibirse aún algunos indicios de amor.

Se trataba de una situación precaria, desde luego, solo era cuestión de tiempo antes de que los desenmascarasen o, al menos, eso fue lo que pensó él aquella primera noche. Pero el momento no llegaba. O él era muy convincente representando su papel o Eva conseguía arrancar de cuajo cualquier incipiente chismorreo.

Los años intermedios del acuerdo fueron difíciles. Apareció la vergüenza por tener que estrechar tantas manos extrañas. Aborreció su sonrisa, le repugnaba el sabor del salmón ahumado de IJmuiden y aumentó la falta de entendimiento sobre su pacto. Lo único de lo que ella parecía estar cada vez más segura era de que también le resultaba indeseable la esporádica proximidad del cuerpo de él. Ya había sucedido en dos ocasiones que él la había estado esperando en la cama de madera y ella no había acudido. Él decidió que no iría a buscarla y, al cabo de una hora, se vistió tranquilamente y volvió a su apartamento.

Kaplan observó a los invitados de Eva, sus zapatos caros, y apretó con fuerza el tallo de su copa. Volvían a escocerle los ojos, claro, se movió las lentillas de un lado a otro con suavidad. Un toque de perfume pasó junto a él, y Kaplan miró alrededor: había tantas mujeres parecidas que era imposible seguir el rastro del olor. La última vez que estuvieron juntos, hacía dos años, fue decepcionante. La tensión había desaparecido. A la mañana siguiente, Eva y él yacían como rosas sobre un monumento de guerra: solemnes, cortados, callando sobre los mismos temas.

Desde entonces, él se había ido a su casa sin decir nada, dejando intacta la cama de madera. Y, por supuesto, había seguido acudiendo. Kaplan la buscó con la mirada, en vano. Ahí estaba de nuevo como ella prefería verlo: apático, un traje a medida con pulso, un hombre desganado.

El puesto que Eva tenía desde hacía tres años como directora de recaudación de fondos del Concertgebouw —la sala de conciertos de Ámsterdam— le daba seguridad. La llenaba de un orgullo que no había conocido en mucho tiempo. Todo el mundo quería hablar con ella, aunque fuera solo un momento. Solo era cuestión de tiempo antes de que otro yaciera a su lado también durante esas dos veladas al año. Ella ya había tenido otros hombres antes, pero esta vez sería distinto. Ese extranjero sería admitido definitivamente en el auténtico dormitorio.

Ahí estaba ella de nuevo.

Su rostro en 2013: completamente estilizado, un ligero toque francés, el cabello negro recogido en un moño, mucho rímel para rejuvenecer los ojos. El bótox, una palabra que en otro tiempo fue tan venenosa como ántrax, no quedaba excluido a largo plazo. Simplemente, su origen no tenía cabida en su presentación.

A Kaplan le sorprendió lo mucho que le afectaba esa negación, a él, que no tenía derechos de nacimiento sobre aquel dolor. Podía leer infaliblemente en el rostro de ella hasta los detalles más insignificantes. Ahora eran menos sutiles. Parecía descontenta, agitada; buscaba a alguien o quizá no le gustasen los canapés. No le correspondía a él ayudarla. Volvió a acercarse a la mesa de las bebidas; siguiente ronda.

Media hora más tarde, Kaplan tomó una de las amorfas exquisiteces de una bandeja, se lo pensó mejor y la dejó en la repisa de la chimenea. Miró las copas de champán que había sobre el mármol, cuáles se veían manoseadas y cuáles no. Titubeó ante dos copas de champán idénticas, apuró una de un trago, el filo le golpeó en las palas.

En los años que había durado su matrimonio, Eva y él habían sido como dos bolitas de plomo en una antigua balanza, en perfecto equilibrio. Hasta que un dedo se apoyó en uno de los lados de la balanza. Era un misterio de dónde había salido aquel dedo, pero ahí estaba, pesado y perentorio. Las bolitas empezaron a rodar. El aburrimiento hizo acto de presencia: las numerosas horas en su apacible hogar se volvían cada vez más largas. Todas las semanas mantenían las mismas conversaciones. Las costumbres compartidas —comprar pescado en el mercado, ir a buscar helado al italiano— perdieron su sentido. Los dos estaban convencidos de que era el otro quien debía dar el primer paso. Y, mientras tanto, ella cosechaba más éxitos y él perdía notoriedad. Cuando alguien le preguntaba a qué se dedicaba, respondía, casi siempre sin empacho, que era escritor. Y a la pregunta de si se ganaba dinero con eso, contestaba: sí, si lo haces bien. Cuando después de siete años de haber publicado su primera novela seguía sin haber entregado ningún esbozo para la segunda, perdió la posibilidad de conseguir un nuevo contrato. Los escritores de verdad escriben, le había dicho el editor.

Kaplan tomó un gran vaso de agua para diluir el champán y lo apuró de un trago. Miró alrededor, a los otros. En cierto modo, su ruptura había sido inevitable, se dijo a sí mismo. Él no tenía ningún papel importante que representar en el nuevo y estirado mundo de Eva. No tenía la menor ambición de vivir en la superficie.

—¿Se encuentra bien?

Absorto en sus pensamientos, no entendió bien las palabras, pero mientras pedía que se las repitiera, las asimiló. La mujer que las había pronunciado era joven aún, debía de estar en la veintena y era la única que llevaba un vestido rojo. El pelo rubio se le rizaba hasta los hombros y se agitaba a su paso, todo en ella resplandecía de vida. ¿Por qué no la había visto hasta entonces?

—Puedes tutearme —contesto él—. Estoy estupendamente. ¿Por qué?

—Parecías muy pensativo. Y también estás un poco pálido.

Él evaluó su mirada.

—¿Te ha pedido ella que me eches un vistazo, que te encargues de que no me porte mal?

Después de un ligero titubeo, ella asintió con la cabeza.

—Sí, me lo ha pedido, pero no pareces el tipo de hombre que se porta mal.

—¿Y qué tipo de hombre parezco?

Ella tomó una copa de la bandeja. Su rapidez delataba una perfecta capacidad de orientación.

—Del tipo que cree que los demás se portan mal.

A él se le escapó una fugaz sonrisa.

—¿Tienes la sensación de que te estoy juzgando?

—No es eso. Pareces alguien que piensa mucho, que sabe mucho. No eres alguien fácil de abordar.

—¿Sabes lo que pasa? Me resultan extrañas esta clase de veladas. Personas que no se tragan se abrazan fraternalmente. Todo el mundo habla, nadie escucha. Por otra parte, ¿cuántos comentarios sobre Ottolenghi puede uno soportar? —había algo en aquel vestido, se dijo, ¿habría pertenecido antes a Eva?—: ¿Cómo es qué no te había visto hasta ahora?

Sonó a flirteo, no fue intencionado, pero cualquier intento de reparar el malentendido no habría hecho sino empeorarlo más.

—Soy su nueva asistente. Bueno, tampoco es que sea tan nueva, pero es cierto que es la primera vez que vengo a su casa.

—¿Venir a su casa se considera un símbolo de posición entre el personal laboral?

El comentario pareció provocar un rubor en sus mejillas, aunque la luz era demasiado fría para afirmarlo con seguridad. La conversación amenazaba con decaer; fue ella la que intentó reanimarla.

—En la invitación ponía «ropa informal» y eso no dice nada sobre el color, pero aquí todo el mundo va de negro, al parecer ese es el código. En cualquier caso, a juzgar por las miradas, el rojo no mola.

Palabras de alguien de otra generación. En otros tiempos, él solía clasificar a la gente por su año de nacimiento y dos años suponían un mundo de diferencia. Tuvo que romper con aquel sistema cuando conoció a Eva. A ella le parecía ridículo además de sexista, pero él nunca llegó a entender lo último.

—Solo están celosos por el hecho de que tú aún puedas permitírtelo —dijo él.

—De momento, sí —comentó ella mientras miraba el techo.

—Por muy ricas que sean todas esas mujeres de ahí, por importantes que se crean, darían cualquier cosa por volver a tener tu edad.

Eso era cierto: todas las grandes oportunidades aún estaban por llegar, los errores irreparables aún no se habían cometido.

—¿Te resulta familiar ese deseo?

Tenía talento para el juego. Kaplan decidió ser franco.

—Tal vez sí. —Buscó a Eva entre la gente. ¿Qué había de malo en contestar con sinceridad por una vez?— Cuando era joven y tenía a Eva a mi lado quería escribir. Después, cuando estaba solo y disponía de todo el tiempo del mundo para dedicarlo a ese Único Libro, lo único que quería era recuperar a Eva.

—Eva —sonrió ella—. Bonito nombre. Para mí es la señora Kaplan.

Guardaron silencio. Ella parecía estar reflexionando sobre todas las frases que él acababa de decir.

—Un momento. Creía que vosotros aún estabais juntos. Eres su marido, ¿no? ¿Vivís separados? —parecía genuinamente sorprendida.

En fin, a Eva siempre se le había dado mejor guardar secretos que a él, ella vivía de seleccionar y adornar la información, protegía su vida privada con ferocidad animal, casi nunca invitaba a gente a casa y jamás hacía comentarios de los que pudiera arrepentirse después, pero aquella indiscreción de aficionado también era inusual en él.

—Es complicado, dejémoslo así. No sabes cuántas molestias se toma para evitar las habladurías.

—Solo me lo preguntaba —se cruzó de brazos—. Qué enfadado pareces.

—Es mi mirada neutra, no hay mala intención.

—Demuéstramelo. Di algo agradable.

A medida que empezó a depender menos de las palabras para ganarse la vida, creció su convencimiento de que el halago y la amabilidad hacia los desconocidos no decían nada del buen carácter de una persona. Uno solo podía distinguirse con sus actos, al mundo no le importaba el típico yerno ideal y elocuente. Eso no lo convertía en un interlocutor fácil, pero lo que decía era sincero.

—Voy a contarte algo —empezó él—. Hace tiempo, la señora Kaplan era una muchacha. Una muchacha a la que no le gustaba el maquillaje y que a veces se pasaba días sin ducharse. Podía ser cursi, reírse por tonterías, por nombres raros como Barry o Manfred. Eso fue antes de que viviera en un catálogo —Eva pasó por delante en ese instante, la mano inclinada de él dibujó una línea imaginaria hasta su espalda—. Mira cómo anda ahora, tan tiesa. Sigue siendo hermosa, ¿no? No le digas que te lo he dicho yo. Antes la llamaba chiflada, ¿sabes?

—¿Por qué?

—Qué se yo. Por entonces me dejaba llevar mucho por las asociaciones. Ya sé que un hombre no debe preguntarle esas cosas a una mujer, pero ¿cuántos años tienes?

—Veinticinco. ¿Y tú?

—Era lo que me había figurado. Cuarenta y nueve.

—No está tan mal.

—Estamos hablando de medio siglo.

—No eres muy fiestero, ¿eh?

—¿Y cómo te llamas? —le preguntó él tras un breve silencio durante el cual los dos dirigieron simultáneamente la mirada al final de la competición de remo.

Ella lo miró de nuevo y parpadeó.

—Me llamo Emily.

Él le hizo una seña al camarero. Por suerte no le habían dado la prometida brocheta con tres gambas, le habría tocado comérsela. Cuando el camarero llegó con una bandeja llena de mini-quiches y canapés cuadrados de arenques, Kaplan lo envió con la misión de conseguir más bebida.

—Y traiga también una copa para Emily, por favor.

Ella sonrió y desvió fugazmente la mirada. En ese momento le vino a la mente la asociación, pues claro, ya sabía a quién le recordaba: a la niña de *La lista de Schindler*. Todo lo que salía en la película estaba en blanco y negro salvo ella: rojo encendido. El camarero regresó y les entregó las dos copas sin decir nada. La asociación había abierto una brecha insalvable en la conversación. Si ella era tan joven como para recordarle a una niña de la guerra, él debía de ser un viejo. Otro silencio.

—¿Y no podrías empezar ahora con ese Único Libro? —preguntó ella.

¿Tan bajo había caído que hasta los desconocidos le tenían lástima?

—Lo hago a diario —dijo él—. A mi manera.

La misión de ella —controlar que él se comportara bien— había concluido.

—Voy a volver con la gente —dijo al cabo de un momento.

—Adelante. Ve tranquila, me portaré bien. Si tú no dices nada sobre el señor y la señora Kaplan.

—De acuerdo.

Ella se dio la vuelta y se alejó, aquella mujer joven, aquella niña de una película de guerra.

3

Entre las piezas de violín se oía silbar el viento a través de los cristales que rodeaban el piso. La regata había terminado: uno de los catamaranes estaba de celebración; los otros se dejaban llevar por la corriente.

Eran las once y media, no pensaba emborracharse del todo, pero no se contentaría con menos que estar achispado. Los invitados se disponían a irse. Entre ese momento y la hora siguiente, la sala volvería a vaciarse y las mujeres de la limpieza tendrían que emplearse a fondo para que todo volviese a estar limpio y reluciente en media hora.

Antes, no había nada que a Eva le gustase más que una noche con un desenlace inesperado, llena de encuentros vagos, drama, cigarrillos y vino. En otros tiempos, ella apagaba sus cigarrillos —que llamaba sistemáticamente «colillas»— en las tazas de café que había por ahí. Dentro de una hora y media, como muy pronto, su ex y él volverían a estar solos.

Ahora empezaba la peor parte de la noche: quedarse hasta el final.

Un marido no se va antes de que lo haga el último invitado.

Permanecer allí de pie, saludando a todo el mundo. Antes, la esperanza de pasar la noche con Eva hacía más llevadera la cuenta atrás: cinco invitados, cuatro, tres.

Retazos de conversaciones conocidas pasaban de largo. Desde que ella ganaba mucho dinero, destinaba un diez por ciento de su salario a obras de caridad, como manda la ley judía. Eso le daba algo de qué hablar con sus socios de negocios, conversaciones sobre el valor de las tradiciones, sobre el respeto, sobre la honradez. Por supuesto, él nunca le había dicho nada sobre su reciente generosidad, prefería guardarse para sí su inexorable conclusión: Eva era una mujer que solo se mostraba desprendida cuando se lo podía permitir.

La idea de que Frank Trustfull fuese su nuevo amante resultaba absurda. La irritaban visiblemente sus comentarios, su forma de moverse, algo torpe y presuntamente viril. Aún quedaban por lo menos diez invitados.

Sin duda, haber vuelto esa noche había debilitado el poder de negociación de Kaplan. Empezó su siguiente copa, hacía mucho rato que había dejado de contarlas. Dudó de si aún sería capaz de hacer algo en la cama en esas circunstancias.

«Queriiida», resonó contra el suelo de piedra. Al principio, Kaplan no se volvió a mirar por temor a la persona que había merecido tal saludo. Mientras se producía cierto revuelo a su espalda, él permaneció inmóvil, observando la calle. Había un camión parado a un lado del canal, detrás se había formado una fila de coches, se oían bocinazos.

¿Quién llegaba tan tarde? ¿Y por qué no atisbaba en Eva, que había pasado por su lado con los brazos abiertos, el menor signo de irritación ante aquella entrada intempestiva? Aún era peor, constató después de algunas miradas penetrantes. Pese a sus rituales y su puntualidad, Eva parecía genuinamente complacida de dar la bienvenida a aquel nuevo visitante.

Tenía que ser él. El nuevo dedo en la balanza.

Que Kaplan supiera, Eva nunca le había sido infiel. Carecía de la inventiva necesaria para ello. Y también, debía reconocerlo, de la inclinación a mentir. Eva le había sido fiel aun cuando ya había dejado de amarlo. No habían necesitado ninguna infidelidad para herirse mutuamente. Kaplan se dio la vuelta con renuencia.

Los diez presentes habían formado un semicírculo alrededor del último invitado. Kaplan había visto su foto en el periódico, pero afortunadamente aún no había tenido la ocasión de conocerlo. Pelo rubio brillante con canas hollywoodienses en las sienes. ¿Cómo se llamaba, Den Duyvel? ¿Duifman? ¿Qué hacía ese hombre ahí?

Era posible que fuese el último amante de su mujer. No era mal parecido, poseía un notorio carisma por el que las mujeres ávidas de poder —«ambiciosas»— se sentían atraídas. Cuando se restableció la calma al cabo de unos minutos, Kaplan se acercó a Eva. Ella lo vio venir y concluyó su conversación.

—¿Qué sucede? —le preguntó mientras apoyaba el brazo derecho sobre el izquierdo como si fuese una modelo de los años veinte.

—¿Ese es Duifman?

La expresión en el rostro de ella se tensó visiblemente.

—Déjame en paz.

—No voy a montar ninguna escena —le aseguró él—. Por favor, dime si es Duifman.

—¡Por el amor de Dios! —dijo ella en tono meloso—. No, no estamos juntos. Y se llama Hein. Hein Duyf, con *i* griega.

—Vale —tomó un trago de champán—. Como comprenderás, me importa bien poco como se llame.

—Pues no es muy sensato por tu parte, es tu nuevo jefe.

Kaplan estuvo a punto de atragantarse al oír esa palabra.

Recordó de pronto el contrato que había firmado hacía tiempo, la línea de puntos, aquel inusual arrebato de oportunismo por el que aún no había sido castigado. Escrutó la expresión de Eva intentando averiguar si ella se había percatado de su susto, pero no parecía haberlo hecho. A la mañana siguiente tendría que encontrar el único ejemplar de aquel contrato, ya no podría ignorarlo más.

—¿Así que lo sabías? —le preguntó él con aplomo.

—Naturalmente. Sé bien a quién invito.

—¿Lo has invitado especialmente para eso, para hacerme quedar como un imbécil?

—No te sobreestimes. ¿Quieres que te lo presente? Hein es un hombre muy interesante.

Una pareja se despidió, un hombre con una gabardina larga de color gris, una mujer con un gorro de piel de zorro. La saludaron con la mano y Eva les lanzó un beso y les guiñó el ojo. Volvió a mirar a Kaplan.

—¿Quieres?

—No creo en las personas que presumen de ser interesantes.

—Claro que no —repuso ella sin fuerzas.

Kaplan vio por el rabillo del ojo que Emily estaba hablando con Duyf.

—Una joven simpática —comentó—. Aunque no es atractiva.

Y no podía decirse que después de Eva, Kaplan ya no encontrase atractivas a las mujeres ni nada igual de patético. Había habido mujeres, contrarreacciones hechas carne, primero a Eva, después unas a otras. Kaplan se había aventurado en la extraña dialéctica en la que las cualidades de una mujer se reflejaban en los defectos de la siguiente y viceversa. Una mujer que no se pareciera en nada a su predecesora quizá vería algo en él que las demás hubieran pasado por alto. Y ninguna se quedaba el tiempo suficiente como para darse cuenta de que él iba envejeciendo.

En uno de los primeros meses en su apartamento de soltero, se había acostado con su primera y única asiática, una treintañera llamada Wing. El señor Kuiper, al que se le hinchaban las venas del cuello y se le ponían azuladas cuando se alteraba, se había pasado toda la noche golpeando el techo con la escoba. Cada movimiento de Kaplan y cada chirrido de la cama iban seguidos del insoportable golpeteo de su vecino. Había conseguido que sus esfuerzos nocturnos fuesen prácticamente inútiles.

Según el Talmud, un hombre que no tiene esposa vive sin alegría, sin bendición, sin bondad. Ahora tenía a Judith; ninguna mujer lo había excitado tanto en los últimos diez años. Sin embargo, era muy excepcional sentir un deseo que lo absorbiera y oscureciera todos sus pensamientos. Su cuerpo era capaz de captar el deseo del otro y reflejarlo, pero pocas veces era la fuente misma del deseo.

—¿Quién? —preguntó Eva.

—La tal Emily. A la que le diste órdenes de espiarme.

—La fuerza de la costumbre —dijo ella sonriendo—. Además, ¿cómo ibas a encontrarla atractiva?

—Habría sido divertido —dijo él—, pero no es más que una niña.

—¿Aún tienes complejos de padre? —Eva envolvió el reproche en una voz melosa.

—¿Por qué dices eso?

Ella lo miró sorprendida.

—Perdona. No debería haberlo dicho. A veces se me olvida cómo debo hablarte.

—No importa —dijo él con suavidad—. A mí me pasa lo mismo.

Se fue otra pareja. Eran las doce. Aún seguía sin saber lo que debía pensar de la llegada de Duyf.

—¿Me quedo a dormir esta noche?

—Esta noche me va muy mal.

—Ya lo recuperaremos dentro de poco —dijo él y, no pudiendo controlar su repentina vacilación, añadió un incierto «¿Vale?».

—Ya veremos.

En el silencio que siguió, la mirada de Eva se desviaba cada vez más con más frecuencia hacia Duyf. Kaplan se planteó hacer alguna broma sobre la considerable ostentación con la que aquel hombre, nombrado recientemente director interino de un colegio por el ayuntamiento, había alardeado de ese paso en su carrera. Ahora, Duyf podría ocuparse por fin de «la política diaria y los auténticos problemas de la calle», cosas así de espantosas eran las que ese mediador de pacotilla iba soltando por la radio y la prensa local, pero en esos momentos Kaplan carecía de la creatividad para ello, estaba borracho y agotado.

—¿Me voy ya? —le preguntó a Eva.

Ella no reaccionó.

—¿Me permitirías que en homenaje al pasado te diga «Buenas noches, nena»?

—Mejor no.

—Te llamaré dentro de poco para quedar, ¿vale?

Ella tragó saliva, la garganta se le hinchó un poco.

—He dicho que ya veremos.

—Bien. ¿Me voy ya?

—Le diré a la gente que te ha surgido un compromiso de última hora.

—Haz lo que tengas que hacer —Kaplan le hizo una seña a una de las mujeres del guardarropa y le dio el papelito con su número. ¿Quién contrataba un servicio de guardarropía para su propia casa?—. No dirás que no me he comportado, ¿eh?

La sonrisa de ella era sincera.

—Has estado bien. Te lo agradezco.

Le dieron su abrigo. Sintió una penetrante punzada en la cabeza, preludio de la resaca que tendría al día siguiente.

—Por cierto, ¿sabías que desde esa ventana se ve el tejado de nuestra antigua casa?

—Lo sé —contestó Eva y fijó la mirada unos instantes en los zapatos de él—. ¿Puedes conducir en este estado?

—Estoy cansado, nada más —no tenía ganas de más preguntas. Se acercó a ella, la besó en la mejilla y luego en la boca. Cerró los ojos para sentir al máximo el olor dulce del pintalabios y luego los abrió—. Y felicidades.

—¿Tienes idea de por qué me felicitas?

Al principio de la velada la tenía, pero ahora, a causa del alcohol, la falta de sueño y los retazos de conversaciones, sus pensamientos debían vadear un buen rato antes de llegar a su boca.

—En realidad, no —admitió él—, pero yo, en fin, déjalo correr.

Había estado a punto de decir algo sobre el orgullo, algo que le habría costado noches de arrepentimiento.

Duyf estaba junto a la ventana y no mostraba la menor intención de moverse jamás de allí.

Eva acompañó a Kaplan hasta el pasillo. A la joven estudiante que le había dado y que le había costado un mundo, a la que le gustaba el vino con virutas de corcho, la sentía aún tan cerca.

Antes de abandonar el apartamento, Kaplan alargó la mano y la deslizó por el picaporte del pequeño cuarto, con la esperanza de que ella no lo viese. Cuando se dio la vuelta, ella le lanzó un beso al aire. La luz del ascensor era estridente. La última puerta. Por fin sintió el fuerte viento con el que llevaba soñando toda la noche.

4

El dolor de cabeza empeoraba. Kaplan entornó sus ojos llorosos, hasta las luces de los semáforos le resultaban demasiado intensas. No giró en la Kinkerstraat, la calle que lo habría llevado directamente a su destino. Quería alargar la noche cuanto pudiera, turbado como estaba por el champán y la llegada de Duyf.

Inspiró hondo y torció a la derecha, adentrándose más en el West, barrio del oeste la ciudad. Serpenteó primero a la derecha, luego a la izquierda y luego otra vez a la izquierda, sin tener la menor noción de dónde se encontraba; la idea de perderse era liberadora.

Al cabo de unos diez minutos, redujo la marcha. Sospechaba que estaba cerca de algún canal. Oyó a lo lejos un suave zumbido. No era el ruido de la lluvia, sino algo distinto. A unos cien metros de distancia había un viaducto que jamás había visto. Le reconfortaba saber que la ciudad aún tenía secretos para él. Las casas parecían más baratas que las de su barrio, había muchos letreros de «se vende» y detrás de algunas ventanas colgaban banderas palestinas. Vio a una pandilla de chicos con *scooters* que se volvieron inmediatamente hacia él.

Cuando al cabo de unos minutos avistó un edificio aislado con las ventanas tapadas con maderas, redujo aún más la marcha. Había luz, se filtraba débilmente por debajo de los listones. Miró alrededor, pero no vio a nadie.

Se acercó. ¿Era una vieja sucursal de banco? No, parecía más bien un antiguo colegio: ladrillos, ventanas paralelas, una entrada imponente. Entró en el terreno por eso: el edificio se parecía al instituto de enseñanza secundaria de su juventud. ¿Habría okupas allí? ¿Qué clase de ruidos eran esos, gritos, llanto, ladridos de perros?

La lluvia se precipitaba sobre su coche con fuerza, con insistencia. Aguzó la vista, apenas veía nada, el limpiaparabrisas no daba abasto apartando el agua, las gomas chirriaban. Solo entonces vio las vallas, el acordonamiento alrededor del terreno. Se detuvo delante del primer círculo de vallas. Diez metros más cerca del edificio había un segundo círculo. Detrás vio dos coches de policía y tres furgones antidisturbios.

Se apeó del coche. Pese a lo fuerte que caía, no notó la lluvia.

Se oyó una voz en la oscuridad. Kaplan se llevó las manos a la boca y gritó algo desesperado: «¿Hola?». Las luces de uno de los coches de policía se encendieron. Un agente con un extraño uniforme oscuro bajó de un furgón y lo iluminó con una linterna. El haz de luz cegó a Kaplan.

—Eh, ¿qué está pasando aquí? —preguntó mientras intentaba eludir el resplandor.

—Esto es propiedad privada. ¿Quién es usted?

Kaplan se dio media vuelta y echó a correr hacia su coche. La luz de la linterna parecía querer obligarlo a que retrocediera.

—Espere, ¿quién es usted?

Kaplan se sentó al volante y, sin dudarlo ni un instante, arrancó su Saab 900, uno de ocasión que había comprado con Eva, y se alejó de allí.

En su barrio había un bar al que iba de vez en cuando; se llamaba Westerik. Aparcó el coche cerca y esperó un momento para cerciorarse de que nadie lo había seguido.

Empujó la puerta del bar y lo asaltó el olor a cerveza rancia. Se sentó en la barra, pidió una servilleta y le sirvieron una ginebra. También le vendría bien. Para aplazar la resaca, para ayudar a su cuerpo a dormir.

Había una pregunta que no lo dejaba en paz: ¿cómo se podía ver algo sin saber lo que era?

Cuando el barman le puso el vaso delante, se quedó mirándolo fijamente durante tres segundos: su tradicional saludo. Kaplan aprovechó el momento para preguntarle con el tono más casual del que fue capaz por el colegio vacío que había en el barrio. El barman no apartó los ojos de él, pero sus manos alcanzaron con gesto automático un vaso de cerveza y un trapo. Mientras secaba el vaso, le preguntó:

—¿Qué colegio?

—El que hay cerca de un canal —repuso él.

—¿Cerca de qué canal? Esto es Ámsterdam.

Frotó tanto el vaso que chirrió. El barman se dirigió al siguiente cliente. Se oyó una risa en el otro extremo de la barra.

Kaplan se tomó la ginebra de un trago. Las comisuras de los labios se le curvaron levemente. Un sabor que nunca cambiaba, que aunaba todos sus años de adulto.

Una mujer fue a sentarse a su lado. No la había visto al entrar, quizá hubiera estado sentada en el rincón oscuro, junto a la máquina tragaperras. ¿Cómo se llamaba? Era periodista. Hacía unos años habían quedado un par de veces en el bar para hablar de un artículo que ella estaba escribiendo sobre el colegio donde trabajaba Kaplan. Fueron dos veladas agradables, bebieron y rieron. Ella era curiosa, hacía preguntas inesperadas y él le contestaba sin tapujos, fue más sincero de lo que acostumbraba a ser. Durante aquellas dos noches, Kaplan fue una versión despreocupada y simpática de sí mismo. El artículo resultó ser menos favorable de lo que él había esperado, pero no debía tenérselo en cuenta. Maaike, así se llamaba. Esa noche llevaba unos botines parecidos a los de entonces. También olía igual: a tabaco y a perfume. ¿Por qué iba ella a sentarse a su lado si no quisiera que Kaplan le hablase?

—¿Te sigues llamando Maaike? —le preguntó.

Ella se volvió hacia él y soltó una risa forzada para demostrar que no tenía ninguna gracia.

—Sí, claro que me sigo llamando así. Abel, ¿no? Abel...

—Kaplan.

Aún se sentía orgulloso de llevar aquel apellido. La primera vez que lo oyó fue en la película de Hitchcock, *Con la muerte en los talones*. En 1976, la película estuvo durante varias semanas en cartelera en el cine de su barrio. Abel quería ser como Cary Grant, que en la película se llamaba Roger Thornhill, aunque todo el mundo lo confundiera con el agente secreto George Kaplan. Abel tenía su butaca preferida y en un par de semanas se ventiló meses de su paga. El apellido Kaplan adquirió para él una connotación indeleble, como si se hubiera convertido en un concepto aislado, cuyo significado solo conociera él. Al cabo de varias semanas, se le pasó la obsesión y en la fachada del cine colgaron nuevos carteles. Solo después de conocer a Eva volvió a acordarse de aquel apellido que encerraba misteriosas oportunidades para llevar una vida grande y anónima a la vez; una palabra clave se reactivó.

—Permíteme que te invite a algo —le dijo a Maaike.

El esbozo de una sonrisa apareció entonces en la comisura izquierda de la boca.

—De acuerdo. Si aún te acuerdas de lo que bebo.

Kaplan llamó al camarero. Dudó un instante. No, estaba seguro:

—Un martini blanco, por favor, y otra ginebra para mí —y luego, dirigiéndose a ella, añadió—: ¿Sigues trabajando de periodista? ¿Hay mucho trabajo?

Les sirvieron las bebidas casi de inmediato. Era la ventaja de tener a una mujer al lado.

—Salud.

—Salud.

Ella se sacó un cigarrillo del bolsillo interior y sostuvo en alto el encendedor mirando al barman para pedirle permiso. Una llama anaranjada le iluminó su rostro y por un instante Kaplan vio unas marcas alrededor de las aletas nasales en las que ya se había fijado antes, una venilla.

—Una es periodista tanto si tiene mucho trabajo como si no. Ahora soy *freelance*. Me daba más libertad.

Freelance, uno de los eufemismos actuales para referirse a alguien que trabajaba poco o nada.

—¿Sabes algo de ese colegio vacío que hay junto al canal? —le preguntó él.

Ella lo miró sin comprender.

—Esta noche he pasado por delante con el coche —prosiguió—. Oí ladridos de perros y gritos. Había guardias y vallas. Un agente con un uniforme que jamás había visto hasta ahora. Hubo algo que me desagradó y que me atrajo a la vez. Fue muy extraño.

Mientras Kaplan hablaba, un destello pasó por los ojos de ella. Era el ansia de primicias que siempre le había desagradado de los periodistas. Ella no oía ladridos, ni gritos, solo el ruido de sus dedos sobre el teclado.

—¿Dónde estaba exactamente? —preguntó.

Él se lo pensó un momento, decidió alargar la reflexión dejando correr tranquilamente la segunda ginebra por la garganta.

—Nada, olvida lo que acabo de decirte.

Ella dio una larga calada, aspiró enfáticamente y apagó el cigarrillo en el cenicero con encono.

El reloj que había tras el mostrador señalaba la una y media. Eso significaba en primer lugar que Kaplan había estado una hora conduciendo por ahí. Intentó reconstruir el trayecto, pero acababa perdiéndose cada vez. Significaba también que solo disponía de seis horas antes de que sonara el despertador y tuviera que ir al colegio, al colegio de Duyf. Con tanto champán fermentando en su interior, le esperaba una noche llena de dolor de cabeza y confusión. No te preocupes, se dijo para sus adentros, a estas alturas ese tipo ya se habrá ido para casa, ni siquiera Eva es tan cruel.

Kaplan se llevó la mano al bolsillo para sacar dinero, sentía que la noche ya no tenía nada más que ofrecerle.

—Estoy con alguien —le dijo ella de pronto, como si fuera una confesión. Alargó la mano, el anillo dorado estaba bien, ni demasiado barato, ni demasiado caro.

—Felicidades —repuso él lacónico—, me alegro por ti.

Se dio la vuelta y besó a Maaike en el anillo. Ella se inclinó hacia él y se besaron en la mejilla. Le hizo una seña al camarero y pagó en silencio la cuenta de Maaike.

Había parado de llover, los charcos parecían profundos. Un periódico voló hasta su zapato, pero lo perdió a los pocos pasos. Decidió que buscaría de nuevo a plena luz del día, el edificio era demasiado ominoso como para dejarlo correr; el encuentro con el agente, demasiado extraño. Apagó la luz trasera de una bicicleta abandonada y alzó la vista: la negrura del cielo ejercía un efecto calmante sobre él. Aquella noche interminable ya había pasado. Y, a pesar de que las conversaciones y los encuentros no habían llevado a nada, sentía algo en su pecho, algo que emitía una señal: mañana sería un día importante.

5

Kaplan ni siquiera se fijó ya en la lírica frase de bienvenida que había sobre la entrada cuyo autor, Ibn Ishaq, daba nombre al colegio. Corría la segunda semana de septiembre, el primer lunes del año escolar. El aparcamiento de bicicletas que había en el sótano del edificio aún estaba vacío. Kaplan prefirió evitar la entrada principal. Atravesó el sótano y llegó al vestíbulo de la planta baja donde se encontraban los horarios y que cuatro veces al día se llenaba de estudiantes.

En una máquina expendedora situada en el vestíbulo compró una bolsa de gominolas, quizá los dulces lo ayudarían a despejarse. La noche anterior pasaba por su fragmentada cabeza, cada trozo reflejaba un rostro distinto, una conversación distinta, una emoción distinta cuya legitimidad debería investigar ahora. La expresión dura de Eva, cómo le volvía la cara, la joven de rojo, sus pasos vacilantes de camino a casa, las luces de la calle. Demasiado viejo para resacas, pensó.

Llevando bajo el brazo el correo que se había acumulado durante los últimos días en la escalera de su apartamento, Kaplan avanzó por el pasillo sin salida situado en el ala derecha del edificio. Si revisaba el correo en aquellas horas de trabajo, al menos tendría algo que hacer. Pasó por delante del aula de biología y de los dos pequeños trasteros donde nadie entraba nunca y llegó a su habitáculo, un lugar para él solo. Kaplan había cambiado personalmente la cerradura hacía tres años, cuando descubrió que cualquiera del personal de limpieza podía entrar ahí.

Tenían por costumbre dejarle en su casillero las listas con las faltas de asistencia del día y, a continuación, se encendía una lucecita roja que tenía sobre el escritorio; él mismo había ido a comprar el sensor un día que estaba muerto de aburrimiento. Kaplan volcaba a mano las listas en la administración general, de momento no había dinero para digitalizar el sistema. También, en interés de los alumnos, hacía el seguimiento de sus calificaciones. A veces, enviaba una breve notificación a la dirección para informar de los estudiantes cuyas notas habían caído en picado: en aquel colegio una caída libre solo se detectaba mucho después de haberse iniciado. No era un trabajo emocionante, pero le daba mucha libertad, todo lo que hacía lo hacía por voluntad propia. Además, disfrutaba estudiando la caligrafía de los profesores. Sabía más de los otros que ellos de él, así debía ser.

Kaplan no había reaccionado a las invitaciones que Duyf había hecho llegar al personal del colegio en las últimas semanas para que fueran al despacho del director y mantuvieran con él «una charla informal». En la última reunión de la plantilla, Duyf había conocido a todo el mundo, pero hacía años que Kaplan no asistía a esos encuentros. Ahora ya no podía seguir negándolo por más tiempo: ese era el primer día bajo el régimen de Duyf.

Kaplan recordó con nostalgia al antiguo director, un hombre que había sido sobre todo demasiado tímido para su puesto, demasiado amable. Cuando salió a la luz que en ocho años había declarado por lo menos cinco viajes innecesarios a Marruecos, se le acusó de falsedad y suma incompetencia. Y no hubo nadie que lo conociera lo suficiente como para desmentirlo. El hombre abandonó el colegio pálido e invisible. En realidad, a Kaplan le habían parecido encantadoras las declaraciones de gastos excesivos y, sobre todo, el amateurismo del fraude.

Abrió la bolsita de golosinas con los dientes. El director musulmán había empezado a trabajar en el colegio casi al mismo tiempo que él. Aquel hombre había sido el único que le había dado las gracias por su protocolo contra el acoso escolar, aunque después lo dejase a un lado con educación. Kaplan lo había sobrevivido y, de ese modo, había alcanzado una nueva capa de antigüedad. En algún momento pasaría a pertenecer a la capa más externa, hasta que simplemente se caería de la existencia.

Abrió la puerta. Aquella estancia olía a cerrado, pero no le desagradaba. La ventana dejaba entrar una franja de luz solar. El cuarto debía de medir unos cuatro por tres metros; su escritorio se hallaba en una de las paredes longitudinales, en la otra había un armario de pared con carpetas que recogían casi diez años de vidas infantiles.

Ahí Kaplan estaba a salvo, ahí reinaba el silencio.

Dejó su reloj sobre el escritorio, controlaba meticulosamente el comienzo de la hora del recreo, aunque después la dejara pasar. Él no se ceñía a los tiempos reglamentarios, él era la excepción. El dolor de cabeza fue transformándose paulatinamente en cansancio. Aún faltaban más de veinte minutos para que los estudiantes entrasen en el edificio, veinticinco para que sonara el primer timbre.

Con los años, Kaplan había llegado a crear un vínculo con algunos estudiantes, aunque fuese unilateral. Sobre todo, lamentaba despedirse de los estudiantes que, a pesar de la educación mediocre, habían logrado completar sus exámenes finales con buenas calificaciones, aunque nunca hubiera llegado a hablar con la mayoría de ellos. Por naturaleza, no era de los que tenía paciencia con los casos problemáticos. Quizá se debiese a sus propios años escolares. Sus compañeros de clase lo consideraban muy callado y, en sus momentos menos tolerantes, decididamente raro. La muerte de su padre aumentó la distancia con los demás. En aquella época, la palabra «acoso» no le decía nada a nadie, pero Kaplan se obligaba a sí mismo a mirar las fotos y los informes de casos notorios de abusos y controlaba a los que se iban antes del colegio. Mientras él tuviera en su poder la prueba física de su existencia, no habrían desaparecido del todo. El infierno era un álbum de fotos vacío.

Empezó a abrir el correo. Una invitación para ir a recoger un ejemplar de *El libro de los sueños*. Perdió el interés cuando vio que se trataba del regalo que el pueblo holandés le había hecho a su nuevo rey. En ese instante se acordó de algo: mientras estaba en la fiesta de Eva se había propuesto algo, intentó retomar el hilo de sus pensamientos del día anterior. El contrato. El cansancio desapareció de inmediato, Kaplan se sentía despejado y alerta. Metió la mano entre dos gruesos archivadores de color rojo, tardó un poco antes de que sus dedos dieran con él. Concienzudamente, como si se tratara de un pasaporte falso en tiempo de guerra, fue sacando con calma una hoja de papel blanco de entre los archivadores y la dejó encima de la mesa. En el centro de la hoja se leía «Abel Kaplan». Su primer contrato, firmado en 2004, unos meses después de su ruptura con Eva, unas semanas después del asesinato de Theo van Gogh. Tiempos confusos y caóticos. Por miedo a sufrir ciegas represalias, la mayoría de los profesores del colegio Ibn Ishaq habían presentado su dimisión. En menos de una semana, dos profesores de historia habían regresado a Marruecos con sus familias. Cansado y derrotado, Kaplan había visto el anuncio en el periódico. Quizá no tuviera pinta de musulmán, pero con el rostro enjuto y los ojos hundidos tampoco parecía un representante de los xenófobos holandeses. Y había estudiado historia. Se había hecho buenos propósitos. Quizá inspirar a otros, explicar a esas almas receptivas la absurda belleza de la historia, lo estimularía a aprender de nuevo. Y a lo mejor hasta podría enseñarles algo a los niños, tal vez lograría que entendieran mejor la vida.

Durante la entrevista de trabajo, Kaplan vio claramente las ganas que tenían de contratarlo. Por si acaso, se abstuvo de mencionar el apellido que había adoptado hacía once años y murmuró el apellido de su padre. Tenía un título universitario y, por supuesto, su neerlandés era impecable, sobre todo en comparación con el del bigotudo director que convertía todas las vocales en una *o*. Deslizaron un contrato hacia Kaplan. Escribió su nombre y la dirección del apartamento que había encontrado hacía una semana como si jamás hubiera vivido en otro lugar.

El único problema era la línea de puntitos. La línea de puntitos que iba a continuación de «religión».

Todavía recordaba el agua fría. Con Eva de la mano, Kaplan se había apuntado en la sinagoga local después de bastante lío burocrático. Lo habían aceptado. La madre de Eva, a la que llamaban Varilla por su invariable delgadez, se llamaba oficialmente Swart. Fue ella quien le había enseñado a su hija las tradiciones y las historias.

La mujer estaba decidida a que Eva se casara con un judío. Era progresista, desde luego, pero no tanto. Kaplan tenía poco que perder y, bien mirado, mucho que ganar. Tenía que hacer suyo aquel todopoderoso don judío capaz de conferir una dimensión de peso histórico a cualquier ligereza y, a la vez, hacer más llevadero el peso con una ligereza irónica y relativizadora, y quizá eso le sería de ayuda. Kaplan interpretó como una señal el hecho de que sus padres lo hubieran llamado Abel en honor a un hombre a quien habían conocido en «los años oscuros».

Naturalmente, había que estudiar primero. Pero leer y aprender jamás había supuesto un problema para él. Cuando le confesó al rabino con un suspiro que temía saber demasiado poco, este le respondió: uno siempre sabe demasiado poco. Faltaba más de año para la boda, cuando lo consideraron apto para realizar la *mikve*, el ritual de purificación espiritual en el agua de las catacumbas de la Heinzestraat, destinadas especialmente para tal fin. Ya lo habían circuncidado y Kaplan había insistido en enterrar personalmente el trocito de piel en el bosque.

Descendió con calma y se dejó sumergir en el agua. Los tres rabinos lo observaban, toda su vida pasada quedó limpia, lo que Kaplan experimentó fue un auténtico renacimiento.

Sin embargo, se mantenía siempre a una debida distancia del Señor. Era como si sus palabras fuesen un poco más apropiadas para el que estaba al lado de Kaplan que para él. De vez en cuando, se rumoreaba que Kaplan jamás llegaría a entenderlo del todo, no de verdad. Él se convertía por amor. Era un simpatizante profano que no encontraba su lugar en ninguna parte salvo al lado de su mujer, pero él creía en el Señor a su manera. Creía en las historias que se contaban en su nombre. Creer significaba algo distinto para cada persona y solo para unos pocos salía de forma natural. Kaplan hallaba paz en el significado original de la palabra «israelita»: quien lucha con el Señor.

Cuando el mundo judío se cerró de nuevo para él y el Señor se disponía a desaparecer de su vida, Kaplan dejó de seguir la mayoría de los preceptos y costumbres judaicos. No había vuelto a pisar la *shoul*, terreno de Eva. Sin embargo, era imposible retroceder al momento anterior a la *mikve*. Al pasar a formar parte de aquella comunidad, Kaplan se había cerrado el paso a las demás. Una de las cosas más atractivas de la conversión era que una vez judío, uno moría judío.

Se había ganado su fe con demasiado esfuerzo como para renunciar a ella frente al director que le ponía delante un contrato. Él, un profano por naturaleza, había conseguido entrar en la sinagoga y que lo saludaran. Aquel logro era lo único que podía mirar con orgullo de su matrimonio acabado en anatema.

La línea de puntitos. Musulmán, judío o ateo.

Quizá el reglamento del colegio le permitiera poner algo que no fuera «musulmán» —Kaplan no llegó a profundizar en ello, ni siquiera lo hizo más adelante—, quizá resultara al final que no había ningún motivo para cometer el error que estaba a punto de cometer, pero no sería aceptado dentro de los muros del colegio ni en la comunidad. En aquel momento era impensable que nueve años más tarde pudiesen nombrar director a alguien como Duyf.

Necesitaba un trabajo y no tenía suficiente aguante como para ganar dinero por sus propios medios. Siguió mirando fijamente, pero sus ojos no veían nada. ¿Por qué tenía que seguir profesando lealtad a personas que preferían no tener ningún trato con él?

Y entonces lo hizo. Negó al grupo que lo había tomado bajo su ala, a aquellos que lo habían aupado. Un inmenso peso cayó sobre su cuello, sus hombros y sus muñecas. Lo invadió la sensación de estar mirando al vacío absoluto de un abismo. Huir o saltar: no había otra opción.

El director no apartaba los ojos de él, lo miraba severo pero esperanzado: hazlo, vamos, firma ya, te necesitamos. Kaplan llevó la pluma al papel. ¿Tan sencillo era tomar una decisión dudosa? ¿Bastaba con contraer los músculos de los dedos corazón, índice y pulgar?

Mientras escribía las ocho letras culpables, halló una palabra que expresaba bien su sentimiento. Traición. Se le ocurrió en ese momento, en el escalofriante momento en que oyó el rasgueo de la pluma al firmar. Había dado la espalda definitivamente a su judaísmo. Entre aquellas paredes, Abel Kaplan sería musulmán. Era un judío que se había pasado a otra religión, un *goy*, un desertor. Los pocos preceptos que aún guardaba perdieron de golpe todo su valor.

El profesor de historia Kaplan aguantó pocas semanas.

No era solo que no le gustase el trabajo, aunque esa fue la explicación que aprendió a dar; tampoco gustaba él a los estudiantes ni a los demás profesores. Kaplan solo tenía a su disposición el neerlandés, lo que lo convertía en una excepción, incapaz de adornar sus clases con traducciones instantáneas o citas originales del Corán, tanto si venían a cuento como si no.

A las pocas semanas, se había aislado de todo el mundo. Escogió el pequeño cuarto que había al final del pasillo. Desde ahí velaría por los estudiantes y, si hacía falta, echaría una mano como profesor de historia, lo que rara vez resultó ser necesario. Se convirtió en un administrativo, un punto de contacto para los alumnos con dificultades. El hecho de que muy pocos recurrieran a él, solo podía tomarse como una buena señal, significaba que supuestamente todo les iba bien. Protegido por algún estatuto inmutable, mantuvo su salario de profesor y, aunque todos los meses comprobaba feliz y aliviado que le habían ingresado el dinero en su cuenta, también sentía los temblores sísmicos provocados por aquel vergonzoso momento.

Con la partida del director, desapareció también su único testigo y Kaplan tenía en sus manos la única prueba de su mentira. Ese era el papel. Escrutó su caligrafía en busca de algún signo de pánico o remordimientos de conciencia, pero no vio nada que le llamara la atención. Jamás rompería ese papel, el recuerdo de su cobardía era demasiado importante. Volvió a meterlo con cuidado entre los archivadores.

Las ventanas abiertas no podían competir contra el olor a sudor de cientos de alumnos, el aire fluctuaba. Kaplan estaba al fondo de la sala. El nuevo director subió al estrado del aula abarrotada. Su forma de abrocharse la americana hecha a medida, el paso decidido, la delicada manera de gesticular: cada uno de sus movimientos parecía estudiado.

Quizá Kaplan debía darle una oportunidad. Por Eva. Empezó a aplaudir con más ganas. La gente se volvió a mirarlo con cierta sorpresa y luego imitó su aplauso entusiasta. El nuevo director aún no había abierto la boca, pero los profesores y hasta los alumnos le concedían el beneficio de la duda. Duyf sacó el micrófono de su soporte. ¿No veían los demás lo que veía Kaplan?

—Bienvenidos —empezó diciendo el director—. Gracias por este caluroso recibimiento. Esta es mi primera mañana aquí y no me avergüenza decir que ya me siento como en casa.

Kaplan notaba frías las yemas de los dedos.

—No me interesan las disputas religiosas —siguió diciendo el hombre—, sino vosotros. No me ocuparé tanto del contenido de las clases como del nivel general de las mismas. Tenemos un gran reto por delante. ¿Cómo podemos aprender para haceros aprender a vosotros?

Habló largo y tendido, moviendo los brazos para enfatizar cada frase. Alrededor de Kaplan todo eran gestos de aprobación.

—De lo que se trata ahora es de cómo encaramos el futuro —concluyó el director—. Confiad en mí. Tengo bien ancladas mis ambiciones y mi determinación. He dejado mi cargo político para poder estar hoy aquí. Estamos juntos en esta aventura. Gracias a todos.

El aplauso fue en aumento, sonaba como un aguacero. Sin que nadie se percatase, Kaplan se escabulló a su cuarto.

Para su satisfacción, el primer día bajo el nuevo régimen no supuso una disminución en las faltas de asistencia. Mientras Kaplan anotaba los nombres de los alumnos, las palabras del director resonaban otra vez en sus oídos, como si se las estuvieran susurrando en aquel momento, tan claras como engañosas. Sonó el timbre: había acabado la quinta hora. Se oyó un redoble de pasos por el edificio.

Apuntaría los nombres de los alumnos que se habían saltado las tres primeras horas en un papel rojo especial y lo dejaría en el casillero del director. Siguió con la mirada los trazos que su mano iba escribiendo, como si sus dedos pertenecieran a otra persona. Cuando estaba con Eva había conocido muchos momentos de felicidad. Hasta él mismo —que según ella temía represalias por cada alegría— lo había sentido así. Esos momentos lo habían anestesiado. Había escrito menos de lo que habría querido escribir.

Detuvo la pluma, el corazón se le aceleró, la joven del vestido rojo bailaba en sus pensamientos. Su pregunta era legítima. Tenía que empezar a escribir de nuevo. Fue en el papel donde había aprendido a gritar. Aquel recuerdo le infundió valor. Ese Único Libro se encargaría de que Kaplan ya no tuviera que definirse como alguien que no era: alguien que posponía su vida, que aplaudía a sus rivales. Tenía que escribirlo, ahora sí, de verdad.

Desde detrás del cristal del primer piso, Kaplan vio a los últimos alumnos ir en busca de sus bicicletas. En medio de la plaza había un coche deportivo de color negro. No tenía ganas de pensar de quién podría ser. En las esquinas del cristal se había acumulado bastante suciedad: moscas muertas, mugre, hojas, excrementos de palomas. Nadie se había tomado la molestia de limpiar las ventanas aquel verano. Era el primer día de un nuevo curso y el edificio ya parecía agotado. Se detuvo delante de la puerta de Duyf, inmóvil y conteniendo la respiración. Después de deslizar el documento en el casillero, se alejó precipitadamente de allí.

Cuando se disponía a cerrar su puerta con llave, Kaplan oyó algo extraño. Un jadeo contenido, sollozos, ruidos de vulnerabilidad. Aguzó el oído.

Y ahí estaba él.

Un niño de unos doce años. Un estudiante de primer curso, no podía ser de otro modo a juzgar por la grotesca cartera repleta de libros que tenía a sus pies: demasiado pesada para que la cargasen unos hombros desentrenados. En efecto, el chico jadeaba con la espalda apoyada en la única columna que había en aquel pequeño pasillo, intentando recuperar el resuello. No había estudiantes que lo persiguieran, no se oían gritos ni voces. Y, sin embargo, el chico había huido, Kaplan estaba seguro de ello. En el silencio del pasillo, esperó a que la respiración del chico se hubiera calmado.

Se oyó un golpe súbito y rotundo, procedente del cuarto de Kaplan. El chico se sobresaltó, se cargó la mochila a la espalda con dificultad y se alejó de allí. Kaplan corrió tras él, pero se detuvo a los pocos pasos con la mano derecha suspendida aún en el aire.

Devolvió al armario el archivador caído y le dio un golpecito en el lomo. En todos aquellos años, jamás se le habían caído unos nombres al suelo.

6

Su apartamento era un mundo para una sola persona. Un ordenador portátil que aún podía pasar por moderno, una sólida mesa de comedor donde también se podía trabajar, suficientes botellas para aguantar varias semanas, un cabezal de ducha como un sol metálico, abultados periódicos sabatinos en una esquina de la repisa de la ventana, luz que conforme avanzaba el día iba reptando por la pared del fondo de este a oeste. Kaplan subió la escalera, miró fugazmente el correo que recibían los vecinos del piso de arriba: propaganda de la lotería del Estado, limpiacristales y videntes.

Fue el barrio barato lo que lo convenció. Ese fue, según la jerga de los estudios de historia, el factor de atracción. El factor de empuje, bueno, sin duda, ese fue Eva. Primero lo atrajo hacia sí y luego lo apartó. Mientras ella despegaba, él se iba enterrando, echándose cada vez más tierra por encima. Llegaría el día, fantaseó, en que nadie podría verlo ya, sería un hombre engullido por la tierra.

El muelle junto al que Kaplan vivía limitaba con la Kinkerstraat, el meridiano que conducía al centro de la ciudad y por el que pasaban a diario decenas de ambulancias a toda velocidad hasta el hospital de Sint Lucas Andreas. El agua del muelle se encargaba de que hubiera mosquitos casi todo el año. Ahora ya no tenía vecinos delante como los de antes, de los que arrastraban las sillas de playa a la calle en cuanto salía un poco de sol y se ponían paneles reflectantes de papel aluminio en el pecho para captar tanta luz como pudiesen.

La desgastada llave se deslizó en la cerradura. Kaplan dejó sus escasas compras sobre la encimera e hizo una planificación del tiempo que se propuso cumplir a rajatabla. Cocinar solo lo tranquilizaba si lo hacía concentrado y sin problemas. Empezó rompiendo los envases, aunque no sin atención, y preparó un tomate para trocearlo. Luego puso los higadillos de pollo en una sartén, que, acosados por el fuego, chisporroteaban, saturados de aceite. Se esforzó cuanto pudo por acallar sus pensamientos en el ruido secular del cuchillo sobre la tabla de cortar y el siseo de los higadillos, pero, en cuanto relajaba la concentración, aquel chico aparecía de nuevo. Aquella mirada apagada, un rostro tan asustado que poseía una serenidad propia.

Kaplan se llevó la sartén al comedor y la dejó encima de la mesa sin poner debajo ningún salvamanteles. Colocó una nueva vela en el candelabro de plata, uno de los pocos objetos heredados de sus padres. En su portátil se puso a ver imágenes por satélite de su vecindario, pero no halló ningún edificio que coincidiera con el de sus recuerdos.

Decidió llamar a Judith, ella conocía el barrio mejor que él. A veces, Kaplan temía que su voz fuese a desaparecer si pasaba demasiado tiempo sin hablar con ella. Judith Citroen. Treinta y tantos. Tetera, no hervidor. Televisor, no pantalla de plasma. Nokia, ropa interior de supermercado, pero, eso sí, Davidoff en paquetes de color burdeos. Podía ser misteriosa sin ninguna afectación añadida. La ternura con la que fumaba, el estilo que tenía a veces al toser. Trabajaba en la sinagoga más cercana: una sinagoga progresista, a unos diez minutos en bicicleta de allí. Después de un desastroso matrimonio con un *goy* —que según ella, tenía las manos muy largas—, había acabado allí para hacer algo por el lugar donde siempre se había sentido segura. En casa, Judith era quien era; en la sinagoga, Judith era quien podría haber sido si su vida hubiera ido de otro modo: así iba el reparto si a Kaplan no le fallaba la memoria.

Él la conoció hacía años, en la *vernissage* de un pintor abstracto un tanto dudoso, en la época en la que aún estaba con Eva. Se fijó en ella enseguida, la ropa de diario combinada con aquella mirada insondable.

No empezaron ninguna relación por aquel entonces; aunque por un momento Kaplan intuyó que cabría esa posibilidad, se miraban con lentitud y ella parecía entender bastante más a Woody Allen que Eva. Tenía aptitudes para ser una buena Diane Keaton. Mira por dónde. Se persuadieron mutuamente para mantener una conversación sincera en un rincón de la galería. Sin esconder nada, con franqueza. El pacto solo sería válido durante aquella velada. Descubrieron que sus matrimonios habían seguido cursos paralelos, primero de remontada y luego en declive, comprendieron su propia historia al escuchar la del otro. A los dos los aguardaba una tormenta. Tras quedarse en silencio, ella le apretó la mano y se alejó de él. El adulterio más significativo es el que nunca llega a consumarse, se dijo Kaplan mientras esperaba a Eva.

Cuando sus antiguas vidas se derrumbaron, Judith y él se buscaron el uno al otro como perros que reconociesen su mutuo olor. Mientras estaban en la cama, les sorprendió la seguridad que ambos sentían, aquello era demasiado natural, y los dos concluyeron en que todo había ido «demasiado rápido».

Después de largos interludios, durante los cuales ambos mantuvieron relaciones cortas e insatisfactorias, pero sobre todo estuvieron solos, Kaplan y Judith decidieron mantener relaciones sexuales de forma regular, sin los llamados acuerdos de exclusividad. Su segundo periodo juntos fue distinto del primero. Judith se mostraba más tolerante que antes o, quizá, más desilusionada. Estaba al corriente de lo de Eva, aunque nunca quedaba claro cuánto sabía. Lo mismo podía decirse del trabajo de Kaplan: Judith sabía que él trabajaba en un centro de educación secundaria, pero él jamás se había atrevido a contarle qué clase de escuela se trataba. Judith ya no hacía tantas preguntas como antes y a él le venía de perlas.

Kaplan cogió su viejo Nokia y buscó la *J* de Judith.

A primera vista, Judith y Eva parecían tener bastantes cosas en común; la principal era su judaísmo, pero eran sus diferencias lo primero que le llamó la atención a Kaplan.

Esperó, fue bajando por la letra *E* hasta llegar a la *J*.

La diferencia de edad era llamativa. En Judith las arrugas eran una excepción, bellas imperfecciones; en Eva, en cambio, se habían fusionado en su rostro como las grietas de un bodegón, por mucho que ella se esforzara por borrar las huellas de su vejez. No era el irremediable envejecimiento de Eva lo que molestaba a Kaplan, sino la obstinación con la que ella lo negaba.

Kaplan no sabía por qué alguien joven como Judith se había interesado por él, seguramente se debiera a la decepción sufrida con otros hombres. No importaba. Ella le ofrecía atisbos de la vida que creía haber perdido, una vida de mañanas de domingos y vinos baratos pero bien escogidos. Quizá él debería esforzarse más en mostrar su gratitud. La última vez que se vieron, hacía un mes aproximadamente, ella se había puesto una de las camisas de Kaplan para estar por casa. Hacía mucho tiempo que alguien no se sentía tan seguro en su presencia. Quizá debería haberle regalado la camisa entonces, pensó de pronto. Ahora ya era demasiado tarde.

A pesar de que su contacto era irregular, Kaplan sospechaba lógicamente que Judith no se veía con nadie más, despechada como estaba aún por su matrimonio fracasado. Él era igual de fiel, eso era lo menos que podía hacer. El teléfono sonó, estaba anocheciendo, las luces traseras de los coches que circulaban brillaban en la llovizna.

—Abel —dijo ella, cuando contestó la llamada a la cuarta señal—. Espera un momento que salgo fuera. Estoy en casa de una amiga.

Judith murmuró una excusa a su amiga que Kaplan no llegó a entender.

Él nunca sabía cuándo debía llamarla y no tenía la menor idea de con qué frecuencia debían reanudar su contacto. Estaban unidos por una cuerda que llevaban holgadamente alrededor de la muñeca, a veces uno tenía que tirar de ella para no perder al otro de vista.

—No quiero molestarte.

—Dime de qué se trata.

—Hoy era el primer día de clase —empezó contándole él—. Había un chico raro. Me parece que se meten con él. Bueno, en realidad, estoy seguro.

—¿Le han hecho daño?

Ese era el rasgo más bonito de su carácter, que nunca tenía que fingir compasión. Judith era una persona extraordinaria. Alguien debería decírselo alguna vez.

—No lo sé, pero aquellos ojos... estaban tan asustados. Era puro miedo, en serio. Creo que necesitaba mi ayuda.

—Vale. ¿Y tú qué hiciste?

Él miró, escuchó, sintió compasión y una ligera emoción. Fuera lo que fuese lo que Kaplan vio en aquella cara asustada, poseía algo sublime, algo que traspasaba todo.

—Quise ayudarlo, pero se fue corriendo.

Se hizo un breve silencio.

—Hummm... Vale. No quiero ser borde, pero ¿qué quieres que yo te diga?

—¿Qué quieres decir?

—Abel, llevo semanas sin hablar contigo, comprenderás que resulte un poco extraño que me llames de pronto para contarme cómo te ha ido el día, ¿no?

Él asimiló sus palabras. Judith tenía razón.

—Me dije que por algún sitio teníamos que empezar —Kaplan oyó su risa a través de la línea, un leve bufido.

—¿Sabes qué? Cuéntamelo mañana, ¿vale?

Judith era demasiado buena para él. Demasiado simpática, demasiado tolerante. Kaplan temía que lo suyo nunca fuese a funcionar.

—¿En tu casa? —preguntó él.

—Sí. A las nueve. Así cenamos algo antes. Juntos, quiero decir.

Y ahora estaban en la cama, agotados, Kaplan jadeaba. Los últimos años, el sexo, como idea, se había convertido en algo cada vez más importante. Lo deseaba casi todos los días, no porque tuviera más ganas de hacerlo que antes, sino porque solo durante el sexo conseguía librarse en cierto modo de sí mismo.

Aquel feliz vacío se había acabado por hoy, Kaplan volvía en sí lentamente, recordaba su manera de pensar, su vida, su día. También en ese segundo día de clase Kaplan había pensado más en Duyf de lo que habría deseado —la idea de que estar los dos en el mismo edificio era como una maldición—, pero, en otros momentos, mientras se encontraba sentado en la silla que ya había adoptado la forma de su cuerpo, Kaplan había podido alegrarse ante la perspectiva de ver a Judith y tener sexo familiar. Ese día no había vuelto a ver al chico.

A las nueve en punto, Kaplan se presentó ante la puerta del apartamento de Judith. Fueron directamente al dormitorio sin decir nada. La imperfección técnica de la interacción entre los dos cuerpos estaba supeditada a la lujuria y la pasión: los dos habían pasado semanas sin caricias. Ella tenía los pechos pequeños y tersos con los pezones oscuros, casi sin estrías. Qué sentimiento tan glorioso y absoluto experimentaba Kaplan al estar dentro de ella, envuelto en su calor. Qué embriagador.

Deseando repentinamente la liviandad de una charla postcoital, Kaplan le preguntó:

—¿Sabías que siempre he sentido celos de las mujeres? ¿De la mujer?

Ella se volvió hacia él, algo confusa.

—¿Y eso por qué?

Él observó el armario rojo de Judith. Era de fabricación china, se lo había dicho ella una vez. Kaplan era incapaz de decir si el armario era bonito o feo, pero estaba convencido de que Eva jamás lo habría comprado.

—De que vosotras podéis dejar que os tomen por detrás. Suena extraño, pero vosotras podéis permitirlo. Si yo quisiera hacerlo, me tomarían por maricón.

Ella abrió los ojos, miró al techo. Un postrer estremecimiento de placer se expandió por su vientre.

—¿Te gustaría que te lo hicieran así?

—Para serte sincero, me parece un infierno —guardó silencio un instante—, pero por otro lado, hay pocas cosas que me parezcan tan liberadoras. Hablo en sentido abstracto. Me parece la última manera de entrar en el sentimiento si verse distraído por la cara y las miradas íntimas del otro. Para disolverte en tu pasión. Para desaparecer. ¿Me entiendes?

—No tiene nada de abstracto dejar que te lo hagan por detrás. ¿Es por eso por lo que te gusta tanto hacérmelo así?

De pronto la conversación había pasado de algo abstracto y filosófico a algo concreto y personal, un cambio en el que las mujeres tenían la patente y que invitaba a una escalada.

—¿Porque es menos íntimo? —añadió ella.

Judith se levantó, se anudó una toalla a la cintura y se puso un pasador en el pelo.

—¿Crees que hago el amor como alguien que tiene miedo de la intimidad? —era una pregunta sincera.

—No —repuso ella—. Creo que haces el amor como alguien que se ha olvidado de lo que significa la intimidad —las palabras sonaron destempladas—, pero no importa —añadió—. Yo sí lo sé.

Judith metió en el microondas los platos que habían estado esperándolos en la mesa francesa de patas torneadas y, con unos guantes de horno, los volvió a llevar calientes a la mesa. Mientras ella iba a buscar algo de beber, él echó algunas judías de su plato al de ella: Kaplan sabía cuánto le gustaban.

—¿De qué querías hablar ayer? ¿De un chico? —Judith aplastó media patata con el pan.

—En realidad quería hablarte también de otra cosa. Tú te criaste en este barrio, ¿no?

El vino tinto sabía bien. Kaplan, que por naturaleza era un bebedor rápido, se propuso moderarse.

Ella mojó pan en la salsa.

—Nací en Buitenveldert.

—Pero llevas mucho tiempo viviendo en el oeste.

Para ser exactos, ella vivía justo en el límite del barrio del centro, en el número 208 III de la Eerste Helmersstraat, en un apartamento que aún tenía huellas de una vida antaño simbiótica: una cafetera exprés con dos pitorros, una ducha con doble cabezal. El *goy* —al que ella solía referirse como «ese imbécil»— le había pegado, así que había sido él quien había tenido que largarse.

—¿Qué quieres saber? ¿Atracciones turísticas? ¿Lugares de interés según TripAdvisor?

Judith dio un buen trago. Tenía gotitas de sudor en la frente, allí donde la piel dejaba paso a su cabello castaño.

—Hace poco, mientras volvía a casa, me topé con un edificio extraño que no había visto hasta ahora —empezó a contarle él—. Ahí estaba de pronto, en algún lugar entre el centro y mi casa, cerca había un canal y un viaducto. He estudiado las imágenes por satélite, pero no he visto nada.

—Querrás decir que has estado mirando en Google Maps —él asintió. Judith era muy puntillosa— la mitad de la ciudad encajaría con tu descripción, pero, en fin, ¿qué tenía de especial ese edificio? —le preguntó ella. A él se le había quitado el apetito.

—Creo que hay gente ahí dentro. Al principio pensé que serían okupas, pero había policía, vi vallas y perros. Oí gritos —niños, supo de pronto, los que gritaban eran niños—, creo que los tenían ahí encerrados —recordó la imagen del muchacho en el pasillo del colegio: pálido, acosado—. No dejaron que me acercara. Hasta salió un agente para echarme de allí. ¿Por qué me miras de esa forma tan rara? ¿Crees que me lo estoy inventando?

—¿Y tú para qué querías acercarte? No parece un lugar muy agradable, ¿no?

—Si no hubiera visto las vallas ni oído a los perros, habría pasado de largo.

Judith se quedó con el tenedor suspendido en el aire.

—Ahí tienes uno de los mayores problemas del siglo XXI. La gente quiere que la dejen en paz, pero sus intentos por aislarse de los demás solo consiguen despertar curiosidad y celos, así que, al final, siempre los acaban molestando.

—No todos los conflictos son una versión en pequeña escala del conflicto entre Israel y Palestina —dijo Kaplan.

Nada más pronunciar esas palabras, lo asaltaron los recuerdos: Yom Kippur, 1996. Eva y él llevaban solamente tres años casados. No les costó ningún esfuerzo respetar los rituales y preceptos del día. La ropa blanca que vestían parecía ligera como una pluma. Fueron a la sinagoga para oír hablar del profeta Jonás, que había intentado en vano eludir sus obligaciones hacia el Señor, pero que al final se arrepintió. Permanecieron sentados hasta que oscureció, para entonces ya se sentían débiles a causa del ayuno, adormecidos por el canto levitante. En Yom Kippur cada pecado se corresponde con un golpe de puño en el corazón. Visto en retrospectiva, el único pecado de Kaplan fue creer que se merecía aquella vida. Al final de aquel día de 1996, los muertos exigieron recuperar su trascendencia. Las familias del vecindario se reunieron en la casa del hermano de Eva, pues tenían por costumbre recordar a las víctimas del Holocausto en Yom Kippur, pero incluso durante los silencios solemnes, entre las historias de los supervivientes y de las víctimas de segunda generación, los momentos de contacto visual entre Eva y él fueron intensos y juguetones, como si sus miradas ocultasen innumerables secretos íntimos que nadie podría descubrir jamás. Kaplan comprendió después que aquello fue lo que más lo afectó: la gradual pérdida de la intimidad, como si se tratara de un río cuyo cauce fuese menguando lentamente. Dieron por acabada su relación muchas veces sin decirlo. El peor momento fue cuando él se despertó y sintió que ya nada era como habría podido ser. La sequía se extendía por todas partes.

—Me conoces demasiado bien, Abel Kaplan.

Sin dejar de masticar, Judith lo apuntó con el tenedor, le sonrió y le guiñó el ojo. Aquel gesto lo desarmó, precisamente porque ella era demasiado mayor para un gesto así. En una ocasión, le había mostrado una foto de cuando tenía dieciséis años. Una muchacha soñadora, con un cabello rizado de chico. Poseía el tipo de belleza que no se apreciaría hasta años después.

—Solo fue extraño —lo reformuló él, mientras intentaba recuperar la urgencia de sus palabras anteriores—. Inquietante. He intentado olvidar el asunto, pero no ha servido de nada. Lo que pasaba ahí, simplemente, no tenía sentido... Iba en contra de algo... de algo elemental.

—Contigo todo es siempre elemental. ¿Has intentado ya repetir la misma ruta que seguiste?

—Sin éxito.

—¿Estabas borracho?

—No, borracho no —aquello bastaría para darle a entender que aunque no estaba borracho del todo, sí iba un poco achispado, lo que significaba que tal vez ella supiera que había visto a Eva—. Tampoco estaba muy despabilado que digamos. Más que nada me sentía cansado —concluyó.

Judith se terminó las verduras y se dejó un trozo de pan.

—No veo qué tiene que ver el chico acosado con ese edificio.

Él estudió su rostro. Al cabo de un par minutos, ella dejó de esperar una respuesta.

En el cuarto de baño, él se lavó los dientes y le masajeó el cuello. Ella se rio. Él le preguntó si sabía lo mucho que la... pero ella le puso un dedo en los labios justo a tiempo.

Se acostaron y se desearon buenas noches.

El último pensamiento que Kaplan tuvo aquel día fueron los gritos, los ladridos, los ojos del chico: distintas manifestaciones de la misma fatalidad.

7

«Tres faltas y fuera.» ¿De dónde se lo había sacado aquel hombre?

Kaplan había leído cuatro veces el memorándum interno que Duyf había hecho circular. El director anunciaba un nuevo sistema basado en el principio que aplicaban en algunos colegios estadounidenses de tres avisos y sanción. Si un alumno faltaba tres veces sin permiso a una o a varias horas de clase, quedaría automáticamente excluido de la siguiente ronda de exámenes o, peor aún, sería expulsado.

¿Por qué Duyf se había creído demasiado bueno como para pedirle consejo a él, Kaplan, la conciencia de la escuela? ¿Para qué molestarse siquiera?

Kaplan llevaba ya dos días haciendo cuanto podía para no tener que salir de su cuarto. Llevaba tapones en los oídos, quería oír lo menos posible y no ser visto, pero el agresivo ruido del timbre era ineludible y venía seguido inmediatamente por el redoble que retumbaba en los pasillos. Escribió con atención tres sonoros nombres en un papelito rojo, caligrafió deprisa y observó la piedra carcomida que había en la esquina superior de aquel cuarto. Por desgracia, aquel nuevo sistema parecía funcionar de momento: había notado una ligera disminución en las faltas de asistencia. Como siempre, las aes y las oes eran las letras que aparecían con más frecuencia entre los nombres de los pecadores.

Mientras se ocupaba de cifras y de nombres, Kaplan se sentía por un momento historiador, eso era según su diploma. Qué abierta e invitadora le había parecido aquella carrera hacía dieciocho años. La historia tendía puentes al pasado, que a él siempre le había parecido una oscura y difusa masa de hechos y rostros. De estudiante veía los puentes y hasta se atrevía a cruzarlos. No había ningún lugar incomprensible o inalcanzable. Y, en las horas ocultas, escribía algún que otro poema aceptable.

Hubo meses en los que se planteó seriamente doctorarse. Ya en la primaria, Kaplan había hecho trabajos sobre la Segunda Guerra Mundial y dibujaba distraídamente bigotitos cuadrados. La fascinación infantil que un maestro consideró alarmante por aquel entonces fue vista en la universidad como la fuerza impulsora natural que todo historiador debía tener. Estudiaba mucho y despacio, como alguien empeñado en no hacer nada mal.

En los últimos años de la carrera, discutió con su tutor, que opinaba que su forma de escribir era demasiado soñadora: debía recurrir más a las fuentes y menos a la intuición. Las notas a pie de página se convirtieron en cadenas; las tablas, en celdas. Se quitó de la cabeza la idea de doctorarse. Por suerte, por aquel entonces ya estaba con Eva. Ella le enseñó que solo los hombres valientes cambiaban sus ambiciones. Gracias a ella, el mundo dejó de dar sacudidas y se asentó ante sus ojos.

En la primera reunión de la familia de Eva a la que Kaplan pudo asistir, celebrada en el local donde servían bocadillos Sal Meijer, solo contaba un tema, el tema sobre el cual se guardaba silencio: la guerra. Los bocadillos estaban sobre la mesa. Uno tras otro, los miembros de la familia fueron cediendo y conjuraron el silencio. Kaplan escuchó. Las historias lo devolvieron a su casa paterna, pero esta vez no estaba solo. Sintió un dolor que no admitía burlas ni contradicciones, que era verdadero y siempre seguiría siendo verdadero.

En 1992, año en que Kaplan acabó sus estudios, Francis Fukuyama, un politólogo estadounidense por el que no sentía gran aprecio —demasiado pagado de sí mismo—, anunció el final de la historia e, instintivamente, Kaplan tuvo que darle la razón, los puentes estaban ardiendo. Kaplan no se convirtió en el historiador que había querido ser. Mientras se encontraba en la entrada de su facultad, en medio de orgullosos hombres y mujeres jóvenes recién licenciados, ya no sabía por qué había estudiado historia. ¿Acaso no había buenas alternativas? Estrechó entre los brazos el portadocumentos de piel de color negro que le había regalado el padre de Eva y esperó hasta que ambos estuvieran solos.

Kaplan miró por última vez los nombres escritos en la hoja roja de las faltas de asistencia, luego se la metió en el bolsillo e intentó sacudirse el pasado de encima.

Por la tarde, Kaplan condujo lentamente hasta la casa de Eva. La fuerte lluvia había oscurecido el cielo; le escocían los ojos, le había empeorado la vista desde que llevaba las gafas bifocales. Miró a derecha e izquierda, por miedo a pasar por alto la bocacalle o el desvío que lo había conducido hasta el edificio. Calles, esquinas y aceras se fundían en una masa acuosa de la que destacaba de vez en cuando algún letrero luminoso. No, tendría que volver a buscarlo de día. Lo intentaría de nuevo el fin de semana.

Cogió el teléfono, apretó la tecla de acceso directo, aún seguía correspondiendo a Eva. No oyó cómo contestaba; el ruido de la lluvia era demasiado abrumador.

—¿Eva?

—Sí, sí, aquí estoy. ¿Qué es eso? ¿Qué es ese follón?

—Es la lluvia, perdona, espera un momento —dijo—. Detuvo el coche debajo de un viaducto. El gorgoteo del agua que se precipitaba del cielo se convirtió en un susurro.

—¿Por qué me llamas?

¿Había alguien más en su casa?

—¿Estabas viendo la televisión? —el corazón le latía de forma rápida e irregular.

—¿A ti qué te importa?

—Oye, me preguntaba si ya has ido a recoger tu ejemplar de *El libro de los sueños*. Hace poco me mandaron una carta a casa...

—Voy a colgar.

—Pero ¿por qué?

—Porque presiento que vamos a tener una conversación absurda. *El libro de los sueños*... ¿De qué estás hablando? —Eva calló un momento—. Y no me gusta que me llames mientras conduces bajo la lluvia. Me siento observada —se le quebró la voz.

Él cerró los ojos, empezó a hablarle del edificio. Necesitaba encontrarlo.

Ella no le preguntó por qué. Hacía años que a Eva habían dejado de importarle sus porqués.

—No sé qué camino tomaste.

De nuevo aquel ruido de fondo.

—No, no, claro que no, no se trata de eso, pero ¿no te has enterado de nada extraño últimamente?

—Nada más extraño que esta conversación.

—Vale. Perdona. Ya cuelgo.

Ella se le adelantó. Kaplan se quedó observando la pantalla hasta que se puso negra. Solo después se hizo la pregunta: ¿dónde demonios estoy?

Avanzó despacio hasta un jardincillo municipal. Guarecido entre dos recios robles había un banco, en el banco había dos hombres, dos chicos quizá. Estaban sentados encima del respaldo, con los pies apoyados en el asiento. Kaplan detuvo el coche por completo y bajó la ventanilla.

—Hola —les gritó, su voz apenas resultaba reconocible—. A lo mejor uno de vosotros podría ayudarme.

Las caras, resguardadas entre los cuellos levantados, se miraron mutuamente. Una de las figuras se puso en pie, la otra permaneció sentada. Kaplan comprobó que eran chicos y no hombres.

—Acércate —le dijo el chico que echó a andar hacia a él.

—Estoy bien aquí —repuso Kaplan—. Me he extraviado. ¿Alguno de vosotros sabría...?

El chico miró al otro y repitió la palabra «extraviado». Luego volvió la cabeza de nuevo hacia el coche.

—¿Y sabes por qué te has extraviado?

¿Qué les importaba a esos chicos la razón por la que se había extraviado?

—Porque no me he fijado bien, porque...

—Porque este no es tu puto barrio, viejo —le espetó el chico.

Con un movimiento fluido, agarró del suelo una botella de cerveza y la lanzó hacia la ventanilla abierta. Kaplan la subió tan rápido como pudo, pero no fue suficiente. La botella se estampó contra el espejo lateral, la espuma salió volando por todas partes y algunos cristales se colaron en el interior del coche. Sin detenerse a comprobar si le habían dado o no, Kaplan asió el volante y pisó el acelerador y los chicos desaparecieron por el retrovisor. Jadeaba, tosía y tomaba cada curva a toda velocidad. A los cinco minutos vio la primera placa con el nombre de su calle. Al cuarto de hora, ya estaba en casa.

Kaplan tomó una larga ducha caliente durante la que se limpió el corte que le habían hecho en el dorso de la mano. Observó su cuerpo en el espejo medio empañado, situado justo frente a la ducha. Fiel a la costumbre, contuvo la respiración para esconder su incipiente barriga. Abandonó el gesto al darse cuenta de lo patético que era.

A Eva le gustaba gastarle bromas sobre sus imperfecciones, sus pies cavos, el eccema que le salía en invierno entre los dedos de las manos. Él se hacía el ofendido, pero aquellas bromas le gustaban. En las noches buenas, lo excitaban: con el insulto apropiado, Kaplan era incapaz de disimular su erección. Kaplan se miró el sexo, no se atrevió a hacerlo por el espejo. Flácido, ni grande, ni pequeño, ahí, bamboleándose entre el chorro de agua caliente. Le dio unos golpecitos y el pene se balanceó al compás. No tenía ni idea de lo que había esperado. Su circuncisión era el único recuerdo tangible de su vida anterior. Desnudo seguía siendo judío.

Consiguió que el miembro se le pusiera medio duro, pero necesitó la máxima concentración para evitar que la erección se esfumase. Desistió dos veces y empezó de nuevo. Al final, acabó corriéndose, pensando en los hombres que Eva habría tenido antes y después de él. Fueron apareciendo en su mente uno tras otro, en una serie de fiestas sexuales desfavorecedoras y misóginas que consiguieron que su semen llegase hasta el panel de plástico de la mampara de la ducha. Se agachó y miró enfadado cómo el semen que jamás había producido nada desaparecía en el remolino del desagüe.

8

Era el último día de la semana.

Kaplan estaba confeccionando una lista provisional con los alumnos que, después de la primera semana, ya consideraba casos problemáticos. Estaba olisqueando el corte que tenía en la mano —una costumbre que había adquirido de niño con los arañazos: un olor metálico— cuando lo sorprendió el grito y supo de inmediato que estaba oyendo una persecución.

Se abalanzó hacia la puerta y abrió una rendija. Una pequeña figura corría hacia él agitando los brazos. Era aquel chico, de nuevo con aquella pesadísima mochila bamboleándose en la espalda y con el mismo miedo en los ojos. Kaplan no necesitó pensárselo dos veces, abrió la puerta y el chico entró a toda prisa. Kaplan cerró la puerta con cuidado y le hizo una señal para que guardara silencio. Juntos oyeron cómo las ruidosas pisadas pasaban de largo.

Al cabo de unos minutos, los pasos habían desaparecido. La figura que estaba de pie frente a Kaplan coincidía con la suya. Un niño de doce años que se escondía de los ojos infrarrojos de su madre, de sus compañeros de clases, de quienquiera que lo buscase. Después, se imaginó a otros niños anónimos que en los últimos setenta años se hubiesen escondido, conteniendo el aliento, llorando sin hacer ruido.

Kaplan alcanzó una caja de plástico que había utilizado para transportar libros y la puso boca abajo en el suelo. Faltaban treinta y dos minutos para la hora del recreo más largo. Entonces, el chico tendría que salir de nuevo al pasillo y mezclarse con la multitud.

—Siéntate y deja ahí la mochila —le indicó.

El chico seguía volviéndose para mirar hacia la puerta, tenía las sienes húmedas de sudor.

—No te preocupes. Aquí no te buscarán. La mayoría de los alumnos ni siquiera sabe que existe este cuarto. ¿Tú lo sabías?

El chico asintió con la cabeza.

—¿Cómo? —preguntó Kaplan.

El chico abrió la boca dos veces sin decir nada. A la tercera vez dijo:

—Los chicos de la clase dicen que aquí vive un viejo que lo controla todo. Una especie de espía.

Kaplan creía, creía saber, sabía, que la gente chismorreaba hasta de él, pero no se había imaginado algo así.

—Si hay algo que no soy, es un espía. Y, como tú mismo puedes ver, tampoco soy un viejo —atisbó cierto titubeo en los ojos del chico—. Bueno, al menos no un auténtico viejo. No te preocupes, no voy a hacerte ningún daño. Soy un... —dijo buscando la palabra más indicada— un aliado. Sí, eso es lo que soy —y, después de un breve silencio, añadió—: ¿Estás haciendo novillos?

—No, señor, de verdad que no. No había clase de gimnasia.

Kaplan se sentó detrás de su escritorio y buscó los horarios.

—¿En qué clase estás?

—1.º B, señor.

El chico era demasiado solícito. Debía aprender a protegerse, y pronto. Lo que decía parecía ser cierto.

—¿Y tu nombre?

El chico titubeó y entornó los ojos.

—Ibrahim.

Kaplan cogió la lista de la clase.

—¿Podrías señalarme tu nombre?

El chico se inclinó hacia delante, señaló un apellido relativamente corto. Kaplan alcanzó otro archivador, buscó la foto del documento de identidad. A aquellas alturas del curso aún no había ninguna foto de grupo disponible. Ahí, en la clase 1.º B, vio el rostro que tenía ahora ante sí, pero más joven y más vulnerable aún.

—Llevabas gafas —constató Kaplan. El chico asintió—. Ya no te atreves a ponértelas, ¿no? —el chico asintió de nuevo—. Hace tiempo que se meten contigo, ¿verdad, Abraham?

—Me llamo Ibrahim.

—¿Hace tiempo que se meten contigo?

—Es mi primera semana en este colegio.

—¿Llevan toda la semana metiéndose contigo?

—Sí.

Kaplan consultó su reloj. Veinte minutos más.

—Puedes esconderte aquí. Lo digo en serio, este cuarto es un escondite. Yo llevo casi diez años escondiéndome aquí.

—¿De quién?

Kaplan sonrió.

—De todo el mundo, me temo. De todas las personas y de todas las cosas.

—Eso no puede ser —repuso el chico efusivamente, como si pocas veces hubiera oído una broma tan buena. Lágrimas incipientes aparecieron en las comisuras de los ojos, probablemente de alivio.

Ambos callaron. Kaplan le dio una moneda para la máquina expendedora. Pasaron los últimos cinco minutos que faltaban para el recreo. El chico se había tranquilizado y ya no tenía la cara tan colorada.

—Sabes una cosa, Abraham, me harías un gran favor si vuelves a acudir a mí la próxima vez que te persigan.

—¿Cree usted que volverán a perseguirme?

—¿Ya te han pillado alguna vez?

El chico no contestó.

—No te preocupes. Yo te ayudaré. Todo saldrá bien.

Sonó el timbre, el chico le tendió la mano flácida y sudada y salió sigilosamente del cuarto.

Kaplan se puso a buscar febrilmente el protocolo. Lo encontró en el último cajón, algo amarillento y jamás leído con detenimiento.

—Aspiramos a tener un colegio en el que no haya acoso escolar... —leyó en la primera página—. Todos los niños tienen derecho a un entorno de aprendizaje seguro.

Se estremeció al leer las frases gratuitas que había escrito en su día y dejó a un lado los papeles. Cualquiera que fuese la forma en que ayudase al chico, le saldría del corazón y nadie se atrevería a ignorarlo.

Volvió el silencio y Kaplan se sumió en sus pensamientos. Cerró los ojos y se vio a sí mismo llamando al despacho del director. La puerta se abría y Kaplan entraba y empezaba a hablar sin más preámbulos. «Hay un niño que está sufriendo acoso escolar.» Duyf le preguntaría entonces si podía darle más detalles sobre el asunto y, después de que Kaplan lo hubiese hecho, el director diría:

—¿Cabe la posibilidad de que lo que usted llama acoso sea en realidad un juego?

—Imposible. Esa mirada en sus ojos.

—¿Tiene usted nombres?

—Ninguno.

—¿Qué quiere que haga yo?

—Protéjalo. Nada más. Si protege usted a ese niño como si fuera su propio hijo, estoy dispuesto a dejar de lado todos mis prejuicios sobre usted. Estoy dispuesto a perdonarlo.

Las conversaciones más satisfactorias sucedían siempre en su cabeza. Así era antes y así seguía siendo ahora. Al menos había una constante en su vida. Kaplan sonrió.

9

Se oía el ruido de la grava crujiendo bajo veinte o treinta pares de zapatos: no creía que ese día hubieran acudido muchas más personas. Así empezaba el sueño, siempre igual.

Después del ruido, llegaban las diferencias de luz y empezaban a perfilarse los contornos del cortejo fúnebre en su conjunto y de cada uno de los presentes por separado. Siempre el mismo ruido, un ruido que aquel día parecía llenar todo el cielo, un cielo tan pesado que acabaría por desplomarse.

El ataúd de su padre. Él mismo lo había elegido la última semana de su debilitada vida: brillante, negro, barato. Aquel objeto reluciente, alzado en vilo, los brazos fuertes y velludos. Su madre consideró que, con catorce años, Abel era demasiado débil para ser uno de los porteadores.

Solía intuir el despertar cuando aún estaba dentro del sueño. La oscuridad se atenuaba y el crujido de la grava se convertía en el ruido de la lavadora, él prefería encenderla por las noches. Esas imágenes, esos primeros ecos de recuerdos, era lo que experimentaba más a menudo.

Kaplan se levantó, medio dormido aún. Eran las cinco de la mañana, ya no era de noche, aún no era de día. Tenía el cuello empapado en sudor. Habían pasado meses desde la última vez que transitara por ese sueño. Así lo sentía él, como un recorrido fijo que tenía que efectuar de tanto en tanto. Fue al baño y empezó a sacar la ropa de la lavadora. Calzoncillos, calcetines a cuadros y a rayas.

Quizá fuese por los sentimientos que había experimentado al ver al chico, quizá su cuerpo ya no estuviera acostumbrado a sofocarse así. Se sirvió un vaso de leche y añadió dos terrones de anís, el último homenaje a su madre. Batió la leche hasta que empezó a formarse una capa de espuma. Por la ventana contempló los primeros rayos de sol. Sus pensamientos eran más puros en aquella hora temprana y vulnerable. Casi podía engañarse a sí mismo fingiendo que nada existía al margen de lo que él pensaba y sentía en ese instante.

De estudiante, solía trabajar al amanecer en su debut extraoficial —un libro de poemas titulado *Un nacimiento*— que apareció publicado en una revista universitaria. Mientras componía el librito —treinta poemas, casi todos ellos autobiográficos, aunque él no lo viera así por entonces—, sostenía haber escrito toda la obra en un solo momento, un solo instante en el tiempo, pero no era un auténtico poeta. Carecía de musicalidad, le faltaba confianza en su talento. La idea para su novela, que aparecería cinco años después de haber publicado el libro de poemas, también se le ocurrió de madrugada.

Cuando vivía con Eva, se retiraba a escribir a la habitación destinada para los niños y que, con el paso de los años, se fue llenando de libros y papeles hasta que al final se convirtió en un monumento a una doble decepción: no hubo libro nuevo ni hubo niño. La postura oficial de ambos fue que si no venía de manera natural, más valía dejarlo estar. Ya había suficientes niños en el mundo.

Tosió, le escocían sus gruesos párpados. Había leído en alguna parte que el cuerpo humano contiene más bacterias que células, 1014 frente a 1013. En momentos como ese, sentía la verdad de aquella asombrosa estadística.

¿Qué escribía antes, en aquella habitación infantil vacía? ¿Podía recordarlo aún?

Escribía lo que quería contar, primero en verso y luego en prosa. Tan sencillo era todo por aquel entonces. En primer lugar, escribía sobre su origen y su vida. No lo hacía porque creyese que a la gente podía importarle lo más mínimo, sino porque de vez en cuando necesitaba mirar atrás para comprende el zigzagueante camino que había recorrido.

La primera versión de su vida contenía los hechos más tempranos: la historia de su madre. Antes había tenido otro amor: el hermano del padre de Kaplan. Un conductor de tranvía de diecisiete años que albergaba la esperanza de que la muchacha rubia que no se atrevía a mirarlo volviese a subir al tranvía un día más. En su tiempo libre, el joven hacía pequeños encargos para la resistencia: llevaba periódicos clandestinos escondidos debajo de la correa de transporte, que en realidad contenían planes en clave. Ella era una muchacha de catorce años que se gastaba toda la paga en viajar en tranvía hasta paradas en las que no se le había perdido nada, como el barrio de Staatsliedenbuurt o el puerto de Houthavens. Se arreglaba para él, se decía el joven para infundirse valor y, por fin, llegó el día en que se atrevió a abordarla. Mantuvieron su amor en secreto poco tiempo y, en 1942, con quince años recién cumplidos y sin el permiso paterno, ella abandonó su casa para trasladarse al pequeño apartamento de soltero de él, en el barrio de Jordaan. Pensaban casarse, pero antes tendrían que esperar a que ella cumpliese los dieciocho años y a que llegaran tiempos mejores.

El 4 de agosto de 1942 la espera terminó: una bala perdida agujereó el cristal del tranvía y atravesó la sien izquierda de su prometido. Y ella ya no tuvo que cumplir los dieciocho para ser adulta.

Kaplan no pudo averiguar cuál de los dos había necesitado más consuelo, si la muchacha abandonada a su suerte o el hermano menor desamparado. Cuando el padre de Kaplan regresó a casa después de acabar sus estudios, ella lo estaba esperando en el apartamento de su hermano. En cuanto la ley lo permitió, la pareja se casó y se trasladó a vivir al barrio de Rivierenbuurt y se atrincheraron en su nueva casa. En su habitación oscura, él hacía maquetas de tranvías antiguos, ella prefería evitar ese cuarto.

Pasarían veintidós años antes de que naciera Abel, el bebé que según su padre y su madre era el vivo retrato de alguien que ya no existía.

Había una fotografía en la que salían los dos hermanos. Unos días, su padre y su tío no se parecían en nada; otros, eran casi idénticos. Muy de vez en cuando, su madre le hablaba del pasado y de los peligros vividos. De los años oscuros. Entonces, su padre se situaba detrás de su mujer y le masajeaba los hombros hasta que ella cerraba los ojos y sonreía. Hablaban del gran pasado en la resistencia del hermano fallecido, su heroísmo aumentaba año tras año.

El padre de Kaplan acabó convirtiéndose en una sombra de su esposa, una sigilosa figura que se plegaba por completo a sus deseos. Si ella se movía, él se movía también. Si ella se estiraba, él hacía lo mismo. Sin ella, él no era nada. No fue hasta su adolescencia cuando Kaplan fue consciente de lo mucho que había detestado de niño aquel reparto de papeles.

Abel jamás llegaría a formar parte del mundo de sus padres. La guerra era el secreto que él no pudo conocer de niño. Cuando sus padres murieron, el niño se quedó solo, la foto se puso amarillenta, no era un negativo.

La segunda versión de la historia de su vida: una variación de los hechos. Él había crecido más o menos sin padres. No tenía un lugar de nacimiento, ni patria, ni origen. Había nacido en plena tormenta. Y, ya puestos, había sido criado por los lobos.

La tercera: un cambio en las variaciones. Se sentía más él mismo cuando podía crear su origen, sin futuro ni pasado, en una niebla impenetrable del presente.

Kaplan fue a sentarse en el sofá, se cogió los pies entre las manos y fue frotándolos por turnos para calentárselos. Ahora que la leche se estaba enfriando, también se había debilitado el aroma. Por un momento, había regresado al pasado que él prefería inventar. A veces temía que si pasaba demasiado tiempo ahí, acabaría engullido por él. El tráfico empezó a aumentar, los tranvías tintineaban a intervalos más cortos.

Tal vez aún podría terminar el sueño si empleaba un truco que había aprendido de sí mismo con treinta y tantos años que consistía en seguir repitiendo las imágenes una y otra vez hasta marcar a fuego un final en la película. Aunque las palomas armaban cada vez más ruido, Kaplan volvió a la cama. Aún era capaz de llamar por su nombre a todos los que iban en el cortejo fúnebre, podía evocar aún el sabor del pastel arenoso, pero era la escena posterior al entierro la que siempre aparecía en sus sueños.

Había comido con su madre en la larga mesa, en aquella casa del barrio de Rivierenbuurt donde había nacido. Era justo después del entierro. En la casa todo parecía confuso, despojado de sí mismo, de la noción de tiempo y de esperanza. Aún se percibía en el ambiente el frío del hielo en el que había estado conservado el marido de ella, el padre de él.

¿Qué vio Kaplan?

Los pezones endurecidos de su madre, despuntando a través del vestido de luto. No podía dejar de mirarlos. No lograría quitarse de la cabeza la imagen de aquellas puntitas que parecían haber sido trenzadas con alambre hasta después de acostarse con la quinta mujer. Su madre alcanzó una botella de bebida fuerte. Él estaba frente a ella, con las manos enlazadas encima de la mesa. La sombra que la había acompañado durante una vida entera había desaparecido. Ella parecía confusa y ofendida, como si presintiera que dentro de algunos años ella moriría también. Le sirvió un vaso a su hijo, pero a él aún le faltaban dos años para llegar a la edad en la que aprendería a beber y pensó que aquella bebida apestaba terriblemente. Ginebra. Kaplan estaba convencido de que su madre se burlaba de él. Lo consideraba demasiado débil para llevar el ataúd, demasiado débil para ahogar su pena en alcohol.

«Cuéntame alguna historia», le dijo ella de pronto, escupiendo las palabras con su voz ronca. Él no tenía ninguna historia preparada en la punta de la lengua, ella no podía esperar tal cosa de él. Empezó hablando del ruido de la grava, lo había impresionado mucho.

—Otra historia —le dijo ella con severidad—. No te necesito a ti para recordar el día de hoy.

Se sirvió otro vaso de ginebra y se lo bebió sin mover ni un solo músculo. Debía de ser mucho después de la hora de acostarse, pero en el estado de ofuscación en el que se hallaba no había sitio para el cansancio. En sus recuerdos era como si la conversación se produjera en un escenario rodeado de oscuridad, con los focos vueltos hacia él.

Empezó a inventarse cosas. Relatos que había leído u oído contar alguna vez se transformaban en su cabeza. Los cuentos sobre enanitos y los chismorreos sobre el señor Brugman de la papelería estaban al mismo nivel.

—No, no vas bien —le dijo su madre—. Un loco con camisa de fuerza también es capaz de inventarse cosas.

Las historias que había en su cabeza se desprendieron unas de otras y no quedó nada de ellas. ¿Qué quería su madre de él? ¿Y por qué él no conseguía sacudirse de encima aquella sensación que anticipaba su fracaso dijera lo que dijese?

Ella se tomó otro vaso más. ¿No se emborrachaba la gente al beber tanto? Su madre bebedora, fuerte e imperturbable; cada trago era una nueva humillación para él.

—La historia que importa —le dijo ella—, la única historia que importa debe ser tan ficticia como verídica.

Él no lo entendió. Ni lo entendió entonces, ni lo entendía del todo ahora. Tras un cuarto de hora, quizá fuese una hora, el joven Abel se fue a su habitación arrastrando los pies, sin haberle contado a su madre nada y se tapó la cabeza con las mantas hasta que el olor seguro de su cuerpo penetró profundamente por su nariz.

Tan ficticia como verídica. Aquel ruido de grava crujiente.

El discurso que pronunció durante el entierro de su madre, que falleció ocho años más tarde, fue de carácter real y enumerativo. Nada de invenciones. Con el ataúd a sus pies, Kaplan sintió por última vez el intenso desprecio de ella. Al adoptar el apellido de Eva, más de una década después, puso fin oficialmente al conflicto con sus padres, caracterizado por la eterna negativa a discutir y a mostrar cualquier clase de emoción.

Una hora más tarde, todas las imágenes y los ruidos habían desaparecido.

Kaplan ya no conseguiría conciliar el sueño. Empezó a vestirse. La noche había quedado atrás y la luz del día que entraba por las finas cortinas blancas era abrumadora. La ciudad estaba lista para su búsqueda.

10

Mientras estaba delante del semáforo, Kaplan bajó la ventanilla e intentó enderezar el espejo lateral. La cinta adhesiva que había puesto después del incidente con la botella de cerveza se despegaba continuamente. Ya llevaba una hora conduciendo; en el asiento libre tenía el periódico de la mañana sin leer y un termo de café. Por la acera veía a viejos musulmanes barbudos arrastrando bolsas alargadas sobre ruedas de las que sobresalían los tallos de los puerros en promoción. Jóvenes musulmanas llevaban sus teléfonos móviles sujetos entre la oreja y el hiyab: el manos libres del barrio de De Baarsjes.

Giró por una calle, intentó sacar el plano de la ciudad de la guantera, pero no lo consiguió y acabó golpeándose la rodilla con el termo del café. Kaplan soltó una imprecación y siguió pisando el acelerador, sería sin mapas y sin ayuda, al fin y al cabo también había encontrado el edificio por casualidad.

Cuando vio a lo lejos un coche de policía, tomó una bocacalle que fue a parar a otra calle que no conocía. Era unidireccional, así que tuvo que seguir el tráfico. Al cabo de un rato, comprobó con estupor que se había vuelto a perder.

Entretanto ya eran las dos de la tarde y empezaba a estar cansado de dar vueltas con el coche. Tomó un sorbo de café del termo y, al tragar, fue consciente del hambre que tenía. Aparcó el coche delante de un *snack bar*, seguro que dentro sabrían indicarle en qué parte de la ciudad se hallaba.

En el rincón había un hombre de aspecto envejecido comiéndose un bocadillo envuelto en papel; tenía los ojos fijos en el televisor. Los colores chillones de un programa árabe de entretenimiento le iluminaban el rostro. El hombre respiraba agitadamente.

Kaplan puso el mapa encima del mostrador de cristal debajo del cual se veían raciones de frituras. El dueño del *snack bar* se apartó de los fritos chisporroteantes que estaba preparando y estampó su dedo en el mapa, dejando una mancha de grasa marrón. Por suerte, su Saab y él no se habían perdido demasiado, constató Kaplan. Bien, ahora, para corresponder a aquel favor, debía consumir alguna cosa. Pidió un bocadillo caliente de carne, un capricho que solía darse hacía mucho tiempo.

El hombre sacudió negativamente la cabeza. Kaplan se dijo que quizá no lo había entendido bien.

—Un bocadillo caliente de carne, por favor. Gracias.

—No tengo —dijo el hombre.

Encima del mostrador había un póster de una película holandesa que Kaplan no había llegado a ver. Por su apariencia, diría que no se había perdido gran cosa.

—*Mimoun* —dijo el hombre de pronto.

—No, no quiero limón —contestó Kaplan algo confuso.

El hombre avanzó un paso, se puso de puntillas y una lorza de grasa blancuzca y poco apetitosa asomó por encima del cinturón.

—*Mimoun. ¡Mimoun!*

El hombre volvió a su sitio y se cruzó de brazos.

—Bueno, así que no tiene bocadillos de carne. ¿Qué me aconseja entonces?

El hombre se encogió de hombros.

—Kebab.

—Antes que nada, le diré que no tengo nada en contra del halal —dijo Kaplan—. Sepa usted que durante muchos años comí *kosher* que, como sabrá, es prácticamente lo mismo, pero el kebab no me emociona.

Por el rabillo del ojo Kaplan vio que el hombre que estaba detrás de él cogía el mando a distancia para bajar el volumen de la televisión: la palabra *kosher* había llamado su atención.

—Lo siento, señor, pero no me apetece un kebab —añadió Kaplan mansamente.

«Apetecer» era una palabra destinada a aquellos que no habían conocido el hambre, la guerra y el sufrimiento. En el silencio que se produjo a continuación, parecía como si el borboteo del aceite fuese mudando de carácter. Cada chisporroteante salpicadura parecía más amenazadora que la anterior.

—Bueno, ¿podría ponerme entonces una croqueta? —pidió Kaplan señalando el cristal.

El hombre negó la cabeza.

—No. Kebab.

—¿Me está diciendo que solo tiene kebab? Pero si estoy viendo las croquetas ahí.

—Hoy solo kebab.

—Esto es ridículo. Las tiene ahí mismo.

Las patas de la silla rechinaron contra el suelo, el otro hombre se levantó y se acercó a Kaplan. Avanzaba despacio, con una pesada cadena de oro bamboleándose en la muñeca.

—Si él solo quiere servirle kebab, solo le servirá kebab. Es su local, amigo —le dijo.

Kaplan se negó a sentirse intimidado. ¿Intimidado? Aquella situación no podía ser más absurda. Solo quería una croqueta y eso que al principio ni siquiera le apetecía, pero ahora lo hacía por principios. Se había convertido en una croqueta de principios.

—Quiero una croqueta —dijo, alzando ligeramente la voz—. Una croqueta holandesa normal y corriente —añadió, señalando el cristal—. Esa de ahí, quiero precisamente esa de ahí.

—Esta no es su tienda, amigo —el hombre levantó el dedo señalando el póster—. ¡Se llama *Mimoun*!

—Soy consciente de que esta no es mi tienda.

Silencio.

Kaplan volvió a mirar al dueño del bar. Con las manos enlazadas detrás de la espalda y después de mover ligeramente la punta del pie, dijo con calma:

—Por favor, señor, ¿podría ponerme una croqueta? De ternera, gracias.

Kaplan recibió un empujón. Chocó contra una mesa de aluminio, pero se mantuvo firme. Miró el espejo de la pared.

Entre el hombre y él había dos o tres metros. Kaplan no retrocedería, no se iría, no huiría, no, mantendría la espalda erguida, pasara lo que pasase, pero justo antes de que el hombre lo agarrara, Kaplan se dio media vuelta y salió corriendo del local. Su atacante abandonó la persecución a los pocos pasos.

Kaplan tosió hasta recuperar el aliento. Había huido cediendo a un reflejo vergonzoso, pero se alegraba de haber salido bien parado de allí. Decidió postergar el momento de volver al coche, tal vez el hombre lo estuviera esperando por alguna parte. Se pasó horas dando tumbos hasta que empezó a notar un dolor molesto en los pies.

No tardaría mucho en anochecer. No habría edificios misteriosos por hoy. Kaplan emprendió el camino de regreso hasta el coche y se topó con la calle del mercado. Se dejó llevar y el dolor de pies remitió un poco. En un puesto donde vendían pescado compró un arenque de los de toda la vida que engulló casi sin masticar. Luego cogió el teléfono y marcó el número de Judith.

—¡Abel!

¿Por qué Judith se alegraba siempre tanto cuando él la llamaba?

—Hola —la saludó en tono circunspecto—. Se me ha ocurrido llamarte.

—¿Y por qué lo haces desde ese guirigay?

Kaplan tapó el micrófono con la mano: el retumbo y el vocerío de la calle del mercado, todos los dialectos, vocales y consonantes, zumbaban a su alrededor.

—Sí, perdona, es que estoy en el mercado.

—Oh, qué multicultural.

—No te entiendo demasiado bien.

La había entendido perfectamente.

—Digo que qué multi… Déjalo estar. ¿Para qué llamabas?

—¿Tienes algo que hacer esta noche?

—Esta noche… Bueno, quizá…

—¿Qué te parece si compro comida para los dos, voy a tu casa y cocino para ti?

Un cálido brazo y, a ser posible, algunos consejos sobre el edificio y el chico, Kaplan no pedía más para esa noche. Judith trabajaba de vez en cuando como voluntaria en la llamada Iglesia Refugio del barrio de Overtoomse Veld. El año anterior, el edificio de la iglesia había sido ocupado por activistas para dar alojamiento a un grupo de 129 solicitantes de asilo sin papeles, que se hacía llamar Estamos Aquí. Ahora ese grupo se había instalado en un local vacío de la calle Weteringschans y, de momento, el ayuntamiento hacía la vista gorda. Judith ayudaba a recaudar fondos, a cocinar y a repartir tarjetas de teléfono. Tal vez algunos de sus conocidos hubieran oído hablar de un edifico escondido, lleno de prisioneros.

Tras un silencio que no debió de durar más de cinco segundos, Judith accedió a la propuesta de Kaplan y le recordó una vez más que era vegetariana. Él fue el primero en colgar.

Multicultural. Cuánto aborrecía esa palabra. Y encima se topaba con ella cada dos por tres: había tantos escritores y panfleteros que comparaban la sociedad multicultural con un mercado, en cada puesto algo de comida distinta, algo exótico, todos aprendiendo unos de otros, cuánta riqueza. Kaplan compró verduras frescas y dos pescados, que más tarde limpiaría con un mondador de patatas y aderezaría con especias corrientes de las que podían comprarse en cualquier parte.

Mientras Judith metía los platos en el lavavajillas, Kaplan se situó detrás de ella y le rodeó el talle con los brazos. Parecía una escena sacada de alguna representación moderna de un obra de teatro rusa sobre el matrimonio. Empezó a besarla, primero en la nuca y, después, cuando ella se dio la vuelta y apoyó el trasero en la encimera, en el cuello.

—Eres tan hermosa —le susurró él con los ojos cerrados.

Ella le cogió la cabeza entre las manos y le masajeó el pelo —grasa de pescado y ajo—, luego le metió un dedo en la boca. Fueron al dormitorio de Judith, despojándose de la ropa, como si se quitaran años de encima. Imitaban noches anteriores de sus vidas separadas, cuando sus cuerpos eran más flexibles. Los últimos años resultaba más difícil disfrutar del sexo sin una segunda dimensión de experiencia y relativización. Él se obligó a sí mismo a recordar lo que era sentirse profundamente afectado por una mirada de rechazo en el momento más inoportuno, se le puso la piel de gallina y se olvidó del calambre que sentía en la nalga derecha.

Judith lo empujó hacia atrás, le cogió el pene y se sentó sobre él, deslizándolo muy despacio en su interior. Ella marcaría el ritmo. Los dos se corrieron, ella con las yemas de los dedos en el cuello de él, dejándole ocho puntos de presión en la piel; él, entre espasmos, con la frente apoyada contra la de ella.

Judith se tendió a su lado. Sus axilas se adhirieron como ventosas para luego despegarse con un cómico chasquido. Ella fue a la ducha y él la siguió. Se enjabonaron el uno al otro en silencio, solícitos, atentos a sus mutuas imperfecciones.

Ella abrió la cama para él. Judith siempre tenía los pies fríos por las noches. Las piernas de Kaplan, húmedas por el agua de la ducha, parecían veteadas.

—¿Me ves gordo? —dijo él de pronto. No tenía ni idea de dónde había salido aquella pregunta.

A pesar de que los rasgos que las mujeres veían atractivos en él —su mirada seria, sus labios carnosos, su risa franca, precisamente por lo infrecuente que era— estaban algo deslucidos, Kaplan aún podía pasar por un hombre guapo.

—¿Gordo? Claro que no.

Ahora tendría que continuar con aquella pantomima.

—¿Por qué no? Tengo un poco de barriga. ¿Acaso no ves bien?

—Veo perfectamente. Lo que pasa es que ya no tienes veinte años, nada más. Eres tremendamente guapo y lo sabes de sobra.

—No ves bien —protestó él sin énfasis.

Ella se embadurnó las piernas con Nivea y las estiró con satisfacción.

—También quería hablarte de otro tema.

—¿De tus escritos? —le preguntó ella.

—¿A qué viene eso ahora?

—Bueno, he pensado que tal vez podrías escribir algo sobre la Iglesia Refugio.

—Yo no soy periodista. Soy un escritor que espera las palabras adecuadas —ella no sabía lo poco que había rendido en ese campo en los últimos años, pero él se negaba a hacerla partícipe de su fracaso—. Y, además, tengo mi trabajo en el colegio.

Judith se levantó y se fue a la cocina para preparar la última ronda de té. Se oía el íntimo tic de la calefacción: con aquel ruido se quedaba dormida todas las noches. Volvió y le tendió una taza. Era como si Judith se hubiera tenido que alejar un momento de él para reunir la energía necesaria antes de afrontar la segunda parte de la conversación.

—Bueno, ¿de qué querías hablarme?

—Del chico. Y de ese edificio.

—¿Otra vez?

Curiosamente, a Kaplan no le importó repetirse. Resultaba liberador expresar abiertamente sus frustraciones, solo con eso ya se sintió más ligero. Dejó la taza sobre la mesita de noche.

—Hace unos días volvió a entrar en mi cuarto. Se llama Abraham —dijo dejándose caer sobre el colchón—. Tampoco es que tenga mucho más que contar, pero no puedo dejar de pensar en él.

—Está bien que haya algo que te mantenga ocupado —contestó ella.

El tono de Judith hizo que Kaplan se acordara de su matrimonio, de la vida normal que un día construyó para sí mismo.

—Quizá pudieras ayudarme —le pidió él titubeante.

Ella tomó un sorbo de té.

—¿A qué?

—A buscar ese edificio. Tú tienes contactos.

—No tengo acceso a...

—No te estoy pidiendo que consigas la película del asesinato de Kennedy ni que averigües dónde está enterrado Jimmy Hoffa. Habla con la gente, pregunta por ahí. Un edificio vacío, gritos extraños, coches de policía, perros. Escucha lo que te cuenten. Pídeles que pregunten también a sus contactos —Judith bebía como solo saben hacerlo las mujeres, suavemente pero con intensidad—. ¿Harías eso por mí, por favor?

Bastaría con muy poco, una palabra inoportuna, y Judith conseguiría espantar a Kaplan, hacer que se arrepintiera por haberse mostrado tan vulnerable, pero, en su lugar, lo miró sin prisa y le dijo:

—Haré por ti todo lo que esté en mi mano.

A la mañana siguiente, Kaplan se despertó con los suaves brazos de Judith alrededor del cuello y una solitaria sensación de culpa de la que no podía escapar. Ella aún dormía; la tenue sonrisa de su rostro aumentó aquella sensación.

Quizá debería haber buscado mejor el edificio el día anterior. Quizá no debería haber permitido que el hombre del bar lo intimidara, quizá debería haberse mantenido firme. No, la culpa era más honda.

Judith se despertó también, sus ojos se sobresaltaron por la luz del sol, retiró los brazos de Kaplan. Eso era. Últimamente, él tenía la sensación, y no exageraba, de que no solo no podía mantener las promesas que hacía de palabra, sino que tampoco había cumplido la promesa que él mismo significaba para Eva, para Judith.

Intentó en vano leer en el rostro de Judith si intuía los pensamientos graves y profundos que acababan de pasar por su mente. Lo peor era que Judith no esperaba nada que él no pudiese darle, ya había demostrado de sobra en el pasado que era capaz de amar y no había duda de que ella se merecía su amor, pero ahora, a sus cuarenta y nueve años, Kaplan estaba sencillamente acabado, casi toda la energía iba a parar a su cabeza y apenas le quedaba para su cuerpo y su corazón. Tomó la decisión de dedicar el resto del día a cosas que hicieran feliz a Judith. Se olvidaría de dar vueltas interminables en coche buscando algo que parecía no existir.

—¿Quieres que te prepare el desayuno? —le preguntó Kaplan.

Judith se protegió del sol con una mano y con la otra le señaló la cocina, la tabla donde tenía los botes de muesli. Él se incorporó, le acarició el muslo con la mano y le besó la rodilla. El suelo de madera crujió bajo sus pies. En la cocina, llenó dos tazones con muesli, añadió trocitos de manzana y puso el té a hervir. Al volver al dormitorio, recogió el periódico que estaba en la entrada; aquello fue una representación tan perfecta del fenómeno del hombre casado que lo llenó de orgullo.

Judith estaba sentada en la cama, se había puesto una camiseta y cogió su taza. Él extendió el periódico sobre el edredón, tomó un trocito de manzana y, con la otra mano, le agarró el tobillo a Judith.

—¿De qué van con lo del dichoso estilo de vida? —dijo él—. ¿Qué me importa a mí un tresillo que vale miles de euros si no puedo pagarlo?

Conversaciones cotidianas, papeles hechos a medida, Kaplan los añoraba más de lo que se atrevía a reconocer.

—Algunas personas viven de frustraciones —comentó Judith y tomó un sorbito de té.

—¿Te refieres a mí?

—¿Qué te ha pasado ahí? ¿En la mano?

Él se miró la mano como si fuera la de un extraño.

—Ah, me caí. Hace unos días. Nada grave.

Uno de los titulares decía: «Los judíos huyen de nuevo de Ámsterdam».

—Fíjate.

—¿Qué pasa?

—Han quemado banderas israelíes, están quitando las *mezuzot* de las puertas por precaución. Algunas familias judías tienen tantos problemas, se sienten tan acosadas y discriminadas que han decidido emigrar —dijo Kaplan poniendo la misma voz de reportero con la que Eva solía leer antaño las noticias de los periódicos—. Maurits Frenkel, médico jubilado, víctima de la guerra de segunda generación, partió el lunes pasado a Israel después de una larga serie de conflictos en su vecindario. Habían pintado esvásticas en su puerta. Le gritaban continuamente. Aquí, en Ámsterdam.

Judith mordisqueó un trozo de manzana y el jugo salpicó.

—No hables muy alto.

—¿Qué quieres decir?

—A lo largo de la historia Ámsterdam se ha mostrado a menudo muy dispuesta a estimular el deseo de traslado de los judíos.

—Tú no eres tan cínica.

—Mira quién fue a hablar, el señor los-hijos-de-los-verdugos-también-son-verdugos —le replicó ella, alzando un poco la voz—.

Ese «de nuevo» es tan tendencioso. En el pasado, no se limitaban a unos cuantos gritos o apelativos desagradables.

—¿Qué es lo que estás diciendo exactamente? ¿Les reprochas a los judíos una falta de conciencia histórica?

Esa era la cita de Philip Roth preferida de Eva, que los judíos eran a la historia lo que los esquimales a la nieve. Quizá no fuera el momento.

—También podría decirse que tienen un exceso de conciencia histórica.

Él volvió a mirar el periódico y murmuró.

—El mundo está loco.

—Todos menos tú, ¿no? —Judith tomó un poco más de fruta—. Anda, léeme otra noticia, algo más agradable.

—¿Agradable? Pero si es el periódico.

El silencio no la convenció. Él pasó la página. Una larga entrevista con el profesor Van Stolk, que antes trabajaba en el NIOD, el Instituto de Estudios sobre la Guerra, el Holocausto y el Genocidio, y actualmente era profesor en la Universidad de Ámsterdam. Tenía más o menos su edad, calculó Kaplan. Ojos inteligentes. Junto al texto había algunas frases interesantes y una cita de su extenso libro titulado *Vidas en los campos de concentración*. Kaplan conocía a Van Stolk de verlo en los debates de la televisión. Era uno de los historiadores más destacados del país en su especialidad, sus opiniones eran tan firmes como meditadas... lo cual era muy excepcional. Fue pasando las hojas hasta llegar a la sección de tonterías.

—Ah, están haciendo un nuevo documental sobre la guerra. «Todos los días es 4 de mayo» —dijo Kaplan—. Me parece que la creatividad colectiva está un poco agotada.

—Si todos los días fueran 4 de mayo, no llegaríamos a ninguna parte —comentó Judith, siguiéndole la corriente—. Sería una pesadilla logística —atrajo a Kaplan hacia sí con las piernas y luego le preguntó—: ¿Eres feliz?

Él se atragantó.

—¿Eso no es pedir demasiado? —preguntó él, precavido.

—Contéstame.

—Vale. Sí, lo soy, soy razonablemente feliz. Creo. Por lo general, sí. A veces.

¿Qué otra cosa podía hacer sino buscar las palabras adecuadas? ¿Debía decirle la verdad? ¿Que desde su ruptura, la felicidad se medía por la relativa ausencia de vacío? ¿Debía contarle que ese estado mental siempre turbio no contenía ni pizca de alegría, pero tampoco una gran tristeza?

—Sí, lo soy —dijo, procurando que sonara convencido—. Aunque a veces tenga mis malos momentos. Como todo el mundo.

Le vino a la mente una frase. No recordaba de quién era, pero venía a decir que, al fin y al cabo, no se puede vivir solo inhalando. Evitó formular la pregunta recíproca temiendo recibir una respuesta negativa y temiendo más aún sentirse embargado por el sentimiento de culpa, un efecto colateral que solía acompañar a cualquier tristeza. Cuando quedó claro que la pregunta no iba a llegar, Judith se levantó y se fue a la sala de estar.

Kaplan volvió a casa al anochecer. Implicar a Judith en su misión de búsqueda había sido el mayor logro del fin de semana. Dejó el abrigo sobre una silla, se sirvió un vaso de ginebra, encendió la ducha y observó cómo el vapor entraba en su casa. El sentimiento de culpa no había desaparecido a lo largo del día, ni siquiera después de representar bien otras escenas de pareja: sentarse en el sofá tapados con una manta mientras veían una película ligera, por no decir algo empalagosa; leer cada uno un libro, ella un bestseller sobre la naturaleza de las relaciones amorosas; él, una antología de poesía inglesa que había encontrado en una estantería. Y, de tanto en tanto, como avisados por una alarma, ambos levantaban la vista de su libro a la vez, se miraban y sonreían. Hacia las cuatro de la tarde, ella comentó divertida sin volverse hacia él:

—Míranos aquí sentados. ¿Quién lo iba a decir?

11

Los tres primeros días de la semana transcurrieron igual. No supo nada de Abraham y el número de ausencias no aumentó ni disminuyó. Para entonces, todo el mundo sabía ya que el coche deportivo de color negro era de Duyf. Los estudiantes mantenían las distancias, intimidados. No vieron que se trataba de una marca coreana bastante barata. Kaplan había pasado varias veces junto al vehículo y una vez deslizó la mano por la pintura, fugaces fantasías de su nombre rayado con saña.

Seguía sin tener noticias de Judith. Tal vez necesitaba tiempo para hablar con sus contactos, tal vez había olvidado por completo su petición. Durante los periodos de silencio con las mujeres, los pensamientos de Kaplan siempre volvían a Eva y, en esa ocasión, lo asaltó un recuerdo.

Eva y él llevaban cinco años casados. El deseo, antes tan natural como insaciable, había adquirido su propio temperamento y se ofendía por el menor disgusto. El pasado en el que ambos se abrían las puertas mutuamente para dejarse pasar se había convertido en una maldición. En comparación con aquellos tiempos, ambos se decepcionaban irremediablemente. Aquella tarde, ella tenía que dar una conferencia en el Rijksmuseum, pero había vuelto a casa antes de lo esperado, llorando. Él, que no se había vestido aún, la consoló. Entre sollozos y con el abrigo puesto aún, ella le contó que había tenido la impresión de que los oyentes estaban más atentos a intercambiarse sus respectivas tarjetas de visita que a ella. Y lo peor era que había atisbado cierta malicia en sus miradas. Luego, Eva se sentó en el sofá, hecha un ovillo. Él le preparó té y unas tostadas. Fue a sentarse a su lado y la tranquilizó, le acarició la espalda y los brazos, se le puso la piel de gallina.

Siempre le había resultado más fácil hablar con ella cuando la veía triste o incluso desesperada y él podía tranquilizarse con el pensamiento de que ella jamás había necesitado tanto a nadie como a él en esos momentos. Encargó *sushi* y luego fueron al cine del barrio a ver una vieja película de Woody Allen.

Kaplan cogió una hoja de papel, tomó la pluma con la que un día se había propuesto escribir las primeras líneas de ese Único Libro, empezó a copiar con esmero los nombres de los alumnos e imitar sus firmas, una manía que había desarrollado en su adolescencia, otros lo llamarían *hobby*.

Los dos habían visto la película de Woody Allen hacía mucho, en sus vidas separadas. Ahora que estaban debidamente casados, sentados el uno junto al otro en la sala del cine, era como si su pasado, su tiempo en la universidad, adquiriese otro carácter. Kaplan veía con satisfacción ese periodo como una fase de prueba: los fracasos en las relaciones anteriores eran como el preludio necesario para aquella felicidad conyugal. En aquella sala, ella rio por primera vez en todo día al ver la cara de chiste de Woody Allen.

Por la noche, tuvieron el sexo más íntimo que jamás llegarían a tener, ella pegó su cara a la de él y, al terminar, lloró, no mucho, no exageradamente, lo justo como para hacerle saber que había superado con creces las pruebas del día.

Pero al día siguiente, ella ya no volvió a mostrar la fragilidad de la noche anterior, tampoco volvió a hacerlo en los meses ni los años sucesivos. Eso empezó a molestarlo cada vez más. Tal vez ella se avergonzara de sí misma o, peor aún, de él.

Su breve paseo por el sótano había durado cinco minutos como mucho y, sin embargo, se había perdido la llegada de Abraham, el chico estaba delante de la puerta cerrada de Kaplan. Él corrió a su encuentro:

—Siento mucho que no me encontraras aquí.

El chico no reaccionó. Kaplan abrió la puerta y lo invitó a pasar.

—¿Tienes clase, oficialmente me refiero?

Se dio la vuelta, el chico asintió con la cabeza.

—¿Qué asignatura?

—Historia.

Kaplan decidió no comprobarlo.

—Historia es una asignatura importante, pero no es difícil recuperar una clase perdida. Al fin y al cabo, yo soy quien decide la diferencia entre estar ausente y presente —y, sin embargo, pensó, en todos esos años no había habido intentos de soborno ni muestras de adulación o de respeto hacia él—. Si me prometes estudiar atentamente la lección. ¿De acuerdo?

Abraham volvió a asentir. Solo entonces Kaplan reparó en que el chico estaba temblando. Kaplan subió el termostato y fue a sentarse a su escritorio, mientras el chico se acomodaba en la caja como de costumbre.

—Me persiguen —dijo Abraham en tono apagado. En su rostro había algo indefinido, algo vacío.

—¿Quién? —le preguntó Kaplan. Él se encogió de hombros—. Tienes que ayudarme un poco. Si no lo haces, yo no podré ayudarte a ti —le explicó.

—No sé cómo se llaman. Creo que son de segundo.

Kaplan cogió la carpeta con las fotografías y la puso encima de su escritorio.

—¿Por qué te persiguen?

La reacción del chico ante esa pregunta diría mucho de su combatividad, pero Abraham volvió a encogerse de hombros.

—¿Te han hecho algo más? —le preguntó Kaplan.

El chico titubeó, luego sacó un libro de su mochila y se lo tendió a Kaplan, que empezó a hojearlo. Se detuvo al ver una hoja arrancada. En silencio cogió un ejemplar viejo del armario de las revistas y se lo tendió.

—No sé por qué lo hacen —dijo Abraham por iniciativa propia.

Por un momento pareció como si fuera a echarse a llorar, pero su rostro se contuvo justo a tiempo. ¿No se daba cuenta de que Kaplan era la compañía más segura que podía tener?

—¿Quieres comer algo? ¿Una golosina? De la máquina.

—¿Puedo tomar una Fanta?

—¿Sabías que la Fanta la inventaron los nazis? Sí, en serio, los estadounidenses y los británicos no permitían que la filial alemana de la Coca-Cola importase jarabe, pero ellos aún tenían suero de leche y pulpa de fruta, así que solo necesitaban inventar un nombre divertido. Alguien propuso Fanta por la palabra alemana *Fantasie* —Kaplan reflexionó sobre sus palabras—. Lo siento. Claro que puedes tomarte una Fanta.

El chico miró al techo y, luego, como si se hubiese acordado de pronto de algo, echó mano al bolsillo interior de su abrigo.

—¿Me permite que lo invite, señor?

—Puedes tutearme, por favor.

Abraham se sacó la cartera. No, no era una cartera, era un monedero de terciopelo negro con unas letras brillantes que ponían «DIVA». Ese chico se ponía en ridículo él solo.

—¿Abraham?

Cuando el chico comprendió que ese era el nombre que le correspondía en aquel cuarto, levantó la mirada interrogante, casi esperanzadora.

—¿Sí?

Kaplan se sintió herido por aquella mirada, pero debía mostrarse inflexible.

—¿De dónde has sacado ese monedero? ¿Lo utilizas también en el colegio?

—Claro —repuso el chico y, al cabo de un breve silencio, añadió—: Me lo regaló mi madre. A ella le parece muy bonito y se pondría muy triste si yo no lo utilizara.

Una polilla revoloteó por la estancia con un aleteo polvoriento y se posó encima de un libro. Abraham se sobresaltó y abrió mucho los ojos, como si jamás hubiera visto nada igual.

Kaplan espantó el insecto con la mano.

—Me pondré en contacto con el director. Lo conozco un poco —aquella era su oportunidad para llamar la atención de Duyf, para comprobar si el director era realmente el hombre que decía ser. Y, si no lo era, para desenmascararlo—. Es por tu bien, te lo prometo.

—Yo no hago mal a nadie —dijo el chico, como si aún no diera crédito a lo que le pasaba.

—Y es probable, Abraham, que ese sea precisamente el problema.

Kaplan y el chico esperaron a que sonara el siguiente timbre, un buen momento para que Abraham se sumara a la corriente de alumnos. Kaplan no anotaría la falta de asistencia y prometió enviarle una carta a Duyf. Una carta tenía más sentido que una conversación, necesitaba tiempo para pulir sus palabras. Además, debía reconocer que tenía ganas de importunar a Duyf todo lo que pudiese. Kaplan y el chico quedaron en volver a verse al día siguiente; ambos asintieron con aire conspirador.

En cuanto Abraham se fue, Kaplan se puso a escribir. Apeló a la política que Duyf había defendido sobre la igualdad de oportunidades, la seguridad y otros eslóganes que el director había empleado para legitimar su nombramiento.

Cuando sonó el último timbre, Kaplan subió sigilosamente al piso de arriba. Primero dejó la nota con las ausencias en la bandeja de Duyf, después hizo dos copias de su carta, una para el archivo que estaba en su despacho y otra para casa. Luego deslizó el original por debajo de la puerta del despacho del director.

Un limpiador que acababa de meter la fregona en el cubo con agua jabonosa fue testigo de lo ocurrido. Kaplan no había visto antes a aquel hombre, probablemente pertenecía al nuevo personal de Duyf. El hombre se quedó inmóvil mirando a Kaplan, quien, tras un fugaz saludo, se alejó de allí apresuradamente. Mientras volvía a casa, Kaplan pasó por una tienda donde compró un monedero negro de piel por diez euros y noventa y cinco céntimos.

Medianoche.

Kaplan había vuelto a soñar con el entierro de su padre. El sueño había desatado otro recuerdo de la última conversación que mantuviera con su madre, poco antes de que ella sucumbiera a un infarto en uno de los días más oscuros de 1982. Kaplan, que para entonces vivía en una habitación de estudiante alquilada, había ido de visita a su casa familiar. La vio más pequeña y enrarecida de lo que la recordaba y su madre le pareció una extraña. Estaba delgadísima.

El joven Kaplan abrió despacio la puerta de entrada. Aquel día se había matriculado en la universidad, empezaría al semestre siguiente, y esperaba a que se le presentase el momento oportuno para contárselo a su madre. Ella estaba en el sofá, tapada con una manta de lana hasta la cintura, en un platito que había en el suelo tenía dos paquetitos de galletas sin abrir. Tosió un poco, murmuró que echaba de menos a su marido, sonó a formalismo. Él le cogió las manos. Entonces ella empezó a hablar, con más lucidez y sinceridad de lo que él le había oído en mucho tiempo.

—Lo más grande que puedes hacer como persona —le dijo de improviso— es ayudar a alguien a quien no conoces. Alguien que no te conoce, que te negaría su ayuda si se la pidieras. Hacerlo por puro desinterés. Tu tío conocía el valor de eso. Es la única paz que he encontrado: que él creería que su muerte fue noble. Cuando miro atrás, me digo que vivió solamente para poder morir de esa manera. Como un héroe. Tuvo suerte.

Despúes su madre se dejó caer hacia atrás, como si hubiera estado esperando pronunciar esas palabras para poder morir en paz.

Para distraerse de los sueños y los recuerdos, Kaplan se levantó y empezó a pasear por la sala de estar. Releyó dos veces la carta que le había mandado a Duyf. Había conseguido dar con el tono apropiado para un mensaje importante: estaban acosando a un chico inocente.

El rabino. Hacía años que Kaplan no pensaba en él. En el momento en que negó definitivamente al Señor para aumentar las probabilidades de entrar a trabajar en el colegio, también perdió su valor la alianza que tenía con su intérprete. A partir de entonces, la figura del rabino se difuminó, su presencia se tornó en ausencia, una ausencia que al principio resultaba dolorosa, pero que ahora le parecía natural. Kaplan no perdía la esperanza de recibir un castigo, puesto que el castigo sería a la vez una prueba de Dios. Sabía que la reacción más cruel ante su traición era que nadie se hubiera dado ni cuenta.

Kaplan apenas se atrevía a evocar el recuerdo del rabino, pero esa noche lo hizo. Necesitaba oír aquella voz y lo consiguió. Fue como si las palabras suaves y frágiles del rabino volvieran a la vida, tan claras, como si aquellos años pasados no hubieran existido. Kaplan volvía a estar en la sinagoga: «No debes intentar poseer algo, sino ser alguien». Ser alguien, pero quién y, más importante aún, ¿en provecho de quién? ¿De Judith? ¿De Abraham? *Klal gadol*, ama al prójimo como a ti mismo, Kaplan nunca había destacado en eso. ¿Era esa la razón por la que no parecía estarle reservada la felicidad duradera?

Kaplan apretó el botón del televisor y apareció en pantalla el History Channel. Durante todo el mes estaban dando reposiciones de lo que se conocía como *Las películas perdidas de la Segunda Guerra Mundial*: «El primer documental que mostraba la Segunda Guerra Mundial tal como había sido en realidad, en los colores originales».

¿De qué habían servido todas aquellas horas de estudio, los libros, las tonalidades de gris, todas esas teorías que devolvían el Mal a racionalizaciones sobre la ignorancia del ciudadano, la ambición del funcionario, la indiferencia del verdugo, la culpa o la inocencia de sus descendientes? ¿Acaso habían conseguido de veras hacer la realidad más clara?

La guerra era la única ocasión en la historia del mundo en la que se habían revelado las dos formas verdaderas del alma humana: el lado que vivía para la destrucción y la humillación y el lado que vivía para la esperanza y la libertad.

Al final, esos eran los únicos colores con los que podía mostrarse la guerra. Negro y blanco.

12

Los pasos de Kaplan resonaban con claridad por el sótano de las bicicletas, que olía a moho y aceite de frenos. Cuando llegó a su cuarto, el chico estaba delante de la puerta. Kaplan ya no necesitó invitarlo, entró él solo. Todo se desarrolló en silencio, como entre viejos amigos. Kaplan reparó de inmediato en que aún no había ninguna carta en su bandeja, quizá era demasiado pedir que Duyf le respondiera al día siguiente. Abraham y él tomaron asiento.

—¿Eres una buena persona? —le preguntó el chico.

—¿Quieres una respuesta sincera?

—Sí, por favor.

El chico tenía ojeras y un brillo opaco en su frente.

—Bien, Abraham, yo ya no creo en las buenas personas. Creo en las personas honradas y en las mentirosas. En los escépticos y en los mentirosos.

La expresión del chico delataba duda.

—Yo no soy un mentiroso —aclaró Kaplan.

—¿Qué eres entonces?

—Yo soy Kaplan. Soy... —se produjo un breve instante de vacilación— un escritor.

Era la primera vez que pronunciaba esas palabras dentro de los muros del colegio.

El chico no paraba de frotarse los zapatos, quizá fuese un tic, quizá tuviese frío. En cualquier caso, no parecía impresionado.

—¿Por qué te hiciste escritor?

¿Cuántas veces se había hecho él esa misma pregunta?

De niño tenía miedo continuamente. De las sombras, de las personas que querían decir algo pero callaban. Y todo lo que veía, cada habilidad, cada objeto, contenía la promesa de algo que él jamás llegaría a aprender. Si le dejaban jugar a fútbol, temía que se burlaran de él por sus pies torpes. Si veía reír a otro niño, tenía miedo de la mueca que él ponía al sonreír. Vivía en un universo de fuerzas contrarias. Sus padres no tenían paciencia para charlas interminables y, además, ¿qué podía temer su hijo en realidad? Los dos decidieron unánimemente, sentados en el mismo lado de la mesa de madera, que el pequeño Abel hacía teatro.

El niño solo hallaba solaz en los libros. Abel leía con una linterna hasta que se quedaba dormido a altas horas de la noche. Solo a través de los libros —primero leyéndolos y luego escribiéndolos— era capaz de luchar contra el miedo. Lo que caracterizaba a los grandes artistas era su maniática búsqueda de la perfección y la herida que había en el fondo de esa búsqueda. Para Kaplan funcionaba al revés. En su caso, esa búsqueda demostraría la existencia de la herida que él siempre había intuido en sí mismo, pero era peligroso confiar a alguien los verdaderos motivos de la mente humana, incluso a un chico bueno como Abraham.

—En realidad, nunca se me ocurrió otra profesión —repuso Kaplan.

—¿Crees que yo soy una buena persona? —preguntó el chico de pronto.

—Estoy convencido de ello, Abraham. Eres inteligente y cariñoso con tu madre, pero me temo que tienes que hacerte un poco más fuerte.

El chico asintió de nuevo, ahora con más solemnidad.

—Por cierto, tengo un regalo para ti —Kaplan sacó la cartera del bolsillo de su abrigo. Era una sensación abrumadora poder regalarle algo a aquel chico—. Toma. Hay algo de dinero dentro. Si te ves en un apuro, siempre puedes tomar un taxi para ir a casa.

El chico cogió la cartera, la abrió y volvió a cerrarla impasible.

—No te preocupes, no es para reemplazar al monedero DIVA, pero tal vez podrías alternarlos. Usar la cartera en el colegio y fuera de aquí el monedero de tu madre. Creo que es lo mejor.

Kaplan no había llegado a ser padre y, según la única mujer con la que había estado más cerca del paritorio, no habría sido capaz de ejercer bien la paternidad —fácil de decir en retrospectiva—, pero en ese momento estaba obrando bien, era un hombre que pensaba en el bienestar del niño. Se convenció de que le había sido perdonada parte de la culpa que sentía por la forma en que había conseguido ese puesto.

Abraham se miraba los zapatos que estaban vueltos hacia dentro con las puntas tocándose.

—¿Por qué? —preguntó en voz baja.

—El porqué no importa. Tú inténtalo nada más. Haz la prueba durante unas semanas. Creo que todos te tendrán envidia. Es una auténtica cartera de hombres.

Esa palabra pareció convencer a Abraham.

—Huélela —lo animó Kaplan—. Solo el cuero auténtico huele así.

El timbre del colegio sonó, pero el chico no hizo ademán de irse. Olió la cartera y se sobresaltó por el intenso olor.

—¿Tenías la primera hora libre? —le preguntó Kaplan.

El chico asintió, Kaplan sabía que era cierto.

Era la una de tarde. Kaplan echó una mirada desesperada a sus carpetas, tenía la pluma aprisionada en la mano. Hacía dos horas que había dejado ir a Abraham y desde entonces había sido consciente del paso de cada cuarto de hora. Tenía los músculos de las mandíbulas tensos y la glándula del cuello hinchada. Era demasiado absurdo que ese Duifman —Kaplan se negaba a llamarlo por su verdadero nombre y se sentía bien empleando aquel mote ridículo— no dijera nada, debía de haber captado el tono alarmado de la carta de Kaplan. Algo iba mal. Apoyó la mano contra la pared, como si buscara un latido en el pecho de un gran animal.

Cuando Kaplan abrió la puerta para dejar pasar un poco de aire fresco, se encontró con el subdirector. Una sombra de pelo en el cráneo casi pelado, tres arrugas profundas y unas gafitas redondas. El hombre empezó a tartamudear y le preguntó cómo iba todo. Aquel peculiar gesto torcido, las manos enlazadas en la espalda. Quizá Duifman le había encargado que vigilara a Kaplan.

—Todo va como de costumbre —repuso Kaplan.

—¿No hay ninguna novedad?

—¿Qué clase de novedad?

—¿Cosas dignas de ser comunicadas?

—¿Qué podría haber? Debo volver a entrar. Tengo mucho que hacer —dijo Kaplan.

Esperó hasta que ya no vio ninguna sombra debajo de su puerta; entonces cogió el móvil.

Vio el mensaje que Judith le había enviado hacía una hora para preguntarle si le apetecía almorzar con ella en el Conservatorium Hotel. «Sé que probablemente no podrás, pero me pareció divertido vernos un rato al mediodía, así porque sí.» Hacía poco que Judith le había hablado de la excelente cocina del hotel, una amiga le había recomendado que se regalase una comida en el Conservatorium, para «mimarse a sí misma».

Se sentó en la silla de su escritorio, le quitó el capuchón a la pluma, pero enseguida la dejó a un lado. Quizá debería hacerlo, salir a almorzar. Era absurdo mostrar lealtad hacia el colegio. La única persona ante la que debía justificarse era probablemente Duifman, el hombre que ni siquiera se había tomado la molestia de responder a sus bienintencionadas advertencias y que, a juzgar por la visita que acababa de recibir, incluso hacía que lo vigilaran.

Kaplan alcanzó la carpeta del estante, buscó el horario de Abraham. Era un día bastante exento de peligros, sin horas libres, y las clases del día estaban a cargo de docentes que no tolerarían ningún abuso. Y en caso de que el chico estuviera en un apuro, podía coger un taxi para ir a casa y pagarlo con el dinero que Kaplan le había dado. Donde Duifman había fallado, él se había mantenido firme.

Judith, su espontaneidad, sus sinceras ganas de verlo. Y el deseo era mutuo, se dijo, su sentimiento era más diáfano y fiable. Descolgó el auricular del teléfono del colegio y marcó el número de la sala de profesores.

Alguien contestó a la quinta llamada. Kaplan constató para su sorpresa que era una voz de mujer, tal vez ella no había visto nunca el número de extensión de su despacho.

—Soy Kaplan —se oyó un ruido al otro lado de la línea—. Habla usted con Kaplan.

—¿Quién? —dijo la voz.

Se oía un murmullo incomprensible de fondo, ruido de tazas de café.

—Kaplan.

—Perdone, podría...

—Soy el administrativo.

—Ah, sí, claro. ¿Y para qué llama?

—Estoy enfermo.

—Lo lamento mucho, señor. ¿Y qué puedo hacer por usted?

—Me voy a casa.

—Lo comprendo. Descanse y cuídese.

¿Qué había hecho mal para merecer aquellos seudoconsejos?

—Por la presente le comunico mi salida —dijo en tono más firme.

—Pero, señor, quien lleva la administración es usted.

No era una broma, en la entrada del Conservatorium Hotel había un hombre, por más señas, de piel oscura, preparado para abrirles la gran puerta de cristal. Kaplan lo saludó con un breve y tímido gesto de cabeza.

Entraron al vestíbulo. Les salieron al encuentro las risas superficiales de los típicos almuerzos de negocios. Al otro lado de la pared, casi toda acristalada, ondeaban tres enormes banderas blancas. Judith se esforzaba al máximo para no sonreír constantemente. «Vernos un rato al mediodía, así porque sí.»

Una señora trajeada se acercó a ellos para cogerles los abrigos, Kaplan reaccionó a la defensiva, no le parecía natural que lo tocasen personas desconocidas. Los condujeron a una mesa para dos. A su izquierda, había un hombre y una mujer con aspecto de haber comenzado una aventura recientemente. La forma con la que ella se secaba los labios después de reír, cómo él le llenaba la copa, sus voces amortiguadas.

—¿Qué pasa? —era la voz de Judith, y a juzgar por su tono, le había hecho una pregunta y él no le había contestado.

—¿A qué te refieres? No pasa nada.

Ella se puso la servilleta en el regazo.

—Parecías distraído.

Ella pidió agua con gas y en la mesa apareció una botella de color verde, *légèrement pétillant*.

—¿De verdad no pasa nada?

—De verdad —tomó un trago, las burbujas le hicieron cosquillas en la garganta, igual que el champán. La asociación le oprimió inmediatamente la conciencia. Luego añadió en tono más grave—: O puede que sea por Abraham. El chico.

Aún era demasiado pronto para empezar a hablar del inesperado encuentro con el subdirector. Antes debía meditar bien lo que pensaba decir.

—Claro, pero... —Judith se contuvo—, bueno, déjalo correr.

No había otras dos palabras que estimulasen tanto la concentración de Kaplan. Él la contempló.

—Dímelo —dijo en un tono de entrenada paciencia.

Un camarero se interpuso entre los dos, ella pidió un capuchino con leche de soja.

—Y tráigame también un club sándwich.

Cuando Kaplan preguntó por el bufet, el camarero le señaló las dos mesas largas y le hizo un resumen: verduras frescas del país, una fina selección de gambas noruegas y exquisitos quesos franceses.

—Bien, pues lléneme el plato.

—Abel —susurró ella.

La vergüenza de Judith lo hirió, él no lo había hecho a propósito. El camarero desapareció.

—Bueno —dijo Kaplan en tono más severo—. ¿Qué querías decir con lo de «déjalo correr»?

—Nada. Que lo dejes correr. En serio —ella desvió el rostro a las banderas blancas—, lo de ese chico, lo de ese edificio.

—¿Qué pasa con él? ¿Me ayudarás a buscarlo? —preguntó en tono amargo, no tenía sentido ocultarlo.

—Ya lo estoy haciendo. Lo intento.

—¿Cuál es el problema, entonces? No te he pedido nada más, ¿no?

—Es que te lo tomas todo tan en serio. Tan a la tremenda. Nada más. Por duro que sea, se trata de la vida de los demás. Procura centrarte en ti mismo. Si cargas con el destino de toda la humanidad, serás muy desdichado, de verdad. Yo quiero verte feliz.

—No es más que un niño, un niño que necesita ayuda y...

—Precisamente por eso, porque no es más que un niño —puso la mano sobre la de Kaplan—. Hombrecito.

—No lo entiendes. Hacía mucho tiempo que no me sentía así. Tan seguro de mí mismo. Me estoy comprometiendo con algo que es más grande que yo.

—¿Por qué siempre tiendes a idealizar a las víctimas?

—Es lo mínimo que puedo hacer por ellas.

Kaplan buscó las palabras que pudieran expresar con claridad y sin dramatismos la relación entre el chico y el mundo.

Aquel era también el mundo de Judith y de Kaplan. Era justamente su mundo. Aquel chico representaba a cientos de chicos a la vez.

—Todos los días hay muchos niños que sufren acoso —continuó ella—. Emigrantes, nativos, negros, blancos, amarillos. ¿Acaso nunca se metieron contigo? Conmigo sí. No es agradable, pero, al final, todo pasa. Todo el dolor pasa.

—¿Qué clase de filosofía de vida es esa? ¿Qué significa que todo pasa? ¿Y qué ocupa su lugar?

Ella calló. Les sirvieron la comida. El hombre de la mesa contigua hacía ruido al masticar. La mujer le susurró que no le parecía muy atractivo un hombre que comía carne cruda. «¿Ah, sí?», dijo él. «Sí», repuso ella. Kaplan se inclinó hacia Judith.

—Qué gente tan desagradable.

Ella permaneció erguida y no se acercó a él.

—¿Por qué lo dices?

Él mantuvo el tono, ya no había marcha atrás.

—Comiendo filete tártaro y haciendo tanto ruido al masticar.

La pareja lo miró de soslayo, Kaplan no estaba seguro de si lo habían oído o no.

—No les hagas caso. Estamos bien aquí. Tú y yo.

El suspiro exagerado de ella lo sumergió más en su estado de tozudez.

—Duermo mal —comentó él.

Ella parecía no escucharlo.

—Tal vez tenga cáncer. Estoy a punto de cumplir los cincuenta y ya se sabe que a los cincuenta se abre la veda.

Ella se echó a reír, tenía una risa agradable, de las que excluía al resto del mundo.

—No llevas siendo judío el tiempo suficiente como para ser tan hipocondríaco.

Al parecer, ella aún lo consideraba judío. Eso lo sorprendió, pero decidió no entrar en el tema. Quizá lo había dicho con sarcasmo, se dijo de pronto, y ya no pudo quitarse de la cabeza ese pensamiento.

—Conozco a gente que lo consideraría un comentario antisemita.

Ella señaló a su vecino con el tenedor.

—Si lo dijera él podría sonar antisemita, pero lo digo yo.

Siguieron comiendo deprisa y concentradamente, como si se les hiciera tarde para una cita. Judith se limpió la boca. Mientras que la mujer de al lado había hecho ese mismo gesto para flirtear, en Judith supuso el fin de toda intimidad: su cita de mediodía había terminado.

—Estás muy guapa —le dijo él—. Lo digo en serio.

Judith asintió con la cabeza y le hizo una seña al camarero. Esperaron sin decir nada. Ella insistió en pagar la cuenta. Un gesto elegante y de agradecer. Él cogió mecánicamente un folleto que les recomendaba yoga y *wellness*.

Cuando salieron a la calle, sonó el teléfono de Judith y ella se palpó el abrigo, buscando el bolsillo en el que lo tenía guardado. Mientras que un temprano viento otoñal le echaba los cabellos hacia atrás, ella abrió mucho los ojos y dijo:

—¿Cómo? ¿Cuándo? Ahora mismo vamos para allá.

13

Hacía tanto tiempo que Kaplan no abría la verja de una sinagoga que aquella enorme estrella de David que había sobre la entrada le pareció una visión.

No permaneció más de diez segundos mirándola ahí de pie, con las manos en los bolsillos de su largo abrigo. Judith no había parado de hablar por teléfono mientras se dirigían hacia allí en su bicicleta, él pedaleando deprisa y ella sentada atrás, pero Kaplan había deducido poca cosa de sus palabras. Dejó la bicicleta apoyada contra la pared de la casa de enfrente. Judith tiró de él, ella tenía la mano húmeda, él tenía los pies entumecidos.

Entonces vio lo que ella quería mostrarle y todas sus cavilaciones cesaron. El sol opaco de la tarde suspendido sobre los plátanos incidió en el lado izquierdo del edificio, donde se hallaba también la entrada. Kaplan y Judith se detuvieron allí, cogidos de la mano, contemplando enmudecidos las cinco gigantescas esvásticas rojas.

—Menos mal que es espray y no pintura resistente al agua. Podría ser peor —comentó Judith.

Mientras el *jazán* de la sinagoga se acercaba a ellos con una segunda botella de lejía, ella ya se había puesto a frotar con brío. De su trapo emanaba un punzante olor a detergente y a amoniaco. El *jazán* lo saludó con la mano libre y comentó que había oído hablar mucho de él. Judith se había recogido el pelo en una cola, lo que pronunciaba más la línea de la mandíbula.

Kaplan le dirigió una última mirada antes de ir hacia aquel maltratado muro.

Había sido el *jazán* —el cantor de la sinagoga—, aquel hombre medio calvo de treinta y tantos años, quien había llamado a Judith. Había cierta tensión entre ellos, una mezcla de afecto y pasado compartido que a Kaplan no le gustó. Quizá Judith no fuera suya, pero que tampoco lo fuera de nadie más.

Entretanto, sus abrigos llevaban ya casi tres horas sobre la fina hierba que había bajo el muro de la sinagoga; pronto empezaría a oscurecer. Mientras limpiaban, Judith y el *jazán* habían permanecido callados casi todo el tiempo. Desde luego, era una tarea tediosa, pero al mirar la estrella de David, Kaplan volvía a sentir los lazos de aquel compromiso olvidado que tanto había significado para él en otros tiempos. Pasó el trapo una vez más por la piedra, pero la pintada apenas se había borrado.

—Es increíble. Después de todo lo que ha pasado —dijo el cantor, dando un paso atrás para contemplar por última vez los pobres resultados de su trabajo. Luego puso fugazmente la mano en el hombro de Judith.

—Ah, ¿sí? —dijo Kaplan—, cuenta.

—Abel —dijo Judith y se interpuso entre ambos.

Pero el cantor sonrió y no se dejó provocar.

—¿Sabías que Holanda era el país favorito de Ben Gurión?

Judith se secó el sudor de la frente con el dorso de la mano.

—¿En serio?

—Así es. Cuando llegó a Holanda, la gente salió a la calle para verlo. En una ocasión dijo que jamás había sentido aquel ambiente de amor y de unión en ninguna otra parte y que tampoco volvería a sentirlo en ningún otro lugar.

—Bueno, yo diría que el país predilecto de Ben Gurión era ante todo Israel —dijo Kaplan.

Se hizo un breve silencio.

—Creo que dice mucho de una persona cuáles son las causas que da para amar —dijo el cantor.

Su comentario precedió un silencio más largo, que se prolongó hasta que Judith propuso llamar a una empresa de limpieza profesional al día siguiente.

—¿Y si esos cabrones vuelven mañana? —preguntó Kaplan.

—Pues haremos que los de la limpieza vengan de nuevo el día siguiente —dijo el cantor decidido.

Judith propuso entrar en la sinagoga, Kaplan titubeó. La idea de entrar en la casa del Señor después de tantos años, esta vez sin Eva, le daba la sensación de ser juzgado. No quedaría nada de su fe, de su pasado ni de su futuro, si los ojos más penetrantes e implacables lo escrutaban.

Judith tiró a la calle el agua jabonosa, espesa como sangre de vaca, y el *jazán* hizo lo mismo.

—¿Sabes qué? Espérame aquí —le dijo Judith a Kaplan—. Dame solo un minuto. Trae, me llevaré también tu cubo.

Sin esperar una respuesta, los dos fueron adentro. Kaplan pasó por delante la estrella de David en silencio.

Al otro lado de la calle, junto a la bicicleta de Judith, había un hombre que debía de haber visto cómo Kaplan, Judith y el cantor habían estado fregando la pared. El hombre llevaba una barba deshilachada e intentaba taparse el cráneo con el poco pelo que le quedaba. Llevaba dos bolsas abultadas, llenas de botellas vacías. Kaplan no sabía si debía decir algo, no se saludaron. Entonces, el hombre dijo sin mirar siquiera a Kaplan:

—Judíos. Les das un dedo y se llevan... —hizo una pausa para respirar, quizá nunca había llevado sus pensamientos tan lejos como ahora— y se llevan a Jesús —concluyó, antes de alejarse tambaleante.

14

—Nada menos que treinta ejemplares de *Mein Kampf* en una semana.

30 de septiembre, el último día del mes.

Encima del escritorio de Kaplan había un artículo que había arrancado del periódico local. Iba sobre una galería de arte de Ámsterdam que había expuesto ejemplares de *Mi lucha* en un escaparate, al lado de numerosos objetos de interés procedentes de países que antes habían sufrido regímenes totalitarios. Un tal Epstein había acusado al dueño de la galería recientemente, molesto porque hubieran puesto el libro de Hitler al lado del *Diario de Ana Frank*.

El dueño de la galería había argüido que se trataba de una consecuencia lógica del orden cronológico que seguía la galería y que las decisiones sobre el contenido le correspondían sin duda alguna al propietario. A modo de concesión, reconoció que la decisión de poner los dos libros juntos había sido «desafortunada», pero se negó a ir más allá.

Kaplan había leído el curioso último párrafo por lo menos diez veces en las últimas veinticuatro horas. «Gracias a la atención recibida por los medios de comunicación durante las últimas semanas, la galería, que pasaba por malos momentos, va mejor que nunca. Van Loon: "He vendido nada menos que treinta ejemplares de *Mein Kampf* esta semana. Jamás me había sucedido nada igual". Mientras tanto, Van Loon no puede hacer frente a tanta demanda. A la pregunta de si se plantea pedir ejemplares del libro más fáciles de conseguir, es decir, los impresos después de la guerra, el dueño de la galería responde tras un leve titubeo: "Mejor no".»

De estudiante, Kaplan había tenido alguna vez entre las manos una traducción holandesa de *Mi lucha* en una tienda de segunda mano. Instintivamente, siempre había equiparado aquel libro con la Biblia satánica, una obra con raíces diabólicas y un poder destructor sin precedentes, pero lo que más le había llamado la atención después de una rápida lectura fue la torpeza técnica del lenguaje y la estructura. «Considero una feliz predestinación el haber nacido en la pequeña ciudad de Braunau.» Si un libro representaba realmente el Mal, desde luego, debería haber estado mejor escrito.

El libro prohibido, diabólico, apenas disponible, se agotaba sin cesar. Kaplan dobló el artículo, lo guardó en el interior de su abrigo y miró su teléfono. Últimamente hablaba con Judith a diario, para ponerse al corriente de la crisis compartida, para hablar del estupor que ambos sentían por aquel acto de vandalismo y para renovar y perpetuar el sentimiento de compromiso que había surgido aquel día.

Para comprender el absurdo de los pequeños acontecimientos, Kaplan recurrió, como hacía a menudo, al libro que contenía los principales datos sobre la guerra. En otra época había sido uno de los libros de consulta fijos en la sección de historia, hasta que se pasó de moda. Le reconfortaba saber que por muy duro que fuese el presente, siempre contaba con un cruel precedente histórico.

Kaplan leyó: «El 30 de septiembre de 1940, se informó a las autoridades locales acerca de quiénes entraban exactamente en la categoría de "judíos". Los que tenían tres o cuatro antepasados judíos se consideraban *Volljuden* o judíos completos». Kaplan cerró el libro. Si las autoridades locales, a las que bien podrían pertenecer los funcionarios de un centro de enseñanza media, tuvieran que cumplir ahora ese cometido, no tomarían a Kaplan por un *Volljude*. Aquello resultaba del todo decepcionante. Después de que resonase el último disparo de la guerra, solo contaban los extremos y apenas había cabida para los «incompletos», ni para celebrar la victoria, ni para llorar la pérdida. La mediocridad no era nada.

A cada hora, Kaplan entreabría ligeramente la puerta unos minutos: el subdirector no había vuelto a ir. Tomó la lista de las faltas de asistencia de septiembre. Samir Yacoubi, Fatima Bahri y Karim el Amrani eran los tres casos más problemáticos de ese primer mes con una media de un treinta por ciento de clases perdidas. Abraham solo había faltado a una hora de clase y su ausencia había sido debidamente justificada con una nota del médico. Kaplan había cumplido su promesa y no había anotado las horas que el chico había pasado con él.

Tomó una hoja de papel aparte y escribió los tres nombres. Firmó la nota y se abstuvo de sugerir posibles medidas que pudieran tomarse con esos casos problemáticos, que se ocupara de ello Duifman. Se masajeó las sienes y el cuello. Octubre estaba a punto de empezar, y según el calendario postmarital, era un mes sumamente difícil.

Octubre fue el mes en el que la perspectiva de no tener hijos se hizo inevitable.

Antes del cambio de milenio, Eva y él tenían una fe creciente e irracional en la llegada de un niño. Solo un ser que no existiera, que nunca hubiera existido, poseería el poder mágico para conjurar el ambiente de resentimiento que reinaba en casa. Al principio sentían la posibilidad de tener un hijo como un suave lazo con el que ambos se atraían juguetonamente, pero en los últimos años lo vivían como una pesadísima cadena que los arrastraba hasta las profundidades abisales para no soltarlos jamás.

2002. Durante los meses de agosto y septiembre, Eva había tenido cada vez más molestias en la pelvis. Le dolía hasta sentarse. La menstruación era muy irregular y también le había salido un extraño sarpullido en el cuello y las axilas. Kaplan había intentado tranquilizarla al principio, aunque ella opinara que le ponía poco entusiasmo en el empeño. Al cabo de dos semanas de enfados, durante las cuales él intentó persuadirla de la importancia de que la viera un médico y ella representó el papel de la ingenua tozuda, repitiendo como un tedioso mantra «Yo nunca me pongo enferma», Eva se dejó convencer al fin. Fue al médico, quien, después de varias exploraciones, no solo la convocó a ella a su consulta sino también a Kaplan.

Los dos tomaron asiento en unas sillas de plástico. Era un martes, había estallado una tormenta y el cielo se llenaba de relámpagos centelleantes. Él se había tomado la tarde libre de escribir. El médico, un hombre que ya no le cayó bien al entrar, tenía un busto de Charles Darwin encima de su escritorio. Kaplan se pasó toda la conversación mirando los puntitos negros de los ojos de Darwin, que cargaban cada una de las palabras del médico con el peso de la inevitabilidad evolutiva.

Síndrome de ovario poliquístico, SOP, una enfermedad no demasiado grave que causaba quistes en los ovarios. Tenían que contemplar seriamente la posibilidad de que no «les fuera concedido» un hijo. Kaplan se imaginó al médico ensayando esas palabras. Darwin había ganado. Fue su primera y última charla parental.

2002. Un año, un tiempo en el que ya no hablaban de aquella posibilidad; ambos se habían convencido de las ventajas de la vida sin niños. Las palabras del médico habían supuesto un alivio para ambos, lo que oyeron no fue una condena sino una absolución. Salieron a la calle ligeros como plumas hasta que se dieron cuenta de lo errado que era ese sentimiento.

Fueron hasta el restaurante más cercano, se sentaron en la mesa más pequeña, situada junto a la escalera. La sencillez del local tenía algo de melancólico, Kaplan contó los agujeros de cigarrillos que había en el mantel de algodón, llegó hasta tres. Pidieron calamares y verduras y permanecieron callados todo el rato. Aquella noche, su postura oficial de «Si no viene de forma natural, más vale dejarlo estar» adquirió el carácter indefectible de un obituario.

2002. La introducción del euro. El juicio contra Milošević. La muerte de un nonato.

Quizá, se dijo Kaplan esperanzado mientras repetía viejos experimentos mentales sentado en su silla, también se podía llamar padre a un hombre que lograba proteger a un niño, independientemente de los lazos genéticos, al niño que más necesitaba su ayuda. Miró las calificaciones de Abraham.

Y comprendió que debía dedicarse a ese Único Libro. Así, no solo ayudaría al Abraham real sino también a todos los Abraham del pasado y del futuro. Aquel libro le permitiría decir todo lo que quería decir, dedicar un pequeño espacio a todos los que no tenían voz, una hoja, un párrafo, aunque fuera una sola palabra. Empezó a escribir un borrador de la siguiente carta que dirigiría a su jefe Duifman.

15

Dejó pasar al chico lloroso. Eran las doce menos cuarto, faltaba poco para que empezara la cuarta clase. Puso a un lado la carpeta con las notas de Abraham y salió corriendo al pasillo para ver si alcanzaba a ver a los otros, los agresores. Nada.

Después de llamar a la calma al chico, subrayando que solo tenía que tomar asiento y tranquilizarse, Kaplan vio el lamentable rostro del delito. Abraham tenía los pies descalzos y magullados y no paraba de frotárselos entre sí y contra el suelo.

—¿Por qué se meten contigo?

Kaplan había tardado mucho en atreverse a formular esa pregunta. El chico lo miró azorado, pero él insistió.

—Inténtalo, piensa en ello. No te digas «No lo sé, así que no existe». Los zapatos son importantes —añadió—. Tal vez sean tan importantes como los pies. Todo el mundo tiene pies, pero no todo el mundo tiene zapatos.

—¿Quién no tiene zapatos?

—Los parias, los marginados. Antes, en los campos de concentración... —Kaplan vio los ojos apagados del chico—. ¿Sabes lo que son los campos de concentración, no?

El chico hizo un gesto afirmativo.

—Bueno, pues en los campos de concentración, la gente tenía que entregar sus zapatos.

—¿Quién se los quedaba?

—Los tiraban en una pila —se limitó a decir Kaplan.

—Qué extraño.

Kaplan guardó silencio un instante.

—Eran tiempos extraños, de eso no hay duda —el chico no dijo nada—. En lugar de los zapatos viejos, les daban un par de zuecos que nunca eran de su talla, por lo que siempre se les acababan rompiendo o les provocaban llagas o ampollas... fin de la historia. Así se les hinchaban los pies.

—Mi madre siempre dice que yo tengo los pies anchos.

—Pero no es lo mismo. Los prisioneros que tenían los pies hinchados estaban enfermos y se los daba por perdidos.

—¿Y qué pasaba con ellos?

—Oye, esto no es ningún cuento, pasó de verdad. Se trata de uno de los episodios más crueles de la historia de la humanidad.

El chico se quedó pensativo.

—Creía que los escritores se inventaban las cosas.

Kaplan lo miró sorprendido.

—Hay cosas que no hay que inventar. Hay cosas que no se pueden inventar —y sopesó añadir «hay cosas que no se deben inventar», pero no estaba seguro de si estaba de acuerdo con eso.

—No sé por qué querían atraparme —dijo el chico—. De verdad que no.

—Es una pena.

De pronto Kaplan supo que jamás recuperaría el dinero para el taxi. El chico era demasiado orgulloso para utilizar el dinero y demasiado educado para devolverlo, y él sentía demasiada vergüenza para pedírselo. A veces lo sorprendían sus propias reacciones, tan repentinas tan egoístas.

—¿Qué voy a hacer ahora? —la voz del chico sonó estridente.

—¿Qué talla tienes? —le preguntó Kaplan.

—Un treinta y ocho.

—Iré un momento a la sección de objetos perdidos e intentaré encontrar unos zapatos. Te los pondrás y harás como si no hubiera pasado nada. Luego te irás a casa para estar a salvo junto a tus padres. Y yo volveré a escribirle al director y lo haré de tal forma que no podrá seguir ignorándome. Yo te protegeré.

—¿Se te da bien proteger?

Kaplan respiró con dificultad. La situación no era comparable, pero Eva también se había sentido insegura a su lado. Él no había sabido qué hacer con su vulnerabilidad, buscaba las frases adecuadas, apelaba a la calma y a una visión de conjunto. Intentaba relativizar sus decepciones —sobre él y sobre su carrera— situándolas en una perspectiva histórica comparada con el auténtico sufrimiento, pero al hablarle de hombres y mujeres que tenían verdaderos motivos para estar desolados la estaba subestimando. No la había protegido. Fue él quien la había hecho fría e impenetrable, como un muro que él mismo hubiera levantado, piedra a piedra.

—He tenido resultados dispares —concluyó—, pero esta vez voy a conseguirlo.

Media hora más tarde, dejó salir al chico. Las zapatillas deportivas de la talla cuarenta que acababa de coger de los objetos perdidos rechinaban a cada paso. Kaplan escribió entonces unas palabras tan envenenadas como precisas. Desenmascarar al director había dejado de ser prioritario: Duifman tenía que actuar antes de que el chico sufriera un daño irreparable.

16

No era fácil reprimir la preocupación que sentía por Abraham, pero Kaplan no podía hacer mucho más que buscar ayuda a través de los canales oficiales. Sería una estupidez intentar ponerse en contacto con sus padres, solo conseguiría perder definitivamente la confianza del muchacho. E ir a la prensa... ¿con qué realmente? Se acordaba del caso de un chico de Twente que después de sufrir acoso constante acabó por suicidarse. No, no llegaría a tanto, Abraham era un buen chico.

Kaplan intentó encontrar algo de distracción en el ritmo de sus zapatos golpeando la acera. Le parecía terrible tener que admitirlo, pero para que la operación de rescate tuviera éxito era imprescindible la ayuda de Duifman. Él solo no tenía el peso suficiente para encontrar a los responsables, descubrir sus motivos y castigarlos.

En la esquina de las calles Bilderdijkstraat y Kinkerstraat, a unos diez minutos de su casa, se detuvo y aspiró profundamente. El aire otoñal entró en sus pulmones. Los cables del tranvía se tensaron y oyó aquel ruido metálico parecido a un chasquido, los tranvías no sonaban así en ningún otro lugar. Debería hacerse la vida más fácil: ya era fin de semana y tenía ganas de ver a Judith. Necesitaba sus consejos, su serenidad. Si se acercaba lo suficiente a ella, podía oír el latido de su corazón.

Tal vez podía darle una sorpresa, hacía mucho tiempo que no le daba nada. Entró en un supermercado. No era buena idea cocinar para ella. Solo había un plato que Kaplan dominara, espaguetis a la boloñesa, con carne picada especiada y mucho queso, pero, por nutritivo que fuera, aquel plato no era recibido casi nunca con entusiasmo. Fue hasta la sección de vinos y pasó la mano por las botellas. El vidrio estaba frío y pulido. Sin darse cuenta, se detuvo junto a una botella de vino tinto. La sacó del estante, sus brazos se quedaron de pronto sin fuerzas y notó la garganta seca. Un barolo.

«No es el amor lo que define al hombre, sino el odio.»

La frase apareció de repente, mientras se hallaba frente a la estantería de vinos. Fue a mediados de 1997, quizá en 1998. Era una agradable velada, tenían invitados a cenar, amigos de Eva, pero bueno. Había tres botellas de barolo encima de la mesa. Eva había preparado *melanzane alla parmigiana* y le había añadido un poco de hinojo como ingrediente extra. Estaba muy satisfecha con aquella improvisación. Él la observaba mientras ella cortaba la mozzarella y probaba la salsa de tomate, parecía completamente feliz. No fue el aburguesamiento de la escena lo que más le dolió, eso lo comprendió después, sino el hecho de que ese aburguesamiento pudiera hacerla feliz a ella y a él no.

Los amigos de aquella noche no importaban mucho y gran parte de la conversación tampoco. Lo más penoso de la velada fue el comentario del experto financiero de la pareja sobre las ventajas de «un Mick Jagger» frente a «un Basquiat». Los cumplidos por la comida zumbaban en torno a la mesa, pero a Kaplan no le impresionó el sabor cargante del hinojo y luchó contra la tentación de soltar algún comentario al respecto. Una comezón difícil de acallar.

Después de despedir a sus invitados, Kaplan fue a reunirse con Eva, que estaba esperándolo en el balconcito, demasiado pequeño como para sentarse allí cómodamente. Mientras servía el resto de vino que quedaba en la botella, la vio cruzar los brazos y apoyar las manos en los hombros. Al acercarse, se dio cuenta de que estaba temblando y comprendió que no lo estaba esperando, sino que buscaba el modo de evitarlo. Su postura transmitía un gran dolor, más puro y sincero que el suyo.

—¿Qué te pasa? —le preguntó él—. Ha sido una velada agradable, ¿no? El plato que has preparado ha sido todo un éxito —y entonces lo soltó—: A pesar del hinojo.

Ella se volvió con suavidad, más hermosa y furiosa que nunca. Él aún la amaba, de eso estaba seguro, pero ¿por qué necesitaba siempre sufrir una crisis para darse cuenta? Aquel fue el momento en que ella pronunció la frase. Bien meditada y con aplomo. Era un texto que había dejado madurar. «Creo que lo que define a una persona no es el amor, sino el odio. Y tú, Abel, estás tan lleno de odio que ni yo ni nadie podemos hacer nada para remediarlo. Eres absolutamente infeliz, estás acabado.» Se le saltaron las lágrimas, se metió para adentro, pasando por delante de él. Kaplan se quedó ahí de pie hasta que la casa se sumió en el silencio.

Volvió a dejar el barolo en el estante. ¿Acaso Eva no se definía también por sus odios? Al final, ella consiguió lo que quería de la vida: dejar de ser su esposa. Kaplan siguió deambulando por el supermercado, yendo de una sección a otra. Quizá debiera llamarla. No, eso solo causaría más sufrimiento, no debía hacerlo.

Además, cabía la posibilidad de que aquellos recuerdos fulminantes que lo asaltaban como síntomas febriles, por el barolo, por el vestido, por cualquier otra cosa, solo lo afectasen a él. Aquello era absolutamente insoportable.

Intentó pensar en otra cosa, pero al final decidió llamar a Eva. Dudó entre dos números de teléfono, lo último que quería era llamarla al auditorio.

Al principio creyó que era su voz real y empezó a hablar con tono indeciso.

—Estoy en el supermercado. He visto una botella de barolo. Me ha hecho pensar en ti. En realidad me ha hecho pensar en nosotros. No en cómo somos ahora, claro, sino en cómo éramos entonces.

Si deseaba realmente volver a compartir la misma cama con Eva algún día, debía hablar con más decisión, más convencimiento, pero se sentía incapaz de hacerlo.

Empezó a tartamudear. Y, de ese modo, en la fracción de tiempo que duró aquella llamada fallida, lo que él había llamado su «acuerdo» durante todos aquellos años pasó a pertenecer definitivamente al pasado. Sintió una oleada de náuseas.

—Bueno... lo siento, es solo que he visto un barolo. Espero que te vaya todo bien. Hay muchas novedades. En mi vida. Y en el mundo también, claro. Es difícil de explicar por el buzón de voz. Por otra parte, aún tardaremos bastante tiempo en volver a vernos. Sé que tú lo prefieres así. Espero que todo te vaya bien, que estés contenta con tu nuevo trabajo. Lo digo en serio. Y espero...

En ese momento, un mensaje robotizado lo interrumpió diciendo que lamentablemente la conexión no permitía grabar un mensaje más largo.

Podía llamarla de nuevo para grabar un mensaje mejor, más equilibrado, como solía hacer antes, después de semejante desastre, pero no sintió ninguna necesidad de hacerlo. Además, nada de lo que había dicho era falso ni manipulador. Volvió a la sección de vinos y cogió del estante un chardonnay chileno bastante aceptable.

En la cola de la caja, se fijó en las películas rebajadas. *Emmanuelle 2*. En la carátula se veían dos cuerpos jóvenes y bellos: Umberto Orsini y Sylvia Kristel. El título alternativo: *Emmanuelle l'antivierge*, la antivirgen. «Nothing is wrong if it feels Good», leyó. Había cientos de ejemplos de sadismo y represión que contradecían aquella frase, pero, en fin. Una película tan prohibida en 1975 podía comprarse ahora en el supermercado, entre los Mentos y los Kinder Sorpresa.

—¿Puedo ayudarle, señor?

Kaplan se sobresaltó y decidió que prefería ser un consumidor con gustos propios que un tipo que miraba las carátulas de películas guarras en los supermercados y luego no compraba nada. Pagó la película.

Sudor y cerveza. De camino a casa, Kaplan se topó con una multitud de cincuenta hombres y jóvenes. Se daban golpes en el hombro, gritaban y cantaban sin cesar. Entonces vio las banderas de gran tamaño que los hombres portaban con la sencilla y escalofriante estrella de David en blanco y azul.

Así se vería el fin, pensó, el estandarte apropiado en manos de las personas equivocadas. Ahora se encontraba completamente atrapado entre hombros extraños, apenas podía respirar. Se dejó llevar en completo silencio. Cerrar los ojos. No moverse. Esperar.

Tan repentinamente como lo habían incluido entre ellos, los hombres lo dejaron ir. Volvía a correr oxígeno y frescor a su alrededor. Cuando abrió los ojos, el gentío desapareció en una boca del metro, coreando «El que no salte no es judío».

Kaplan estaba sentado a la mesa con las manos húmedas; Judith preparaba la comida que él había comprado. Metió en el horno una bandeja con trozos de calabaza y remolacha y vertió agua sobre el cuscús. Frente a él estaba el chardonnay, la película seguía en la bolsa de la compra que tenía a sus pies. Por segunda vez desde que salió del supermercado, Kaplan miró su teléfono: Eva no había llamado. No esperaba que lo hiciera, pero aun así... Se propuso no volver a mirar durante el resto de la noche.

Era una bonita escena ver a Judith tan ocupada. Al parecer, era una mujer a la que —todavía— le gustaba cuidar de su hombre. Seguramente se debía al miedo a sentirse abandonada o algo igualmente deprimente, pero los miedos no tenían nada de malo mientras llevaran a la armonía.

—Me alegro de que hayas venido por sorpresa —dijo ella.

—La última vez no fue ningún éxito, así que me he dicho: voy.

Ella levantó la vista de la sartén donde acababa de poner un trozo de tofu. Los productos de soja, aunque fuesen insípidos, se contaban como *kosher*.

—El día de las esvásticas. No, aquel día fue horrible. En cualquier caso, me alegro de que hayas venido.

—Hablando de esvásticas, ¿sabes algo de un partido de fútbol de esta noche?

Las cejas de Judith hicieron algo extraño.

—En primer lugar, no sé qué tienen que ver las esvásticas con el fútbol. Y, en segundo lugar, no. ¿A qué viene eso?

—Por nada —repuso él. Después de un breve silencio, murmuró—: El día de las esvásticas. Sería un buen título para un libro.

—Por mí puedes quedártelo —el aceite en la sartén chisporroteaba—, pero si lo escribes, me lo tendrás que dedicar a mí.

Un comentario molesto, aunque lo hubiera dicho en tono juguetón. Kaplan se había propuesto dedicarle a Eva todos sus libros que comenzarían —y probablemente acabarían— con ese Único Libro. Contestó algo ambiguo para salir del paso.

Judith se volvió hacia él, entre la silla de Kaplan y el lugar donde ella estaba había unos tres o cuatro metros.

—¿Cómo se titulaban tus libros?

Así era como pensaba la gente sobre los libros, como textos que pertenecían definitivamente al pasado.

—El libro de poemas se titulaba *Un nacimiento*; la novela, *Una herida de terciopelo*.

—¿Y aquella otra novela que iba sobre Alemania?

—No —negó él, breve pero contundente—. Quizá se desarrollara en la República de Weimar, lo que por otro lado es bastante excepcional para un escritor holandés, pero la novela en sí iba sobre... creo que iba sobre el amor, la guerra y la pérdida.

¿Acaso era eso lo único que había quedado de todos sus esfuerzos: el amor, la guerra y la pérdida?

—Grandes temas —concluyó ella.

Él permaneció callado un momento y luego comentó en tono animado:

—Puedo traerte un ejemplar, si te apetece.

—Sí, claro, por supuesto. ¿Quieres un poco de vino?

Judith cogió el chardonnay que había sobre la mesa, lo metió en la nevera y sacó una botella aparentemente idéntica.

—Y a ver si piensas en algo distinto, has... —se detuvo ante él—. ¿He dicho algo malo?

Claro que lo había dicho. Aquella forma ofensiva de hablar sobre su obra en pretérito.

—No, claro que no —dijo él, comedido—. Nada.

A Kaplan le faltó energía para empezar una nueva conversación sobre Abraham. Quizá al día siguiente.

—¿Pero piensas de vez en cuando en alguna obra nueva? Creo que sería bueno para ti.

—Tengo ideas —Kaplan tomó un trago, el sabor del vino le recordó su indiscreción—, hay palabras, de momento solo están en mi cabeza, pero bueno. Sigo buscando una historia —no, eso sonaba demasiado flojo—. La historia.

Ella fue a sentarse frente a él.

—Es curioso, al pensar en un escritor jamás me imagino que puedan faltarle historias.

—Precisamente hay un exceso de historias —dijo él, pero aquello volvió a sonar poco inspirado—. Por eso es más difícil ver la historia adecuada entre tanta tontería, la única historia que tú y nadie más que tú puede contar.

Ya iba más encarrilado. Era el momento de callar.

—¿Sabes una cosa...? —empezó a decir ella en tono de complicidad, la expresión de su rostro cambió, él presintió una intimidad que solo podía brindar un secreto—. Bueno, quizá no debería contártelo.

—¿Por qué no? —se inclinó hacia delante y por un momento se planteó contarle a cambio el único secreto que llevaba consi-

go esa noche: la película erótica que seguía en la bolsa del supermercado a sus pies, pero consideró que el riesgo de que tuviera
consecuencias catastróficas era demasiado grande.

—Pues porque es personal.

—¿Personal para ti? —preguntó él.

Su tono casual debía servir para tranquilizarla.

—Y para mi familia.

Judith se llevó la copa a los labios, sus mejillas adquirieron un
rubor tenue y ligeramente alcohólico.

—No tienes por qué contármelo —dijo él, a sabiendas de que
un comentario así surtía a menudo el efecto contrario.

—Bueno. Hay un libro —empezó a decir ella—, un libro importante. El diario de mi padre.

En ese momento, el horno empezó a pitar y ella dio un res-
pingo, como si saliera de un trance.

Judith sacó un Davidoff de su paquete rojo, el humo seguía describiendo círculos. Había puesto la *Séptima sinfonía* de Shostakovich, la pieza preferida de Kaplan. Los sonidos de *pizzicato*, leves
pero amenazadores, llenaron la estancia. Ella no había vuelto a
hablar del libro secreto.

La primera botella se había acabado; sacó de la nevera la que
había llevado él y puso la televisión. Una noticia sobre solicitantes de asilo sin papeles que aterrorizaban un barrio residen-
cial de Oosterwijk. Lo de «aterrorizar» lo había añadido Kaplan
de su propia cosecha, pero ella no se lo tomó a mal. La vida de
un refugiado era inconcebible para alguien que nunca la hubiera visto de cerca, dijo Judith. Como había pocas cosas que él
detestase más que dos personas que mantuviesen relaciones
sexuales regularmente y en su tiempo libre hablasen de política, propuso que sería mejor apagar la televisión. ¿Más agradable?, había preguntado ella. Sí, había contestado él, más agradable.

Estaban sentados a la mesa, el uno frente al otro, y el vino empezaba a hacer sus habituales juegos con la luz y el tiempo, unas veces ejercía un efecto glamuroso —la música, la iluminación, los sonidos lejanos del tranvía se conjugaban de vez en cuando a la perfección—, y otras veces implacable. A pesar de la relativa juventud de Judith, había de pronto imperfecciones, marcas de acné en las mejillas y las sienes.

Quizá ella había querido contarle antes su secreto. Quizá él había presentido la existencia de un secreto y por eso había permanecido a su lado, para que pudiera contárselo. ¿Cómo pueden conocerse los verdaderos motivos de las elecciones que uno hace?

Después de que se hubieran terminado también la segunda botella de vino blanco y de que ella hubiese sacado de algún rincón de su apartamento una botella de tequila Sauza, con la que llenó los dos vasitos que en esos momentos estaban en el respaldo del sofá —vasos de chupito con la cara del Che Guevara—, él supo lo que tenía que hacer para conseguir que ella hablara.

Tras sentir la primera oleada seria de náuseas y constatar que los haces de luz de la lamparita describían círculos temblorosos, Kaplan la besó. Se puso en pie, la levantó del sofá, la presionó contra la pared y le dio la vuelta. Le mordisqueó en el cuello, le susurró al oído lo que quería hacer con ella y le bajó las medias de un tirón. Quizá no se había mostrado tan decidido desde hacía diez años.

Exhaustos y bebidos aún, yacían el uno junto al otro, respirando agitadamente.

Cuando habían empezado a besarse hacía una hora, ella tenía los ojos cerrados, como había hecho Eva la última vez, como si fantasease con otros hombres, más jóvenes y más guapos que él. Aquella idea lo hirió. Él la había empujado hacia el dormitorio y una vez ahí se había detenido en cada detalle de su cuerpo, la curva debajo del ombligo, la marca de nacimiento en el lóbulo de la oreja, el vello erizado. Era hermosa y, mucho más importante aún, era real. Justo antes de que Kaplan llegara al momento de la verdad, ella gritó «Abel» y él se relajó un poco. Con un gran esfuerzo, fingió correrse y, para anticiparse al recelo de ella, retiró su miembro, temblando de placer.

—¿Judith? —balbuceó.

Ella abrió los ojos, su mano tanteó infantilmente la pierna de él, como si sus músculos no tuvieran nada de fuerza.

—¿Sí?

—¿Qué me querías decir antes, cuando estábamos sentados a la mesa?

Ella volvió a cerrar los ojos.

—¿Te has corrido a gusto?

—Siempre —contestó él.

Después dio vía libre al silencio que estaba buscando, aquella quietud cargada que solo una cama revuelta por el sexo puede dar.

—¿De qué estábamos hablando? —le preguntó él al cabo de un rato.

—De acuerdo, te lo mostraré —dijo Judith, como si mantuviese una lucha interna. Se levantó y él notó la cama ceder. Oyó ruidos en la sala de estar, ella regresó y se acostó a su lado—. ¿Podrías encender esa lámpara? —la intensa luz de la lamparita lo obligó a entornar los ojos. Los cantos del librito rojo estaban doblados, se veía viejo y polvoriento—. El diario de mi padre. Sobre el campo de concentración. Sobre Auschwitz. Él también se llamaba Abel. Abel Citroen. —Judith tenía los ojos grandes y bondadosos—. ¿Sabes lo más curioso? Parece que antes de la guerra era un hombre alto y esbelto. El campo de concentración le quitó veinte centímetros, como si sus huesos se hubieran encogido. Empezó a escribirlo en cuanto lo liberaron y pudo volver a Holanda. Se pasó todo el viaje de vuelta en silencio, con la cabeza repleta de detalles que jamás olvidaría. Eso era lo que lo había mantenido en pie durante todos esos años en el campo de concentración: la idea de que algún día podría escribir sus recuerdos, que no desaparecerían sin más. En un momento dado, me entregó su diario. Él ya no podía seguir soportando por más tiempo la presencia del libro en su casa, pero yo nunca quise leerlo, porque en buena parte habla de una mujer que podría haber sido mi madre, pero que no lo fue. Es una larga historia, pero mi madre siempre se sintió como la segundona. Quizá lo fuese en realidad. Me solidarizo por completo con ella.

—¿Me dejas verlo?

—Ve con cuidado.

Él tomó el libro como el gran regalo que era, lo abrió, las páginas se pegaban.

—Me llamo Abel —leyó—, pero durante más de dos años de mi vida, nadie me ha llamado así.

Esas eran las primeras frases. Kaplan sintió que un estremecimiento le recorría el espinazo.

—¿Puedes leerlo? —le preguntó ella.

—No te preocupes, se me dan bien los manuscritos. ¿Podría ir un momento a la sala para ojearlo con más luz? Parece increíblemente interesante —aquel comentario entusiasta no era muy propio de él, pero no era en absoluto fingido.

—¿Tiene que ser ahora? —le preguntó ella, mientras le pasaba el brazo por los hombros y apoyaba la cabeza en su pecho.

—Oh, no, claro que no. Antes durmamos un poco.

—Bien. Me has dejado agotada —dijo ella en broma y con la voz cansada.

—Tú a mí también.

Kaplan dejó el libro sobre la mesita de noche y apagó la lamparita. Después de un rato contemplando la oscuridad, dijo:

—¿Podríamos separarnos un poco? Tengo algo de calor.

Judith no dijo nada, pero él notó desaparecer el brazo y la cabeza de ella desaparecían y aligerarse su cuerpo.

Esperó media hora. Fue sencillo levantarse e ir a la sala con el libro sin que ella se diese cuenta. Se iluminó con el móvil. Leyó las primeras veinte páginas del libro conteniendo la respiración, con las piernas desnudas sobre la silla de madera. Después lo deslizó en la bolsa del supermercado, junto al deuvedé de *Emmanuelle*, y regresó al dormitorio, en un estado febril.

17

La cáscara de sus huevos cocidos crujió, la clara tembló. Durante el desayuno ambos estaban demasiado resacosos como para volver a hablar de la presentación nocturna del libro. En cuanto saliera de casa de Judith, Kaplan buscaría la mejor copistería. Tenía que leer aquel diario con calma, de principio a fin. Por la tarde le enviaría un mensaje a Judith. «Ayer no podía dormir y quise hojear un rato el diario de tu padre. Me fui a la sala para no despertarte. Supongo que fue entonces cuando, satisfecho y cansado como estaba, lo metí sin darme cuenta en la bolsa de la compra y me lo llevé a casa.»

Esa sería la historia. No era elegante, pero sí funcional. Después se esforzaría al máximo por mostrar su arrepentimiento. Claro que sintió compasión, claro que lo asaltó un sentimiento de culpa. Judith le sonrió y él le devolvió la sonrisa.

—Ayer estuvo muy bien —dijo ella cuando alcanzó la yema del huevo.

Él buscó algún cumplido, pero se limitó a asentir con la cabeza. Luego dijo que tenía que acabar un trabajo para el lunes y que debía irse. Por la expresión de Judith, supo que ella había pensado en un fin de semana distinto: salir a pasear por la ciudad, entrar en alguna cafetería, compartir trocitos de cruasán.

—Ahora lo tengo en la cabeza. Si lo acabo pronto, me sentiré libre y mañana quizá podamos quedar para hacer algo agradable.

Ella asintió, comprensiva. Lo despidió en albornoz. La puerta se cerró casi sin hacer ruido, Kaplan había conseguido abandonar el apartamento de Judith de forma impecable, sin peleas y con el libro en la bolsa. Mientras bajaba por las escaleras, aún conservaba el sabor de Judith Citroen.

No importaba lo más mínimo que la luz del día le resultase casi insoportable, que al pasar por delante de un bar tuviera ganas de vomitar y que la cabeza le zumbara con fuerza cuando entró en la copistería. Fue poniendo el diario página a página contra el cristal de la máquina fotocopiadora y, a continuación, revisó con sumo cuidado cada una de las fotocopias para detectar borrones o cosas que no se entendieran. Abel Kaplan tardó poco menos de una hora en hacer dos libros de uno.

«Me llamo Abel —volvió a leer Kaplan aquella tarde—, pero durante más de dos años de mi vida nadie me ha llamado así. En el campo de concentración donde estuve prisionero desde diciembre de 1942 hasta enero de 1945 tenía otros nombres, pero el único nombre que contaba de verdad era el número grabado en mi brazo izquierdo.»

Kaplan respiró hondo y siguió leyendo.

«En el tren de Westerbork, donde Miriam y yo pasamos cuatro días, mantuve apretada contra el pecho la filacteria, cuyas correas llevaba fuertemente atadas alrededor del brazo derecho. "Y estas palabras que yo te mando hoy estarán sobre tu corazón; y se las repetirás a tus hijos y les hablarás de ellas estando en tu casa, y andando por el camino, y al acostarte y cuando te levantes." Conocíamos los rumores. Campos de trabajo o, acaso, algo peor. ¿Por qué solo nos habían dejado sacar una maleta de Ámsterdam?

»Pero ahora que nos encontrábamos en el tren, debíamos olvidar todo lo que habíamos oído. Esa era la única forma de no perder el juicio. Tenía agarrada la mano de Miriam. Mi impecable traje comprado en Gerzon había adquirido cuatro manchurrones a lo largo de la semana, pero ella me susurró que le gustaba el olor a sudor que yo desprendía. Incluso en esas circunstancias, mantenía su buen carácter. La besé en la frente.»

Kaplan puso también la *Séptima sinfonía*, una versión más antigua que la que había sonado en casa de Judith y que iba más con él. Intentó superar la casualidad de que el hombre viejo sobre el que estaba leyendo se llamase igual que él. Tenía que ser una coincidencia. Volvió a coger las fotocopias.

«No había visto antes a la mayoría de la gente que tenía alrededor. Reconocí a Noah, el carnicero al que solía comprarle la carne en salazón. Tenía los ojos abiertos todo el tiempo, pero no veían nada. Miraban al frente, apagados y vacíos.

»"Estarán sobre mi corazón y se las repetiré a mis hijos, y les hablaré de ellas estando en mi casa, y andando por el camino, y al acostarme."

»Temía que me quitasen la filacteria al llegar, Miriam dijo que solo debía pensar en el presente. Me lo suplicó, jamás la había visto hacer algo así.

»Al fondo del vagón había una madre con su bebé. El primer día de viaje, pudimos desmenuzar algunos mendrugos de pan para el bebé que habíamos conseguido llevarnos de Westerbork, pero al segundo día ya no quedaba nada. La criatura no paraba de llorar. Aquel llanto me volvía loco. Cuando el niño calló de pronto, nadie se movió. Apenas oíamos ya los gritos de su madre. Por primera vez, resultó ser una bendición no tener hijos. Solo tenía que preocuparme por Miriam.

»Los hombres y las mujeres que estaban en el vagón apenas podían hablar ya. Estaban agotados, algunos fueron sucumbiendo lentamente. Los rostros se veían cada vez más pálidos y demacrados. Algunos soltaban heces blandas que se quedaban pegadas en sus piernas inmóviles.

»En algún momento del tercer día, me di cuenta de que llevaba por lo menos un par de horas sin pensar en Miriam. Era como si hubiera salido de mí mismo, como si mi mente y mi cuerpo hubiesen dado los primeros pasos hacia el reino de las sombras.

»Aún podía llevar la cuenta de los días, pero mis pensamientos no daban para más. El tiempo que permanecimos apretujados, temblando y extenuados era infinito. Estallaron peleas en la oscuridad. Miriam se escudó detrás de mí.

»En las estaciones por las que pasábamos nadie se tomaba la molestia de entablar contacto con nosotros. Y nosotros estábamos demasiado agotados como para lanzar gritos de auxilio. En algunos puntos del vagón se filtraba la nieve derretida: abríamos la boca, pegando la cabeza contra la pared. Cuando el reguerillo de agua llegaba a nuestra boca, cerrábamos los ojos.

»"Y andando por el camino, y al acostarme."

»Por el camino y al acostarme, ya no podía imaginar otra vida. Mis oraciones perdieron su fuerza. Aún hoy me acuerdo bien del momento en que me di cuenta de que ya no le temía a nada. Entonces el tren se detuvo. Y empezaron mis dos años.»

Aquella noche, Kaplan le mandó a Judith el mensaje que había pensado y, por primera vez en su vida, utilizó las palabras «con mi mala cabeza». También escribió que había sido discreto y no había leído nada, una pequeña y necesaria traición a un hombre que ahora ya no solo vivía en las palabras escritas en aquella caligrafía firme y anticuada, sino también en el propio Kaplan. Le propuso a Judith cenar juntos el lunes por la noche para poder devolverle el diario. No dijo ni una palabra de quedar el domingo.

Judith lo llamó el lunes. Por la mañana. Nadie lo llamaba jamás por la mañana. Quizá estaba enfadada porque él no le hubiera propuesto salir a dar un paseo por el bosque o algo por el estilo o, peor aún, porque se hubiera llevado el diario o, lo peor de todo, porque quizá sospechase lo que él planeaba, pero cuando Kaplan contestó, bastó una frase para aclararlo todo.

—He encontrado el edificio.

18

Desapareció poco después de que sonara el timbre que anunciaba la cuarta clase, siempre era un momento muy tranquilo del día. Había quedado con Judith en un café del centro, un sitio que encajaba mucho mejor con su estilo que el pomposo Conservatorium Hotel. La besó en la boca y entraron juntos. Había jóvenes trabajando con MacBooks y tomando café con una gruesa capa de leche. En la pared había colgada un póster de Twiggy y una serie de retratos de Audrey Hepburn.

—No contaba con que fuéramos a vernos ahora. De haberlo sabido, te habría traído el diario —le dijo él en cuanto se sentaron—. Perdona que lo metiera sin querer en la bolsa. Fue una estupidez por mi parte.

—Ya me lo dijiste ayer. No pasa nada.

Judith le hizo una seña al camarero, un chico delgado con el pelo rizado y grandes patillas. Pidió dos ensaladas con pan de soda, que le gustaba mucho.

—Para mí una taza de café de la jarra, de la cafetera o de dondequiera que haya estado hirviendo.

—Quiere un café expreso doble —puntualizó Judith.

Kaplan empezó a juguetear con un sobre de azúcar.

—¿Puedo preguntarte algo? ¿Sobre tu padre? —sobrevino un extraño silencio en el que Judith no dejó traslucir nada, ningún reproche, ningún consuelo—: ¿Qué fue de él?

—Hablaremos de eso en otra ocasión o acabaremos mezclando temas.

—Sí, claro —contestó él—. Hablemos entonces del edificio. ¿Estás segura?

—¿De qué es un centro de acogida? Sí, completamente. Lo oí

decir ayer por la noche y esta mañana lo he confirmado con otra fuente. Las historias coincidían.

A Kaplan le reconfortó comprobar que había juzgado bien la eficacia de la red de contactos de Judith.

—Para serte sincera, estoy muy sorprendida de que nadie lo conozca. Y de que... —miró alrededor y se inclinó hacia él— de que se trate de romaníes. Gitanos.

En los ojos oscuros de Judith, Kaplan vio reflejados los de Abraham. La mirada del chico le llegaba al alma.

—¿Qué quieres decir? ¿Solo hay gitanos?

—Sí, a ti también te parece extraño, ¿verdad? —les sirvieron los platos—. Y eso en Holanda es raro, muy raro.

Judith puso un mapa en medio de los platos. Había marcado la ubicación del edificio con una cruz roja. Si Kaplan hubiese ampliado un poco su radio de búsqueda, lo habría encontrado él solo. Tal vez ella percibió su decepción.

—¿No estás contento? —le preguntó—. Tenías razón, no debería haber dudado de ti. En efecto, se trata de un antiguo colegio. Los colegios son edificios bien acondicionados, disponen de sanitarios y, en este caso, el edificio está lo bastante apartado para que no llame mucho la atención.

—Continúa.

—El edificio se utiliza como una especie de centro de acogida de solicitantes de asilo —prosiguió ella—, pero no se le puede llamar así, porque, oficialmente, los gitanos no son solicitantes de asilo.

Judith volvió a coger el mapa de la mesa.

—¿Qué es entonces?

—No lo sé, pero no es un centro de detención y, como te decía, tampoco es un centro de acogida —Judith lo miró—, es un refugio temporal. Creo que el término oficial es «centro de tránsito». No pueden devolverlos a ninguna parte porque no pertenecen a ningún lugar.

Kaplan dejó el trozo de pan en el plato sin tocarlo.

—¿Centro de tránsito? Es la palabra más horrible que he oído en mucho tiempo. Nuestras relaciones se basan en eufemismos —ahora sí tomó un bocado, la masa blanda se desmenuzó en la boca—. ¿Tienen pasaporte?

—Unos sí, otros no. Algunos viajan con documentos falsos o cuentan mentiras sobre su vida. ¿Se les puede reprochar acaso? La mitad de mi familia también tuvo que hacerlo en el pasado.

—Quizá sea una pregunta estúpida, pero ¿por qué son un problema los gitanos?

—Como consecuencia de un cambio en la legislación belga, un enorme flujo de gitanos y de solicitantes de asilo cambió de rumbo. A lo mejor has leído algo sobre el asunto. Las disposiciones provisionales que se tomaron cuando Rumanía y Bulgaria entraron en la Unión Europea acabarán la medianoche del 31 de diciembre. A partir del 1 de enero de 2014, los rumanos y los búlgaros serán libres para ir a trabajar a todos los estados miembros de la Unión.

—No, no he leído nada sobre el tema.

—Ahora los solicitantes de asilo no suponen ningún problema, creo que por cada cuarenta mil habitantes llegan dos solicitantes de asilo al mes, uno de los cuales es devuelto a su país de origen, pero los romaníes forman la mayor minoría étnica de nuestro continente y ahora son miembros de pleno derecho de la Unión Europea. Con todo, es un caso claro de antigitanismo —en la cabeza de Kaplan, aquella palabra formó una asociación inamovible con otra palabra que también empezaba por «anti»—. Es puro perfil étnico, nada más —prosiguió ella—, pero lo peor es que los políticos insisten en decir que no, que es consecuencia de un cálculo de probabilidades. Se esconden detrás de sus estadísticas insinuantes.

—¿A qué te refieres?

—Los gitanos presentan a menudo un «comportamiento criminal», sea lo que sea lo que eso significa. El punto de vista oficial del gobierno es que la integración no es responsabilidad de la administración, pero la lucha contra la criminalidad sí lo es. El alcalde está trabajando oficiosamente en estrecha colaboración con el Ministerio de Seguridad y Justicia. El Servicio de Inmigración también está metido, al igual que la policía, que nombra destacamentos especiales para cumplir con esas políticas.

—Por eso no me sonaba el uniforme —murmuró Kaplan, más para sí mismo que para ella—. ¿Crees que también empezó así en el pasado? ¿Con cifras falsas que legitimasen la xenofobia? —ella asintió—. ¿El 1 de enero de 2014? —repitió él—. Pero entonces llegarán aquí de forma masiva, ¿no? —Judith arqueó ligeramente una ceja. Quizá había dicho algo malo—. ¿O qué? —añadió titubeante.

—¿La rebelión de las masas? ¿Lo dices en serio? ¿El civilizado Abel Kaplan?

—¿Por qué crees tú que no deberíamos preocuparnos?

—En Francia, los gitanos viven en pequeñas comunidades cerca de la autopista, pero allí tienen mucho terreno libre. Aquí sencillamente no hay espacio para su estilo de vida, ellos mismos se acabarán dando cuenta de ello. El problema es que los políticos no les conceden ese tiempo.

Judith y Kaplan comieron en silencio mientras intentaban analizar la situación cada uno a su manera: ella buscando soluciones pragmáticas; él, precedentes históricos.

—Tienes algo entre los dientes —comentó él y ella se puso a hurgárselos frenéticamente—. Un poco más a la izquierda, sí, ya está —mintió para no tener que verla toqueteándose la dentadura—. ¿Qué deberíamos hacer? ¿Acudir a la prensa?

¿Debía ponerse en contacto con Maaike, la periodista que había conocido en el bar?

—¿Por qué? ¿Recuerdas lo que te dije hace poco, que la vida de un refugiado es difícil de entender para alguien que no la haya visto nunca de cerca?

—Lo que dijiste exactamente fue que no se podía entender.

—Creo que te iría bien venir conmigo al centro de refugiados donde se encuentran actualmente los solicitantes de asilo de la antigua Iglesia Refugio. Así podrás verlo con tus propios ojos.

—Pero ese colegio es casi como una prisión, tú misma lo has dicho. Es distinto de un centro de acogida.

—Te preocupas por un mundo que ni siquiera conoces. Ahora te estoy dando la oportunidad de cambiar eso —Judith consultó su reloj—. Ya podemos ir si quieres. Duermen hasta tarde.

—¿Ahora resulta que tenemos que adaptar nuestro horario al de los refugiados sin papeles?

Ella no contestó y le hizo una seña al camarero.

—Iremos hoy. Yo tengo que pasar un momento por casa y tú también para coger el diario de mi padre.

Cuando el camarero fue a llevarles la cuenta, le preguntó a Kaplan si le interesaría tener una tarjeta de fidelización gratis, así, cada vez que fueran, obtendrían el diez por ciento de descuento. Tan fácil era conceder la lealtad. Kaplan prefirió pagar la cuenta completa y no dejar propina.

Una vez en la calle, le dio las gracias a Judith por su ayuda.

—He sido yo la que ha pedido la cuenta, pero te han ofrecido la tarjeta de fidelización a ti. Eso es sexista, ¿no?

Primero asimiló el sentimiento de injusticia de ella y luego dijo:

—Este es el problema del feminismo hoy en día. Las mujeres no pagan y encima se quejan de que no les hacen descuento.

Ella lo miró y finalmente decidió darle un largo beso en la mejilla.

19

Judith y Kaplan estaban al otro lado de la calle Weteringschans, entre los dos había una caja de cartón del Aldi que contenía cuatro paquetes de cinco kilos de arroz cada uno. Ella había insistido en que él llevase algo para los nuevos residentes del edificio recién ocupado.

—¿Como peaje? —le había preguntado él.

—No, como detalle —le había respondido ella.

Era un bloque de oficinas, gris, alto y tosco. Cerca de la entrada había un grupo de hombres africanos que parecían aburridos. Ninguno parecía mirar la gran pancarta que colgaba de una de las ventanas donde ponía: «Absolutley estamos aki!»

Un hombre que estaba detrás de una mesa improvisada reconoció a Judith de inmediato. Ella le susurró a Kaplan que le entregara las provisiones y él dejó la caja en el suelo. Sintió un ligero tirón muscular en los brazos. Un hombre negro que tenía una cruz al cuello y un cigarrillo en la comisura de la boca se llevó la caja de Kaplan sin darle las gracias. Judith le había contado que era la segunda semana que los refugiados estaban en el edificio y empleó la palabra «recién ocupado».

En otro rincón del vestíbulo había decenas de cajas de bananas Chiquita llenas de libros y ropa vieja que les habían dado los vecinos del barrio. Escrita en la pared con un rotulador negro estaba la palabra «Madre» y treinta centímetros más abajo, «Bebé». No había ni rastro de las personas correspondientes. Flotaba un olor a humedad por todas partes, pero no era desagradable en sí.

En el rellano de la escalera que llevaba al segundo piso vieron a un hombre con sandalias que se presentó abriendo los brazos.

—*I am Congo.*

El edificio estaba repartido por plantas, les contó Congo. La primera planta era para las provisiones, la segunda para los francófonos, la tercera para los árabes, la cuarta y la quinta para los somalíes y la sexta para el resto.

Congo tenía la intención de llevarlos a la planta de los somalíes, pero a mitad de camino un conocido de Judith se acercó a ella. Era un hombre con el pelo rizado y grasiento y los ojos llorosos. Congo se fue para arriba sin despedirse de ellos. El hombre que resultó ser de Yemen quiso mostrarles el lugar donde dormía.

Llegaron a una sala grande y pelada, con una veintena de camas distintas que iban desde camas con dosel desechadas a catres del ejército. En una cama baja de madera, un hombre mayor forcejeaba con un edredón. Había una televisión encendida, se veía un presentador de noticias holandés de aspecto muy serio. Encima de las camas había nombres escritos en la pared, el de Mouthena podía leerse en varios sitios. Kaplan preguntó al respecto y el yemení comentó con aire reprobador:

—Es solo un niño. Escribe nombre todas partes. Quiere ser famoso.

Kaplan preguntó qué tenía de malo desear la fama. Por la reacción algo vacilante de Judith, dedujo que no era apropiado tomar la iniciativa, pero eso no lo disuadió.

—Llamar atención no inteligente —dijo el yemení, imperturbable—. Si tú en las noticias, ellos conocen a ti.

Kaplan arguyó que también podía ser inteligente ser conocido. Era más difícil rechazar a quien tenía un nombre y un rostro que a quien no los tenía. Sorprendentemente, Judith le dio la razón: ¿no le había sucedido eso a Younes, un hombre que durante algún tiempo fue el rostro visible de la caravana de refugiados? Ahora estaban «revisando» su caso, una palabra que en el extraño lenguaje de los apátridas poseía un significado mágico.

—¿Qué es «revisando»? —dijo el yemení despacio—. Yo no conozco. Revisando, revisando —murmuró y luego, dirigiéndose a Kaplan, añadió—: ¿Sabes lo peor? Lo peor es esperanza. Te ponen enfermo de esperanza. La plantan en cabeza. Creen que esperanza calma, pero vuelve loco. Esperanza como un cáncer.

El yemení tenía un aspecto muy normal, no parecía alguien desesperado o marginado. Sus condiciones de vida presentes solo eran la suma de todo. Las complicaciones, las aventuras y las desventuras que lo habían llevado a esa situación eran irreductibles. Lo que Kaplan veía era un hombre definido completamente por las circunstancias.

Kaplan le preguntó su edad y cuánto tiempo llevaba en el país: tenía treinta años y llevaba cuatro años en Holanda. Cuando Kaplan le preguntó por qué no hablaba holandés, el hombre se encogió de hombros. Kaplan comentó entonces que no le haría ningún mal conocer la lengua del país. El yemení se rio poco convencido.

—Hay más luz —comentó Judith en tono optimista e hizo un gesto con el que probablemente quería dar a entender que aquello era más espacioso que la Iglesia Refugio.

—¿Qué quieres decir con más luz? ¿No tienes luz? Yo tengo lámpara.

Ni Judith ni Kaplan supieron que responder a eso.

Por supuesto que Kaplan se fijó en lo triste que era la bolsa de supermercado vacía que se bamboleaba en el pomo del radiador, por supuesto que se dio cuenta de los círculos de sudor que había en los colchones y del moho incrustado en el techo. No era inmune a la desesperanza general de la situación, que para cada individuo era terrible de un modo diferente. Grabó todo en su memoria, pero no lo conmocionó. Los refugiados estaban demasiado bien para conmocionarlo. Esa gente había recibido comida y cobijo sin tener que hacer nada a cambio, algo por lo que muchos trabajadores holandeses documentados matarían.

En su cabeza empezó a sonar como un político de un partido al que alguien como él debería odiar. ¿Por qué le resultaba tan difícil aferrarse a los ideales en los que había creído de estudiante? ¿Cómo había cambiado todo tanto y cuándo había sucedido y por qué nadie le había advertido mientras se producían esos cambios?

No había tenido ningún problema para identificarse con Abraham e incluso se sentía muy comprometido con la gente encerrada en el antiguo colegio que no había llegado a ver en persona. Podía imaginarse sin problemas sus rostros llenos de sufrimiento. Eso era posiblemente lo que había esperado ver allí, quizá hasta lo había deseado: ver la mayor miseria humana posible, el fondo.

Pero lo que veía no era ni más ni menos que aburrimiento. Quería sentir compasión, pero para eso había que sufrir, claro. Quien se aburre no sufre. Las sospechas de Judith de que la mayoría se levantaba hacia el mediodía y después se pasaba el rato mirando el techo o se daban media vuelta no resultaron infundadas. Si la gente no tenía ningún motivo para levantarse, no se levantaba.

Judith quería ir a ver a los somalíes a pesar de que el letrero de *Only Somali* colgado en la pared que había junto a la puerta de la cuarta planta tenía algo inconfundiblemente amenazador. A diferencia de los árabes, los somalíes utilizaban sábanas para separar las camas de cada uno. La imagen le recordó a la casa de la madre de Eva.

Era el día después de su muerte y habían tapado todos los espejos. Tradicionalmente era una medida contra los demonios, pero ahora servía para que los dolientes no tuvieran que ver sus rostros afligidos. Kaplan reconoció la vela especial, la *ner neshamá*, sobre la que había leído mientras se preparaba para su conversión. El cuerpo de Varilla ya había sido trasladado a la funeraria de Amstelveen. Eva no lloró mientras recorría la casa, sacudiendo la cabeza en silencio.

Fue un olor el que lo sacó de sus recuerdos, como las sales olorosas hacen con el inconsciente. Estaban cocinando. De la pequeña cocina que había en la última planta se desprendía un tufillo de grasa chisporroteante. Judith y él llegaron arriba. Ahí también vieron nombres en las paredes.

Una mujer con una túnica blanca y roja se acercó a Judith y las dos se abrazaron. Los precedió hasta la cocina y controló que los chicos se portaran bien. Se presentó a sí misma como la «reina de la cocina». Cuando Kaplan le preguntó a Judith qué tenía que hacer con Abraham, ella le contestó: «¿Tenemos que hablar de eso ahora?».

—Le hice una promesa —ella precisamente tendría que entenderlo—. Los abusos son cada vez peores. Se está yendo de las manos.

—Vale, Abel, pero como comprenderás, tampoco sirve de nada hablar continuamente de ello. Si crees que debes actuar, hazlo, pero no por carta. Ve a hablar con el director, entra en su despacho y sé directo —ella siempre había odiado la inercia. Lo que para él era paciencia, ella lo consideraba resignación—. Sé que te parece un miserable y que en cierto modo encarna todo lo que va mal en la sociedad, demasiados jefes y muy pocas personas que están verdaderamente comprometidas, pero intenta dejar todo eso a un lado.

Él paró de caminar.

—Espera un momento. ¿Cómo sabes de quién se trata?

—Porque veo la televisión y leo los periódicos. No hay demasiadas personas que encajen en tu descripción. ¿Qué te habías creído, que no sé que trabajas en un colegio musulmán? No es asunto mío, cada uno hace lo que tiene que hacer.

—¿Pasa algo? —preguntó la reina, que no estaba nada contenta con aquella interrupción.

—Nada —le dijo Kaplan.

—Bien.

La reina les mostró el espacio aislado con sábanas que era su dormitorio. Una cama cuidadosamente hecha con sábanas de verdad; en el suelo había una alfombra de vivos colores. En la pared estaba escrito su nombre: Bushra. En el rincón de aquella habitación había un bolso de imitación de Louis Vuitton y dentro había un osito de peluche; los brazos deshilachados sobresalían por el borde, una sonrisa inerte de felpa.

Kaplan empezó a sentirse mareado por todas aquellas impresiones y, sin decir nada, salió a la terraza de la azotea. Detrás de las cintas de seguridad que habían puesto desde la chimenea hasta la puerta, vio ponerse el sol anaranjado, exactamente entre las dos torres del Rijksmuseum.

Mientras respiraba bocanadas de aire fresco, Kaplan pasó por debajo de una de las cintas y maniobró hasta el borde del tejado para captar el máximo de luz. Estiró los brazos. A la izquierda del horizonte se veían las letras verdosas de la cervecería de Heineken; a la derecha, la entrada del teatro, debajo de los raíles del tranvía, los turistas y los barcos de paseo. Cerró los ojos. El sol de octubre le calentó los párpados y la boca. Una breve brisa le agitó el pelo, erizándole el vello de la nuca. Estaba preparado para caer en la luz del sol. La voz de Judith lo trajo de vuelta.

—Ten cuidado con el libro.

20

Las voces extrañas parloteaban sin cesar: «Soy Congo, esperanza como cáncer, la reina de la cocina». Ya le había vuelto el diario a Judith, que lo había aceptado en silencio y sin mostrar signos de enfado. De camino a casa, vio en un escaparate el libro del que había leído algo hacía poco, *Vidas en los campos de concentración*. La redacción y compilación del libro corría a cargo del profesor Johan van Stolk.

Entró en la tienda, buscó el libro, lo dejó sobre el mostrador. Buena foto en la contraportada: la raya del pelo hecha con esmero, una boca fina. Van Stolk se había licenciado en la Universidad de Utrecht, después de obtener una beca del Instituto de Historia de Europa de Maguncia, había trabajado durante diecisiete años en el Instituto de Estudios sobre la Guerra, el Holocausto y el Genocidio, el NIOD, especializándose en la historia del Holocausto. Se había doctorado en 1996 con una tesis sobre los libros de los campos de concentración como género literario, desde entonces era catedrático de la Universidad de Ámsterdam y escribía regularmente artículos para periódicos y revistas. Un currículo impresionante.

Cuando Kaplan abrió el libro por una página al azar, sus ojos se detuvieron en una frase: «A veces un error puede restar credibilidad a toda una historia».

Sus pasos eran pesados, los escalones crujieron. Después de meter en la nevera una nueva botella de ginebra, preparó una salsa aceptable con mayonesa y rábanos y frio las patatas hasta que adquirieron un tono cobrizo. Sentado a la mesa del comedor, buscó en su ordenador portátil una buena definición de «romaní». En una web oscura, halló el decreto que Himmler emitiera en diciembre de 1938, en el que el nazi «prometía librarse de los gitanos de acuerdo con la esencia de su raza». El decreto de Himmler se concretó en diciembre de 1942 en Auschwitz con las deportaciones de gitanos. El 29 de enero de 1943, Himmler envió una carta urgente en la que confirmaba el decreto.

Siguió buscando. Lo complicado de la cuestión era que la pureza racial del pueblo gitano se acercaba bastante a la doctrina aria de la eugenesia. Según la Unidad de Investigación de Higiene Racial y Biología Demográfica, eran los de sangre mezclada los que se mostraban «extremadamente inestables, sin carácter, impredecibles, indignos de confianza, perezosos, inflamables y asociales».

En Auschwitz, los romaníes formaron una auténtica comunidad que mantuvo vivas sus propias leyes, costumbres y cultura. El 5 de mayo de 1944, por razones no especificadas, se tomó la decisión de llevar a las cámaras de gas a los seis mil gitanos que quedaban en el campo de concentración.

Aquella información errante llegaba hasta Kaplan a través del tiempo y el espacio. Todo podía buscarse, pero no había forma de verificar nada. Ese era el ruido de la historia moderna: una cacofonía.

Dejó sobre la mesa la botella de ginebra y un vasito y fue hasta el reproductor de cedés, los sonidos de la *Séptima sinfonía* eran indispensables. Después se puso en el regazo el montón de hojas y empezó a leer el libro fotocopiado, que bajo su mirada iba transformándose en un texto original. Como si las palabras lo inspirasen.

«Era de noche o, al menos, era la tarde más oscura que había visto jamás. Kilómetros de alambradas pasaban ante nuestros ojos. Estaban electrificadas, susurró alguien con aquella forma rápida y sin palabras con la que hablábamos entre nosotros, en el campo no sería distinto. Todos sabíamos las mismas cosas y sentíamos que no había nada que decir sobre lo demás.

»En cuanto el tren se detuvo, las puertas se abrieron y nos arrastraron fuera del vagón. Se oían gritos por todas partes. Tropecé y caí, pero lo peor de todo fue que perdí la mano de Miriam.

»Cuando estuvimos todos juntos en los raíles, empezaron a llegar órdenes alemanas de todas partes. Después de varios golpes, comprendimos que debíamos dejar nuestro equipaje en el suelo. Separaron a los hombres de las mujeres y a los hombres fuertes de los hombres débiles. No vi a Miriam por ningún lado, me esforcé por oír su voz en algún lugar en medio de la oscuridad. A veces me parecía reconocer voces, ruidos, pero siempre desaparecían de nuevo.

»Unos cuantos oficiales de las SS, el emblema se iluminaba incluso en aquella oscuridad, fueron pasando entre la multitud. Nos hacían preguntas sobre nuestra edad y estado de salud, nos ladraban cada palabra. A mí no me preguntaron nada. El hombre que estaba a mi lado fue tan audaz como para atreverse a preguntar si podía quedarse con su equipaje, porque contenía papeles importantes. Su pregunta murió.

»La llamé a gritos, recibí un golpe, la llamé a gritos, recibí una patada. Las mujeres, los niños y los viejos que habían pasado los últimos días conmigo en los vagones fueron conducidos en grandes grupos de sombras al otro lado del andén. Volví a llamarla a gritos una vez más, no hubo respuesta. Al resto nos metieron en camiones. Las sombras desaparecieron. Media hora más tarde, vi la puerta coronada con aquellas letras que seguiría viendo encima de cada puerta por el resto de mi vida.»

En una ocasión, Kaplan y Eva habían ido a ver *La puerta del Infierno*, de Rodin. Permanecieron en silencio casi una hora delante de aquel jardín parisino. En las horas posteriores fueron incapaces de pronunciar ni una sola palabra, sus mentes estaban aún llenas de algo que solo puede describirse como dolor y belleza juntos.

El teléfono sonó, no le importaba quién pudiera ser. En el antiguo colegio esperaban los gitanos que debían enfrentarse a su destino, fuera el que fuese ese destino. Kaplan cogió de nuevo su ordenador portátil, hechos históricos, noticias recientes, debía tener todo a su alcance. En todo el mundo había entre ocho y diez millones de gitanos. «Los gitanos debían distinguirse de otros pueblos que también vivían en caravanas, los llamados itinerantes.» Era imposible hacer un cálculo más preciso en vista de que no estaban inscritos en ningún registro civil.

La palabra que designaba el genocidio gitano durante la Segunda Guerra Mundial era *porraimos*, que significa «devoración». Kaplan había estudiado el origen de la palabra «holocausto» mientras se preparaba para entrar a formar parte de su nueva familia. Procedía del griego y aludía a un sacrificio completamente consumido por el fuego.

Kaplan leyó que en los últimos años Francia se había destacado en la expulsión del pueblo gitano. En el último año había echado nada menos que a diez mil, una cifra récord. El ministro de Interior francés era conocido por hacer que arrasaran las casas vacías y las caravanas abandonadas de los campamentos gitanos.

Al principio, los gitanos recibían una cantidad de ciento cincuenta euros, pero, más tarde, la suma se redujo a cincuenta euros. No importaba mucho: nada más llegar a Rumanía o a Bulgaria, la mayoría de ellos compraban un billete de autobús para volver a Francia, donde había trabajo, seguridad social y educación. Esas disposiciones también existían en Holanda, pero no para todo el mundo. Aquí, el gobierno ni siquiera se tomó la molestia de devolver a los gitanos, que fueron detenidos sin la posibilidad de ser liberados o condenados.

Kaplan recordó una frase del diario: «Pero el único nombre que contaba de verdad era el número grabado en mi brazo izquierdo». Apoyó el brazo en la mesa. Pelos entre grises y negros, una marca de la vacuna contra la viruela, otra cicatriz que se hizo a sus treinta y tantos cuando iba borracho y se hirió con la cadena de la bicicleta.

Tomó un último vaso de ginebra, incapaz ya de seguir trabajando. El reproductor de cedés tenía seleccionada la opción de repetir y las notas seguían sonando. Le costó bastante ponerse en pie. Las lámparas de su apartamento se movían, la luz era impredecible.

Kaplan se iba agarrando a lo que tenía a su alrededor, no sabía lo que estaba buscando, cogió el deuvedé de *Emmanuelle* de la mesa. Miró la carátula, aquel cálido erotismo prometía. Esperaba reconocerse a sí mismo en el que era cuando viera aquella película prohibida por primera vez, joven y decidido a pecar. Puso el deuvedé en el reproductor. Escenas cálidas de un barco entrando en Hong Kong. Música oriental, Emmanuelle a bordo. Por la falta de cabañas, se veía obligada a dormir en la sala común de las mujeres. Allí conoció a Anna Maria, una hermosa virgen de dieciocho años. Kaplan sabía que se ponía sentimental cuando bebía, pero no pudo hacer nada por evitarlo: las imágenes seguían llevándolo a su época de estudiante de secundaria, cuando aún no poseía ni peligro ni inocencia en su interior. En cuanto se dejó caer en el colchón, cayó inmediatamente en un profundo sueño de ginebra.

Al día siguiente, Kaplan estaba en el colegio con la cabeza retumbante, los tapones para los oídos bien metidos en las orejas, las manos sudorosas descansaban en el reposabrazos de su silla. Tenía delante una carta del director en la que le advertía de que «no podía abandonar el colegio sin más, sin previo aviso y sin dar ninguna explicación». No se mencionaban las posibles consecuencias.

«Sin más», «sin previo aviso», «sin dar ninguna explicación», ¿cuantas expresiones sinónimas necesitaba ese hombre?

No contestaba a las súplicas de Kaplan y le enviaba aquel cobarde reproche. Arrugó el papel y comenzó la cuenta atrás de un maratón que duraría todo el día. De vez en cuando escribía un nombre, no hizo mucho más. No supo nada de Abraham. Ojalá aquello significase que estaba bien.

Después de comer en casa, Kaplan puso frente a él las fotocopias del diario y un montón de hojas en blanco. Se había llevado la pluma a casa. La fea tetera humeaba delante de sus narices y Shostakovich sonaba flojito. Así se cumplían la mayoría de las condiciones que alguna vez había considerado indispensables para escribir las primeras palabras de ese Único Libro. Kaplan tomó la pluma y empezó a copiar las palabras del padre de Judith.

El momento había llegado. Parecía como si fuera a estallarle la cabeza, pero se sentía más despejado de lo que había estado en mucho tiempo. Nadie más podía hacer lo que él tenía pensado hacer, nadie más se atrevería. Esa idea, esa rotunda afirmación era lo que llevaba esperando desde hacía años. En un arrebato de entusiasmo sin precedentes tomó una hoja en blanco y empezó. Veía ante sí el modo de alargar algunas de las frases del diario, de reforzarlas; el lenguaje y la elección de palabras podían ser más modernas. Había que tachar las emociones exageradas. No demasiados recuerdos, no demasiadas especulaciones. Una vida de hechos desnudos. La idea de mejorar un texto como aquel le pareció un sacrilegio. ¿Existía tal cosa si ya no había ninguna instancia superior que pudiera descubrirlo?

Con cada letra que escribía, Kaplan iba adentrándose más y más en el pasado. Esa era la razón por la que un día había empezado a escribir, esa sensación de ser capaz de identificarse, no, de ponerse completamente en la piel de alguien al que jamás hubiera visto.

Las palabras del viejo Abel se transformaban en las suyas y ya no volverían a ser las mismas nunca más. Una historia completamente auténtica, ficticia y verídica. Quizá, cuando hubiera acabado con aquello, podría volver a escribir poesía, sin que un sobrevalorado filósofo como Adorno, alemán encima, la considerase bárbara.

Algo demoró los trazos de su pluma, Kaplan se hizo crujir los dedos. Quizá el padre de Judith aún viviera. Ella jamás le había hablado de él, ni siquiera después de que Kaplan le preguntara al respecto. Había dejado caer palabras sueltas —campo de concentración, orgullo, fe, asidero— que habían sonado igualmente fatídicas, pero, por lo demás, había guardado silencio. Kaplan se dio cuenta de que para él no había sido más trágico que la imagen de un superviviente de un campo de concentración que pasaba sus días recortando los cupones de descuento, esperando la siguiente velada colectiva de *rummikub*, caminando lentamente detrás de un andador, listo para dar los últimos pasos vacilantes de un viaje heroico que en los olvidados años de guerra conoció sus pasos más importantes.

La euforia había vuelto. Se respiraba en el aire una clase peculiar de frío; Kaplan tenía piel de gallina en los brazos y sintió un cosquilleo por las piernas. No había duda de la calidad del trabajo realizado —se había mantenido muy cercano al original, que era muy cuidadoso con la lengua—, tampoco había duda de la legitimidad e incluso de la necesidad de su plan. Constató con frialdad que Eva había fallado, pues le había prometido estar presente cuando él escribiera su obra maestra.

21

Se despertó de golpe. Había tenido una pesadilla, estaba convencido de ello, aunque tardó un poco en aclarar los elementos y ser capaz de ponerlos en palabras. El zumbido de los mosquitos se apagó, la habitación estaba a oscuras.

Siempre había tenido problemas para dormir. Solía sumirse en sueños pesados y febriles, había un nombre médico para eso. Cuántas veces no se había despertado en mitad de la noche, de niño, de adulto, para ponerse a hablar en voz alta en la oscuridad, para librarse así de las imágenes y para expresar en frases normales algo de la incomprensión que había en su inconsciente. Eva fue la primera mujer con la que Kaplan no tuvo la sensación de tener que avergonzarse por su pánico nocturno.

En los primeros tiempos de su relación, ella se despertaba en cuanto oía su voz, como si se tratara de una alarma a la que su cuerpo debiera reaccionar, y entonces le musitaba las frases oportunas, pero, al cabo de algunos años de matrimonio, Eva seguía durmiendo, al día siguiente tenía una dura jornada por delante. Él siguió hablando por las noches, era demasiado tarde para desaprender aquel hábito, pero intentaba hacer el menor ruido posible. No había forma más lapidaria para representar el fin de un amor que alguien que le cuenta sus sueños a la persona que ya no está a su lado.

Se despertó a las cinco de la mañana y se frotó los ojos. El vestido. Había soñado con el vestido. Se levantó, dio un par de pasos vacilantes hacia el armario, donde también se hallaba la caja de la mudanza que contenía los últimos ejemplares de sus dos libros. Ahí estaba, en un rincón, el último vestido de Eva. Kaplan lo había escondido entre los libros y lo había sacado de casa. La colección de películas que habían hecho juntos le había tocado a ella.

Le dijo a Eva que había perdido el vestido, algo habitual en una mudanza. Ella no lo creyó, pero, como Kaplan había supuesto, no quiso discutir. Y, desde entonces, la prenda seguía ahí colgada, entre los dos trajes de Kaplan, uno inservible, comprado hacía mucho tiempo, el otro reservado para las veladas culturales de Eva. Una vez al año llevaba el vestido a la tintorería. Los asiáticos que trabajaban allí nunca lo miraban con extrañeza. A sus ojos bien podía ser un hombre que se acostaba todas las noches con su esposa, dispuesta a despertarse por una pesadilla.

Verano de 2003. Sería la primera y la última vez que ella llevó ese vestido. En todo ese tiempo, Kaplan no había olvidado la negación de la tarde de sushi y Woody Allen.

Sucedió durante una recepción en casa de un abogado. Amigo de ella, no de él. Habían pasado bandejas con barquitos de algas y huevas de pescado y misérrimas porciones de gazpacho. Después de haber conseguido varias victorias sonadas, el abogado —Kaplan no tenía ni idea de cómo lo había conocido Eva— salía a menudo en las noticias y parecía estar dispuesto a hacer todo lo posible para seguir ocupando aquel lugar estelar. Habían acudido toda clase de figuras de la alta sociedad, el presentador de las noticias, los periodistas de chismorreos y un actor holandés de clase B, expresión, en realidad, que era un pleonasmo. Kaplan no conocía a nadie. Si alguien le hubiera preguntado aquella noche a qué se dedicaba, habría podido asegurar que era escritor.

Se habían pasado todo el día discutiendo fríamente. Él le había dicho que no quería ir y ella lo había aceptado con demasiada facilidad para el gusto de Kaplan, con tanta facilidad que él tuvo la fugaz visión de que Eva y el abogado eran amantes.

—De acuerdo, iré —dijo él.

—Pero solo si te apetece —dijo ella.

—Iré porque me lo acabas de pedir —insistió él.

Y así se pasaron el resto de la tarde. Era la enésima representación en lo que iba de mes de lo que esencialmente era la misma pelea. La esperó sentado sobre la cama. Y en cuanto la vio con su último vestido, extremadamente entallado, sintió que ya no podía contenerse más. Por fin había llegado el día.

Era un vestido que quizá le hubiera sentado bien en el pasado. No podía decirse que Eva hubiera engordado en los diez años que llevaban casados, pero se había ensanchado un poco y había perdido algo de musculatura. Tenía los brazos más carnosos y el talle menos pronunciado. En el día a día apenas se le notaba, pero con ese vestido de alta costura, comprado pensando en las ambiciosas medidas de años pasados, sí se notaba.

Ella no paraba de mirarse la espalda en el espejo de pie y le pidió su opinión.

—Es un vestido bonito —dijo él.

—Ya sé que es un vestido bonito, yo misma lo he comprado —dijo ella.

—¿Cuál es el problema entonces?

—No hay ningún problema.

Eva se dio la vuelta y puso los brazos en jarras. Su rostro seguía mirando fijamente el espejo, como si supiera que detrás de la superficie había una cámara. Un silencio demasiado largo sería interpretado como una señal de desagrado. Él le dijo que estaba preciosa. Ella salió de la habitación sin decir palabra. Veinte minutos más tarde, Eva le gritó desde la sala que estaba lista para irse.

Y allí estaban, en el jardín donde se celebraba la fiesta del abogado. Kaplan se había quedado en un lateral, esforzándose por cumplir su propósito de ser el primero en descubrir cada nueva bandeja de canapés. Eva se había atrevido a ponerse en el centro del escenario. Hablaba, reía, gesticulaba como los demás, como si allí se sintiera como en casa. «Allí» significaba no junto a él.

Cuanto más la miraba, más crecía su ira. Al principio de su relacion, Kaplan aún tenía el poder de afectarla profundamente solo con una palabra suya. Siempre se ganaba su vulnerabilidad. Pero ahora ella le devolvía sus malintencionados comentarios con mezquina facilidad. Después del tercer prosecco, Kaplan se preguntó qué armas le quedaban aún.

Se acercó a ella y le susurró algo al oído. Ella se volvió a mirarlo. Él le preguntó si aún se acordaba de la noche en la que se había sentido insignificante, de cómo la había consolado él, del sushi y de Woody Allen. Ella miró alrededor con los ojos extraviados y maldijo en voz baja que él no le permitiese tener éxito. Kaplan jamás habría imaginado que Eva fuese de la clase de personas que, disfrutando de sus fulgurantes días de gloria recién estrenados, quisiera borrar cualquier recuerdo de un tiempo menos triunfador en el que él había sido indispensable.

Eva se alejó de él. Kaplan se abrió paso entre la gente y se acercó a una mujer delgada que estaba mirando su copa de vino. Le susurró algo y siguió adelante. Cada vez que veía a alguien, preferiblemente mujer, que no tuviera pareja de conversación, se detenía a su lado y, señalando a Eva casi con indiferencia, le susurraba: «Mírela». En cuanto atisbaba un gesto o una palabra de asentimiento, seguía su camino hasta la siguiente persona. No sabían quién era él, el instigador sin rostro de un chismorreo que llegado el momento nadie supo ni cómo había empezado.

Cuando Kaplan consideró que había alcanzado su propósito, se fue hasta las escaleras de piedra que conectaban el jardín con la mansión urbana alquilada. Desde el último peldaño, contempló lo que había conseguido: una muchedumbre en la que zumbaban las habladurías y los comentarios despectivos.

Y después asistió a ese instante, el instante glacial en que Eva comprendió que todas aquellas mujeres estaban hablando de ella, que ella era el blanco de todos los comentarios aparentemente compasivos. Ella achicó los ojos, él empezó a bajar por la escalera. Eva lo vio y se tragó las lágrimas. Era consciente de que un vestido poco apropiado no frenaría su ascensión, pero una escena de llanto en público marcaría sin duda un antes y un después del que se hablaría durante meses.

Pero el alivio que Kaplan había esperado sentir tras saldar una cuenta que llevaba tanto tiempo pendiente, dolor por dolor, no se materializó. Al contrario. Notó la garganta atenazada y tuvo que aferrarse a la barandilla temblando para mantenerse en pie. Kaplan jamás había experimentado un cambio de emociones tan profundamente confuso como en aquel momento: los sentimientos de venganza se transformaron de pronto en ternura, como si todo lo que había en su pecho duro y helado se hubiera derretido por completo. Se había dejado ir. Aquella crueldad, pese a ser el resultado de otras crueldades que se habían cruzado mutuamente en los últimos tiempos, era de un orden completamente distinto, imposible de conciliar con quien era él.

Se fueron. Tomaron un taxi como habían hecho en la ida, en previsión de un exceso con el alcohol que no había llegado a producirse. Los asientos traseros eran tan espaciosos que sus manos no tenían que tocarse. Al cabo de un rato, ella dijo en voz átona:

—Dijiste que el vestido me sentaba bien.

El resto del trayecto lo hicieron en silencio. Ella no vio las manos de Kaplan temblar sin cesar.

Cada día que pasaban juntos era a la vez una promesa y una recompensa, cada día tenía sentido, pero Kaplan vio entonces que todo había perdido su sentido y no había forma de salvarlo. Se habían concedido mutuamente sus oportunidades, habían desperdiciado la posibilidad de tener otras vidas alternativas. Todo había sucedido en un instante.

Aquella escena seguía estando en la tela del vestido, colgado a unos pocos metros de distancia de donde él dormía. Se puso el albornoz y se sirvió un vaso de zumo para ir a tomárselo en la silla blanca del balcón, una entrañable tradición a aquella hora del día.

En la creciente luz de la mañana, las cocinas volvían a la vida: centenares de familias salían a ese patio, lleno de jardincillos mal mantenidos y un único invernadero en el que al parecer cultivaban cáñamo. ¿Cuántas familias debía de haber, cuántos «solteros», cuántas personas para quienes «estar soltero» no era un estado civil, sino una primera característica de vida?

22

Kaplan se quedó sin habla al ver lo que le habían hecho a Abraham.

El chico tenía el rostro colorado y lloroso y parte del pelo quemado. En las calvas se apreciaban manchas parduscas y lo que quedaba eran extraños mechones en punta.

Kaplan tiró de él hacia dentro. Duifman no había movido ni un solo dedo. Duifman, Duifman. Kaplan siguió repitiendo el apodo de su rival hasta que de forma más o menos inconsciente lo transformó en Duivelman y empezó a ver al director realmente como el mismísimo diablo, responsable de todo mal, una figura que Kaplan había buscado en vano en el judaísmo. Una fuerza maligna que primero se apoderaba del colegio, que condenaba a las personas con su pasividad, que valiéndose de adulaciones se había metido en el cuerpo de Eva a través de su oído para ir apoderándose de ella, órgano a órgano, empezando por su corazón. Toda la amargura silenciada que Kaplan sentía se orientó hacia aquel hombre, aquel único punto en el horizonte. Si el diablo descendiera a la tierra, no podría tomar mejor disfraz que el de aquel muñeco perfecto.

—Siéntate, por favor. Aquí, en mi silla.

Abraham arrastraba a su paso el olor a chamuscado, que empezó a expandirse por aquel cuarto. El chico se sentó con la mirada extraviada. Kaplan cogió la caja y se sentó también, doblando con dificultad las articulaciones de las rodillas. Por dos veces intentó decir algo, pero no emitió sonido alguno.

—¿Qué...? —intentó una vez más con voz ronca—. ¿Qué ha pasado?

A Abraham se le escapó un sollozo, pero no lloró. No hubo respuesta.

Kaplan se puso detrás de él, observó la maltratada cabeza.

—Voy a buscar el botiquín. Cuando vuelva, me contarás lo que ha pasado y quién te ha hecho esto. ¿De acuerdo?

El chico permanecía catatónico, con la mirada perdida, las pupilas más dilatadas que de costumbre. Kaplan se dio la vuelta y se dirigió con resolución al espacio A1, donde entre otras cosas se guardaban los aparatos de reserva para la asignatura de tecnología. Cogió el botiquín de su sitio y, después de buscar un poco, encontró en uno de los cajones una máquina de afeitar que utilizaban para el procesamiento de textiles.

Abraham no se había movido del sitio, seguía igual de quieto, igual de inerte, las piernas se bamboleaban, como si los músculos ya no tuviesen fuerza para detener el movimiento oscilante.

Kaplan tomó una gasa esterilizada y vertió algo de yodo.

—Esto te picará un poco. Apriétame el brazo con fuerza —le dijo.

¿Qué iba hacer Kaplan a sus cuarenta y nueve años sino recurrir a las típicas frases que le decían sus difuntos padres?

—Vale, voy a empezar.

Le pasó la gasa por el cráneo. Kaplan había esperado alguna reacción, pero el chico no se movió. Él siguió empapando las heridas y calculó que los trozos chamuscados seguirían siendo visibles durante mucho tiempo.

Después, tomó las tijeras del botiquín.

—Lo siento, pero tengo que hacerlo.

En un intento por arreglar un poco el maltratado pelo y camuflar la mutilación, Kaplan empezó a cortar. Los mechones caían al suelo con un revoloteo. El chico seguía sin decir nada. A veces, dejaba escapar un sollozo que sonaba más a cansancio que a pena.

Kaplan cogió la máquina de afeitar y la pasó por el cráneo del muchacho: sonaba como un arrullo.

Ya.

El chico no se parecía en nada al Abraham vivaz y perfecto que Kaplan había visto el primer día, no hacía tanto tiempo, cuando aún albergaba la esperanza de poder ayudarlo de verdad. Estaba pálido, rapado, quebrado.

—¿Quién te ha hecho esto? —no hubo respuesta—. Solo podré ayudarte si me dices quién ha sido. Está bien, no he podido evitar que sucediera, pero ahora las cosas van a cambiar de verdad, se han pasado de la raya, esto es un auténtico atropello. Ahora sí que podemos pillarlos —silencio—. Por favor, dame un nombre.

Abraham levantó la cabeza. Tenía los ojos húmedos, pero su boca mantenía a raya las lágrimas. Kaplan fue al estante en busca de la carpeta que contenía las fotos de los alumnos de segundo curso, pero la expresión del chico no se alteró ante ninguna foto, ante ningún posible agresor.

—¿Es este? —Kaplan hizo otro intento. Oyó un sollozo que no significaba nada. Cuando le puso la carpeta abierta delante, el dedo de Abraham se negó a señalar a nadie—. Sé que eres muy orgulloso. Y que tampoco eres un traidor. Eres un chico bueno y valiente. ¿Lo sabes, Abraham?

Por primera vez, una chispa de vida brilló en los ojos del chico, aunque fuese de rabia fría.

—Me llamo. Ibrahim.

—Yo no soy tu enemigo. Tu enemigo se encuentra en algún lugar de esta carpeta. Ayúdame, por favor.

Abraham murmuró algo.

—No te entiendo. Tienes que hablar más claro —el chico se sorbió los mocos—. No sé por qué defiendes a esos desgraciados —Kaplan le echó un vistazo al reloj—. Espera aquí, voy a objetos perdidos a ver si hubiera alguna gorra que te sirva. ¿Me esperas aquí? Luego iremos inmediatamente a ver al director, juntos arreglaremos todo esto y pillaremos a esos cabrones.

Los ojos del chico volvían a verse más apagados, había desaparecido cualquier atisbo de brillo.

Efectivamente, Kaplan encontró una desgastada gorra de fútbol. También vio el monedero DIVA negro. Lo cogió sin dar crédito a sus ojos. Los abusones debían de habérselo arrebatado al chico. Era como si hubiera estado esperando a aquella constatación. Estaba listo para llevar a Abraham ante Duifman. Por fin se atrevería a enfrentarse con su enemigo.

Cuando regresó, su cuarto estaba vacío. Lo único que recordaba a la presencia del chico era el nauseabundo olor a pelo chamuscado.

Kaplan se pasó la mayor parte del día sentado, rodeado de aquel olor a quemado. Sin controlar el reloj, fue descontando los minutos, esperando a que ya no pudiese contenerse por más tiempo. En algún momento de la octava clase, no aguantó más. Pasaban unos minutos de las tres de la tarde. Los alumnos de los cursos inferiores ya se habían ido a casa, los pasillos estaban casi vacíos. Nadie más que Duifman sería castigado por lo que le habían hecho al chico. El indicador de presencia que había encima de la puerta del director estaba apagado. Kaplan intentó girar el pomo y después empezó a aporrear la madera, todo fue en vano. Se acercó a la ventana, no vio el deportivo negro por ninguna parte.

Una vez en casa se sentía demasiado enfadado como para comer. El monedero DIVA estaba sobre la mesa delante de él. Le repugnaba el olor agrio que desprendían sus axilas, pero no se permitió el lujo de ir a cambiarse. Antes debía perfeccionar el mensaje para Duifman.

Kaplan empezó a teclear furiosamente, machacando las palabras. Describió en términos demoledores las heridas sufridas por Ibrahim Benamer, alumno de 1.º B, y concluyó con la sospecha de que aquel caso de acoso «que se había desmadrado» se habría realizado con un encendedor. No, «desmadrado» era demasiado informal. Había sido una «mutilación deliberada».

Al ver que al cabo de una hora aún no había recibido respuesta —aunque fuese viernes, un director debía estar siempre localizable en caso de crisis—, mandó otro mensaje en el que expresaba su decepción por la indiferencia que el director mostraba hacia sus cartas.

Volvió a pasar otra hora y seguía sin respuesta. Mandó otro mensaje y luego otro y, en el último, dejó caer la posibilidad de que tal vez la prensa estaría interesada en saber cómo se ponía en práctica la nueva política del caballero blanco recién nombrado por el ayuntamiento.

A las once menos cuarto, Kaplan recibió un mensaje generado automáticamente:

«La bandeja de entrada de la persona destinataria está llena.» El lunes por la mañana, volvería a ir al despacho del director. Se plantaría ante Duifman sereno y decidido.

23

Después de haber dedicado el sábado a dar paseos por la ciudad, Kaplan decidió llamar a Judith el domingo. Estaba sentado en un banco al otro lado del muelle, con vistas a su casa. A su espalda se oían los ecos en estéro del centro cívico, un refugio para gente profundamente desesperada. El otoño había dejado paso al invierno sigilosamente. Las gaviotas volaban en círculo encima de él, el aire era limpio y fresco.

Ella contestó a la segunda señal.

—¡Me alegro de que hayas llamado!

—Sí, bueno.

—¿Estás bien? Parece como si pasara algo.

Él respiró hondo, miró las gaviotas, su vuelo noble y lento.

—Se trata del chico. Lo han mutilado.

Le contó toda la historia sin ahorrarse nada.

—Tienes que ir a hablar con el director —dijo Judith—. Esto no puede seguir así.

—Estoy de acuerdo contigo, hay que defender a Abraham. Tiene que haber sanciones, acciones duras...

—No solo me refería a ese chico, Abel. También hablo de ti. De cómo te noto. No está bien.

—¿Cómo me notas? —Kaplan sabía lo que vendría a continuación.

—Obsesivo.

Ya había oído antes aquella palabra. Eva la usaba para referirse a los periodos en los que su inactividad literaria irradiaba, según ella, un nerviosismo casi histérico, todo el día, toda la noche, del que no podía escapar. Él le explicó entonces que la obsesión era una palabra para la gente de fuera. Ella no podía

166

usarla, causaría demasiada distancia entre ellos. Si Eva no llegó a entenderlo entonces, no tenía ningún sentido intentarlo ahora con Judith.

—No soy obsesivo. Tengo cuidado.

—Me alegro mucho de que me digas eso. Es un alivio.

¿Lo decía con ironía o no? No se la jugó.

—No quiero hacerte daño —le dijo y era sincero.

—Algo es algo.

—¿Pero qué voy a decirle el lunes a ese hombre?

—Exactamente lo mismo que acabas de decirme a mí, Pero no le expreses tu odio. Habla solo del chico y de cómo hay que proceder. Y, hagas lo que hagas, no saques a relucir a la prensa. Los tipos que buscan hacer carrera suelen reaccionar bastante mal ante eso.

—¿Y cómo sabré entonces que él hará lo correcto?

—Tendrá que hacerlo. En serio, Abel —se contuvo, pero él la alentó a seguir—. Bueno, ya que estamos hablando, quería comentarte que he investigado más sobre los gitanos. Tal vez quieras oírlo —dijo.

—Claro —repuso él, aunque no estaba de humor para eso.

En 2007, en Hungría se produjeron una serie de atentados. Siete muertos, entre ellos un padre y su hijo pequeño. Fueron asesinados por ser gitanos. En la prensa hablaron de un pogromo.

—Un pogromo —repitió Kaplan.

—Resultó que los autores de los ataques eran antiguos miembros de un grupo antiterrorista de la policía húngara. En ese caso, puede hablarse de «un riesgo grave de persecución», como consta en el Estatuto de los Refugiados, ¿no? Entonces, no hay más remedio que huir —Judith respiró hondo—. Hace unos meses, un miembro del Parlamento francés dejó caer que tal vez Hitler no mató a suficientes gitanos. Fueron más de doscientos mil, Abel —las palabras se tomaron su tiempo antes de llegar hasta a él—. He quedado para mañana con un viejo amigo que está especializado en leyes de inmigración —añadió Judith—, pero, como ya te he dicho, es un caso muy complicado, porque oficialmente no es un centro de detención y nadie quiere hablar de ello extraoficialmente.

—Así que seguimos buscando formas de ayudar a esa gente, ¿no?

—Seguimos buscando.

Vio un avión. En las noches nubladas, cuando el cielo estaba lleno de aviones, Kaplan se imaginaba que eran cazas aliados, dispuestos a liberar el país.

—Ah, antes de que me olvide —dijo Judith—. Quería darte las gracias por haberme devuelto el diario de mi padre tan rápidamente. Es un libro importante para mí. Tal vez alguna vez te lo deje leer. Creo que te resultaría interesante.

Sintió una puñalada en las entrañas. ¿Por qué no le había ahorrado la humillación de tener que sacar fotocopias clandestinamente?

—Me encantaría. Siento muchísima curiosidad.

—¿Te veo pronto?

—Sí, pronto.

Él permaneció allí un cuarto de hora, observando los aviones que volaban asombrosamente bajo y luego se metió en casa.

Cuando las luces de su barrio fueron apagándose poco a poco, Kaplan se sentó a la mesa, a la izquierda tenía el montón de papeles fotocopiados y a la derecha las hojas en blanco. Leía y escribía. Le ardía la frente, pero no era una sensación desagradable. Siguió trabajando hasta bien entrada la noche. Sabía que no podría dormir. Al día siguiente vería a Duifman.

«Lo primero que hicieron fue raparnos la cabeza con máquinas de afeitar, rasuradoras y cuchillas romas. No podía dejar de preguntarme si también se lo habrían hecho a Miriam y a las demás mujeres. Habíamos tenido que entregar nuestra ropa y zapatos. A cambio recibimos un traje de prisionero a rayas y unos zuecos de madera desgastados que no eran de nuestra talla.»

Kaplan titubeó y luego siguió escribiendo hasta que se metió por completo en las palabras del padre de Judith. Todo adquiría su función, no había hechos sin sentido. Las viejas palabras se convertían en frases nuevas, él no sabía cuándo copiaba literalmente y cuándo adornaba el texto, su pluma seguía en movimiento. Sabía que un escritor sirve a un propósito más elevado que la verdad.

«El día de nuestra llegada, conseguí reprimir rápidamente mis sentimientos. Si quería resistir, debía dejar pasar cualquier pensamiento sobre la gente que me había precedido y la que vendría después de mí, del pasado y del futuro. Debía concentrarme en las cosas más simples. Mientras tanto, los recuerdos que tenía de Miriam se volvían cada vez más difusos y yo dejé que así sucediera. A veces, aún podía oír los gritos que ella dio cuando los de las SS nos separaron. Chillidos agudos y desnudos, que no se parecían en nada a la cálida voz que yo había llegado a amar tanto con el paso de los años.

»Uno me hablaba de una sección del campo donde estaban las mujeres, otro respondía a mis preguntas con un compasivo gesto de cabeza que me provocaba escalofríos. Nosotros, los recién llegados, los *zugangi*, vivíamos, si es que eso era vivir, en uno de los sesenta barracones llamados bloques. Cada bloque estaba bajo el mando de un *Blockältester*, jefe de barracón, al que escogían básicamente por su mal genio. El jefe de mi barracón se llamaba Giuseppe, aunque en la práctica Giuseppe obedeciera en todo a Slava, un ruso que nunca hablaba y que o bien encerraba en su interior una gran bondad o una crueldad indescriptible.»

El bloque 29 era el de las mujeres, leyó Kaplan en internet. En el bloque 24, había un burdel que solo podían visitar los prisioneros arios. En el libro de Van Stolk, *Vidas en los campos de concentración*, Kaplan leyó que desde marzo hasta mediados de agosto de 1942, las prisioneras ocuparon los bloques del 1 al 10, separadas de los hombres por hierro y hormigón, pero al menos estaban en el mismo campo. Sin embargo, debido al creciente número de mujeres, en agosto de 1942 las SS se vieron en la necesidad de trasladar a Birkenau a todas las prisioneras que ya estaban en el campo y a los nuevos cargamentos que iban llegando. Si Miriam consiguió llegar a Birkenau, tal vez siguiera con vida, pensó Kaplan.

«Las primeras diez noches, me vi acosado incesantemente por pesadillas que me susurraban que Miriam estaba en el bloque de las mujeres, durante el día no conseguía ninguna información útil que lo negara o lo confirmara. Intentar encontrarla era un suicidio.»

La pluma de Kaplan vaciló, pero no se detuvo.

«Una vez vi a alguien que parecía distinto, que aún no había adoptado el gris mortecino del campo. Fue en mayo de 1943. El chico. El corazón se me aceleró al verlo. Resultó que el chico respondía al nombre de Abraham. Él también llevaba una estrella en su camisa, aunque tenía más aspecto de gitano que de judío. Me desconcertó ver a alguien tan joven —de unos doce o trece años— en nuestra parte del campo, pero decidí no preguntarle. Lo último que quería era darle la impresión de que también yo lo rechazaba. En el escaso tiempo que teníamos entre entre el despertar y la inspección, él se acercaba hasta mi cama. Pasábamos muchos ratos en silencio, había poco que decir. Y, por las tardes, después del trabajo, allí estaba de nuevo. Si existía la amistad en el campo, entre nosotros nació una.»

Kaplan ya no sentía nada, se había fundido completamente con el texto, el momento, el aquí y el ahora.

«Al principio me convencí de que el chico había venido a parar aquí por un error administrativo y que en cuanto demostrara que físicamente no era tan fuerte como los hombres adultos, lo sacarían de allí. De noche soñaba con el chico, de día pensaba en Miriam.»

24

Un avión de combate trazó una gruesa línea en el cielo. Kaplan esperó hasta que el blanco fue mudando lentamente en el gris de noviembre, como si se encogiera. Eran las siete y media de la mañana, hacía un frío que cortaba la respiración. La fatiga le oprimía la cabeza como si fuera un gorro de látex, como si le comprimiera todos los músculos, venas y sinapsis; notó un hormigueo en los dedos. Había llegado el día en que Kaplan pondría a salvo a Abraham.

Debería tener paciencia: el coche deportivo negro aún no había llegado. Kaplan estaba en su cuarto, jugueteando con la pluma. Se había llevado algunas páginas del diario para poder practicar la caligrafía del viejo Abel. En algún momento de la mañana, subiría al despacho de Duifman, a una hora en la que los profesores y los alumnos estuviesen lo suficiente despiertos como para darse perfecta cuenta del momento.

Pero a la una y media, mientras ordenaba las faltas de asistencia de las tres primeras clases, Kaplan vio el nombre de Abraham. Ibrahim Benamer. Las letras ardían delante de sus ojos. Quizá el chico estaba tan mal que no se había atrevido a ir al colegio. Cogió el teléfono, marcó el número de la sala de profesores y pidió hablar con la tutora de 1.º B, la señora Aouassar, según el formulario de la clase. Ella se puso al teléfono y él le formuló su pregunta.

Y entonces llegó su respuesta, una respuesta que pese a todas las desagradables sospechas que Kaplan había albergado, lo partió en dos.

—Ibrahim ya no está en nuestra escuela.

Kaplan tartamudeó algo por el auricular.

—Sí, puede que parezca un poco extraño —prosiguió ella con imperdonable alegría—, pero no se sentía bien en el grupo, así que se decidió que fuese trasladado a otra escuela por el bien del niño.

—¿Por qué la pasiva refleja? —preguntó Kaplan.

—¿Cómo dice?

Al parecer, la señora Aouassar no daba clases de lengua o quizá sí y, en ese caso, la educación islámica había ido más lejos de lo que él se temía.

—¿Quién lo ha decidido, señora?

—Una decisión así siempre se toma después de consultarlo entre los padres, el niño y la escuela.

—¿Duifman estaba presente?

—¿Quién?

Él se recompuso y tragó saliva.

—El director. Duyf.

—Bueno, en efecto, fue el señor Duyf quien tomó la decisión final, pero, antes de eso, todo el mundo pudo expresar su opinión.

—La decisión siempre acaba tomándola una sola persona.

—Puede estar bien seguro de que hemos hecho todo lo posible para...

—¿Todo? Abraham no solo no se sentía bien en el grupo, señora. Sufría abusos, se metían mucho con él. ¿Y qué hacemos nosotros? En lugar de proteger a la víctima y de castigar a los autores, lo sacamos de su clase y después le prohibimos volver. ¿Es eso lo que está pasando aquí?

—Pero él se llama...

—¿Por qué? Tiene que haber una razón.

—Señor, no sé si puedo decírsela sin más.

—Deme una buena razón y la dejaré tranquila —Kaplan decidió emplear un tono más sereno y persuasivo—. Mire, voy a decirle algo personal. Él es el único, repito, el único que en todos estos años ha venido a verme —se abstuvo de mencionar al subdirector, sería lo mejor para todos los implicados—. Ni el director, ni nigún profesor agradecido, ni ningún alumno del último curso ha venido a despedirse de mí. No, solo un chico de primero con una mochila demasiado pesada, con un monedero ridículo que le había regalado su madre, con un aspecto que lo hacía impopular ante los demás chicos. Él y yo éramos compañeros. Hágame el favor de concederme una respuesta a esa simple pregunta, sin posiciones oficiales del colegio, sin adornos ni aderezos. Concédame eso —en el silencio que siguió, oyó su vacilación, palpitante como un latido—. Después la dejaré en paz, tiene usted mi palabra. Por favor.

—Bien —su voz adquirió un tono conspirador—, usted no se ha enterado de esto por mí. Lo que he oído es que el director opinaba que ese chico estaba recibiendo mucha atención, demasiada atención, tanto es así que eso podía llegar a perjudicar al colegio. Bajo su dirección, la dirección de Duyf, tenemos que causar buena impresión, pero que conste que solo lo he oído decir, ¡eh!

Después de algunas frases que no acabó de asimilar y un lejano tintineo, colgó. Había sido la intervención de Abel Kaplan la que había condenado al chico.

Se pasó el resto de la tarde yendo a ver al director cada media hora, pero el indicador verde que había sobre la puerta nunca estaba encendido. Mientras tanto, todos los intentos caligráficos de Kaplan eran irregulares e inservibles. A las cinco, cuando en el sótano solo quedaban las bicicletas de los alumnos problemáticos, Kaplan decidió volver a casa. Sus pasos eran inseguros y las rayas del cielo se habían desvanecido.

Mientras cruzaba el primer puente que había entre el colegio y su casa lo notó. La energía agitada que le había hecho que le temblaran las piernas —había estado a punto de caerse de rodillas dos veces— se convirtió de repente en otra cosa, en algo que estaba a medio camino entre la determinación y la euforia.

Volvió sobre sus pasos y se fue derecho al gimnasio desierto. De uno de los estantes cogió un bate de béisbol. Luego se dirigió al sótano, donde aún quedaban algunas bicicletas, probablemente las de los chicos problemáticos que habían maltratado a Abraham o que en el futuro serían responsables de los abusos cometidos contra nuevos Abraham, esos chicos problemáticos que siempre quedaban impunes.

Se detuvo delante de la bicicleta que parecía más cara. No más grandes palabras, sino pequeños gestos. Asió con fuerza el bate de béisbol hasta que los nudillos se le pusieron blancos y luego lo bajó. Pequeños gestos. Dio dos golpecitos contra el enmohecido suelo de hormigón del sótano. Pequeños gestos. Fijó la mirada en un punto que alineó con el bate, el lugar exacto donde pensaba golpear y, después, empezó, sereno y decidido, a destrozar la bicicleta de color plateado.

Debía procurar mantener aquella infrecuente energía. En casa, volvió a sumirse en un éxtasis de escritura, el único estado en el que nada podía afectarle.

«Antes de que el chico y yo pudiésemos sentirnos verdaderamente unidos —leyó—, se lo llevaron de mi lado. Mi bloque se quedó en silencio, su desaparición nos afectó mucho. Mientras alguien vigilaba las patrullas, algunos recitaron el *kadish* por si acaso, otros se enojaron mucho y aseguraron que Abraham no estaba muerto, sino que lo habían trasladado al bloque de los niños. "Que su gran nombre sea bendecido por siempre y por toda la eternidad", la oración sigue sonando por siempre en mi recuerdo.

»Era como si el alemán hubiera adivinado mis pensamientos, mis sentimientos acerca de la esperanza que el chico traía a nuestras vidas. Desde entonces, en los años que llevo viviendo en

Holanda como uno de los llamados supervivientes, he oído decir a menudo que el alemán carece de sentimiento o de conocimiento de la naturaleza humana, que es como una máquina. Eso es falso. En mi vida jamás he conocido a nadie que entendiera mejor la sutileza del sentimiento, de la esperanza y la desesperación, del miedo y de la valentía que el alemán.»

Kaplan se enfrió las manos en la botella de ginebra que había sacado de la nevera. Se cambió de camisa y volvió a sentarse a la mesa, le escocían los ojos por la concentración.

«Yo tampoco sabía lo que le había pasado al chico o lo que iba a pasarle. Si lo habían llevado al muro de la muerte para recibir el *Genickschuss* o era cierto que lo habían trasladado.»

Kaplan había leído alguna vez que la tierra que había delante del muro de la muerte, donde habían ejecutado a veinte mil personas, llegó a embeber sangre hasta cuatro metros de profundidad. El chico no podía haber acabado en aquel muro.

«No nos permitíamos tanta especulación. Solo contaba el hoy, el mañana hoy, el pasado mañana hoy, pero yo temblaba en silencio, por las noches me rascaba los dedos hasta hacerlos sangrar. Muy de vez en cuando, si me quedaba algo de energía después de la jornada de trabajo, cometía el pecado de acariciar un deseo tan simple como imperdonale: vengarme algún día de todos vosotros.»

25

Las hojas otoñales se arremolinaban cuando Kaplan cruzó el patio del colegio. El aparcamiento del director volvía a estar vacío. Y, para colmo de males, delante de su puerta había un sobre rojo. Un alumno lo había visto destrozar la bicleta. Él no acababa de creérselo, pero poco importaba eso, nadie en el colegio hablaría en favor de su inocencia. Probablemente el único con el que habría podido contar era Abraham.

Le imponían una suspensión temporal sin sueldo con efecto inmediato. Tres meses sin paga. Si no aceptaba, la expulsión se convertiría en un despido. Atentamente, el director, H. Duyf. Después de todos sus esfuerzos, esta era la única carta que Duifman se había dignado escribirle. Leyó el texto tres veces, entrecerró los ojos para grabar cada detalle de la firma, se puso rojo. Acalorado por la sensación de que todo el mundo podía ver su humillación, miró a un lado y a otro, no vio a nadie.

Intentó llamar a Judith, pero ella no le contestaba. En cualquier caso, debía evitar que reemplazasen la cerradura y que registraran su cuarto. Su administración incluía muchas más tareas de las que se le habían confiado, más de lo que nadie apreciaría. Había que tirar todos los papeles oficiales de los estudiantes que se habían ido de la escuela. Con el cuello del abrigo levantado, se fue a casa.

Pasó el resto del día intentando en vano leer y escribir, tal vez estaba excesivamente concentrado o, por el contrario, su estado de ánimo era demasiado sombrío. Si contemplaba el agua del canal, veía suciedad; si estudiaba los pasos de algún transeúnte, reconocía los andares de una víctima o, al contrario, los movimientos de un asesino. El mundo era de una imcomparable negrura.

Pidió comida china y comió con avidez. Una llovizna golpeaba las ventanas. El teléfono de Kaplan sonó, vio que era Judith, pero no sintió ninguna necesidad de contestar.

Era inaceptable pensar que estaba realmente solo. Golpeó la mesa con la mano abierta. Aún tenía a Eva. Un día ella dijo sí a todas sus debilidades, los dos habían dicho sí, hubo aplausos y vítores, el sol había brillado, destellando sobre las caras pálidas, *mazel tov*. Aquel día, aquella decisión aún tenía que significar algo. Quizá ella no se lo tomaría a mal si él iba a pedirle ayuda, por última vez. Después ya no volvería a pedirle nada más, se propuso. Abrió la nevera, cogió una botella de vino blanco y se la llevó a la sala, empezó a beber para hacer acopio de valor.

No debía llamarla, no le pensaba poner tan fácil que lo rechazara. Solo quería mirarla a los ojos, ¿tan extraño era ese deseo?

Un poco borracho, abrió por fin el armario. Sacó el traje que había comprado de rebajas hacía cinco años en una tienda cara y de pronto se acordó de que Eva le había comentado más de una vez lo bien que le sentaba el azul marino, pero no había llegado a ponérselo nunca. Lo alisó y empezó a meterse las perneras, pero tuvo que esforzarse por no caer. En ese momento, volvió a desvestirse. No era noche para estrenos.

Se vistió con el traje azul, se peinó y se puso un poco de crema en la cara. Al ir a cerrar el armario, su mirada se detuvo en el vestido de ella. Titubeó, decidió entonces descolgarlo y acariciarlo por última vez antes de devolverlo. Tal vez estuviera demasiado bebido para conducir, le flaqueaban las piernas y tenía la vista borrosa, sería mejor tomar el tranvía. Esta noche sería una noche de viejas costumbres y alianzas casi olvidadas.

Cuando estuvo delante de la puerta de Eva, sobre las diez de la noche, y vio su propio nombre junto al timbre, su ebriedad había desaparecido. Kaplan estaba fríamente lúcido. Tenía tres llamadas perdidas de Judith y un mensaje cuyo tono parecía tan solícito como alarmado. Entonces Kaplan se dio la vuelta, no supo por qué lo hizo y más tarde pensaría que había sido un presentimiento. A poco menos de tres metros de donde él se encontraba, estaba aparcado el coche de Duifman. No necesitó ni ir a mirar, reconoció el modelo, los neumáticos, la forma torpe de aparcar. De pronto ya no dudó de que Duifman se acostaba por las noches con Eva. Mientras Kaplan pasaba por grandes apuros, le escribía para pedirle ayuda y tenía pesadillas, ese hombre le retiraba a Eva un mechón de pelo de la frente y le masajeaba sus suaves pies.

Por la lucecita roja que había sobre la lente de la cámara de la puerta, Kaplan supo que lo estaban viendo. Siguió llamando hasta que la voz desesperada de Eva se oyó por el altavoz. Kaplan insistió en que tenía que entrar, no había vuelta de hoja. La puerta se abrió con un zumbido.

La última vez que había estado allí había sido en la llamada velada cultural, con la regata, las brochetas roñosas, con Emily. Dejó el vestido en un pequeño banco que había en el portal. Con el dedo tembloroso pulsó el botón al ascensor.

Allí estaba ella, en la entrada de su apartamento, una réplica perfecta de su mujer. Duyf, un poco más lejos, en el sofá negro de piel, ni levantó la vista ni se volvió a mirar. Eva le ofreció un café a Kaplan, pero él prefirió ginebra. Vio en la mirada de Eva que esa elección la inquietaba, pero sirvió dos copitas, ginebra de Frisia de una nevera de proporciones estadounidenses.

—¿Qué hace él aquí? —eso fue lo mejor que Kaplan pudo decir.

—¿Hein? —la mirada de Eva seguía fija en su copa.

—Mi archienemigo —dijo Kaplan tajante.

Quizá no fuesen amigos o amantes que se necesitasen mutuamente, sino enemigos.

Eva frunció el ceño.

—¿De qué estás hablando, archienemigo, en qué año vives tú? Si has venido hasta aquí para amonestarme, te lo diré ahora mismo: no tengo por qué justificarme ante ti. Tú y yo ya no estamos juntos. De eso hace ya mucho tiempo.

—No he venido por eso.

—¿Por qué has venido entonces? —ella dejó caer un silencio—. No me digas que es por lo que tú llamas «nuestro acuerdo».

Solo al oír ese comentario, Kaplan fue capaz de decir con pleno convencimiento que tampoco era por eso, algo que lo reconfortó.

—No, quería hablar contigo. Te necesitaba. Tu consejo. ¿Recuerdas la época en que los dos teníamos pesadillas? Una noche tú y la otra yo. Bueno, yo más veces que tú, pero no importa. Los dos teníamos pesadillas juntos. Siempre me pareció una idea muy hermosa.

—¿Solo mi consejo? —dijo ella y tomó un sorbito.

—Solo tu consejo —la ginebra le refrescó la garganta—. Pero ahora que estoy aquí, sé que no tiene sentido que me aconsejes. Veo que me has traicionado.

—¿Cómo dices?

—Hasta ahora he podido vivir con todo, todas las desconsideraciones, todas las negociaciones, todas las peleas y todos los insultos, pero esto… Con él —Kaplan no sabía si debía bajar la voz o no, Eva y él se encontraban en un sitio resguardado en aquella isla de cocina, pero Duifman se hallaba a tan solo diez metros de ellos—. Es una categoría completamente nueva de dolor.

—¿Hay algún problema? —la voz que llegó de lejos poseía la misma entonación fastidiosamente civilizada que la de aquel día en el salón de actos, el mismo tono decidido y arrogante.

—Ah, ¿así que don gestor de crisis va entrometerse? —le preguntó Kaplan a Eva, en voz alta para que lo oyese Duifman, que se levantó del sofá. Eva se frotó la frente.

—¿Cuál es el problema? —preguntó la voz.

—El problema es que estoy hablando un momento con mi mujer —esas fueron las primeras palabras que le dirigía directamente al director. Para llevar algo de ventaja en la confrontación, Kaplan añadió—: Capullo.

—Abel... —el tono de Eva era tranquilo. ¿Quizá no quisiera demasiado a ese tipo?

—Perdona, pero no pienso permitir que me traten así —dijo Duifman—. Eva y yo...

—Eva y yo, Eva y yo, ¿de qué estás hablando? Yo sigo siendo su marido, señor interino. No, ya no estamos juntos, bien que lo sé, pero el solo certificado de matrimonio ya me da infinitamente más derechos de hablar de Eva y yo que a ti. ¿Me sirves un poco más de ginebra?

—Quizá no sea buena idea —dijo Eva.

Él le arrebató la botella de las manos; ella no protestó.

—¿Es por el incidente de la bicicleta? —le preguntó el director.

La mirada de Eva buscaba apoyo moral, no lo encontró por ningún lado. No estaba segura de nada.

—Ni siquiera se te ha pasado por la cabeza la posibilidad de que mi presencia aquí no tenga nada que ver contigo, ¿eh? Es sencillamente inexistente. Debe de ser una vida maravillosa.

—¿Qué incidente? —Eva se interpuso entre ambos.

—¿No te lo ha contado? ¿La manera con la que está jodiendo el colegio no forma parte de vuestras conversaciones de almohada? ¿No te ha dicho que primero ha ignorado completamente a tu marido, luego le ha arrebatado a su mejor amigo y por último lo ha expulsado?

Eva se volvió a mirar a Duyf. Kaplan percibió un atisbo de solidaridad que ojalá durase muchos años más.

—¿De qué está hablando? —le preguntó al director.

—Destrozó la bicicleta de un alumno —repuso Duyf en tono conciso—. Un chico de primero con dislexia que tiene que seguir clases de recuperación por las tardes.

Kaplan no podía valorar la veracidad de aquella información.

La solidaridad se había esfumado, Eva volvió a mirarlo.

—¿Es eso cierto?

—Estupendo, sí, es verdad, me ensañé con la bicicleta de alguien, sí, lo admito —dijo, y luego, dirigiéndose a Duyf añadió—: ¿Pero por qué no le hablas del chico, de Abraham? Un chico que ha sufrido abusos delante de nuestras narices. A ver si eres tan hombre para hacerlo.

—¿De veras? ¿Eso es lo que quieres? —preguntó—. ¿Quieres que le hable de las interminables súplicas que he recibido por tu parte, las cartas de un administrativo que nadie sabe exactamente qué hace?

—¡Él nos necesitaba! —dijo Kaplan casi en un gruñido.

Eva apuró el vaso de un trago, permaneció unos segundos mirando al frente y luego se sirvió otro vaso.

Kaplan miró a su alrededor.

—¿Dónde están las pantallas? ¿No están haciendo regatas en alguna parte o qué?

—Abel, ¿qué quieres de nosotros? —le preguntó Eva.

Nosotros. Una sola palabra, infinitos estímulos dolorosos. Se dirigió a Duifman.

—De ti solo quiero que sepas que me has arrebatado todo. Eres un agresor, está en tu naturaleza despojar a la gente de todo. Pero lo que he aprendido gracias a ti es que en mi naturaleza está oponerme a los agresores.

Duyf miró a Eva, le preguntó si se suponía que debía entender lo que Kaplan estaba diciendo y luego negó con la cabeza.

—Y de ti —empezó a decirle Kaplan a Eva—, de ti solo quiero que sepas que nadie más te amará como te he amado yo.

—Soy consciente de ello —musitó Eva.

26

El viento hacía ruidos violentos, pero el agua del canal permanecía imperturbable. Un pájaro volaba a la deriva, pasó por delante de Kaplan y aterrizó un poco más allá sobre una bolsa de basura que empezó a destrozar. El aire nocturno excavó hoyuelos en las mejillas de Kaplan, se sentía lleno de una sorda quietud.

Debía hacer algo para atravesar esa neblina. No había venido con el coche, eso lo alivió. Preferiría no volver a tener ninguna responsabilidad, ninguna posesión, nada. Vio un taxi cruzando el puente al otro lado del canal y decidió tomarlo. El conductor trasteó un poco en su taxímetro, intercambió algunas cosas ininteligibles con la central. Después miró hacia atrás.

—¿Adónde lo llevo señor?

La mano derecha descansaba en el vestido que al final no le había devuelto a Eva; había sido una buena decisión, ella no merecía sus atenciones.

—Dé algunas vueltas —dijo—, no importa por dónde.

Apoyó el cuello en el reposacabezas. El taxi tomó una curva cerrada a la derecha. El cuerpo de Kaplan no necesitó más estímulos, el movimiento había desatado un sentimiento tan poderoso en su interior que empezaron a temblarle no solo las manos, sino también los brazos.

La única forma de que esa noche desastrosa fuese de alguna utilidad era pasar por ella siendo plenamente consciente. Debía sentir algo y lo haría. Se propuso ahogar esa sensación en otra y seguir así hasta llegar a un continuo torbellino, un rayo globular.

—Sí, eso es lo que quiero —le dijo al taxista—. Curvas. Velocidad.

El hombre tenía los ojos oscuros, su mirada a través del espejo retrovisor parecía ligeramente divertida.

—¿Está seguro?

—Estoy seguro. Conduzca a tope. Piense que quiero sentirlo.

El taxista sonrió, puso un cedé en el reproductor, golpes rítmicos de música *house*, y empezó a mover la cabeza al compás. Y en menos de diez segundos, el taxi se puso a toda velocidad. El chasis se levantaba del suelo con cada bache del camino, iban tan rápido que la vida se disipó ante Kaplan.

Delante de un semáforo en rojo, mientras el estómago de Kaplan se revolvía intentando recuperar un equilibrio, la cabina se llenó con el olor del caucho quemado. No era agradable, no era repulsivo, simplemente era grande.

—Muy bien —gritó Kaplan—, eso es lo que quiero.

—¿Más? —preguntó el taxista.

Kaplan se vio metido en una extraña lucha de prestigio, el hombre no iba a amilanarse por un cliente cualquiera.

—Más —repuso Kaplan con calma.

El taxista eligió calles estrechas por las que el taxi pasaba a duras penas, tomaba curvas cerradas, se volvía cada vez más osado. De vez en cuando, subía el sonido del escáner de la policía. En la penumbra se iluminó un plano de la ciudad alternativo, un mapa sin casas ni pisos, lleno de calles oscuras y vacías y de taxistas que se ayudaban mutuamente a no ser vistos.

Seguía sonando una música machacona, no quedaba claro cuándo acababa una canción y empezaba la siguiente. El velocímetro se puso a cien, el cinturón de seguridad de Kaplan le apretaba la barriga. Ciento veinte. Kaplan ya no tenía miedo, no deseaba morir, no tenía ganas de vivir. Cuando el taxi se detuvo por fin y Kaplan abrió los ojos, notó un rastro salado en la piel que le escocía: lágrimas. El taxista se apoyó en el cabezal mientras se volvía hacia él y preguntaba:

—¿Y qué va a ser ahora? ¿Coca, un poquito de coca? ¿Chicas?

Parecía como si Kaplan solo dispusiese de esas dos opciones: como si todas las demás imágenes, objetos y palabras aún no hubieran vuelto a encontrar su lugar correspondiente. Y después de decir «chicas», ya no tuvo el valor de cambiar su respuesta. Jamás había ido de putas. ¿Y de qué le había servido aquella ambigua moral? ¿De qué servía ser un hombre bueno si las consecuencias de sus buenas acciones no traían más que desgracias y una suerte adversa? Lentamente empezó a sentir algo: ira.

—Quiero dos. Quiero dos mujeres.

—Dos chicas. Younes lo arreglara todo.

—¿Quién es Younes? —preguntó Kaplan algo confuso.

—Yo.

—Claro. En ese caso, gracias.

—Bien —dijo Younes—. Esta bien, está bien.

Y, con esas palabras, dio su bendición a la respuesta de Kaplan, que ahora se había convertido oficialmente en una petición.

Avanzaron por De Wallen, uno de los sectores del Barrio Rojo. No quedaba nada de la velocidad de antes y, por extraño que pareciese, Kaplan tenía la sensación de que era su vergüenza la que frenaba las ruedas. Cogió el móvil del bolsillo interior, comprobó si Eva lo había llamado. No era el caso, pero Judith sí le había mandado un par de mensajes. Kaplan decidió esperar para responderle, esa noche era un hombre libre.

El taxi no podía seguir circulando, la calle estaba demasiado llena de visitantes de prostíbulos y gente de bares. Tendrían que seguir a pie. Por temor a que alguien lo viese —nunca se sabía— o a tener que meterse en negociaciones que lo avergonzaran, Kaplan permaneció sentado.

—Quiero que sean ellas las que vengan a mí, Younes. Las dos. A mi habitación de hotel.

No veía ningún impedimento para lo que pedía. Aún no podía creerse que iba a encontrarse de verdad cara a cara con prostitutas.

Younes asintió.

—¿Qué hotel?

—El Conservatorium —dijo Kaplan, ese fue lo primero que se le ocurrió.

—Está bien. Conozco a chicas. Está bien.

Younes levantó la mano y Kaplan le puso un billete de cincuenta en la palma.

—Esto es para ti. Para las mujeres tengo, déjame pensar, ¿qué es lo razonable? —no hubo respuesta—. Trescientos euros —Kaplan soltó decidido aquella suma al azar—. Dentro de media hora en el hotel. Pago a la entrega. Tengo que sacar dinero.

—¿Y qué tienen que hacer las chicas?

Kaplan no se sentía ni atraído ni aterrado por la idea de mantener relaciones sexuales con ellas. Notaba cierto deseo de placer, pero sus miembros no le parecían demasiado despiertos.

—Tendrán que hacérselo entre ellas —lo invadió una sensación de alivio, así al menos él no tendría que hacer nada. Como Younes lo miró con recelo, añadió—: Yo no haré nada, prometido.

Younes arqueó la ceja derecha.

—¿Cuánto tiempo?

—¿Una hora más o menos? ¿Es razonable?

—Está bien.

Younes llamó a la central, dijo que iba a tomarse un pequeño descanso. Salió del coche y señaló con la gorra hacia una ventana, detrás de la cual se veía un culo femenino bien formado.

Kaplan husmeó el vestido, no olía a nada. Se prometió no pensar en la situación a la que había ido a parar. Todo se vendría abajo ante la menor reflexión.

Younes no necesitó más de diez minutos. Satisfecho, volvió a sentarse en el asiento del conductor.

—Está bien. Media hora. Dos chicas. Chicas guapas. En el Conservatorium Hotel.

Después de haber sacado dinero en el cajero de la Raadhuis-traat, Kaplan le pidió a Younes que parara por segunda vez en el Prinsengracht, le había pedido que hiciera una ruta bonita. Se bajó del coche, volvió al jardín de la casa flotante que había visto desde el asiento trasero. Había veinte *laafs* mirándolo, veinte de aquellos deformes gnomos de jardín, con palas, cornetas, manzanas y bastones de esquí y, detrás, justo encima de la entrada del barco, iluminado por lucecitas navideñas, se leía el texto: «All you need is Laaf». Si pensárselo dos veces, Kaplan cruzó la pasarela, cogió la estatua más fea de todas, un gnomo barbudo con los ojos cerrados que se aferraba a un gran corazón, y volvió al taxi antes de que algún transeúnte pudiese verlo.

—Llévame un momento al Concertgebouw, por favor —le pidió Kaplan.

Al bajar del coche le dio otro billete de cincuenta para que Younes mirase a otra parte, cogió el gnomo del regazo y fue hasta la entrada. Allí empezó a hacer oscilar el gnomo hacia delante y hacia atrás y luego lo soltó. La estatua se estrelló contra la pared de cristal del Concertgebouw, provocando una hermosa lluvia de cristales. Kaplan se escabulló en el asiento trasero del taxi.

Después de llegar al Conservatorium Hotel, Kaplan le pidió a Younes que esperase mientras él preguntaba si tenían habitaciones libres.

—Está bien —dijo Younes—. Está bien.

Pero en cuanto Kaplan entró, oyó el taxi arrancar.

Aunque no llevaba encima el pasaporte, Kaplan consiguió sin problemas la llave de una habitación después de enseñar su tarjeta de crédito. En el pasillo de su planta había un enfriador de champán y una bandeja con dos platos sucios y cubiertos usados. La alfombra del pasillo amortiguaba todos los ruidos. Una vez en su habitación, tomó una ducha rápida y después se echó un rato en la cama y olisqueó de vez en cuando las sábanas impecables. Había dejado el vestido encima de una de las sillas.

Kaplan bajó al vestíbulo cinco minutos antes de la hora acordada. Las mujeres llegaron puntuales. Vestían pantalones de chándal y chaquetas de piel de imitación. Una era rubia, la otra morena, las dos llevaban una gruesa capa de maquillaje en la cara. El recepcionista frunció el ceño al ver el trío, pero Kaplan había perdido toda la vergüenza.

—¿Qué os ha parecido nuestro país hasta ahora? —les preguntó por cortesía en holandés mientras subían en el ascensor.

—*Is okay* —le respondieron ellas en un pobre inglés.

Llegaron a la habitación 214. Una vez dentro, las mujeres fueron al cuarto de baño para cambiarse, la morena fue la primera en salir, desnuda. Apagó las lámparas por iniciativa propia, probablemente era la que tenía más experiencia.

—Un poco más oscuridad, mejor —dijo. La lámpara de pie del rincón permaneció encendida—. Ahora un poco música.

Nervioso, Kaplan fue hasta la televisión y con el mando a distancia empezó a buscar alguna emisora de radio adecuada. La rubia salió entonces del baño y las dos fueron a tumbarse sobre la cama.

—¿Poner esto? —dijo la morena, señalando el vestido.

—Desde luego que no —dijo Kaplan.

—¿Qué quieres que hagamos? ¿Empezamos a besarnos?

—Prefiero que empecéis directamente.

La morena se puso a rebuscar algo en su bolso, los ojos de Kaplan volvieron a la pantalla. De un frutero que había sobre el mueble de la televisión, cogió una manzana y le dio un buen y jugoso mordisco. La morena lo miró desconcertada:

—No tengo consolador.

Él intentó reír amablemente.

—No hay problema —comentó.

Apretó un botón y la radio pasó de una emisora de música actual a Classic FM. A su espalda, las dos chicas se toqueteaban los pechos y gemían. Dos Emmanuelles, una cama. Antivírgenes. La chica morena cogió un condón y se lo puso en el dedo.

Mientras Kaplan alcanzaba una silla, sintió una punzada de nostalgia. Los primeros años después de romper con Eva, aún soñaba con que el rabino lo esperaba, a él, el hijo pródigo. En vano: Kaplan no volvió a entrar en la sinagoga, orgulloso de haber hecho sus propias elecciones, de no necesitar la protección del grupo para tenerse en pie. En ese momento, aquellas fantasías ya no le ofrecían ninguna liberación. Él había llegado mucho más lejos.

—¿Tan sucio está por ahí abajo? —pretendía que su pregunta resultara curiosa y neutral, pero sonó bastante pervertida.

—Es mejor. Mas higiénico.

Kaplan le dio otro bocado a la manzana, una gota de jugo salpicó casi hasta la cama y las chicas reanudaron sus gemidos. Kaplan se miró el pantalón: aún no había ni rastro de una erección.

—No. No hagáis esos gemidos. Suenan falsos.

La rubia miró a la morena y le preguntó algo en una lengua incomprensible.

—¿Qué está preguntando? —preguntó Kaplan.

—Pregunta qué es «gemido».

—¿De dónde sois?

—Rumanía.

La música clásica seguía sonando. Muchos clarinetes. Los pensamientos de Kaplan se fueron a la vieja escuela, la casa de retorno.

—¿Las dos?

—Sí, de la misma ciudad. Sibiu. Ciudad pequeña. Tenemos el museo más antiguo de Rumanía.

Se produjo un silencio en el que todos volvieron a darse cuenta poco a poco de cómo iba el reparto de papeles.

—Seguid —dijo Kaplan.

La morena le susurró algo a la rubia y esta se volvió dócilmente con los pechos sobre la cama y el culo en pompa. Kaplan vio detalles que habría preferido no ver: cicatrices, granitos. La morena cogió un frasco con lubricante, puso un chorro en la vagina depilada de la rubia. Su cuerpo se sobresaltó por un momento, pero pronto siguieron los sinuosos movimientos aprendidos de culo y piernas. Kaplan sintió sobre todo asombro y respeto por la anatomía femenina. Cuando la rubia empezó a gemir de nuevo, Kaplan se levantó y les dijo que continuaran y que no se preocuparan por él. Si quería aguantar bien esa noche, tenía que emborracharse cuanto antes. Cogió tres botellines del minibar —whisky, ron y vodka— y un vaso. Sentado en la silla, mezcló las tres bebidas en el vaso y empezó a beber. El temblor en las manos se había calmado definitivamente.

—Intercambiad las posiciones —pidió con gesto alcohólico—. Por favor —añadió después.

Hacía años que no estaba en la habitación de un hotel. Durante el almuerzo con Judith no habían pasado del restaurante. Fue con Eva. En Bélgica. Waterzooi, La Chouffe, adoquines y burlas mutuas. Cuánto deseaba que sus recuerdos fueran menos amargos.

Las chicas intercambiaron posiciones. Ahora era la morena la que yacía de espaldas y la rubia la que estaba de rodillas a su lado. Por la radio sonaba música gregoriana, los órganos iban *in crescendo*. Kaplan tomó otro trago, cerró los ojos, solo quedaba una tormenta sonora de gemidos y canto sacro. Las chicas empezaron a hablar entre ellas. Kaplan imaginó que estarían diciéndose cosas para excitarse, hasta que se dio cuenta de lo ridícula y predecible que era aquella fantasía.

Se levantó de nuevo, tiró el corazón de la manzana a la papelera y cambió de emisora. Fue a parar en medio del *Nostradamus* de Hans Teeuwen. Animado por aquella canción inesperada y absurda, Kaplan empezó a reírse por lo bajo. Las chicas se detuvieron y lo miraron sorprendidas.

—¿No va bien?

Él intentó hacerles entender por señas que ellas no tenían nada que ver, pero ellas seguían preguntando:

—¿No va bien? ¿No lo hacemos bien?

Kaplan seguía riéndose sin parar hasta que ellas no pudieron por menos de unirse a él y los tres acabaron a carcajadas en una habitación resonante en una planta desierta del Conservatorium Hotel de Ámsterdam.

Kaplan apagó la radio con el mando a distancia, la risa se apagó y las chicas reanudaron lo que estaban haciendo en silencio.

—Ahora jugad con vosotras mismas. Divertíos —les pidió.

¿De verdad les había dicho que se divirtiesen? Se le encogió el estómago. Naturalmente, ellas hicieron lo que él les pedía. Mientras se toqueteaban a ellas mismas —el lubricante provocaba ruiditos chapoteantes—, parecían algo más concentradas que hacía un momento, ahora disfrutaban de sus propios movimientos.

Empezaron a hablar en rumano otra vez. Kaplan intentó reconocer algunas palabras que se parecían al italiano, conocía el parentesco entre las dos lenguas, pero no lo consiguió. Fue hasta el minibar y mezcló de nuevo tres bebidas fuertes. Su nerviosismo había desaparecido, el espectáculo que tenía delante le desagradaba cada vez más, apenas podía creer que lo hubiera elegido él. Releyó los dos últimos mensajes cariñosos de Judith y apagó el teléfono. Las dos chicas hablaban ahora abiertamente, lo que no era lógico.

—¿Qué os estáis diciendo? —preguntó Kaplan.

La rubia miró fugazmente a la morena, que respondió, sin parar de describir círculos con el dedo alrededor de su clítoris.

—Le digo que quiero follarla.

La rubia asintió con vehemencia. Kaplan se imaginó a las dos chicas, amigas de la infancia, viajando por Europa, acabando en Holanda, condenadas a hacer ese trabajo para no tener que volver. En sus rostros vio fugazmente el rostro de Abraham, perseguido, golpeado, levantándose de nuevo y acosado de nuevo. No pudo soportarlo más.

—Sed sinceras. No me enfadaré. Lo prometo.

La morena pareció dudar por un momento, el dedo se detuvo.

—Hablamos de que queremos ir a comer algo. Hablamos de dónde cenar. Ella siempre quiere McDonald's y yo siempre quiero Burger King.

Los ojos eran grandes e indefensos.

—Gracias —dijo Kaplan aliviado—. Vale. Podéis dejarlo ya. Muchas gracias por tu sinceridad.

Las chicas reanudaron su tarea sin entusiasmo.

—Basta ya, por favor —les pidió Kaplan, pero la morena le señaló que aún faltaban trece minutos—. Está bien.

—¿Nosotras no bien? —preguntó ahora la rubia.

—Soy geniales. Las dos. ¿Puedo preguntaros cuántos años tenéis?

—Yo, veintiuno —dijo la morena—. Ella, diecinueve.

—Habéis estado genial —repitió él.

Las chicas empezaron a vestirse. El olor a cereza del lubricante llenó la habitación. Kaplan sacó algo más de dinero del bolsillo y se lo puso a la morena en la mano.

—Tómalo. Id a cenar bien. Hay muchos restaurantes buenos por aquí, o id al del hotel. Tienen unos quesos franceses exquisitos. Nada de McDonald's. McDonald's es una mierda.

La rubia soltó una risilla y, cuando advirtió que él hablaba en serio, le acarició fugazmente el hombro. Él acompañó a las chicas hasta la puerta, la morena le dio un beso de despedida en la mejilla. Y luego echaron a andar por aquel pasillo enrarecido. Ya no eran dos chicas de vida alegre, sino dos mujeres orgullosas y perdidas en un país extranjero.

De regreso a la habitación, Kaplan sintió que todo el entumecimiento desaparecía de golpe de su cuerpo. Eso era lo que aún podía ofrecerle al mundo. Ayuda. Y no tuvo que pensar mucho sobre quiénes eran las personas que necesitaban más su ayuda.

Eran las doce y cuarto de la noche, aún debía de haber gente a la que pudiera llamar. Solo se le ocurrió una persona: Maaike. Y ella respondió su llamada.

—Ven a buscarme dentro de media hora al Conservatorium Hotel —le pidió Kaplan—. Trae el coche. Tengo una primicia para ti.

Era increíble cuánta indignación podía transmitir una mujer fumando un cigarrillo. Los labios apretando el filtro, aquellas líneas profundas alrededor de las comisuras, como vibraciones en el agua estancada. Maaike.

Dijo que le parecía muy raro quedar a esas horas de la noche y apagó el cigarrillo en el cenicero de su coche, un viejo Volvo bastante feo. Kaplan tosió en el asiento del copiloto.

—Tranquila, es por un tema profesional.

Maaike ya no llevaba ningún anillo en el dedo, pero Kaplan decidió no preguntarle nada al respecto.

—Has dicho que tenías una primicia para mí —comentó ella—. ¿Me has mentido?

—¿Tienes algún mapa de la ciudad?

—Tengo un *smartphone*.

—Déjame ver.

Kaplan se negaba a pensar, su intempestivo plan no debía acabar en un antojo. Puso el dedo en el cristal del teléfono.

—Es ahí, pero tengo una condición —le dijo Kaplan. Sabía que ella no se echaría para atrás. Se encontraban cerca del colegio abandonado, Kaplan le había pedido a Maaike que apagara las luces del Volvo—. Te daré la primicia a condición de que me procures una distracción.

—¿Una distracción para qué?

—Tengo que entrar un momento a buscar algo.

—¿Algo?

—A alguien. Solo te pido que consigas una distracción para que yo pueda entrar ahí. No es ilegal.

—Espero que valga la pena.

—Lo que hay aquí a la vuelta de la esquina es un colegio lleno de romaníes. Gitanos, retenidos por la policía. En resumen, el 1 de enero de 2014 cambia la legislación internacional. Los políticos tienen miedo de que nos veamos invadidos por hordas de gitanos. Tanto si ese miedo es infundado como si no, nuestra realidad se ha transformado por las medidas y acciones para contrarrestarlo.

—Dijiste que no era ilegal.

—No todo lo que la policía hace es legal. No todo lo que la gente hace en contra de la policía es ilegal. A veces tenemos el deber de luchar contra el poder.

—¿Gitanos? No lo creo.

—Esa es una actitud muy poco periodística. Una historia así puede hacer despegar cualquier carrera —ni siquiera era una mentira—. Hasta la tuya —añadió después en tono titubeante.

Ella sacó un bloc de notas del bolso y empezó a tomar apuntes.

—Mi nombre queda al margen —dijo Kaplan y ella asintió con la cabeza—. ¿Qué día es hoy?

—Día 9, creo. ¿Por qué?

—¿9 de noviembre? La Noche de los Cristales Rotos. Hace setenta y cinco años quemaron entre mil y dos mil sinagogas y destruyeron unas ocho mil tiendas judías. Fue la noche en la que se decidió la lucha entre la esperanza y el miedo que había empezado en 1933. La noche en la que ardió la última incredulidad. Los árboles que de día aún olían bien contemplaron como jueces en la oscuridad cómo ardían las viejas ciudades.

Ella se encogió de hombros.

—Bueno, la distracción. ¿Qué tienes pensado? —preguntó él.

—Eso es fácil.

Cogió el teléfono y con un temple admirable pidió que vinieran coches patrulla y ambulancias. ¡Podría haber muertos!

—Dentro de cinco minutos estallará el caos aquí —dijo fríamente después de colgar.

Y, efectivamente, a los cinco minutos exactos, dos coches de policía y una ambulancia pasaron por su lado. Maaike encendió las luces y siguió a los vehículos. Se detuvo junto al edificio, a unos diez metros de distancia de la ambulancia. Se apeó del vehículo y empezó a gritar que ahí tenían a gente encerrada ilegalmente y en contra de su voluntad, que aquello era una vergüenza. ¡Rusia, Corea del Norte, Guantánamo!

Los enfermeros de la ambulancia y los agentes no entendieron gran cosa pero corrieron frenéticamente hasta las verjas donde los esperaban los guardas con porras de goma y linternas. Que oficialmente esos guardas perteneciesen también a la policía no ayudó a aclarar las situación. Se oyeron gritos de uno y otro bando, fracasó cualquier intento de diálogo, tres clases distintas de sirenas se mezclaban entre sí. Caos.

Kaplan actuó por instinto, se prohibió a sí mismo dudar. Pasó por detrás de la ambulancia y escaló un tramo de verja sin vigilancia en la parte trasera del colegio. En efecto, todo el personal había salido fuera. Kaplan logró entrar y se detuvo delante de un plano: las mujeres y los niños estaban en las aulas de la 1 a la 4, los hombres, entre la 5 y la 8.

Fue a la izquierda, se topó con un guarda de seguridad. Kaplan lo tiró al suelo de un empujón, ¿qué otra cosa podía hacer? El joven se golpeó la cabeza con el suelo y permaneció allí tendido, gimiendo. Kaplan le quitó el manojo de llaves que llevaba en el cinturón. Las llaves estaban numeradas, intuitivamente eligió la clase número 2 y abrió la puerta. Veinte pares de oscuros ojos infantiles lo miraron con recelo.

—Vamos. Salid de aquí. *Go!* —les gritó Kaplan, agitando los brazos frenéticamente.

Los niños se pusieron en movimiento con lentitud, solo hubo uno que echó a correr rápidamente hacia fuera. Kaplan le dio el manojo de llaves al chico que parecía mayor. Señaló el número que ponía en la llave y luego las otras aulas, pero el chico no pareció entender sus instrucciones. Después, Kaplan solo tuvo ojos para el niño que se había quedado inmóvil en un rincón, rodeándose el cuerpo con los brazos y aquellos pies increíblemente sucios. La imagen se grabó en Kaplan como un recuerdo que pudiese probar y oler. Exactamente un niño así.

Kaplan y el niño eran los únicos que quedaban en aquella estancia. Le tendió la mano, pero él dudó. En ese momento se oyó a lo lejos un agresivo silbido y el niño le agarró la mano. Kaplan tiró de él y juntos echaron a correr por el pasillo. Entretanto, había por ahí unos cuarenta gitanos, hombres, mujeres y niños.

La adrenalina le bombeaba por el cuerpo y, tal como esperaba, sentía la mente lúcida. El alboroto era ahora insoportable, Kaplan supuso que habían llegado más ambulancias y coches de bomberos.

De pronto, como salida de un sueño febril, se le ocurrió una vía de escape: romper un cristal, bajar a la calle, esperar entre los árboles a que el personal hubiera vuelto a controlar las salidas y entradas y luego correr.

Esperaron. Kaplan consoló al chico y soportaron los gritos y las sirenas. Había llegado el momento. El hombre y el niño echaron a correr en la oscuridad entre la hierba crecida, exactamente setenta y cinco años después de la Noche de los Cristales Rotos, con aquel pandemonio de fondo. Un viento frío les salió al encuentro.

27

Kaplan fue a la cocina para preparale el desayuno al chico, esa noche el niño había dormido en la cama de matrimonio. Recordó con satisfacción la resolución que había demostrado. Por un momento, había sido un hombre de acción.

Esa mañana había recibido un correo electrónico de la junta escolar: reconocer públicamente que había obrado mal y pagar los desperfectos de la bicicleta influiría favorablemente en la decisión sobre su situación, pero él había borrado el mensaje de inmediato, tenía cosas más importantes que hacer. Esa misma tarde se encargaría de encontrar un buen escondite, que estuviese bien oculto pero que fuese habitable. Seguramente el ropero le proporcionaría el espacio suficiente, por azar había descubierto un nicho, oculto detrás de una madera. Kaplan protegería al chico como jamás había protegido a nadie.

Estaba claro que las autoridades lo buscarían, pero no tenían ningún nombre, ninguna dirección, ningún motivo, solo el testimonio probablemente confuso del guardia de seguridad que Kaplan había tirado al suelo. De momento dejarían en paz a una persona como Maaike, dispuesta a luchar por su historia, apoyada por sus compañeros de profesión, una mujer que, además, podía asegurar que no era más que una espectadora preocupada.

Kaplan le escribió un mensaje que por suerte ella contestó enseguida: todo iba bien. La policía no tenía ninguna base legal para retenerla. Al minuto siguiente, le mandó un segundo mensaje: «Gracias por la primicia. Besos».

Llenó dos tazas de yogur. Quizá debiera decirle algo a Judith. Nadie debía preocuparse por él. Dejó los tazones en el suelo. Un chico así, un niño aún, no debía estar encerrado en una cárcel. El chico dormía imperturbable, su boca parecía formar palabras. Kaplan se quedó inmóvil junto a la cama, no se perdería ni un solo detalle. Se sentó en la cama, se vio a sí mismo en el espejo del armario. Con una toalla humedecida, empezó a limpiar las manchas de barro de los pies del niño.

Se acordó de un proverbio que había leído en los años en los que las novelas constituían la piedra angular de la vida. Del mismo modo que ganas a una mujer, la pierdes. Ese paralelismo también existía en su vida. Se encontraba frente al espejo cuando supo por primera vez que Eva y él debían estar juntos. Y también cuando comprendió que iba a perderla.

El primer momento. Solo llevaban saliendo unos meses. Aún no se atrevían a decirse el uno al otro que tenían una relación. Aquella noche, la decimoquinta, quizá la vigésima que pasaban juntos, el sexo había sido un ritual de purificación. Por la mañana, Eva estaba delante del espejo del dormitorio de él, poniéndose crema en la cara. No lo miraba, él estaba justo detrás de ella y seguía sus movimientos fijamente. Por fin sentía aquella clase de invisibilidad con la que él siempre soñaba cuando soñaba con el amor. Ella sabía que él la miraba, pero no decía nada. No se escondía, tampoco se esforzaba por ponerse más guapa o deseable. Él se había convertido en algo natural.

El segundo momento, que tuvo lugar pocos meses antes de su ruptura, era la imagen inversa del anterior. Recordando el desastre con el vestido, Eva había elegido para la ocasión un pantalón negro largo con un profundo pliegue en la cintura y una blusa bastante trasparente que le hizo sospechar a Kaplan que se la ponía para otro hombre. Ella se miró en el espejo. Él se había puesto en el mismo lugar, justo detrás de ella, con una vista perfecta para seguir el concentrado ritual de maquillarse y vestirse. Kaplan no entendía nada. Todo parecía haber cambiado, los movimientos de Eva, las asociaciones de él, como si estuviera cargado con una energía distinta, llena de desilusión y amargura. La presencia de Kaplan ya no era algo natural, se había vuelto inevitable y hostil. Ambos se estorbaban mutuamente.

Limpió los restos de barro del cabello del niño como buenamente pudo. El frío se había transformado definitivamente en asfixia. Se separó del chico y fue hasta la sala, cogió un papel de la mesa, lo dobló e improvisó una mascarilla, inhalar, exhalar. Debía desaprender a pensar en Eva. Solo podrían seguir viviendo en un estado de ausencia forzosa, una sombra de amor sin la cual no se podía vivir bien. Una figura femenina equivalente a la Miriam del diario. Se perfilaba una extraña analogía. Del mismo modo que el viejo Abel recordaba a su Miriam con cada respiración, también Kaplan llevaría consigo a Eva en cada frase.

Dejó el papel, su respiración volvía a sonar humana. Así estaban las cosas: su destino estaba inextricablemente unido al del otro Abel, cuyo destino estaba a su vez inextricablemente unido al de Judith.

Judith, se corrigió a sí mismo, no Eva.

SEGUNDA PARTE

«There's no business like Shoah business.»*

* La frase juega con el título de la canción de Irving Berlin «There's no business like show business» (1946) que a su vez dio título a una comedia musical dirigida por Walter Lang y estrenada en 1956 (*El mundo de la fantasía*, en la versión castellana del mismo año). (*N. de la T.*)

1

Una garza pasó por delante de la ventana del apartamento, batiendo las alas despacio. Kaplan vio caer la primera nieve del año. Pese a toda su propaganda festiva, diciembre era un mes tradicionalmente duro. Durante años había pasado el *Janucá*, la fiesta de las luces, solo, sin amor, sin *latkes*, sin luz, pero este año, ese invierno, Kaplan se sentía sobre todo en paz. Por supuesto que habría preferido no haber sido expulsado temporalmente del trabajo, pero, ya que había sucedido, debía aprovechar la situación. No le quedaba más remedio que reinterpretar su vida, darle una nueva forma. Había liberado a alguien, estaba protegiendo a alguien, había alguien que lo necesitaba. Por fin, se dijo a sí mismo, su vida poseía las grandes cosas con las que siempre había soñado.

El chico, al que por razones prácticas llamó Abraham II —en el día a día omitía el añadido numérico—, se dejó esconder en el pequeño nicho que había en el fondo del armario, tal como Kaplan había esperado. Primero limpió bien el espacio de polvo. Luego fue a la tienda del barrio para comprar material aislante, una mantita de lana, algunos cojines pequeños y una linterna con pilas. Con sigilo y asegurándose de la necesidad de cada martillazo, se puso manos a la obra.

Los pies del chico asomaban por debajo del edredón de la cama. Durante el día, las cortinas del dormitorio permanecían siempre echadas y Abraham podía acostarse allí, necesitaba recuperar fuerzas. El chico dormía con una desvaída camiseta de Kaplan.

Se había fijado en que a Abraham le faltaba una falange en el dedo corazón de la mano derecha. Hacía tiempo que había sucedido porque la herida no mostraba signos de inflamación y estaba completamente cicatrizada. Era una mutilación pequeña pero insoslayable; había algo tosco en la forma en que alteraba la perfección de la mano infantil, como si fuese una obra de arte en la que hubieran metido el cuchillo.

Muy de vez en cuando, Kaplan se acostaba junto a Abraham, el pequeño debía de estar acostumbrado a dormir con muchos en una cama y no protestaba. Por las noches, el chico también tenía permiso para quedarse un rato en la sala de estar, mientras no se moviese demasiado de un lado a otro. La ventaja de vivir allí era que Kaplan no tenía vecinos delante, solo el agua ciega del canal.

La primera regla.

El éxito de pasar a la clandestinidad depende de la cantidad de gente que esté al corriente del asunto, los cómplices. Por supuesto, cuanto más reducido sea el círculo de personas que lo sabe, más probabilidades de éxito habrá. Todos los que se vayan enterando progresivamente de la situación deberán elegir entre ser cómplices o traidores. Y era sobradamente conocido lo difícil que esa decisión había resultado para los holandeses. Un país se define por sus elecciones equivocadas.

Por el momento, Kaplan era el único que estaba al corriente de la presencia de Abraham en su casa. No había vuelto a hablar con Maaike: ella no tenía nada que aportarle y él tampoco le debía nada. Maaike había intentado llamar la atención sobre «su» descubrimiento del colegio, pero no había tenido mucho éxito. Sus afirmaciones no habían sido ni refutadas ni confirmadas y al final dejaron de ser noticia candente, no interesaban y desaparecieron de los periódicos. Obviamente, después de la injerencia de Kaplan, la policía había trasladado a los gitanos a otro lugar que nadie conocía. En un primer momento, Kaplan se sintió decepcionado por el desinterés colectivo, pero pronto se dio cuenta de las ventajas que aquello tenía para él: cuanta menos atención recibieran los gitanos y el colegio, más opciones tendría él de permanecer invisible.

Había pasado tres semanas desde la noche de los hechos y al parecer nadie había resultado herido, salvo por algunos morados y contusiones entre los agentes y un gitano que se había roto el tobillo al intentar huir, así que el guarda que Kaplan había tirado al suelo estaba bien. En ningún sitio apareció la noticia de que hubiera desaparecido un gitano, probablemente solo lo sabía la policía.

Kaplan procuraba mantener a Judith al margen, no habría podido soportar su condena, pero tampoco podía pasar de ella o levantaría sospechas, de modo que se intercambiaban algunos mensajes, pero nunca muy concretos.

¿Y Eva? En su infinita bondad, Eva había decidido no castigar a Kaplan por el incidente del gnomo, por supuesto grabado por la cámara de vigilancia, y no presentó ninguna denuncia contra él. El verdadero castigo fue que su relación se volvió todavía más dura y fría, como la resina, antes fluida como la miel y ahora solidificada e impenetrable. Kaplan debía dejar de pensar en Duifman, dueño del sofá de Eva. Ya no tenía ningún jefe.

Le encantaba ver cómo el día enlazaba con la noche, no quería perderse ni un solo cambio en la tonalidad en el cielo. Quizá hasta había sido una ventaja que lo expulsaran del colegio, se dijo de nuevo, como llevaba haciéndolo casi continuamente durante las tres últimas semanas. Ahora podía dedicarse por entero a su doble tarea: ocuparse del escondido y escribir su gran libro.

Kaplan era el único cliente que había en la tienda de verduras turca. Preguntó si tenían queso halloumi. El hombre alegre y fofo que estaba detrás del mostrador se alegró de oír su petición, le habló de la felicidad y el azar, temas que a Kaplan le decían bien poco. Cuando Kaplan le pidió un segundo trozo, el hombre lo miró con extrañeza y le preguntó si tenía invitados en casa por casualidad. Kaplan sintió como aquella frase, con la amenazadora palabra «casa» en medio, se le clavaba en el pecho.

—¿Le pasa algo? —le preguntó el hombre en perfecto holandés.

Kaplan se hurgó en el bolsillo y sacó algo de dinero.

—No me encuentro muy bien. —La sonrisa del hombre se esfumó de su semblante, Kaplan se dio cuenta de que tampoco le interesaba llamar la atención—. Gripe —dijo por fin.

El hombre se dirigió a la caja y le devolvió el cambio.

—Agua caliente con miel y limón. Un remedio casero.

Kaplan le dio las gracias y salió de la tienda apretando el paso, dio un traspié, pero no soltó ninguna maldición. Cuando llegó al portal de su casa, estaba sin resuello.

No importaba cómo hubiesen sido los últimos años de su vida, ahora se sentía de una forma radicalmente distinta: eso era real. Desde que había dejado de ir a la sinagoga, Kaplan no había vuelto a estar tan cerca de una experiencia religiosa como cuando veía comer al chico liberado. Él recibiría toda la atención que Kaplan no había tenido de niño. Abraham engullía deprisa y soltó un fuerte eructo, sus ágiles dedos no necesitaban la falange perdida.

—Deberías comer más despacio —le dijo Kaplan. El chico lo miró fijamente—. ¿Quieres un poco más de agua? Hay que beber mucho y masticar bien, tienes que ganar fuerzas —la mirada del chico era cada vez más vacía. Kaplan fue a la cocina, llenó una jarra con agua, regresó a la mesa y señaló el agua—: Agua. Esto es agua.

—*Abua* —repitió el chico encogiéndose de hombros.

—No está nada mal —comentó Kaplan para sí y le sirvió un vaso.

Con los brazos cruzados, observó como Abraham II devoraba los pimientos y el halloumi. Cuando el chico se fue a dormir,

Kaplan retomó el manuscrito. De día, no conseguía vaciar su cabeza lo suficiente, solo por las noches disponía del silencio necesario para lograr que la historia, que se movía constantemente, mantuviese su lugar.

Escribía en la penumbra, a la luz de una vela, también aquella noche. Se tomaba un paracetamol para evitar los síntomas febriles que el trabajo traía aparejados.

En noviembre de 1943, bajo un frío intenso, el viejo Abel fue trasladado con Slava desde Auschwitz hasta Birkenau, un campo de concentración más grande en el que seguían necesitando trabajadores. Si en sus orígenes el campo de Auschwitz había sido una caserna militar polaca, Birkenau fue construido especialmente para los *Häftlinge*, diseñado con un sencillo objetivo, un objetivo del que solo se hablaba entre murmullos. «Altos muros, una cantidad interminable de barracones, más rostros de los que jamás podría llegar a memorizar. *L'universe concentrationnaire.*»

¿Dónde estaba el cedé de la *Séptima sinfonía*? Escuchar esa música era sin duda uno de sus rituales esenciales. ¿Dónde estaban los instrumentos de cuerda? ¿Y los de viento que los imitaban? Concentración, se dijo a sí mismo. Empezar en un momento concreto y no añadir demasiadas generalidades. Era diciembre de 1943 y jamás habían visto nada igual.

«Fue como si viéramos a un fantasma que volviera del más allá. Sucedió al final del día, estaba oscureciendo y todos los prisioneros volvían juntos a su bloque, yo también. No sé quién lo vio primero, pero de pronto ahí estaba y nosotros no podíamos dejar de mirarlo. Era el joven Abraham. Estaba frente a nosotros como un muñeco de barro aturdido, como si el mundo lo hubiera parido allí mismo, en medio del patio. Contemplamos ateridos aquella imagen que incluso para nosotros, a quienes ninguna imagen debería impactar ya, era tan incomprensible como imponente. Hasta que Ercole se adelantó y tiró del chico para sacarlo fuera de la vista de los guardas. Ercole era un italiano duro de pelar de unos treinta años y uno de los primeros ocupantes de ese barracón. Luego me preguntaría a menudo por qué no fui yo quien tomó la iniciativa. Sin duda yo había sido el protector de Abraham, ¿no? El recuerdo de mi pasividad en aquel instante me asaltaría a menudo para afectarme profundamente. Mi cobardía fue imperdonable.»

El viejo Abel, al igual que todos los demás ocupantes del barracón, tenía que trabajar casi incesantemente. Kaplan conocía el lema *Vernichtung durch Arbeit*, acuñado por el ministro de Justicia Georg Thierack en 1942 en una carta dirigida a Himmler: la idea era exterminar a los prisioneros mediante el trabajo. Para los alemanes no solo era la manera más barata de ejecución, sino que les ofrecía además una fuerza de trabajo gratuita. Pero Abel conocía su cuerpo lo suficiente como para saber cuándo tenía que reservar sus fuerzas y era lo bastante listo como para pasar desapercibido entre los demás y tomarse un respiro. Hoy les tocaba acarrear piedras. Cuerpos exhaustos regresando al barracón.

«Éramos demasiado pocos como para llamar la atención, pero sí los suficientes como para ocultar al chico entre nosotros. Estoy seguro de que todos nos hacíamos la misma pregunta y no era por qué el niño había desaparecido de repente hacía dieciocho días. Era una pregunta mucho más difícil en un lugar como aquel, donde llegaban continuamente personas nuevas y las viejas desaparecían, pero nadie volvía jamás del mundo de las sombras: ¿cómo había logrado escapar?

Una madera suelta en el suelo, se dijo Kaplan, justo detrás de su cama.

«Había descubierto el espacio y había callado, estaba convencido de que algún día aparecería en mi vida algo que fuese digno de ser ocultado. Acabé de retirar la madera. Si quitaba un poco de tierra podría hacer un nicho lo bastante grande como para esconder al chico. Se lo propuse a Ercole, quien después de su heroica acción se había ganado el respeto de los demás ocupantes del barracón. Estuvo de acuerdo conmigo, teníamos que hacer algo. Si los guardas encontraban al chico, iría a parar a un lugar del que ya no podría escapar. El jefe de barracón, Slava, abrió la boca por primera vez para unirse a nosotros.»

La primera regla: el éxito de pasar a la clandestinidad depende de la cantidad de gente que esté al corriente del asunto, los cómplices, se dijo Kaplan para sí.

«Todo el barracón lo sabía, era inevitable. Era como si formásemos un cículo de personas tomadas de la mano y, en medio, estuviese el chico, que aún no había dicho nada. Si uno de nosotros se soltaba, los demás lo veríamos y lo notaríamos de inmediato. Y el eslabón roto, el traidor, no saldría con vida de allí.»

Los rusos habían sido los primeros prisioneros del campo. En el libro *Vidas en los campos de concentración*, Kaplan leyó que fueron ellos los que construyeron los barracones de Birkenau, cuya verdadera extensión solo llegaría a conocerse después. Los holandeses, acostumbrados al confort, eran bastante débiles.

«A través de Milo y Slava, los dos rusos de nuestro barracón, Ercole consiguió unos trapos viejos sobre los que el chico podría tumbarse. A veces, cuando lo oía tiritar por las noches, me agachaba un momento junto al nicho. Si helaba, le llevaba un poco de nieve para que pudiera lavarse. Le faltaba una falange del dedo corazón de la mano derecha. Todos se habían dado cuenta, pero nadie decía nada. Le correspondía al chico ser el primero en hablar, pero él callaba. Se había abierto una brecha insalvable entre el antes y el después de su desaparición. Intenté enseñarle algunas palabras, pero él no parecía receptivo a mis clases.

»Además, ¿de qué servía mi idioma?

»De vez en cuando me encontraba con algún holandés e intercambiábamos palabras que conocíamos de antes, como viejas monedas que hubieran perdido su valor hacía mucho tiempo, pero las palabras-moneda eran peligrosas. Nos hacían recordar una vida que debíamos olvidar. En mi caso, una vida con Miriam, con comida, con horas de sueño y con un día siguiente. A menudo miraba cómo dormía el chico. Entonces me imaginaba mi propio rostro juvenil, hacía mucho tiempo, ignorante aún de lo que me deparaba la vida.»

El patrón de trabajo de Kaplan era el siguiente: leía el relato original de Abel, el padre de Judith, y lo transcribía casi literalmente. Marcaba en el margen los lugares del texto donde la atención de los lectores podía flojear o donde la historia podía mejorar con algún cambio. A continuación reescribía el texto a mano, incluyendo también los cambios propuestos. Gracias a ese intensivo método de trabajo, Kaplan estaba muy unido al original e iba profundizando en él y en la caligrafía del hombre mayor. Era de lejos la manera más natural, la única que además le hacía olvidar regularmente que existía una diferencia entre un Abel y el otro.

Durante sus años de estudiante, Kaplan había aprendido el término «sensación histórica»: la iluminación que podía experimentar el auténtico historiador cuando hacía un descubrimiento, cuando veía algo que nadie había visto hasta entonces o relacionaba algo que jamás se había relacionado. Era una iluminación que él no había experimentado nunca, lo que venía a demostrar que no era un verdadero historiador. El trabajo de las últimas semanas así lo corroboraba: las sensaciones que él quería tener eran completamente ahistóricas. El arraigo histórico del momento que describía se apartaba de la tierra, los frentes de batalla y las tumbas: todo el contexto desaparecía. No había nada entre el ayer y el mañana.

Intentó limitar al máximo fantasear sobre el destino del texto, su éxito y los posibles lectores, debía pensar con pragmatismo. Después de hacer el trabajo manual, que le llevaría un mes más o menos, Kaplan volcaría el texto en su ordenador y haría un auténtico manuscrito. Tal vez, antes de entregárselo a algún editor, completaría ese manuscrito mecanografiado con fotocopias de la versión transcrita a mano, pero no con la versión transcrita misma porque, si realizaban una investigación de la tinta y el tipo de papel, lo tacharían de inmediato de falsificación. Quizá en la entrega dejaría que cotejasen brevemente el original, solo para comprobar su autenticidad, nadie se pondría a comparar el texto palabra por palabra.

Comprendió que llegaría un día en que volvería a necesitar el diario original, también el permiso de Judith para poder ocuparse libremente de la obra de su padre, pero, hasta que llegase ese día, Kaplan estaba solo con su escritura y ante él se extendía una libertad infinita.

El viejo Abel llevaba ya casi tres meses en el nuevo campo de concentración y lentamente se iba transformando en una sombra como las que había visto los primeros días deambulando por allí, arrastrando los pies, ni enfadados, ni tristes, simplemente exánimes.

A veces Kaplan albergaba la esperanza de que los hechos evocados en el texto fuesen más soportables al reescribirlos, como si él pudiese mejorar un destino que había quedado sellado hacía mucho tiempo. Hasta que se dio cuenta de que él tenía en su mano todos los hechos, el manuscrito que mostraría al mundo sería el suyo.

Volvió a preparar un té —la tetera amarilla debía estar siempre llena: otro ritual importante—, hojeó las copias y se paseó despacio por la sala de estar. Quizá no conseguiría nada sin ese cedé. Al día siguiente podría comprar otro, aunque quizá la clave fuese precisamente ese ejemplar. No quedaría nada de él después de que a la pócima mágica de elementos prácticos que se hacía llamar inspiración le quitasen ese elemento, aparentemente trivial, pero, en última instancia, esencial.

No, había algo más. Se dio cuenta de que tenía miedo. Miedo de seguir escribiendo. Miedo del camino en el que se hallaba. No podía dar marcha atrás, impulsado por algo más fuerte que él, pero no alcanzaba a ver el final del trayecto. Temía que el mal lo asaltara por el camino, que lo contagiara y ya no volviera a ser el mismo. Su temor era razón suficiente para seguir escribiendo al día siguiente con más fanatismo que hoy.

Tiró el té en el fregadero, se sirvió un vasito de ginebra y decidió ir a ver a Abraham. Kaplan seguía sin saber prácticamente nada de la historia del chico. Dentro de poco, le formularía las preguntas adecuadas en la lengua adecuada. El resplandor de la lámpara del pasillo daba suficiente luz para que Kaplan distinguiese la cara del chico entre las camisas.

Durante el día, el pequeño podía ponerlo bastante nervioso. Lo que Kaplan veía entonces no era la mirada de un niño, sino la de un viejo. Los ojos poseían un dolor curtido que distinguiría a Abraham por siempre de Kaplan. Eran ojos que expresaban algo sobre lo que Kaplan había leído mucho: la inquebrantable voluntad humana por sobrevivir y la pérdida de dignidad que eso implicaba, sublime y terrible a la vez.

Kaplan tomó un trago de ginebra. Las cejas de Abraham, tan pronunciadas que parecían depiladas, aquella falange ausente. Kaplan jamás lograría entender la vida que el chico había llevado. Los brazos y las mejillas oscuros, invariablemente sucios. Estaba claro que a Abraham no le gustaba lavarse. Kaplan le había enseñado la ducha y le había comprado jabón, pero, aparte de eso, había decidido no ir más allá.

Kaplan cogió una segunda manta de lana, el chico no debía pasar frío. Los huesudos hombros de Abraham apenas cabían en el nicho. Cuando Kaplan se acercó un poco más, vio que algo sobresalía de la primera manta, un objeto anguloso y reluciente. Parecía el deuvedé de *Emmanuelle*, que efectivamente llevaba varios días sin ver por la casa. Quizá Abraham lo había robado. Se acordó del cedé perdido. ¿Habría palabras para aquella traición? Se planteó despertar al chico e inspeccionar el nicho.

Sintió náuseas por aquel pensamiento que se le había ocurrido de forma tan natural.

Mientras esperaba el ruido de la ducha, echó un poco de muesli en dos tazones. Si el chico quería que cuidaran de él, al menos tendría que portarse bien. Ahí estaba el ruidito que precedía el encendido del calentador de gas y ahí estaba la triple explosión de la llama. A pesar de que nunca se había reconciliado con el motivo de su traslado, Kaplan conocía su apartamento palmo a palmo y sentía cariño por sus quejidos y susurros.

Se apresuró a ir hasta el nicho, apartó la ropa a ambos lados del armario y apartó las sábanas. Ahí estaba el deuvedé de *Emmanuelle*. Y en efecto, a su lado, vio el cedé de la *Séptima sinfonía*. Kaplan encontró además una vela, un rotulador plateado de aspecto elegante aunque en realidad fuese barato y las llaves de su coche. Sacó los objetos de ahí y, con un peso en el corazón, los dejó en el suelo, cerca del tazón de muesli que había preparado para Abraham. Luego alcanzó una silla, se sentó y empezó a comer.

El chico salió del baño con el cabello mojado, el torso desnudo y una toalla atada a la cintura. Se le marcaba cada músculo y el color atezado de su piel era inalcanzable para los niños holandeses. Saludó a Kaplan con un gesto de cabeza y, sin mirar los objetos, se metió en el nicho.

—Desayuna primero —le dijo Kaplan—. *Breakfast.*

El chico podía comer con avidez, pero solía tomar menos alimentos que el propio Kaplan.

—Tienes que comer bien —el chico cogió un tazón—. Bueno, no sé bien cómo hablar de esto. Estas cosas son mías. ¿Me entiendes? —el chico se limpió un resto de yogur de la boca—. Haz un gesto con la cabeza si me entiendes.

El chico asintió. ¿No era normal mostrar rasgos delictivos después de un periodo de reclusión y aislamiento, acaso no

era eso lo que veía descrito a diario en las fotocopias? Kaplan
intentó acordarse de una cita de Isaac Singer en la que decía
que las personas reprimidas no eran necesariamente buenas
personas.

—¿Por qué? —preguntó en un tono apenas audible—. *Why?*

Al ver que pasados unos diez segundos seguía sin obtener una
respuesta, intentó agarrarle la mano al chico, pero Abraham la
retiró.

—Somos amigos —dijo Kaplan—. *Friends.* Tenemos que esperar a que llegue el 1 de enero. *The first of January.* Yo te ayudo.
Estoy de tu parte. ¿No comprendes que estoy de tu parte?

Con la última luz de la tarde, Kaplan vio a Abraham preparar algo
de comer en la cocina. Era la primera vez que el chico hacía
algo por sí mismo. Desmigó trozos de pan en un cazo y vertió
azúcar y agua. Fue mezclando la sustancia con la mano hasta que
consiguió una especie de papilla que sirvió en un plato hondo.
Satisfecho y con las manos llenas de azúcar, dejó el plato encima de la mesa y le hizo una seña a Kaplan para que fuera a comer:
una ofrenda de paz. Por supuesto, aquello era incomestible, pero
Kaplan no lo demostró. A Abraham le parecía un festín, seguía
metiendo los dedos y chupándoselos. Kaplan no lo había visto
tan feliz jamás. Decidió no volver a sacar el tema de sus objetos
robados.

Hacia las ocho de la tarde, llamaron a la puerta. Kaplan se puso
tenso, se llevó un dedo a la boca y acompañó a Abraham hasta
su nicho con el mayor sigilo posible. Luego volvió a poner la
madera en su sitio y juntó las perchas. Los golpes se detuvieron.
Hacía años que nadie se presentaba de improviso ante la puerta
de su apartamento. Kaplan abrió. Era el vecino de abajo, Kuiper,
que le pidió si por favor podía prestarle un destornillador. El
hombre hablaba con rapidez, un texto repetido.

—Desde luego. Espere un momento —le dijo Kaplan. Y, comprendiendo que probablemente sería más extraño no dejarlo pasar, añadió—: Pase usted, por favor.

Kuiper entró en el apartamento y miró alrededor con ojos rápidos.

—He oído el jaleo —dijo el sesentón con voz ronca.

—Es posible, señor. Las personas hacen ruido.

—Estaba hablando usted con alguien. Parecía la voz de un niño.

—Como bien sabe usted, no tengo hijos. Así son las cosas a veces —Kaplan rebuscó en el armario eléctrico y le tendió un destornillador—. No querría parecerle poco hospitalario, pero debo volver al trabajo.

La mirada de Kuiper seguía yendo de acá para allá. De vez en cuando se desplazaba a la derecha o a la izquierda.

—Sí, claro, los plazos de entrega. Me gusta saber quién vive en el piso superior al mío, ¿comprende?

A Kaplan no le pasó desapercibido el tono de reproche. El recuerdo de Wing, el golpeteo de la escoba, aquella noche espantosa. Aquel tipo solo estaba celoso, a nadie se le pasaría por la cabeza buscarlo.

—Y lo sabe. Lo que ha oído usted era la televisión. Me gusta ver películas.

—He oído su voz —Kaplan vio el latido de las venas púrpura.

—A veces también hablo por teléfono mientras tanto.

El vecino fue hasta la televisión, tomó la carátula de *Emmanuelle* y leyó el resumen en la contraportada. Sin decir nada, fue hasta la puerta del apartamento, dirigiendo una última mirada al dormitorio.

Kaplan cerró la puerta y oyó su corazón.

La segunda regla de pasar a la clandestinidad: la invisibilidad es el mayor bien.

A la mañana siguiente, domingo 16 de diciembre, Kaplan fue hasta la peluquería más cercana. Allí se informó y compró una bolsita de cien gramos de unos polvos azulados y una botellita de agua oxigenada en concentración del nueve por ciento. De vuelta a su apartamento, mezcló los ingredientes en un recipiente hasta que quedó una pasta espesa. No se concedió ni unos segundos para pensar. Despertó a Abraham y le susurró:

—*Let me help you.*

Le hizo una señal al chico para que se estuviera quieto, lo apretó contra sí y le puso el tinte en la cabeza. Abraham intentó apartar las manos de Kaplan al principio, pero el espacio del nicho era tan reducido que tuvo que abandonar su inútil resistencia. Kaplan empezó a teñirlo y pronto la cabeza del chico desprendió un olor extraño y le salieron pequeñas heridas como reacción a la corrosiva sustancia.

Kaplan no debía dudar ahora, lo hacía por su bien.

Media hora más tarde, enjuagaron el pelo más o menos entre los dos. El resultado fue un tono anaranjado bastante grotesco. Tocaba la segunda ronda. Esta vez, Abraham protestó menos que la primera. Media hora más y Abraham se había convertido en un niño rubito, infaliblemente holandés.

2

En la cola de la librería, Kaplan miró fugazmente la lista de los diez libros más vendidos, tan variable como eternamente deprimente. Al pagar la tinta, le regalaron un ejemplar gratuito de *El libro de los sueños*, no dejaron que se escapara sin él. Bueno, quizá contendría alguna lección vital que podría enseñarle a Abraham. De camino a casa, Kaplan se sentía lleno de vida.

Sobre la mesa del comedor había una lata de granos de café que el chico debía de haber encontrado en un armario. Cada pocos minutos, Abraham tomaba un grano y empezaba a masticarlo. Kaplan sintió la tentación de decirle algo a los pocos granos, pero si empleaba un tono demasiado severo tal vez asustaría al chico, así que se limitó a observar cómo movía las mandíbulas sin decir palabra y cómo se le iban poniendo los dientes cada vez más negros.

Kaplan abrió *El libro de los sueños* y empezó a leer en voz alta: «Queremos que nadie sufra acoso y que todo el mundo tenga una buena vida». La sugerencia procedía de Morgan, Ayla, Denice, Milan, Nina, Mats, Daniel, Ecren, Cylia, Steven y Wouter. En total había más nombres que palabras tenía el texto, pero en fin. Era una idea bonita. Los ojos de Abraham parecían todo pupilas.

—Vale y, ahora, otro mensaje. «Oportunidades para los mejores. Démosles entre todos una oportunidad a los jóvenes para que se sientan productivos. Sería maravilloso hacerlos sonreír. Una sonrisa porque ellos también cuentan.» Es de Lina Hemmen, de Oosterwolde, nacida en 1964.

Lina tenía, por tanto, cuarenta y nueve años, la edad de Kaplan. ¿Tendría él algo mejor que ofrecer al pueblo que la súplica de una sonrisa?

—«Mi sueño para Holanda es que todo el mundo tenga una oportunidad aunque sea diferente. Que nadie se sienta rechazado. Que todo el mundo sea aceptado aunque no sea tan bueno en algunas cosas, tenga otro color de piel o proceda de otro país. Que todo el mundo sea tratado por igual.»

Se volvió a mirar a Abraham, que acababa de meterse otro grano de café en la boca.

—¿No ves lo que pone aquí en realidad? Que nosotros, como país, estamos dispuestos a ofrecer un hogar a todo el mundo, a ayudar a los demás. No, «estar dispuesto» no es la palabra. Que es un honor para nosotros. Es un honor para mí acogerte en mi casa, ¿lo entiendes?

Kaplan sabía que en el Tanaj, la palabra *bene* se empleaba tanto metafóricamente para nombrar a los hijos de Israel —*bene Israel*— como para referirse los hijos reales de una persona. Por tanto, las palabras «nación» e «hijo» estaban emparentadas semánticamente, razonó, y eso no era casualidad. El chico esbozó una leve sonrisa, pero la negrura de los granos de café le quitó al menos cuatro dientes delanteros. Kaplan acabó de leer el segundo sueño:

—«Y que tengan la oportunidad de estudiar música, sea el instrumento que sea.» Este sueño era de Jelle Tempelman, de Giessenburg. Jelle tiene trece años. Menos mal que Jelle no dice nada de obligar a elegir un instrumento. A Jelle le parece bien tanto si tocas el triángulo como la guitarra Fender. Genial.

Kaplan no sabía por qué el cinismo se había convertido en la mejor arma para vencer a su sentimentalismo, pero no fallaba nunca. El chico escuchaba, pero no parecía querer entender lo que Kaplan intentaba explicarle.

Kaplan le dio la vuelta al libro abierto y lo deslizó hacia Abraham para enseñarle algunas palabras sencillas pero importantes de la lengua holandesa. Abraham no las leyó en voz alta, asintió levemente y murmuró algún que otro «hummm...». Quizá el chico no supiera leer. Kaplan suspiró. Jamás se lo echaría en cara, pero era posible que Abraham fuese el chico clandestino más aburrido de la historia de Holanda.

En todo caso, sí era el más desagradecido, pensó Kaplan horas más tarde al ver como volvía a hurtar un objeto del armario con espejo, esta vez un pintalabios que Judith se había dejado una vez.

A las doce en punto del mediodía un retumbo oscuro y trepidante se oyó en su apartamento. El chico, que hasta entonces había permanecido en silencio en su nicho, salió rápidamente de allí, corrió a la sala de estar y se escondió detrás de Kaplan. Él estiró los brazos hacia atrás para coger a Abraham, le apretó las manos y notó el muñón donde antes debió de estar el dedo corazón. Se le puso la piel de gallina. Kaplan no se rendiría. Pero resultó que no era más que un avión que volaba bajo. Sucedía a menudo cuando soplaba un viento fuerte del este. Intentó explicárselo al chico, pero no supo cómo, al final esperaron a que el ruido se apagara. Abraham se alejó y Kaplan permaneció inmóvil. El chico llevaba tres semanas viviendo en su casa, pero no podía decirse que hubiera un acercamiento entre ellos. Kaplan se dijo a sí mismo que debía ser paciente, un buen contacto no podía forzarse. Oyó un pitido en el bolsillo del abrigo y sacó su teléfono. Era un mensaje de Judith. El olor de sus Davidoff. La fuerza con la que ella podía masajearle los hombros. Jamás podría confiarle lo mucho que la echaba de menos. Borró el mensaje antes de leerlo.

Kaplan se despertó sobresaltado en mitad de la noche. Oyó un golpeteo en el nicho. Encendió la luz y corrió al armario. El chico estaba dormido pero daba cabezazos a un lado y a otro y agitaba los brazos. Tenía la frente empapada en sudor. En ese instante, tras una fuerte sacudida, incorporó de pronto el torso y soltó un grito, en sus ojos reinaba una completa desorientación.

—Tranquilo —le dijo Kaplan—, tranquilo. Estoy aquí.

El día siguiente. Su cabeza seguía lentamente la trayectoria del sol poniente, todas las nubes se alejaban. Primo Levi describió en una ocasión la traición de un sol naciente, que anunciaba el día en que lo meterían en el tren. ¿Podía un ocaso entrañar un peligro parecido?

Desde el dormitorio llegaba el ruido de los rebotes de una pelota que Abraham había encontrado aquella mañana. Los inquilinos anteriores tenían hijos. Le resultaba extraño pensar que alguna vez hubiese habido ahí un crío jugando, con sus dedos regordetes y su risa impredecible.

Aquel monótono golpeteo en la pared hasta el suelo y vuelta y vuelta y vuelta. ¿Por qué no conseguía hacerle entender al chico lo peligroso que era hacer ruido?

TOC, TOC, TOC.

Kaplan no podía andar por la sala al mismo tiempo, probablemente el vecino podría localizar el ruido. Habría querido arrebatarle la pelota a Abraham y lanzarla directamente al canal.

TOC, TOC, TOC.

Kaplan cogió su portátil y fue a sentarse a la mesa con el mayor sigilo posible, sus uñas hacían levísimos arañazos en la madera. Por fin, con la llegada del chico, Kaplan tenía la oportunidad de convertir sus palabras en hechos, por fin podía luchar en la guerra que lo había definido, pero quizá no fuese lo suficientemente fuerte como para luchar. El chico era una carga.

TOC, TOC, TOC.

Kaplan cerró los ojos y empezó a masajearse los nudillos. No, jamás lo delataría. Las palabras no llegaron hasta entrada la noche, cuando Abraham llevaba ya mucho rato en su nicho.

«Adolf Taube, *Rapportführer* y miembro de las SS, por lo demás una persona poco llamativa, es conocido en el campo sobre todo por su talento para matar a una persona con solo dos movimientos: primero le da un golpe seco en la cabeza que lo dejaba inconsciente y, a continuación, le aplasta el cuello con su bota negra hasta exprimirle el último hálito de vida.»

Kaplan vio satisfecho el cambio verbal de pretérito a presente, eso haría que las escenas en el campo de concentración fuesen mucho más realistas, pero después de esas primeras frases, le costó encontrar un ritmo. Sabía lo que debía describir, *L'universe concentrationnaire*, pero no lo conseguía, ni siquiera con la ayuda de las palabras del padre de Judith. En *Vidas en los campos de concentración*, leyó que en 1943, a Rudolf Höss le asignaron un nuevo trabajo en Berlín, desde donde debía controlar todos los campos de concentración. Algunas fuentes lo calificaban de ascenso; otras, de degradación. En un informe de recomendación se leía que Höss «nunca quería destacar, sino prefería dejar que sus actos hablaran por sí mismos». En otro informe lo consideraban «un auténtico pionero por sus nuevas ideas y métodos de enseñanza». En su círculo personal, Höss comentó más de una vez en los meses siguientes que echaba de menos «su» campo a diario.

Adolf Taube, nacido en 1908, existió de verdad: sus atrocidades aparecían descritas en numerosos libros. No había fotos disponibles, solo una página en la Wikipedia en polaco y se desconocía la fecha y el lugar de su muerte.

El cedé sonaba fielmente, pero la música parecía más apagada que antes. Quizá Kaplan se había anestesiado demasiado con ginebra y paracetamol. No podía escribir una sola frase sin que surgiera una conexión con personas reales, el padre de Judith, el chico, Varilla, pero para escribir el libro tenía que resistir todas esas evocaciones, era imprescindible mostrar cierta dureza.

Un destello se abrió paso en medio de su ofuscación. Era importante para el relato que alguien se hiciera cargo de toda la crueldad, alguien que obligara a los hombres del barracón a entrar en acción, un nuevo oficial de las SS. En un estadio posterior, Kaplan podía hacer que el hombre se pareciese a algún verdugo verídico, para evitar las sospechas de los eruditos, pero en ese estadio era importante que escribiese con libertad.

Kaplan tomó la pluma y anotó:

«Tiene un cargo importante, de eso no hay duda. Ancho de hombros, traje impecable y el pelo fuerte y rubio asomando bajo la gorra de oficial. Jerárquicamente está por encima del *Rapportführer*, quizá incluso por encima del propio Josef Mengele, el médico del campo que lo mira casi con sumisión.

»Corren rumores, aunque he aprendido a no hacerles caso, pero, ahora, al ver a Taube y a Mengele ahí y al percibir sobre todo el miedo que ambos le tienen al nuevo, que observa pero nunca dice nada, sé que el apodo con el que se lo conoce en el campo no se aleja de la verdad. *Der Teufel*. El Diablo. Lo único que parece haber dicho hasta ahora es: "El mundo es el infierno en la tierra. Esta es mi venganza".»

Kaplan sabía que con la llegada de El Diablo se iniciaba una nueva fase. Los alemanes habían invocado su ayuda, pero no sabían que habían metido en casa un mal que superaba hasta su imaginación. Durante la inspección de la mañana, El Diablo levantaba a menudo la vista, el cielo claro le iluminaba por completo los ojos, de una frialdad desconocida. El relato se desplegó, la noche mortal envolvió a Kaplan y lo dejó hacer.

«Por la noche, Ercole ha conseguido un puñado de azúcar, no quiere decir lo que ha tenido que hacer para obtenerla. En un cubo que tenemos en un rincón, conservamos nieve, que poco a poco va convirtiéndose en agua. Con agua, pan y azúcar preparamos una papilla para el chico. Se siente tan agradecido, no importa que al principio no encuentre las palabras para expresarlo. Tiene restos de papilla en las comisuras de los labios, no le decimos nada, el momento es perfecto. Entonces Slava le limpia la boca al niño y se come las costras de azúcar.»

Kaplan fue hasta el nicho y se pasó casi un cuarto de hora observando a Abraham, luego volvió a sentarse a la mesa. Le picaban los ojos por las gotas de sudor. Fue formulando sus preguntas con cuidado, una a una, mientras el chico lo miraba concentradamente. «Y, entonces, como si hubiesen eliminado de pronto un obstáculo insalvable, el chico empezó a hablar. Al principio me asusté, su voz solo había emitido hasta entonces sonidos y palabras sueltas, pero a medida que las frases fueron sucediéndose cada vez más deprisa y surgió una cadencia que mostraba que hablar era más natural que callar, empezó a moverse algo en mí, una piedra que rodó de mi pecho. Me lo contó todo, sus orígenes, su vida, cómo había perdido la falange del dedo, su futuro. Se me abrió por completo. Yo no condené nada, no mostré compasión; lo escuché y asentí, sin dar apenas crédito a que un solo instante pudiera contener una confianza tan vulnerable. El chico y yo estábamos juntos.»

3

Kaplan ya lo había leído en el periódico local y Judith le había enviado dos mensajes, a los que él había contestado breve pero cordialmente. Y ahora lo veía también con sus propios ojos, ahí parado delante del antiguo refugio para solicitantes de asilo rechazados, el viejo local de la calle Weteringschans ocupado ilegalmente que él había visitado con Judith en la época anterior a Abraham II. La entrada se veía desolada sin la presencia de los hombres que rondaban siempre por ahí. «Absolutley no estaban aki.»

Bajo una enorme presión política, parte del grupo había accedido a trasladarse temporalmente al antiguo centro de detención situado en la Havenstraat, al sur de Ámsterdam. En el periódico decían algo de «curarse en salud». Los demás fueron realojados en el antiguo edificio ocupado de Vrankrijk en la Spuistraat. La separación supuso la desintegración final del grupo Estamos Aquí, que tal vez nunca había sido un grupo real, sino una memorable colección de individuos. Más que nunca, echó de menos a Judith y todo lo que ella tendría que decir al respecto.

Kaplan cruzó la calle, un tranvía gimió a lo lejos. Había tirado la pelota de Abraham a la basura. Antes de salir de casa, Kaplan había intentado explicarle al chico a dónde iba, pero él apenas había hablado, así que para asegurarse Kaplan había cerrado con seguro la puerta del dormitorio. Le prometió al chico, enfundado en una camiseta que le venía grande, que no tardaría más que una hora.

En la puerta del edificio, había una nota del grupo de apoyo de la Iglesia Refugio: «Nos queda un tiempo que jamás olvidaremos. Deseamos a los antigos habitantes y a todos los que los rodean sabiduría, fuerza y ánimo para seguir con la lucha que tienen por delante».

Había seguido puntualmente las noticias sobre la evacuación. Cabía la posibilidad de que las indagaciones periodísticas acabasen llevando hasta el viejo colegio y, cuanta más luz se arrojase sobre el asunto, más probabilidades habría de que investigasen la desaparición del chico, pero, hasta aquel momento, no había aparecido ni un solo artículo digno de mención. En circunstancias normales, Kaplan habría interpretado este hecho como el enésimo síntoma de decadencia cultural, pero en esos momentos le venía muy bien.

En el bar Westerik pidió un café lo bastante largo como para tener tiempo de escudriñar el periódico con ojo avizor en busca de alguna referencia sobre los gitanos y la inminente llegada del 1 de enero, fecha en la que «las fronteras se abrirían de par en par», como había salido publicado hacía diez días nada menos que en *De Telegraaf*.

Durante su barrida no encontró nada sobre los gitanos, pero vio una entrevista muy buena con el profesor Van Stolk, sobre folclore y nacionalismo. El profesor parecía ser la única persona ajena al asunto que, al igual que Kaplan, le gustaba ocuparse de la cuestión más importante que cabía imaginar: la inevitabilidad de la historia.

Ahora, cuando le separaban tantos años de sus estudios, el conocimiento histórico de Kaplan se limitaba a saber qué libro debía abrir cuando no sabía algo. Jamás alcanzaría a Van Stolk. Luchando contra los celos, Kaplan volvió a subir al tranvía número 7, de vuelta a su vida clandestina, al chico.

Reinaba un silencio inquietante y artificioso en el apartamento. El chico estaba en su nicho, esperando la llegada de la noche, no pasaba ni gota de aire por las ventanas. Kaplan se puso a hojear *Vidas en los campos de concentración*, pero no vio nada que llamara su atención. Después abrió el portátil para buscar fotos del grupo Estamos Aquí, pero no consiguió encontrar al yemení. Leyó tres artículos digitales de Van Stolk. «Mientras los holandeses sigan guardando dos minutos de silencio todos los años, la guerra seguirá sonando y todas las balas que disparamos contra los tanques alemanes no habrán sido en vano. Ese es el único silencio en el que confluye todo el ruido.» Palabras certeras y auténticas. En ese momento sonó el teléfono de Kaplan. Era Kuiper, su vecino.

—¿Ha estado usted tirando globos?

—¿Perdone?

—Ya me ha oído. Alguien ha tirado globos de agua. Tengo el jardín lleno y también Lucy, la vecina de enfrente, ha venido a quejarse.

—Señor Kuiper, tengo cuarenta y nueve años —hubo un breve y doloroso silencio—. En cualquier caso, no, no he tirado globos de agua.

—He mirado hacia arriba y habría jurado que venían de su piso.

—Tendrá que creer en mi palabra. Ni siquiera estaba en casa. ¿Es que no me ha oído subir por las escaleras?

—Sí, sí, lo he oído.

—Pues entonces. Y, como usted bien sabe, vivo solo.

La reacción de Kuiper quizá le permitiría averiguar lo hondas que eran sus sospechas.

—Lo sé —el tono de Kuiper no delataba nada.

—Bien, ahora debo volver al trabajo. Estaré al tanto por si veo algo, pero hay dos pisos más por encima del mío, ¿eh? Familias con niños, si no me equivoco. Me parece mucho más lógico que los globos hayan salido de ahí.

—Le agradeceré que esté atento.

—De acuerdo. Hasta la vista.

Kaplan cortó la comunicación. ¿Cómo discutían las personas que no podían hacer ningún ruido?

Los globos estaban entre Kaplan y el chico. Eran de colores fluorescentes, rojo, amarillo, verde y azul. Judith los había comprado en su día con la intención de animar el cumpleaños de Kaplan, o sea, de hacerse cargo de la organización. Kaplan jugueteaba con un globo mientras buscaba las palabras adecuadas, hasta que el globo se le escapó de las manos por accidente y pasó rozando la cara a Abraham y se estampó contra la pared. Kaplan intentó sonreír, pero el chico no le devolvió la sonrisa.

—Abraham —empezó a decir con voz solemne. El chico no reaccionó—. ¿Entiendes lo que te he dicho? Asiente con la cabeza si me entiendes —el chico asintió—. Son tiempos muy peligrosos. *Very dangerous*. Si te encuentran, volverán a encerrarte. En un viejo colegio o peor aún, en un centro de detención, o en el primer edificio horrible que esté vacío en esos momentos. Tienen muchísimo miedo de vosotros. Del 1 de enero. De las hordas. Es mucho mejor que te quedes aquí hasta que sea seguro salir —miró fijamente a Abraham durante unos instantes—. *Prision* —susurró entonces—. *You understand?* Por eso es tan importante que no hagas ruido. Que no llames la atención. ¿Lo entiendes? Asiente.

El chico asintió y miró las uñas calcificadas del pie derecho de Kaplan.

Kaplan puso la mano sobre la mesa, sobre los globos. La noche anterior, el chico y él habían hablado. Kaplan estaba seguro de ello, Abraham le había confiado su vida, pero esa vida volvía a alejarse, las confidencias del día anterior parecían olvidadas. Y no había nadie para detener esa degeneración.

—Esta clase de jueguecitos son muy peligrosos —continuó—. Mira, sé que eres un niño y que quieres jugar, comprendo que te aburres, pero tú yo estamos metidos en algo muy serio —palabras que antes se habían mantenido ocultas salían ahora a la luz—. No te entregaremos. No te decepcionaremos. Tú eres la segunda oportunidad —hizo una pausa—, y no sé si lo sabes, pero tengo entre manos algo que quizá sea igual de importante. Mi libro. El libro. ¿Sabes lo que es eso, un libro? —el chico asintió—. Y no escribo ese libro solo para ti y para mí, ni siquiera lo hago solo para las víctimas de la Segunda Guerra Mundial, *World War Two*. ¿Sabes lo que es? —el chico negó con la cabeza—. Es muy sincero por tu parte. Yo te lo explicaré. *Tomorrow*. Hoy ha sido un día muy largo. Ahora es hora de cenar. ¿Pizza? —a Abraham se le iluminó la cara—. Pero no vuelvas a hacer cosas raras, ¿me lo prometes? Debo poder concentrarme en mi trabajo, de lo contrario, todo habrá sido en vano. La confianza debe ser mutua, yo confío en ti y tú confías en mí. No más globos, ¿me lo prometes? —el chico asintió—. Mañana te enseñaré cosas. Esta noche cenamos pizzas.

Los comerciantes del barrio habían colgado la iluminación navideña, guirnaldas de lucecitas rojas y blancas colgaban paralelas hasta el final de la calle. Faltaban cinco días para que llegara Navidad. En un arrebato de añoranza, avergonzado por la poca atención que le había prestado últimamente, Kaplan le envió un mensaje a Judith para decirle cuánto pensaba en ella y apagó el teléfono antes de recibir una respuesta. En la copistería, eligió la máquina más apartada y fotocopió diez páginas con los personajes principales de la lección que pensaba explicarle a Abraham.

En el camino de vuelta, pasó por la tienda de verduras turca para comprar un poco más de halloumi, esta vez no se llevó más de lo acostumbrado. Cuando se disponía a salir de la tienda, llegó un hombre con un abrigo largo y oscuro. Justo al entrar, la sombra de la marquesina le cubrió parte del rostro, como la visera de una gorra negra.

Kaplan estuvo a punto de dejar caer el queso y apretó las mandíbulas. Entonces, con un movimiento fugaz y torpe, el hombre emergió de debajo de la sombra, como si la gorra hubiera volado. Miró a Kaplan, no se saludaron, pero procuraron no evitar sus respectivas miradas. Kaplan pasó por delante del hombre y salió a la calle. Se paró detrás de un árbol. Vio salir al hombre del abrigo negro de piel y no pudo sustraerse a la sensación de haber escapado de un gran peligro.

Por la tarde, los dos estaban sentados a la mesa. Abraham mordisqueaba restos de corteza de la pizza, Kaplan apartó las cajas vacías, que todavía despedían un rancio olor de alcachofas, y cogió la primera hoja de papel.

—Tal vez no sea muy agradable lo que voy a contarte, pero es importante. Debes saber lo que la gente es capaz de hacer, lo tenebroso que puede llegar a ser el mundo. Debes saber lo que hay en juego. Primera lección. Este es Adolf Hitler, su apellido al nacer era Schicklgruber. En cierto modo es el personaje principal de mi libro. ¿Lo conoces?

Abraham hizo un gesto de asentimiento, por supuesto que conocía a Hitler, al menos su imagen, pero Kaplan no detectó ninguna reacción especial, nada que sugiriese que el chico supiera que su destino estaba conectado con ese hombre, ni cómo había sufrido su pueblo a causa de sus atrocidades. Y era nuestra responsabilidad colectiva, quería explicarle Kaplan a Abraham, sentir el dolor que nuestros antepasados habían sentido antes que nosotros. No podíamos permitir que naciera cada nueva generación, páginas en blanco, sin tener contacto con aquellos que habían hecho los sacrificios para ofrecernos lo que nosotros poseíamos ahora.

—Este es Eichmann. Mira, Eichmann. La máquina —Abraham movió la cabeza arriba y abajo, como si lo moviese un titiritero—. Asiente solo una vez —el chico asintió de nuevo, tan decididamente como antes—. Bien —Kaplan intentó que su voz no delatara su cansancio—. Eichmann era el ayudante de Hitler. Él supervisaba los transportes, los trenes.

El chico pareció sorprendido, repitió la palabra «trenes» e hizo un ruidito de chucu-chucu-chú. Kaplan lo reprendió de inmediato.

—No es cosa de risa. Sin él, Hitler jamás habría podido hacer tanto daño, ¿lo entiendes? Algunas personas aseguran que Eichmann solo se limitó a cumplir órdenes, que tenía una fe monstruosa en el Mando, que no era más que un chupatintas que lo mismo podía haber exterminado a los pelirrojos o a la gente cuyo apellido empezara por *R*, pero yo me niego a creerlo. Debieron de inculcarle su virulento antisemitismo bajo hipnosis —Kaplan titubeó—. Quizá no debiera marearte con todo esto —el rostro del chico estaba completamente impasible—. Eichmann —concluyó Kaplan, mientras apartaba la hoja de papel—, *bad man, very very bad.*

Kaplan fue poniendo las páginas con las fotos de manera que Abraham pudiera verlas y evaluarlas tanto vertical como horizontalmente. Así le mostró a Himmler, Heydrich, Goebbels, Churchill, Stalin, la reina Guillermina, Mussert —al pronunciar ese nombre, le dirigió al chico una mirada más penetrante aún, llena de matices de advertencia y alarma, pero no pareció surtir mucho efecto— y, por último, Loe de Jong.

—¿De verdad no reconoces a nadie? Todos ellos son personas muy conocidas que desempeñaron un papel muy importante en la historia.

Por un momento, pensó en sus padres, en el agujero de bala en el cristal del tranvía, en el hombre que podía haber sido su padre, su muerte. La pregunta que había inquietado a Kaplan durante todos esos años: ¿habría sido él alguien distinto si hubiera tenido otro padre, acaso habría sido más valiente, quizá, más fuerte? El chico se encogió de hombros.

—Mundialmente conocidos —suspiró Kaplan, mientras alcanzaba la última hoja de papel.

—*Muumdialmente. Muumdialmente* —fueron las primeras palabras de Abraham. Tenía el mismo acento que las prostitutas.

Eran las cinco de la mañana y Kaplan estaba en el armario. La respiración del chico descendía en las capas más profundas del sueño. Una camisa azul se movió por el viento que entraba a través de una ventana y le dio un golpecito a Kaplan en la nariz, siguió golpeándolo. Kaplan se despertó al día siguiente con los ojos muy hundidos en las cuencas y la cabeza ardiendo, no llevaba más de tres horas de sueño en el cuerpo. El monedero DIVA, que guardaba en el cajón inferior del armario de luna, el único que podía cerrarse con llave, en el que Kaplan tenía también el manuscrito del viejo Abel, estaba ahora sobre la mesa frente a él. Conocía cada destello, en especial la letra *A* que ya empezaba despegarse lo llenó de melancolía. Entonces se puso en pie, fue hasta la sala de estar, metió algo de dinero en el monedero DIVA y salió de su apartamento.

De una colección algo amarillenta, relegada al último estante en el rincón más recóndito de la segunda sala de la librería La Vuelta al Mundo, «su especialista en libros de viajes», el dependiente sacó el volumen que correspondía a Rumanía. Kaplan lo cogió y lo abrió.

—¿No tendría nada más reciente?

—Lo siento, señor, es esto o el curso de cuatro tomos que cuesta ciento treinta euros. ¿Cuáles son sus objetivos de aprendizaje? ¿Va a ir de viaje o sencillamente quiere dominar el idioma?

Objetivos de aprendizaje. Aquella expresión le evocaba el colegio que intentaba olvidar, los alumnos que habían llegado tarde y que merodeaban nerviosos por los pasillos.

—Voy a ir de vacaciones —farfulló Kaplan, mirando el papel—. *Bunā ziua.* Se pronuncia *bune zieua.* Significa «buenos días».

El dependiente no supo cómo reaccionar a eso y regresó a la primera sala, mientras Kaplan le echaba un vistazo a los capítulos del libro sobre «Información general», «La frontera», «Viajar en tren», «Alojamiento» y «Policía».

Al cerrar el librito, una gota de sudor se deslizó por su oreja y por un momento le tapó el conducto auditivo. Al salir, repitió tres veces en voz alta *Bună ziua* —se pronuncia *bune zieua*— y vio una tienda de juguetes de segunda mano al otro lado de la calle. No le pagaban ningún sueldo, pero no había que escatimar en la educación del niño. Lo atendieron enseguida cuando pidió una PlayStation 2 y el juego de Medal of Honor Frontline.

Kaplan logró instalar el aparato con cierta dificultad, pero no dejaría que Abraham jugara con él hasta más tarde. Antes fue a sentarse a la mesa y cogió las fotocopias. En una hoja de papel aparte hizo algunos ejercicios de caligrafía para acostumbrarse de nuevo a la letra. A continuación, como si estuviera en trance, siguió escribiendo las palabras del viejo Abel cambiadas por las nuevas, mientras que el dormitorio permanecía en un delicioso silencio; era una tarde perfecta.

Cuando Abraham pasó por delante para ir de camino al cuarto de baño, las páginas de la guía de viajes abierta se movieron y se quedaron abiertas en el glosario rumano-neerlandés. En las palabras «*roman*» y «*romîn*», que significaba «rumano», Kaplan reconoció de pronto la misma raíz que «romaní».

4

Rugidos de motores de aviones, bombardeos.

El soldado, un estadounidense, apoya la cabeza en el cañón del arma que tiene entre las piernas. Los vehículos anfibio están rodeados de cráteres, los hombres se agazapan, el cielo reverbera, el médico tiene un hilillo de sangre en la oreja.

—¡Quedaos conmigo y os sacaré de aquí! —grita el capitán—. ¡Tenemos que tomar esa playa!

Pero justo cuando la rampa desciende y la playa de Omaha se extiende ante ellos, una granada hace saltar por los aires a todos los que estaban en el vehículo, de todos lados les disparan las balas que pasan zumbando por el agua, los compañeros caen acribillados, se contraen, pero ese soldado vive aún.

Resultaba increíble ver lo hábil que era el chico con el juego, el mando parecía una prolongación natural de su brazo. Kaplan miraba la pantalla, dejándose arrastrar por las imágenes, las voces del juego parecían reales.

Uno, dos, tres y el soldado saca la cabeza fuera del agua, el drama de la guerra se despliega: de izquierda a derecha, la playa está llena de puertos belgas, erizos checos y cuerpos de soldados atrapados en las alambradas. Cada pocos metros estalla una nueva granada, la artillería alemana se encuentra en las colinas, el soldado alcanza a ver los búnkeres e incluso el fuego de fusilería blanco y amarillento, pero mirar demasiado rato puede costarle la vida. Quinientos alemanes, seis kilómetros de playa, treinta y cinco mil objetivos aliados.

Entonces se decide a actuar, espoleado por el capitán. Coge su M1 Garand —siete balas en el cargador— y, apretando la mandíbula, echa a correr por la playa, la sangre y la arena salpican sin cesar.

El chico parecía estar disfrutando de lo lindo con aquellas impactantes imágenes, imitaciones perfectas de lo que Kaplan sabía sobre el desembarco en las playas de Normandía. Kaplan veía al soldado que el chico representaba no solo correr por la playa sino también por la historia. Las dunas, verdaderamente erosionadas entonces, la arena proyectada y los búnkeres eran piezas del decorado, los compañeros que en su día fueron acribillados de verdad eran los extras y el chico era el héroe.

Así, podía suceder que el 26 de diciembre de 2013 volviera a ser el 6 de junio de 1944. En sus años judíos, Kaplan había tenido que renunciar a esa fiesta: al fin y al cabo, el árbol de Navidad era un símbolo de los *goy*. Desde que rompiera con Eva, Kaplan se aseguraba de tener en casa suficientes arándanos, patatas y pavo y, de vez en cuando, hasta tarareaba un villancico. Se prohibió terminantemente imaginar cómo pasarían las fiestas Eva y Judith. Ese año, su bolsa de la compra había estado el doble de llena que años anteriores. Leyó que seis millones de holandeses preparaban su comida navideña siguiendo alguna receta publicada en la revista del supermercado Albert Heijn, así que el número del diablo aún existía, aunque ahora lo decorasen con guirnaldas.

Kaplan pelaba patatas y controlaba el rato que el chico llevaba jugando. Después de las experiencias de los primeros días con el aparato en casa, el máximo permitido eran dos horas seguidas, *două ore*: la duración de un documental largo del History Channel en el que se oían ruidos parecidos. A Kaplan le costaba cada vez más alejar al chico de la pantalla. Sin duda, Judith habría hecho mucho mejor el papel de madre, pero ¿de qué le servía saber eso?

Los nudillos de Abraham se ponían blancos de fanatismo mientras ejecutaba a alemanes y gorjeaba de placer al hacer volar por los aires un tanque. Ahora era miembro de la 82.ª división aerotransportada, la Guardia de Honor de Estados Unidos: paracaidistas destinados, entre otras acciones, a la Operación Market Garden, la ofensiva aliada durante la que se reconquistaron los principales puentes de Holanda. Así, el soldado entró volando en nuestro país, para después arrastrarse por los diques, avanzar furtivamente por nuestras calles y canales, hasta llegar al puente de Nimega. Las aspas de un molino holandés estaban en llamas, pero él no parecía tener la menor idea de en qué país se encontraban él y su fusil. Las patatas ya estaban peladas y listas para preparar el puré, el pavo estaba en el horno; Abraham aún tenía derecho a media hora más.

—*Te rog*, *te rog* —dijo Kaplan, pero Abraham no prestaba atención a las palabras rumanas para decir «por favor». El chico seguía sacudiendo la cabeza mientras disparaba una bala a dos alemanes en la pantalla y gritaba:

—*Este! Este!*

Cuando Kaplan intentó arrebatarle el mando de las manos, el chico tiró del cable y empezó a correr por el apartamento alzando el mando por los aires. Kaplan lo persiguió, rogándole que no hiciera tanto ruido.

—No podemos hacer ruido. Chsss.

El chico se detuvo al otro lado de la mesa. Si Kaplan se movía a la izquierda, él se iría a la derecha y al revés, la mera perspectiva de seguir jugando le pareció agotadora. Kaplan hizo un gesto de desaliento y corrió al televisor para desenchufar la PlayStation.

Pero en cuanto Abraham comprendió cuál era su intención, gritó con perfecta claridad:

—¡No!

Kaplan se dio la vuelta y se lo quedó mirando fijamente.

—Hablas mi idioma.

Abraham asintió.

—Un poco.

—Bueno, eso ya está mejor —repuso Kaplan. El rostro del chico se iluminó y soltó entusiasmado una larga frase en rumano, quizá fuesen dos o tres—. No te entiendo —dijo Kaplan y recordó la traducción en rumano de esa expresión, que le había parecido esencial—: *Nu înţeleg.*

Abraham se detuvo delante de él y dijo solemnemente:

—Perdón.

—Eres un chico muy extraño —comentó Kaplan, mientras le ponía la mano en el hombro.

Una nube de vapor brotó del horno cuando Kaplan sacó el pavo. Habían pasado casi quince años desde aquella comida de Año Nuevo con Eva, la escena con el pavo, la cicatriz, la incomprensible solidaridad que surgió en aquel momento. Por mucho empeño que ponía ahora para cortar el pavo, la nostalgia anulaba sus fuerzas. El espacio natural e inefable que Eva siempre había ocupado y que en los últimos meses se había reducido, para cederle cada vez más espacio a Judith, se había convertido en un vacío.

Pero ahora Judith tampoco estaba a su lado, su olor no flotaba en la ropa de Kaplan, su sonrisa no lo animaba. ¿Echaba de menos a Judith o sobre todo echaba de menos a Eva? Cortó la pechuga a tiras y las dispuso a la derecha del plato; al lado sirvió la salsa de arándanos y el puré de patatas. El chico merecía perfección.

5

A la mañana siguiente, Kaplan estaba sentado a la mesa de la cocina trabajando cuando el chico le preguntó si podía jugar con la PlayStation.

—Más tarde —contestó Kaplan.

A partir de ese momento, la agitación de Abraham se hizo evidente, suspiraba mientras daba vueltas por el dormitorio, se movía en el nicho enfurruñado. A Kaplan le resultaba imposible seguir trabajando.

Por la noche había empezado una nueva tarea: digitalizar el manuscrito. Al final había llegado el momento de teclear. Seguir adelante con el plan inicial de transcribir primero todo el original le llevaría demasiado tiempo, era mejor empezar a pasar al ordenador todo lo que pudiese. Sin duda, un editor lo agradecería mucho, hoy en día nadie tenía tiempo para andar descifrando textos escritos a mano.

Unos días más de trabajo y habría terminado. Entonces podría seguir escribiendo las palabras originales en el texto escrito a mano y en el documento digital. Bien mirado, estaba escribiendo dos libros a la vez. Solo unos días más.

Abraham empezó a suplicarle de nuevo que lo dejara jugar.

—*Două ore*—dijo Kaplan tajante, lo que el chico no comprendió, probablemente porque solía emplear esa expresión para referirse a la duración del tiempo de juego. Abraham dio unos pasos vacilantes en dirección al televisor—. *Nu, nu* —se corrigió Kaplan, mientras hojeaba el diccionario—. Dentro de dos horas. *Peste două ore.*

Abraham se puso rojo, se cruzó de brazos y volvió al dormitorio.

—Gracias —gritó Kaplan—. *Mulțumesc.*

Pero una vez en el dormitorio, Abraham se puso a saltar sobre la cama y a tirar las perchas por el suelo. Kaplan sintió tensarse los músculos del cuello e intensas punzadas detrás de los ojos. Pudo contenerse durante ciento ochenta segundos, mirando el reloj, después se levantó y fue hasta el dormitorio para hacer los habituales gestos pidiendo silencio. Sin abrir la boca, señaló con el dedo hacia abajo, al centro de espionaje de Kuiper, pero el chico seguía saltando. Al cabo de unos minutos durante los cuales los muelles de la cama no cesaron de crujir y la cara desafiante del chico no paraba de subir y bajar a cada segundo, Kaplan volvió a la sala de estar, cogió la PlayStation, abrió la ventana y sacó el aparato fuera. El chico vio lo que sucedía desde la habitación e intentó juzgar si Kaplan se atrevería a de verdad a tirarlo. Kaplan pensó en la bicicleta que había destrozado, en la fuerza que se escondía en su interior, no se contendría.

—¡Perdón! ¡Perdón! —exclamó Abraham mientras salía corriendo de la habitación.

—Chsss... —chistó Kaplan.

—Perdón —susurró el chico, que ahora solo estaba a un par de metros de él.

Kaplan estuvo a punto de dejar caer la PlayStation, cuánto deseaba el silencio que sobrevendría después, pero no lo hizo. Despacio hizo retroceder el brazo, dejó el aparato con cuidado al lado de la televisión y, sin decir nada, volvió a conectar los cables.

Seguían sin aparecer noticias en los periódicos sobre los gitanos encerrados en el colegio y, cuiriosamente, tampoco decían nada sobre la fecha del 1 de enero de 2014, y eso que solo faltaban unos días. Kaplan vació la fuente de arándanos. Había una fría capa de azúcar sobre las bolitas rojas. Llevó los restos a la mesa donde pensaba trabajar el resto de la tarde. Ahí no se tiraba la comida. Leía, corregía, escribía y digitalizaba.

El silencio era casi estremecedor, la casa estaba mucho más tranquila que durante las horas que Abraham pasaba en la sala, disparando a alemanes o enfurruñado porque no se le daba ocasión para hacerlo. Kaplan miró la frase digital que acababa de escribir: atisbos de su relación con el viejo Abel, que había tenido una vida tan inconcebiblemente más dura que la suya y que, de ese modo, se había ganado el derecho de ser quien era.

Y pensó también en su relación con el chico, por supuesto. El Abraham del campo se sentía agradecido por todo aquello por lo que el chico gitano se limitaba a encogerse de hombros. Kaplan no conseguía llegar a Abraham II. No había sospechado en ningún momento que la piel del joven resultaría tan impenetrable. Se miró las manos. Tal vez debería tocar al chico más a menudo. Al fin y al cabo, el contacto físico era la forma de intimidad más habitual, cuando no la mejor.

Volvió a dirigir su atención al trabajo. Justo cuando estaba a punto de formular una frase lapidaria sobre el Diablo, su cómplice Taube y la vulnerabilidad de la vida, Abraham II entró en la sala con resolución y dijo:

—Quiero jugar.

20 de septiembre de 1944. La situación: en agosto y en septiembre, los aliados han retomado Bélgica y el norte de Francia. Después de que liberen Bruselas el 3 de septiembre y Amberes al día siguiente, en Holanda estalla el Martes Loco, un día de esperanza histérica que anticipa el próximo fin de la ocupación, pero el muro oeste, llamado línea Sigfrido, se mantiene. El soldado estadounidense tiene la misión de burlar esa línea.

Puente de Waal, 05:00. En su mano empuña una pistola con silenciador. Tiene que desactivar los explosivos alemanes. «Ve a por ellos», le dice el capitán. El soldado sube furtivamente por una larga escalera de hormigón. El cielo nocturno se ve azul oscuro, los árboles son negros, los grillos cantan a su alrededor. En lo alto de las escaleras hay dos soldados alemanes hablando. Su lengua le recuerda contra quién lucha y por qué. A uno le dispara en la nuca, al otro lo golpea con el arma y, a continuación, le descerraja otro tiro en la cabeza. Sus disparos suenan como silbidos.

Arrebata el Gewehr 43 con visor telescópico a uno de los cuerpos. Avanzando por el puente medio destruido y mal iluminado, atisba de nuevo a dos soldados. Le bastan tres disparos para acabar con ellos. Esta vez dispara sin el silenciador, se acabó el ataque furtivo, no ha ido allí para estar en silencio. A partir de ese momento, los francotiradores alemanes lo tienen en el punto de mira, sus disparos le pasan de refilón. Se encoge por un momento cuando una bala le hace un rasguño.

Cruza el puente sin dejar de disparar y escala por los cimientos. Cada disparo es más certero que el anterior. Cuenta las balas que le quedan, treinta, veinte, tendrá que conseguir más munición de otros. Dispara en pleno rostro a un soldado alemán que está a pocos metros de él, el impacto le destroza la cabeza, quedan rastros ensangrentados en el cuello del uniforme.

Tal y como le habían ordenado, el soldado desactiva todas las cargas explosivas. Con más hombres como él, la guerra jamás habría durado tanto.

Al final del puente hay un camino, en la mano lleva la misma pistola con la que empezó la misión. El camino conduce hasta un búnker. Dentro mata a otros dos soldados, alcanzándolos en el cuello y en el corazón, respectivamente. Fuera lo está esperando un transporte de carga para llevarlo a Arnhem. Allí recibirá a las 12:00 su nueva misión. La operación Puente de Nimega ha durado en total dieciocho minutos y siete segundos.

Durante el juego, Abraham tenía los dedos de los pies encogidos y los pies descalzos crispados por la tensión. Su cuerpo solo se relajó después de superar el nivel. Aún le quedaban diez minutos de juego cuando Kaplan recibió un mensaje algo cariñoso de Judith que hizo renacer sus fuerzas.

Kaplan apagó la PlayStation entre las vivas protestas de Abraham; no tuvo ánimos para hacer callar al chico, sentía todos sus miembros anestesiados. Así es como uno se convierte en un mal padre, pensó: cuando pierde toda la energía para mantenerse firme.

Al principio Kaplan creyó que era un ratón, pero el ruido era demasiado errático. Se volvió un par de veces, cerró los ojos, trató de concentrarse en el suave crujido de la funda de su edredón, pero justo en el momento en el que la noción del tiempo se desvanecía y su conciencia empezaba a alejarse, aquel ruidito la traía de vuelta.

A las 03:14 minutos se levantó. El ruido procedía del nicho. Kaplan corrió las perchas a un lado y se puso de rodillas. El chico dormido respiraba con dificultad, jadeaba, las piernas se rozaban a ambos lados del nicho. Kaplan fue a la sala y regresó con el diccionario, pero no halló ninguna palabra que se correspondiera con lo que el chico farfullaba.

Después de la primera semana en la que Abraham había pasado malas noches, sobrevino un periodo de calma que había durado hasta hacía pocos días. Desde entonces, el chico tenía sueños más agitados que nunca y Kaplan estaba convencido de que se debía al juego. Quizá debería acortar los tiempos de juego. No, debía prohibirlo del todo. Por muy duro que fuese, la salud de Abraham era lo más importante. Además, aquellos ruidos nocturnos eran francamente peligrosos.

Recordó que se había propuesto tener más contacto físico con el chico y muy despacio acercó la mano a su pecho. Pensaba posarla sobre su corazón para lograr que se tranquilizara, pero, en cuanto su palma rozó el pecho de Abraham, este se incorporó de golpe. Miró a Kaplan con los ojos llenos de un fuego helado, ninguna palabra en ningún idioma habrían podido atravesar esa mirada.

Kaplan volvió a su cama, donde persistió el insomnio. Al cabo de unas dos horas, el ruido empezó de nuevo. Con los ojos cerrados, deslizó los dedos por el teclado de su teléfono, cada vez se detenían en la J de Judith, pero no la llamó. Con dolor en el corazón, borró su número: la seguridad era una vida sin personas de contacto.

Kaplan tomó las medidas oportunas al día siguiente. El chico reaccionó peor de lo que él había temido: golpeó todo lo que encontró a su paso, tenía una mirada de desesperación, protestó en rumano, chapurreó algunas palabras en holandés, de las cuales la más frecuente fue «por favor».

—Tengo que hacerlo —dijo Kaplan—. Lo siento.

Metió la PlayStation en el único cajón que podía cerrar con llave, y para ello tuvo que sacar antes el manuscrito. Abraham fue a sentarse al sofá resoplando. Faltaban dos días para Nochevieja.

Kaplan había esperado no tener razón. Por la noche había estado trabajando como de costumbre, pero en ese momento no daba con su portátil. Cuando estaba tan metido en el trabajo podía pasarle a veces que se pusiera a deambular distraídamente por la casa con el portátil en los brazos, casi en una especie de sonambulismo, para después dejarlo por la cocina o incluso en el cuarto de baño. Siempre lo encontraba enseguida.

Ahora llevaba ya más de una hora buscando y su apartamento tampoco era tan grande. Después de buscar un cuarto de hora más, con continuos golpes de escoba del vecino de abajo, se dio por vencido en un estado rayano en la desesperación. Al paso que iba, en el mejor de los casos, tardaría años en acabar el libro, cuando él había contado con meses. Le latían las sienes cuando se sirvió un vasito de ginebra.

Kaplan se tapó la cabeza con el edredón. Tampoco conseguía conciliar el sueño, pero esta vez se debía a la ausencia de ruidos procedentes del nicho. Se levantó a las dos de la tarde, convencido de que encontraría su portátil junto al chico.

Mientras intentaba recuperarlo, Abraham se despertó. El chico agarró el ordenador, pero Kaplan era más fuerte y logró arrebatárselo. Abraham se puso en pie, cogió el monedero DIVA del nicho y salió corriendo del dormitorio con Kaplan a la zaga.

Se quedaron frente a frente.

Abraham había corrido hasta la ventana, justo como Kaplan había hecho hacía dos días, y amenazaba con tirar a la calle aquel preciado objeto.

Cuando Kaplan se detuvo a un par de metros de distancia, el chico arrojó el monedero con todas sus fuerzas. Por un momento, todo pareció detenerse, el monedero inmóvil en el cielo oscuro, la mirada del chico, el propio Kaplan, pero, entonces, como un pajarillo herido, el monedero se precipitó hacia abajo.

6

La tercera regla de pasar a la clandestinidad: nada de ostentación. No jactarse nunca ni irse de la lengua, evitar las situaciones en las que uno pueda sentirse tentado a fanfarronear.

Kaplan había respetado sin problemas la tercera regla, pero en ese momento, mientras estaba en la parada del tranvía esperando a Judith, debía evitar pensar en cómo describiría su valor. La comprensión de otra persona, en especial la de una mujer, en especial la de Judith Citroen, sería muy bien recibida. El día del pan de soda, ella había sido la primera en salir en defensa de los gitanos. En cierto sentido, él no había hecho más que actuar cumpliendo con sus deseos. Kaplan se había propuesto implicar a Judith en la ocultación del chico para probar si su reacción era moralmente adecuada. Y, más adelante, si ella pasaba la prueba, le hablaría del libro. Había intentado proteger al chico él solo mientras seguía avanzando en su obra maestra, pero, si seguía así, ambas empresas estarían condenadas al fracaso.

A pesar de que aún faltaba un día para la Nochevieja, en la esquina de la calle ya había cartuchos de fuegos artificiales. El olor a pólvora flotaba alrededor de sus tobillos, la ciudad olía a guerra. Le llamó la atención cuántas tiendas del barrio habían cerrado sus puertas en los últimos tiempos, como si el centro de la ciudad fuese la fuente de energía de la que dependiesen las otras partes de la ciudad y los rayos de calor se propagasen menos cada vez.

Se sabía su número de memoria. Después de sopesar mucho rato sus palabras, le mandó un mensaje: «Perdona por los silencios. Ha pasado algo importante. Ven a mi casa y te lo explicaré todo. Kaplan». Ella le había llamado de inmediato, habían negociado, él tuvo que disculparse muchas veces. Lentamente sus voces fueron rompiendo el hielo. Ambos se habían echado de menos.

Ella llegaría en el tranvía de la una. Kaplan había cerrado con llave tanto el dormitorio como el balcón, las perchas y todos los objetos que pudiesen ser arrojados estaban en la sala de estar. Mientras esperaba en la parada del tranvía, él se iba poniendo cada vez más nervioso. Se decía a sí mismo que Judith no habría cambiado. Olió su presencia antes de tenerla cerca, de oír su voz, de sentir su caricia. La línea 7 llegaba traqueteando, los cables eléctricos chirriaron. Allí estaba, salió del tranvía.

Todos los detalles de Judith que había echado en falta. El estilo con el que podía saltar un charco, sus piernas parecían detenerse en el aire por una décima de segundo. Judith llegó junto a él, le agarró la muñeca con las dos manos y se acurrucó bajo su hombro. Se acercaron a un pequeño puente que llevaba al muelle donde Kaplan vivía. Sin tener nada que decirse, entraron en el supermercado, como si las semanas pasadas no hubieran existido. Él metió en el cesto de la compra alcachofas, zanahorias y risotto y, cuando fue a coger una bandeja con pollo, ella hizo un gesto negativo.

En el mostrador había una nota que advertía que a partir del 1 de enero de 2014 no se vendería tabaco o alcohol a menores de dieciocho años y cualquier persona menor de veinticinco años debería mostrar su carné de identidad al efectuar la compra. Kaplan le mostró la nota a Judith y murmuró.

—Ya te piden identificación en todas partes y para todo. No pienso llevar encima el pasaporte.

—En los últimos diez años he empezado a odiar los pasaportes —dijo Judith—. Ni siquiera puedo ver el mío sin sentir rabia. Si ves cuánta gente lucha a diario para conseguir un pasaporte holandés. Es terrible, ¿no? —Judith lo miró unos segundos—. No sé exactamente lo que tiene que ver el aviso del supermercado con mi odio a los pasaportes, pero solo la palabra me asquea. «Documento de identidad». O «solicitante de asilo», que también es un engendro...

—Fue muy extraño ver tan vacío aquel edificio de la calle Weteringschans —tanteó él.

—La Havenstraat no está tan mal. Últimamente he ido a menudo por allí y nuestros «solicitantes de felicidad» no parecen infelices. Cómo odio esos eufemismos. Es solo cuestión de tiempo antes de que empecemos a hablar de «clientes» o «partes implicadas». Entonces nadie sabrá ya que no estamos hablando de los intereses de los clientes sino de vidas humanas...

Era justo la clase de comentario que Kaplan estaba esperando oír. Guardó silencio un minuto y dijo:

—1 de enero de 2014. Una fecha importante.

—¿Qué pueden importarte a ti los cambios en la legislación sobre adolescentes? —le preguntó ella sorprendida.

Llegaron al muelle donde vivía Kaplan. Las losetas de la acera se veían tan distintas ahora que había alguien a su lado, como si cedieran un poco.

—Me importa otra cosa. Algo más grande —repuso él. Se acercaba el momento en que tendría que presentar a Judith y Abraham—. Te lo contaré ahora mismo. En cuanto entremos.

Oyeron el ruido en cuanto pusieron un pie en el primer peldaño de la escalera. Se trataba de una especie de mugido que procedía de su apartamento.

Un trapaleo en la casa del vecino de abajo. Si Kuiper lo sorprendía en la escalera, tendría por fin la prueba de que Kaplan alojaba a alguien más en su apartamento.

—Rápido, sube —le susurró Kaplan.

Los dos tuvieron que contenerse para no echarse a reír, corriendo como un par de niños que llaman al timbre y luego salen huyendo. Al llegar arriba, los dos apoyaron la espalda contra la pared para recuperar el resuello. El ruido empezó de nuevo, ahora se oía más cerca, en el dormitorio. Una voz humana que gemía y lloraba. Judith le dirigió una mirada interrogante a Kaplan. Sin quitarse siquiera el abrigo, él abrió la puerta de par en par. Ahí estaba el chico, larguirucho, con los ojos llorosos.

—Judith, te presento a Abraham II —dijo Kaplan.

Quizá hubiera algo en los ojos de Judith, algo maternal. El chico corrió a abrazarla.

Lo primero que a ella le llamó la atención fue el pelo del chico. Pasó la mano por los mechones rubios y le preguntó a Kaplan quién lo había desfigurado de aquel modo. Él no entró en detalles sino que convocó de inmediato una reunión familiar. Judith y el chico se sentaron el uno frente al otro; un hilillo de vapor salía de la tetera amarilla.

—Bien —empezó a hablar Kaplan—. Esta es nuestra primera reunión familiar. Bienvenidos —cogió el diccionario—: *O Bine ai venit.*

—Abel, ¿qué está pasando aquí?

—Como ya te he dicho, él es Abraham II.

—¿Y quién era Abraham I?

—Aquel chico del colegio.

—Ah, sí. ¿Qué pasó con él?

Kaplan no respondió.

—¿Cuántos años tiene este niño?

Kaplan lo observó un instante.

—¿Doce, quizá trece? —se produjo un largo silencio sin quietud—. Lo liberé de aquel colegio. De aquella cárcel. Abraham es gitano. Un gitano perseguido. Y yo lo estoy protegiendo.

—Espera un momento. Empieza por el principio. ¿Qué has hecho?

Kaplan sirvió tres tazas de té. Aún no eran las dos de la tarde, pero dejó que el chico se quedase en la sala de estar: era un día de fiesta, el regreso de Judith Citroen.

—Lo he liberado de esa terrible cárcel. Deberías haber visto cómo vivían ahí, hacinados en pequeñas aulas, sin apenas ninguna comodidad, todo lleno de moho. Una auténtica barbaridad...

—No puedes hacer esto. No es nada legal.

—¿Legal? Durante la guerra tampoco era legal esconder a gente clandestinamente.

—¿Clandestinamente?

—Le he preparado un nicho. Allí podrá permanecer escondido hasta que sea seguro salir, aunque aún puede durar algunos meses. El 1 de enero de 2014 supondrá el pistoletazo de salida para que los inmigrantes de la Europa del Este vengan aquí. Me lo contaste tú misma. Y yo te aseguro que esa fecha marcará el inicio de una oleada de odio xenófobo, de revueltas e incluso quizá de pogromos. Quizá pensarás que exagero, pero no es así. Bastará con que una manifestación se vaya de las manos o se produzca algún altercado para que encuentren a un chivo expiatorio y todos los prejuicios que ahora permanecen bondadosamente reprimidos vuelvan a desatarse. De pronto se creará un clima de pánico y presión social. Los políticos se verán en un aprieto, no tendrán más remedio que dar más poder a la policía, que no dudará en ejercerlo. Estamos a un suspiro de que ocurra todo eso. Ya ha ocurrido antes. Abraham se quedará aquí hasta que sea seguro salir.

—¿De veras crees que las cosas pueden desmadrarse tanto?

—¿Acaso no es nuestra responsabilidad ser precavidos? Abraham, tómate el té. Bebe. *A bia*. No, me parece que era de otro modo. ¿*A bea*? —el chico tomó un sorbo—. Qué difícil es el rumano.

Judith miró detenidamente al chico.

—¿Sabes cuál es su verdadero nombre?

—No me importa cómo lo llamaran sus padres. Si hay alguien que sepa que a veces uno no nace con el nombre correcto, soy yo. Su verdadero nombre es Abraham.

—¿Cómo sabes que el chico habla rumano?

—Porque he intentado decirle algo en rumano y él me ha respondido en esa lengua.

Kaplan decidió omitir la similitud entre la lengua que hablaban las prostitutas y la del chico. Se produjo un largo silencio, el chico sorbió.

—¿Y qué hago yo aquí? —preguntó Judith de pronto. Por el momento, no había tocado el té.

—Me pones entre la espada y la pared teniendo a Abraham aquí, delante —contestó él—. Me resulta un poco desagradable.

—Lo superará —dijo ella lacónica.

—Te estoy pidiendo ayuda. Se avecinan tiempos difíciles. Y, además —empezó a hablar en susurros—, roba.

—¿Qué quieres decir?

—Me roba mis cosas. Una pluma, mi cedé de la *Séptima sinfonía*, mi portátil...

—¿Cómo va a robarte si duerme en la misma habitación que tú? Como mucho cambia los objetos de lugar. Probablemente solo busca cosas con las que jugar. O intenta llamar tu atención. Sal del cascarón.

—He intentado jugar con él. Sin éxito.

Callaron un momento.

—¿Y a qué te refieres con lo de «tiempos difíciles»? Sabes que no hay guerra —dijo ella en un tono que mostraba escasa comprensión—. Hace setenta años que vivimos en paz.

—Nunca hay guerra hasta que estalla.

—¿Qué significa eso?

—Que tenemos que vigilar —dijo Kaplan—. Siempre.

—¿A eso es a lo que estamos jugando aquí? ¿Somos un comité de vigilancia?

—Esto no es ningún juego, Judith. Tú precisamente deberías saberlo. ¿Y no podrías hablar más bajo? —susurró Kaplan—. Tengo problemas con el vecino de abajo.

—Deja que lo adivine. No sabe nada del chico.

—Nadie puede saberlo. Es demasiado peligroso. Solo tú —después de un breve silencio, le preguntó—: ¿No comprendes cuánto estoy arriesgando al confiártelo a ti?

—Por supuesto.

—¿Pero?

—Aparte del avance psicológico que supone para ti confiar en alguien, esperaba que tuvieras ganas de verme. Que me añorases. Que me hubieras echado de menos.

—Te he echado de menos.

Era cierto, la había echado de menos más de lo que había esperado, más de lo que era capaz de expresar con palabras.

—Y yo a ti —dijo ella en un susurro desviando los ojos.

—Bueno, pues ya estamos de nuevo juntos.

Kaplan le tendió la mano por encima de la mesa y, tras un ligero titubeo, Judith puso la suya encima y, enseguida, el chico puso su mano sobre la de Judith.

—¿Cómo va todo por el colegio? —preguntó ella mientras colocaban las compras.

—Estoy de vacaciones. Hace ya algún tiempo...

¿Por qué lo miraba ella tan fijamente?

—¿Vacaciones pagadas?

—No —reconoció él—. No son vacaciones pagadas exactamente. Destrocé la bicicleta de un alumno. Fue una estupidez, lo sé.

—Vale, ni siquiera voy a esforzarme por entenderlo —Judith suspiró, tenía la mirada turbia—. ¿No echas de menos el colegio? ¿La gente, las caras?

—Pasó lo que tenía que pasar. La añoranza y el arrepentimiento no sirven de nada. Haré mejor empleando mi energía en cuidar de este chico. Su cara es lo único que importa. Además de la tuya, por supuesto —intentó sonreír con despreocupación—. ¿Te importaría no volver a hablar del colegio, por favor?

Sobrevino un silencio aquiescente.

—Y he vuelto a escribir…

Kaplan esperaba que ella oyese la noticia sin registrarla de verdad, pero Judith dejó las compras de inmediato y lo miró.

—¿De veras? ¡Qué bien!

¿Por qué tenía que mostrarse siempre tan entusiasta? Él no quería tener que decepcionarla una y otra vez.

—Bueno, no sé si saldrá algo bueno, ¡eh!

—No importa, estás escribiendo de nuevo. ¡Eso es lo que siempre habías querido!

—¿Sería mucho pedir que no me hagas demasiadas preguntas al respecto?

Judtih suspiró y se rascó el lóbulo de la oreja.

—Lo único que te quiero pedir es que seas claro con respecto a nosotros dos. La ambigüedad que había entre nosotros hasta ahora no me hacía ningún bien. Si quieres que me quede, me quedaré, pero no quiero perder el tiempo con algo que no va a funcionar. Y dime qué piensas hacer con este chico. ¿Qué haremos después del 1 de enero?

Kaplan sentía que Judith iba cobrando poco a poco consciencia de su buena voluntad. Kaplan miró hacia la sala de estar por el rabillo del ojo para asegurarse de que Abraham no los escuchaba. Su idea era clara: proteger al chico y terminar el libro, pero la confesión sobre la naturaleza del libro tendría que esperar.

—Para serte sincero, no tengo una idea clara.

—¿Y el chico está siempre en ese nicho? Acabo de ir a verlo. No tiene mucho espacio, Abel.

—No, claro que en el nicho no tiene mucho espacio, esa es la idea también, no es un cuarto de invitados. Ese lugar no debe llamar la atención en el caso de que hagan algún control —no le gustó ni pizca la mirada de escepticismo de Judith—. Puedes burlarte, pero el vecino de abajo se presentó de improviso un día y estuvo husmeando por aquí. Sin ese nicho, hace tiempo que habrían pillado al chico.

—Dime que no haces esto porque no has podido tener hijos.

—¿Cómo? No, claro que no. Ya hay suficientes niños en el mundo —comentó.

—Pero no está bien tener a un chico así sin familia, sin amigos...

—Así eran las cosas antes también, tú lo sabes mejor que nadie. Es lamentable, pero vivir en libertad siempre es mejor que hacerlo en cautiverio.

Ella sugirió que recurrieran al defensor del menor. Al parecer, empezaba a acostumbrarse a la idea de que tal vez el chico estaba mejor con ellos y ese convencimiento era precisamente lo que Kaplan necesitaba.

—Supongo que comprenderás que ponernos en contacto con las autoridades es la mayor estupidez que podemos cometer, ¿no? —dijo él en un tono tan cordial como pudo—. Además, la policía tampoco respetará los derechos del niño.

Judith empezó a pelar una zanahoria. La forma en que la cogía tenía algo erótico, con ternura pero con fuerza. Hacía tiempo que Kaplan no tenía a una mujer tan cerca.

—Podrías hablar con tus contactos en el mundo de los refugiados —propuso Kaplan.

—Preguntaré por ahí —se volvió hacia él—. De momento, la cuestión es tratar al chico con confianza. No con miedo ni con recelo. Y, ya que hablamos de eso, esta noche, inflaremos un colchón. No dormirá más en ese nicho.

7

—¿Cuál es, según tú, la diferencia entre el prisionero y el escondido? —se hizo un silencio, roto por el sonido apenas audible que Judith hacía al mojar las hojas de la alcachofa en la salsa de mayonesa con mostaza. Sus titubeos parecían haberse reducido a esa única cuestión. Cuando Kaplan abrió la boca para decir algo, ella añadió—: Ya sé lo que quieres decir. Que la diferencia es el libre albedrío, pero si le preguntas a este chico ahora si quiere quedarse aquí o prefiere volver con sus padres, no dudará en escoger lo último...

—La diferencia entre un prisionero y el escondido es su propio bien —contestó Kaplan—. El prisionero está encerrado por el bien de la sociedad, la persona que se esconde lo hace por su propio bien. Por lo que respecta a sus padres... Tal vez aún los tengan encerrados. No me pareció que la distribución de aquellas aulas tuviera mucho en cuenta la felicidad familiar. Quizá estuviera allí completamente solo. Quizá sus padres estén muertos, también es posible.

—Querido, me parece estar oyendo a Putin. La cuestión es la siguiente: ¿quién decide qué es lo más importante, el bienestar de la sociedad o el del individuo?

—En la guerra hubo muchos niños, hermanos y hermanas, que se negaron a aceptar lo catastrófica que era su situación, se negaron a creer que toda la familia había muerto en las cámaras de gas. Y no metamos a Putin en esto.

Judith asintió e hizo una seña hacia el chico.

—Sus padres no han muerto en la cámara de gas.

—No, pero sí que serán expulsados o, en el caso de que sea legalmente imposible, les amargarán tanto la vida que se irán por voluntad propia. Los gitanos se pasan la vida entera luchando por tener una oportunidad, tú también lo sabes. Aquí hay una oportunidad para él. Puede labrarse una vida. Nosotros podemos ayudarlo. Tienes que admitir que estará mejor con nosotros que en otros países, con otras personas.

—¿A qué te refieres con «mejor»?

—No tener que beber agua contaminada, aprender a leer y escribir. Conseguir un trabajo normal. Comer alcachofas —se dirigió a Abraham—: ¿Te comes la alcachofa? Es una exquisitez, ¿sabes? —miró de nuevo a Judith—: No sabrás por casualidad como se dice exquisitez en rumano, ¿verdad?

—Pues no, por casualidad no lo sé —se quedaron en silencio—. ¿Un trabajo? —le preguntó—. ¿Ese es el plan? No puedes ir programando su vida, ¿no crees? —el chico señaló la televisión y miró a Judith expectante. Ella le dijo—: Está bien, ve a ver la tele. ¿A qué estás esperando? Ve —y, luego, bajando un poco el tono de voz, añadió—: Por cierto, ¿sabes lo que le ha pasado en el dedo?

Kaplan le contestó en tono ausente que no tenía ni idea; luego miró al chico con aire pensativo. ¿Cómo era posible que Abraham hubiera aceptado tan bien la confiscación de la PlayStation? Judith parecía haber acaparado toda su atención. Ella había conseguido lo que Kaplan había pedido: amor. Ese sentimiento, como si le clavasen un cuchillo afilado y su cuerpo sintiera los embates, era de celos.

—He hecho lo que comentamos entonces —comentó Kaplan más para sí mismo que para ella—. Lo he puesto en práctica.

—Esto no era lo que yo tenía en mente.

—Te seré sincero: yo tampoco, pero así es como han ido las cosas. Trata de verlo como algo hermoso. Amor al prójimo, atención a los demás. El rabino decía…

—¿El rabino? ¿Por qué lo sacas a relucir ahora? No creo que se pusiera muy contento si se enterase de lo que has hecho.

—Una vez que están dentro de nuestras fronteras, son nuestra gente —dijo Kaplan. Judith volvió a mirar su comida y masculló algo.

—¿Ahora hablas con las alcachofas? —le preguntó él.

—No, no estoy hablando con la alcachofa —la televisión cambió: reposiciones de reposiciones de M*A*S*H—. Estaba pensando en algo que dijiste —continuó Judith—. Me ha recordado a un artículo que leí hace poco en la revista *NIW*.

—¿Qué es eso?

—La revista *Nuevo Semanario Israelí*.

—Claro —dijo Kaplan. Mientras estaba con Eva, lo leía de vez en cuando.

—Era un artículo que iba acerca del sentimiento de culpabilidad por la guerra en personas que no habían vivido la guerra.

—Lo que algunos llaman sentimiento de culpabilidad para otros es sentimiento y punto —dijo él.

Judith había llegado al corazón de la alcachofa, lo cortó en trozos y se lo comió.

En el rincón más alejado del dormitorio, había ahora un colchón inflable para el chico. Judith lo había arropado como si llevara años preparándose en silencio para ese papel, confiando en que llegaría el momento que requeriría su perfecta ejecución. Aunque era probable que Abraham entendiera poco de lo que le decían, sus ojos se cerraron lentamente en un fervoroso sueño.

Judith y Kaplan regresaron a la botella de vino empezada que estaba sobre la mesa. Se sirvieron una copa. Algún cohete iluminaba el apartamento de vez en cuando. Empezaron otra botella, un merlot que entraba como el agua.

Sentada en el regazo de Kaplan y algo achispada, Judith dijo:

—He descubierto algo. Tienes dos clases de mirada, Abel. Una es cálida y amorosa. Entonces las mejillas se te ven redondeadas y sonrosadas —con los dedos intentó moldearle la cara según su descripción—. La otra mirada es severa e implacable. Entonces pones la boca tirante, los músculos de la cara están crispados y las mandíbulas apretadas. Es la una o la otra. Es muy agradable cuando me miras con la primera mirada, me hace sentir tan bien. La segunda es menos agradable, pero, en fin, al menos me miras. Eso es lo que he aprendido en estas últimas semanas.

—Perdóname por haber estado tan distante.

Mantuvo cogida la mano de Judith mientras se ponían en pie y se dirigían al dormitorio, sintiéndose más ligeros y más pesados por la bebida. Empezaron a besarse, los pechos de ella encajaban a la perfección en sus manos, los pezones se pusieron erectos a la menor caricia. De pronto, en un jirón de ebriedad, resonó una pregunta que ella le había hecho antes: qué esperanza había depositado él en el chico.

No tenía ninguna respuesta, pero sabía que no debía olvidar la pregunta, recuerda, recuerda: esperanza. Ella le quitó la camisa y deslizó la mano por su torso, a él se le puso la piel de gallina. Kaplan probó el sabor amargo del vino en la boca de Judith, pero no le desagradó. Reían y volvían a ponerse serios, se recargaban, se desfogaban. Justo antes de que ella se pusiera sobre él y deslizara su pene en su interior, musitó:

—No hagas demasiado ruido, piensa en el chico.

Tenía una mirada suave y lejana en los ojos, la mirada de una mujer que sabe que su felicidad es temporal.

Se levantó con movimientos torpes, sentía la cabeza pesada y dolorida. Tanteó con la mano alrededor, eran las once de la mañana y Judith no estaba a su lado. Se oían ruidos en la sala de estar, dejó caer la cabeza sobre la almohada; no había oído reír nunca al chico.

Dudó de si debía corregir el comportamiento de Judith y Abraham, haciendo ruido a plena luz del día. Quizá sería más inteligente comunicarle a Kuiper que tenía familiares en casa, al fin y al cabo, era fin de año. Se puso una camisa y entró en la cocina, donde Judith y Abraham estaban preparando una pasta en un cuenco que el chico iba mezclando con la rugiente batidora.

—Toma —Judith le tendió un vaso de zumo de naranja—, he ido a hacer algunas compras. Estamos preparando unos buñuelos.

—Me alegro de que te quedes —logró articular él.

Ella se encogió de hombros.

—¿Qué iba a hacer si no? Con buena intención o no, me has hecho cómplice de un delito. Y, de entrada, tampoco se me ocurre cómo podemos ofrecerle un entorno mejor y más seguro que este. Aquí soy necesaria. Abraham tiene que alimentarse bien. Ya veremos qué pasará en enero.

Kaplan le limpió un resto de pasta de la mejilla, el chico lo miró irritado.

—Me quedaré, pero que quede claro que no lo hago por ti sino por Abraham —añadió Judith—. Tiene que recuperarse.

—Eso es lo único que deseo yo también, créeme. ¿Voy a comprar fuegos artificiales?

—Nada de petardos ruidosos —dijo Judith.

—Por cierto, tengo por costumbre no dejar que Abraham esté en la sala de estar hasta la noche. Por seguridad…

—Abel, no vamos a hacer eso. Un chico de su edad se volverá loco si tiene que quedarse en el dormitorio.

Sus reglas ya no valían nada. La noche anterior ella le había hecho una pregunta, pero se le había olvidado.

Cuatro cohetes, dos cohetes silbantes y cinco surtidores. En el umbral, Kaplan tamborileó con los dedos sobre la bolsa de plástico que sostenía en alto, pero Judith y Abraham solo tenían ojos para los buñuelos. Habían preparado tres clases distintas de aquellos buñuelos típicos de Año Nuevo. El chico había espolvoreado una capa de azúcar glas en uno de ellos y con el dedo había dibujado una cara sonriente. Kaplan conocía mejor que nadie la sensación de sentirse excluido, pero aquello era más profundo. Él los había unido, pero ellos no se habían mostrado agradecidos en ningún momento.

Judith le ofreció a Kaplan un buñuelo. Abraham torció el gesto al ver cómo la expresión de Judith se iluminaba cuando Kaplan le dijo que el buñuelo estaba rico, con lo que quería decir que solo era un poquito menos sabroso que los que podían comprarse en un puesto. Sin decir ni media, Abraham se fue al dormitorio mientras Judith ponía los buñuelos en una bandeja y les sacaba una fotografía con el móvil.

—¿Qué haces? Ni que fueras una asiática —comentó Kaplan. Cuando ella fue a la cocina para preparar las remolachas y las zanahorias, él fue tras ella y le preguntó—: ¿Ya controlas bien a Abraham? Quizá haga algo raro.

—Se está entreteniendo, nada más. Nada de recelos ni de miedo, ¿recuerdas? —él asintió—. Por lo demás, he hecho algunas llamadas. Hay rumores sobre una cárcel de gitanos, pero nada en concreto. Al parecer, hace algún tiempo una periodista intentó destapar todo el asunto, pero cuando apareció publicado, ya era demasiado tarde: el colegio había sido desalojado y las pruebas habían desaparecido.

—Ya lo sé —murmuró él.

—No te pongas tan huraño —dijo Judith. Él sonrió—. También he preguntado si cabría la posibilidad de llevarlo con otros grupos de solicitantes de asilo, pero no estoy segura de que pueda beneficiarse de ello.

—Yo tampoco —admitió él.

—Y tampoco podemos ir a las autoridades. Por otra parte, no podrían expulsarlo del país así como así. Existe lo que se conoce como un *laissez passer*, una especie de comodín que los funcionarios holandeses pueden usar en cualquier momento para sacar de las fronteras a los casos más difíciles. Pero en fin, a partir de mañana, oficialmente ya no hay limitaciones para un país de la Unión Europea como Rumanía. En ese caso, ni siquiera un *laissez passer* conseguiría gran cosa.

Tiró las peladuras a la basura y alcanzó la bandeja del horno.

—¿Entonces, qué? —preguntó él.

—Bueno, entonces nada. Habrá que esperar. Además, no podía explicarles claramente a mis contactos por qué les consultaba todo eso, ¿comprendes? Estar bajo el radar es estar bajo el radar.

—Gracias por tu comprensión.

Podía ofrecerse a ayudarla, pero no sabía con qué. Las verduras, el aceite de oliva, el bulgur biológico... eran alimentos que se parecían muy poco a los que cocinaba él.

Una humareda de color marrón rojizo ocupaba media acera, empezando por el número 30, a unos diez metros de la puerta por la que acababan de salir Kaplan, Judith y Abraham. Los adultos enfundados en sus gruesos abrigos y el chico envuelto en una manta polar. Faltaban quince minutos para que fuese oficialmente 1 de enero de 2014.

La nota que Kaplan había pasado por debajo de la puerta de Kuiper aquella tarde, informándolo de que su familia estaba de visita, debería bastar, se repitió a sí mismo. En los brillantes ojos del chico vio la imagen reflejada de un cohete grande y lento.

Kaplan metió el cohete más bonito que tenía en una botella de vino vacía y le hizo una seña a Abraham para que lo encendiera, pero el chico no se atrevía. Judith lo animó, él se arrebujó más en la manta, pero luego puso un pie en la calle. A cada paso que daban, miraba furtivamente a su alrededor, pero siguió acercándose. Kaplan esperaba agachado y Abraham se puso en cuclillas; a Kaplan no le importó que la manta se ensuciara, el chico jamás se había acercado tanto a él por iniciativa propia.

Le dio a Abraham una cerilla encendida. La mano del chico temblaba cerca de la mecha. Después de tres intentos fallidos con tres cerillas distintas, saltó una chispa de la cuarta cerilla. La mecha se consumió en menos de un segundo y el cohete salió disparado hacia arriba, llegó al cielo con un silbido y estalló en chispas rojas y amarillas con una espectacular explosión. En ese mismo momento tiraron un petardo unos metros más allá. El ruido, parecido al de una ametralladora, hizo que Abraham, que se había caído hacia atrás después de encender el cohete, castañetease los dientes. Cuando Kaplan se acercó un poco más, vio un fino chorrito amarillento que salía de debajo de la manta.

8

¿Por qué no se le había ocurrido pensarlo? Con Judith en la casa, Kaplan no podía trabajar libremente en el manuscrito. El peligro de que ella reconociera las frases de su padre era demasiado grande, pero, cuanto peor lo tenía para trabajar, más ansiaba hacerlo. El relato seguía tirando de él. Quizá la ayuda de Judith no bastara.

Entretanto, ya era 2 de enero de 2014, las tiendas volvían a estar abiertas, la lluvia había limpiado de la calle la orina del chico y la falta de titulares sobre alguna calamidad con los inmigrantes indicaba que las fronteras seguían funcionando.

Abraham estaba en su colchón inflable y se entretenía coloreando un dibujo que le había hecho Judith. Ya era demasiado mayor para eso, pero ella estimulaba —ensalzaba— todos sus impulsos creativos. Judith estaba leyendo en la cama grande y Kaplan deambulaba por la habitación, buscando algo contra lo que enfadarse.

—¿Te has fijado en sus manos? —dijo Judith cuando Kaplan fue a sentarse en el borde de la cama—. Son tan elegantes, con esos dedos largos y morenos. Tan jóvenes.

Hizo un ruido de aprobación, pero lo que más le había llamado la atención al mirar a las manos del chico fueron sus propios dedos. El eccema invernal, los nudillos agrietados, la vejez.

Alrededor del mediodía, Kaplan se puso el abrigo y limpió el polvo de la cartera que había utilizado durante su breve puesto como profesor:

—Tengo que salir un rato. A trabajar.

Judith no levantó los ojos de la revista que estaba leyendo; el chico cogió un lápiz y apretó la punta contra el papel.

—Nosotros nos lo pasaremos bien por aquí, ¿eh, Abraham? —miró al chico y él le sonrió—. ¿Qué estás escribiendo? —le preguntó ella.

—Un libro.

Demasiado susceptible para mentir, demasiado calculador para decir toda la verdad. La confesión lo alivió, tal vez eso los uniría más. La curiosidad de Judith se avivó al instante.

—¿De qué trata?

—¿Podemos hablar de ello en otro momento?

—Vale, vale. Solo quiero que sepas que me alegro. Deberías sentirte orgulloso.

—Vale, gracias.

Kaplan fue a la sala de estar, abrió el cajón que estaba cerrado con llave y sacó el manuscrito. La PlayStation la había tirado a la basura la noche anterior sin decirle nada a Judith. El riesgo de que ella viese el aparato como un medio educativo, como había hecho él al principio, era demasiado grande. Y el vocabulario de Abraham no mejoraría tanto en tan poco tiempo como para permitirle expresar con palabras lo que le habían quitado.

Era absurdo ver lo bien que se comportaba el chico en presencia de Judith. Cada victoria didáctica de ella significaba una derrota para Kaplan. En una ocasión, el chico y él habían hablado de verdad y no la habían necesitado a ella para hacerlo. Judith lo miraba desde el rincón del dormitorio.

—¿Es ese el libro?

—Una parte, pero te ruego que no me hagas demasiadas preguntas. Entonces me vuelvo demasiado consciente. Debo sentirme libre para escribir —ella asintió—. Y procura que Abraham no haga demasiado ruido. Ha empezado el nuevo año y debemos ser más precavidos aún.

—Vale. Vigilaré —dijo ella, no parecía muy impresionada—. Ánimo con el trabajo. ¿Podrías comprar algo de ropa también?

—¿Ropa?

—¡Para Abraham!

En la biblioteca de la universidad, Kaplan volvió a encontrar la calma para abrir su libro. Los libros abiertos habían formado en su día el hilo conductor de su vida.

Intentaba imaginar el campo de concentración como un decorado que aún existiera en la actualidad, todo sucedía en tiempo presente. En el campo, los rumores sobre El Diablo van aumentando en vez de disminuir. El viejo Abel sigue sin tener ninguna información sobre Miriam. Solo comparte sus preocupaciones con Slava y Milo. Ercole no quiere saber nada que pueda dar el último empujón a su fe, que se tambalea al borde del precipicio. Slava y Milo conocen a personas que tienen la misión de apoyar en todo a El Diablo: tan crueles y egocéntricos que por eso precisamente los han elegido.

El viejo Abel espera en silencio que los cambios que ha anunciado El Diablo acaben por echar todo abajo. Quizá el campo quede tan dividido que él pueda llegar a la sección de Miriam. El amor que siente por ella es un secreto que solo tiene dos testigos. Ojalá sigan siendo dos. Quizá no se lo dijera lo suficiente. Es comprensible, cuando la vida discurre sin crisis memorables, en tiempos de normalidad.

Al echar la vista atrás, todos esos momentos de descuido son un pecado.

Para Kaplan era imposible no sentir también, por fuerte que fuese ese debilitamiento, lo que el viejo Abel había sentido, no involucrarse en la interminable lucha entre la esperanza y la desesperación.

«No puedo permitirme sentir ninguna esperanza. Todas las mañanas, cuando nos llaman para la inspección, siento que me arrancan de alguna parte. No puede haber sido un sueño de verdad, pero, cada vez que abro los ojos, es una derrota. Es una derrota que las circunstancias no hayan cambiado, es una derrota que yo no me revele contra las circunstancias.»

Por enésima vez en aquel día, Kaplan fue al baño para humedecerse la frente. Llevaba el manuscrito bajo el brazo, había ojos por todas partes. Se echó agua en la cara, se puso la mano fría en la nuca. Sacó de la cartera una petaca con ginebra, dio tres tragos cautelosos. El viejo Abel debía concentrarse en el chico. El día anterior le había dado un lápiz al chico con el que él había pintado muñequitos y caras en las maderas del nicho.

Una vez de vuelta a la mesa de la biblioteca, Kaplan tomó el libro de Van Stolk. La cronología. ¿Cuándo podrían haberse enterado los prisioneros? El manuscrito original no daba ninguna respuesta definitiva.

«Los rumores no solo aumentan en cantidad sino también en volumen. Juntos forman casi una sola voz que nos habla alto y claro. La voz dice: "Actuad ahora que aún podéis". Algunos hombres del barracón dicen que debemos esperar a tener pruebas, que no sabemos nada. Si quisieran asesinarnos, ya lo habrían hecho hace mucho tiempo, ¿no?

»Esa respuesta pone furioso a Slava. Dice que cada día que pasa aquí hay una nueva prueba de la malignidad de los alemanes, que es de imbéciles seguir teniendo esperanza y que precisamente lo que ellos quieren es que esperemos sumisamente nuestra muerte. Guarda silencio por un momento y mira nuestros rostros extenuados. Luego dice que los kapos se ríen de nosotros porque no nos atrevemos a nada, porque somos muchos y no hacemos nada.

»Cuanto más habla, menos réplicas recibe. Al cabo de media hora, todo el mundo calla y la voz de los rumores parece converger con la voz de Slava. Ercole asiente cada vez más enérgicamente, el *Blockältester* Giuseppe también. Milo está haciendo guardia. Y nosotros hablamos entre susurros hasta que la cabeza del chico, que sobresale justo por encima de las planchas de madera del suelo, empieza a hundirse. Esta es nuestra primera reunión.»

Las monstruosidades que estaban a punto de abatirse sobre el campo aún temblaban en la pluma de Kaplan. Metió las fotocopias y las hojas de papel que acababa de escribir en la cartera y empezó a corregir en el portátil los errores hechos a propósito y los ejemplos de ortografía anticuada con los que salpicaba el manuscrito al transcribirlo. Tomó un último trago y luego repasó de nuevo el texto.

No había estrellas, solo nubes acribilladas. Como de costumbre, Kaplan andaba mirando más el suelo que el tráfico. En una tienda de ropa compró unas cuantas camisetas que no eran demasiado caras, calzoncillos y calcetines para el chico. Se sentía triste por tener que ocultar su trabajo. Precisamente al escribir, ofrecía la mejor versión de sí mismo, pero no había más remedio.

La eufórica confianza en la fuerza de sus palabras estaba decayendo de nuevo. El estómago le rugía, el pecho le palpitaba. Si Kaplan no era lo bastante fuerte como para creer en su trabajo, ¿cómo podía esperar que los otros lo hicieran? Llegó a casa mareado. Pensar en el trabajo, el trabajo mismo, mantener el trabajo en secreto: todo lo agotaba. Debía acabar el libro cuanto antes.

—Él ya estaba aquí antes que nosotros —le dijo Kaplan a Judith después de que el chico se hubiera levantado de la mesa.

—¿Qué quieres decir?

—Los gitanos. ¿Sabías que llevan viviendo en Europa setecientos años? Por entonces los holandeses aún vivían en las cavernas.

—Eso no es cierto —dijo ella, en tono casi interrogante.

—Claro que no, pero, en cualquier caso, aún no habían llegado los españoles ni los alemanes, faltaban siglos para la batalla de Nieuwpoort, para Guillermo de Orange y para que llegáramos a convertirnos en un país.

—Jamás te había oído hablar de los holandeses empleando un «nosotros».

Kaplan se comió el último bocado del filete de bacalao.

—¿Acaso importa eso? Solo me parece que deberíamos tratar al chico con respeto. Es un privilegio acogerlo.

Kaplan ya había dicho antes esas palabras y entonces sonaron más convencidas.

Veinticuatro horas después, en el dormitorio flotaba el ambiente entre esperanzado y vulnerable que generaba la posibilidad de hacer el amor. Abraham roncaba apaciblemente. Judith se quitó la ropa y se quedó en sujetador y bragas. Parecía una estudiante.

Una vez más, Kaplan no había trabajado bien ese día, una vez más eso lo había agotado, así que tampoco habría sido gran cosa en la cama. El ronquido era más suave que la noche anterior, una especie de susurro como el de una marea incipiente. Judith se había quitado las lentillas, permaneció de pie junto a la cama donde Kaplan ya estaba acostado.

—Sin lentillas no te veo bien —se produjo un silencio—, pero estás muy guapo —añadió después.

Él se echó a reír.

—¿De qué te ríes?

—De nada. Muy original. Primero refutar el cumplido y luego darlo.

—Eres el único que lo ve así.

Algo desilusionada, Judith se acostó a su lado. Kaplan tuvo la sensación de que debía reparar algo y empezó a masajearle las sienes. Se besaron como solían hacer antes, se acariciaron como solían hacer antes, ella gemía y la piel se estremecía, pero cuando él intentó penetrarla, notó una gran resistencia. Al cabo de pocos minutos, dejó de intentarlo y preguntó:

—¿Va todo bien?

—No pasa nada. A veces duele un poco. Al fin y al cabo, es un orificio pequeño.

—¿Ah, sí? —preguntó él.

—Bueno, eso ya lo habrás notado tú mismo, ¿no?

—Yo diría que el hombre no lo nota así, sin más —dijo él y, por la cara que ella puso, se dio cuenta de que no iba por buen camino, pero no podía dejarlo correr sin más—. Quiero decir que se nota que no es un agujero enorme, pero...

—¿Pero qué estás diciendo?

—Pues que no se nota con tanta precisión, de verdad que no. Eso es todo lo que quería decir.

—¿Te acuerdas aún de aquella vez que me dijiste lo mismo? Era una de las primeras veces que hacíamos el amor y tú no pudiste entrar. Ya entonces te dije que a mi coño no le pasaba nada —Kaplan se sobresaltó al oír la palabra pero no lo demostró—. Y también te mostraste sorprendido entonces.

—No lo recuerdo —dijo él sin faltar a la verdad.

—¿Cómo puedes haberlo olvidado, Abel? —ella se apartó de él. De forma sincrónica y con cierto alivio en su sistema motor, los dos se dejaron caer hacia atrás—. Aquello me dejó muy tocada —añadió Judith—. Me provocó una gran inseguridad. Me refiero a que llevábamos muy poco tiempo juntos y nosotros... Seamos sinceros, cuando aún estabas con Eva, en aquella exposición, ya se hizo evidente la gran fuerza de atracción que existía entre nosotros, ¿no?

Ella buscó algún gesto de reconocimiento en sus ojos, Kaplan se dio cuenta y asintió un par de veces.

—Bueno —prosiguió ella, mirando al techo—, pues finalmente llegó el momento y nos fuimos a la cama, hicimos el amor, acababas de estar dentro de mí y vas y me dices que tengo un coño pequeño.

—¿Te lo solté así de pronto? Eso es ridículo. Yo no suelo usar esa palabra. Como mucho, lo diría en respuesta a algún comen-

tario tuyo, para darte a entender que no había notado necesariamente que tuvieras una vagina significativamente pequeña,
añadiendo a continuación que las diferencias sutiles entre pequeña y muy pequeña, prieta o muy prieta o comoquiera que lo llames no son apreciables para mí.

—Solo he oído cosas buenas al respecto.

—¿De verdad vas a ir agitando una especie de currículo vagi-
nal para demostrarme lo equivocado que estoy, con referencias
y cartas de recomendación? Solo te digo lo que siento yo.

Judith acababa de volver a su vida y ya se habían enzarzado en
aquella absurda discusión.

—Joder, Abel, ¿por qué no puedes decir nunca lo que se espera de ti? ¿Por qué siempre tienes que hacer las cosas de otra forma, más complicada?

—Si sabes tan bien cómo funciona todo, ¿por qué no dices tú
misma las palabras?

—¿Quieres que me diga a mí misma todo el tiempo que tengo
una vagina significativamente pequeña?

—¿Por qué habría de quererlo?

—¡Ni idea!

—Judith, escucha. Eres preciosa y estoy loco por ti, pero la
verdad es que me incomoda un poco hablar de este tipo de cosas
teniendo a Abraham tan cerca. Tal vez no entienda nuestro idioma, pero aun así...

—Eso mismo he pensado yo mientras lo hacíamos. Tengo que
oírte, tengo que oírme. No quiero follar como si estuviera en una
película de cine mudo. Así no consigo excitarme, lo siento...

—Vale —dijo él—. Paramos los intentos.

Se hizo un silencio.

—He visto que tenías una película erótica —empezó de nuevo Judith—. He supuesto que...

—Ese deuvedé estaba superrebajado. La compra no dice nada
sobre mi libido. Mañana lo tiraré.

—Vale —musitó ella—. Tampoco es necesario que lo hagas —hizo una pausa y preguntó—: ¿Te acuerdas aún de aquellos días? ¿De cuando nos conocimos?

Su tono ya no transmitía agresividad, sino cálida compasión.

—Por supuesto —dijo él sin estar seguro de si mentía o si no—, pero no me gusta hablar del pasado.

Se oyó un murmullo en el rincón donde estaba Abraham. Quizá se había despertado, quizá volvía a tener pesadillas.

—Creo que debería ir a ver qué pasa —dijo Kaplan. Miró detenidamente a Judith y no vio una cómplice para él sino para el chico—. ¿Qué pasa?

—Lo mismo de antes. Espero que no me hayas pedido que venga solo para hacer de niñera. Espero que desees de verdad que esté aquí. No quiero convertirme en una mujer como mi madre, una mujer que todos los días le pida a su marido perdón por existir.

—No lo serás.

Kaplan ya estaba junto a la cama del chico. Ella lo miró fijamente, apenas se la oía respirar, y dijo:

—Ve a mirar.

El periódico del 6 de enero estaba abierto encima de la mesa, la falta de noticias sobre la situación fronteriza empezaba a tomar dimensiones preocupantes. Una declaración de Ze'ev Elkin, ministro de Asuntos Exteriores de Israel le llamó la atención: Israel mantendría las fronteras de 1967, las llamadas fronteras de Auschwitz. Por primera vez en su vida, Kaplan dudó del valor eterno o, como mínimo, de la validez universal de la culpa de la humanidad con respecto al estado de Israel. Sentía lealtad hacia la gente, no hacia las naciones. ¿Reconocería una frontera de Auschwitz si viera una?

Al otro lado de la mesa, Judith sorbió lentamente su café. Los días anteriores se había quedado con él, preparaba las comidas y se ocupaba del chico. Creaba las condiciones esenciales con las cuales Kaplan debería poder funcionar, pero las palabras no fluían, goteaban. Quizá él se estuviera involucrando demasiado con los hombres del campo de concentración. La idea de que podía velar sobre su destino como un director omnisciente le pesaba cada vez más.

Siempre que Kaplan salía de casa por las mañanas, después de haber desayunado los tres juntos, temblaba debajo del abrigo. Y, cuando volvía a cruzar el umbral por la tarde, después de haberse pasado todo el día escribiendo en la solitaria compañía de los hombres en el campo, aún seguía temblando. Apartó el periódico y cogió el mando a distancia. Judith y él se sentaron con el chico en el sofá. Apareció el canal de historia en pantalla. Daban un programa titulado: *El ejército secreto de Europa en la Segunda Guerra Mundial.*

—¿Crees que es apropiado? —preguntó ella.

—Un momento —contestó él.

Se oyó una voz grave que decía: «Imagínate que vives en la Holanda ocupada, ¿qué harías? ¿Arriesgarías tu vida?». Kaplan vio a hombres y mujeres que no eran distintos de Judith y de él mismo. ¿Verían Judith y Abraham lo mismo que él? En cuanto salieron imágenes de soldados alemanes, reconocibles con sus cascos de acero, Abraham transformó la mano en una pistola y empezó a hacer ruidos con la boca como si disparase a la pantalla. Judith le dirigió una mirada acusadora a Kaplan.

Cuando el chico estaba a punto de entregarse a un exceso de energía cuyos fragmentos le tocaría recoger más tarde a Judith, ella cogió el mando a distancia y apagó la televisión. Abraham se contuvo al ver que había sido ella y no Kaplan quien había apretado el botón. Luego Judith le indicó por señas que fuera a ducharse. Y, mientras ella se lo llevaba al cuarto de baño, Kaplan procuró no ver el contraste con la resistencia que Abraham mostraba invariablemente ante sus intentos de que se lavara. El chico se estaba alejando de él y Kaplan no se lo podía reprochar a nadie... salvo a Judith. Quizá fuera demasiado celoso como para ser un padre de verdad. Pero aún era posible salvar el libro. Debía contarle la verdad a Judith, esa misma noche, ya. Llenó la tetera amarilla y fue a sentarse a la mesa.

Pasó más de un cuarto de hora antes de que Judith apareciera de nuevo en la sala de estar, sola y satisfecha.

—Bueno, pues ya está listo —dijo. Se percató enseguida de la postura solemne de Kaplan y le preguntó si pasaba algo.

—Siéntate un momento —le pidió él.

—¿Tan grave es?

—Tú siéntate, nada más.

Kaplan le sirvió una taza de té.

—¿Tiene algo que ver con el vecino de abajo? Ayer me crucé con él y se mostró muy simpático. Creo que la nota que le enviaste ayudó, de verdad. No tienes de qué preocuparte.

—No, no tiene nada que ver con él.

—¿Qué pasa entonces? Las cosas van mejor, ¿no? Abraham ya no roba. ¿O crees que ya ha pasado el peligro para él?

—Aún estamos en enero, habrá que esperar un poco más, pero lo que quería decirte no tiene nada que ver con él —Kaplan hizo acopio de todo su valor—. Se trata de mi trabajo. El libro. No va bien. Así no conseguiré acabarlo.

—¿Así cómo? ¿De qué tienes miedo?

Había pasado tanto tiempo desde que culminara sus otros escritos, tanto que era como si los hubiese redactado otra mano, quizá ya no era capaz de hacerlo.

—Aparte de los problemas logísticos que estoy teniendo, me temo que no me van a creer. Temo que no aceptarán mi autoridad porque estoy escribiendo sobre la guerra.

Ella guardó silencio y tomó un sorbo de té. A él le pareció oír las decenas de preguntas que ella no formuló.

—Y necesito a alguien que me apoye —dijo él.

—Pero yo te apoyo, ¿no?

—No me refería a eso. Hablo de otro tipo de apoyo: alguien que me ayude a la realización del libro. Yo solo no lo conseguiré.

—Da la impresión de que ya has pensado en alguien.

Él se quedó pensativo y luego dijo convencido.

—Ya lo he hecho.

—¿Y qué quieres que te diga yo? Llama a quien tengas que llamar, por el amor de Dios...

9

Se veía exactamente igual que en la foto que aparecía en su último libro —*La historia como péndulo*—, publicado en mayo de 2013, cuarta edición. Una mirada clara y una sonrisa cauta en los labios. Ese aspecto habría tenido Kaplan si la sensación histórica lo hubiese marcado lo suficiente.

Había llegado demasiado pronto a su cita, pero Van Stolk también. Sentado detrás de la taza de café, en la mesa 12 en la terraza del café Havelaar, situado en la plaza de Multatuli, detrás del edificio de la Facultad de Historia, Kaplan vio al hombre del que ya sabía tanto tomar asiento en una mesa. El profesor no miró a su alrededor sino que esperó impasible.

Van Stolk había consolidado su nombre en el mundo académico al oponerse firmemente a la generalización de las tareas, antes tan especializadas, del Instituto Nacional de Documentación de Guerra, que desde el año 2010 se ocupaba oficialmente de los estudios sobre la guerra, el Holocausto y el genocidio. Había sido el principal impulsor para que la Segunda Guerra Mundial se convirtiera en la principal área de investigación del instituto.

Como el propio Van Stolk había dicho en un programa de televisión que Kaplan había encontrado recientemente en internet, el Holocausto era «el único suceso histórico en la historia mundial que no debe vincularse a otros sucesos históricos. Por supuesto que se puede hablar de causas y de consecuencias e incluso de coincidencias con otros ejemplos de totalitarismo o de barbarie, pero si queremos comprender de verdad lo que sucedió durante los años de la guerra, debemos insistir en su completa singularidad, no banalizarlos». No quedaba claro por qué el hombre había dejado el instituto hacía dos años.

En los últimos días, Kaplan había buscado todas las declaraciones del profesor que había podido encontrar por internet y todas las veces se había quedado impresionado por su erudición y la precisión con la que se expresaba. El culto casi sectario del que gozaba Van Stolk en los círculos académicos no parecía infundado.

El profesor no hizo ninguna seña, pero el camarero fue hasta él con actitud servicial. Dos días antes, el 8 de enero, mientras Judith ayudaba a a Abraham a ducharse, Kaplan le había escrito al profesor. Obtuvo una respuesta automática que le informó de que el profesor estaba ausente, pero no mencionaba la fecha de su regreso ni prometía una contestación. Sin embargo, sí mencionaba un número de teléfono. En el contestador automático, la voz pausada del profesor decía que solo estaría localizable entre las doce y la una del mediodía. Al día siguiente, a partir de las doce, Kaplan estuvo llamándolo cada cuarto de hora sin éxito. Dejó un mensaje a sabiendas de que no recibiría respuesta. La noche anterior, mientras Judith movía los labios en sueños, él se levantó y le escribió otro mensaje por correo electrónico.

Kaplan tenía algo grande que ofrecer, una nueva fuente. «Tengo algo que le interesará mucho. Debo hablar con usted en persona. Dígame cuándo y dónde. Abel Kaplan.» Esa mañana había recibido por fin una contestación: «Plaza de Multatuli, 16:00. Siento curiosidad. J.v.S.».

Kaplan pasó unos minutos más practicando las vocales del viejo Abel en el dorso de un posavasos. Eran las letras más difíciles de su caligrafía. Después cogió la cartera que contenía las fotocopias del manuscrito a mano, se levantó tan sigilosamente como pudo y dio un pequeño rodeo para que el profesor creyera que acababa de llegar.

Mientras Kaplan se acercaba a aquella pequeña mesa, sintió que las manos le sudaban y el corazón se le aceleraba. Solo al recordar la noche en la que había liberado a Abraham, consiguió recuperar algo de fuerza en sus miembros. Estaba a un metro de la mesa, cuando su sombra se proyectó justo sobre la sencilla carta de menú que Van Stolk estaba mirando como hipnotizado. Entonces el profesor levantó la vista, sus ojos eran de un azul muy claro. No era frecuente que alguien consiguiera intimidar a Kaplan.

—Johan van Stolk —dijo el profesor y le tendió la mano.

Kaplan se la estrechó, con demasiada avidez, pensó.

—Kaplan, Abel Kaplan.

—Bien, siéntate. ¿Quieres tomar algo? —sin esperar una respuesta, Van Stolk estableció contacto visual con el camarero.

—Un café, gracias —farfulló Kaplan.

El profesor fue el primero en tomar la palabra, una pequeña victoria para Kaplan.

—Bueno, cuéntame. ¿Qué tienes para mí?

El fenómeno de la duda tenía pocos secretos para Kaplan: llevaba casi cincuenta años tratando con sus distintos matices y efectos. Debía sembrarse con cuidado y paciencia. Solo así podía proliferar. Kaplan plantaría un deseo en Van Stolk que iría anexionando más partes de su cuerpo hasta que un «no» le costaría mayor esfuerzo y capacidad de persuasión que un «sí».

—Un auténtico diario de guerra escrito por un holandés.

La mirada del profesor se enfrió ligeramente y la boca adquirió un rictus de decepción.

—Hoy en día hay montones de manuscritos, informes sobre los campos de concentración, diarios y documentos personales. Los desvanes del país están llenos de ellos ahora que las últimas personas que vivieron la guerra están muriendo.

—Este es distinto.

El profesor se inclinó hacia delante.

—¿En qué? ¿Qué contiene?

—No se trata tanto del contenido como de la forma. Piense en Primo Levi.

—Al mundo le basta con un solo Primo Levi. ¿Qué tiene de valor ese manuscrito? Lamento tener que formular esta clase de preguntas, a mí también me resultan incómodas.

—En cualquier caso, jamás me había topado con algo así —Kaplan no se refería solamente a las palabras que había secuestrado del diario original, sino también a las que habían salido de él mismo. Y era verdad—. Para mí, como lector, la guerra jamás había sido tan tangible, tan real. Es como si estuviera viviendo todo aquello. Es una historia sobre la vida en un campo de concentración que no solo trata de la muerte, sino también del amor y de la amistad. De la vida.

—Eso puede ser interesante —admitió el profesor. Tomó un sorbo de su café y, con la punta de la lengua, se limpió los labios—. Y qué quieres hacer con ella, ¿quieres regalársela al NIOD? Aún conozco a mucha gente que trabaja allí.

—No. Quiero que usted vea lo que veo yo.

—Puedes tutearme.

—Y quiero que hagamos un libro juntos.

Kaplan lo vio de pronto ante sí: no solo el noble trabajo de colaboración, sino también el objeto mismo, la portada del libro, el lomo. Antes le parecía precipitado pensar en un editor, pero ahora se le ocurrían a montones.

—Tu introducción y mi texto.

Si unía su nombre al de Van Stolk, la legitimidad de la obra sería incuestionable. Solo con la ayuda de ese profesor, algo inventado podría ser verídico.

—¿Tu texto? —dijo Van Stolk.

—El manuscrito me ha encontrado a mí y solo yo puedo descifrar su caligrafía —y solo él podía imitarla—. Tres nombres en el libro. El del hombre mismo, el tuyo y el mío —se inclinó hacia delante, su rostro muy cerca del profesor, entre ellos no había más que una línea en blanco—. Seré franco. Llevo años siguiendo tu carrera. He visto que te gusta participar en el debate público. Quieres hacer algo más que husmear en bibliotecas y archivos. Quieres estar al frente de la clase y te gustaría que el país entero cupiera en el aula. No me entiendas mal, se trata de una aspiración muy noble.

—Siempre digo que el aplauso es un signo de reconocimiento. Significa que lo que haces vale la pena.

—Exacto —era como si los pensamientos fluyeran hasta su cabeza sin la menor resistencia ni pérdida de energía—. De ese modo, podemos volver a sacar la guerra de los círculos académicos y dejarla en la arena púbica, donde debe estar.

El profesor asintió tres veces.

—¿Y qué motivación tienes? ¿Eres el enésimo muchachito que querría arreglarlo todo?

—Solo un muchachito que quiere limitar el daño —repuso Kaplan sin pensar—. Nada más.

Sin desviar los ojos de Kaplan, Van Stolk echó mano de su cartera y sacó un cuadernillo de color negro.

—¿Cómo se llama el hombre del libro?

—Abel Citroen.

Apuntó el nombre.

—¿Vive aún?

—Creo que no —dijo Kaplan.

—Debemos asegurarnos. Lo consultaré. ¿En qué campo estuvo?

—Auschwitz. ¿Eso es favorable o no? Para el manuscrito, me refiero.

—Podría haber sido Vught. También era horrible, aunque no era Auschwitz —el profesor seguía asintiendo—. Necesito algún tiempo para pensarlo. Es un momento complicado. Tengo mucho trabajo.

—Las agendas están siempre llenas —la frase se le escapó a Kaplan y desencadenó nuevas fuerzas en su interior—. Se trata de qué es lo que te importa más, lo que tienes que hacer para los demás o lo que tienes que hacer para ti mismo —Van Stolk volvió a asentir dos veces, miró al cielo y suspiró profundamente. Kaplan alcanzó su cartera y sacó el manuscrito—. Toma, lee.

—¿Ahora?

—Ahora.

El cielo fue perdiendo color, Kaplan pidió un par de velas para que Van Stolk tuviera suficiente luz. A veces, los dos hombres se frotaban las manos a la vez para entrar en calor. Pasó una hora, en la que el profesor fue pasando alternativamente las copias del manuscrito y leyendo atentamente. Después, volvió a ordenar el montón de papeles y dijo:

—Tendrás noticias mías.

Pocas veces había sentido Kaplan las piernas tan ligeras. Lo llevaron con toda naturalidad desde el campus universitario de la ciudad hasta su casa. Van Stolk se había mostrado receptivo. Kaplan solo había tenido que encenderle la chispa. Él seguiría «descifrando» el manuscrito, lo que equivalía a pasar a limpio el texto, por un lado, y a modificarlo, por otro, el procedimiento habitual.

Mientras tanto, Van Stolk indagaría sobre el contexto, sobre casos parecidos de manuscritos posteriores, del *Umfelt* académico. El hecho de que el profesor actuara con cautela en aquel estadio solo hablaba en su favor. Terminaría cooperando. Dentro de poco, Kaplan no tendría que volver a ser un funcionario administrativo, ni un escritor fracasado, sino que sería por fin él mismo. Cuando estuvo cerca de su casa, aminoró un poco el paso, como si sus piernas se fuesen llenando despacio de agua.

Subió la escalera. Por supuesto, más adelante, Van Stolk querría ver el original. Cuando llegase ese momento, Kaplan seguiría el mismo procedimiento que se había propuesto con un posible editor: primero ganaría tiempo y, mientras tanto, seguiría reescribiendo el texto y fotocopiaría lo reescrito para que no le hicieran preguntas incómodas sobre el tipo de papel y cosas por el estilo.

Y, a su debido tiempo, el profesor tendría que ver el diario de Judith, cotejarlo por poco tiempo. ¿Qué debía hacer Kaplan, volver a conseguir el libro con alguna artimaña u ofrecerle a Judith la oportunidad de apoyarlo incondicionalmente? ¿No era eso lo que ella siempre le pedía, auténtica intimidad, compartir cosas uno con el otro que uno hacía bien no compartiendo con nadie más?

El chico dormía; Judith y Kaplan estaban en la cama. Era una sensación extraña tenerla de nuevo a su lado con tanta normalidad, como si le hubiese sido concedida una gracia a la que ya no tuviera derecho. Hundió la cara contra la axila de ella. Judith estaba medio dormida, se despertaba ligeramente y volvía a adormecerse. Él le puso la mano sobre la frente húmeda. Quizá se despertara siendo la misma de siempre, la mujer de antes del chico, la mujer que no se preocupaba por las preguntas difíciles. Si había algo que aún quisiera ser, se dijo, era alguien al que no se le pudiera reprochar nada.

Esta vez ella estaba completamente despierta.

—He tenido un sueño extraño —dijo—. Estábamos de viaje en algún país desértico. Íbamos en un autobús y de repente nos pedían nuestros papeles. No te lo creerás, pero llevábamos una estrella en la ropa. Avanzábamos y teníamos que parar, avanzábamos y teníamos que parar y todo el rato igual. Y cada vez que parábamos, yo tenía miedo de que nos registraran el equipaje y que encontrasen algo que fuese a decidir nuestro destino. Mientras estábamos en camino, me calmaba un poco, pero enseguida volvíamos a reducir la marcha y aparecía otro puesto fronterizo. Cada vez el mismo pánico. No debían encontrar nuestras maletas. En un momento dado, hicieron bajar del autobús a todos los viajeros. Nos controlaron los papeles y quisieron saber de quién era cada maleta. Estaba segura de que iban a desenmascararnos, pero entonces me di cuenta de pronto de que no llevábamos ninguna maleta. Te lo dije y tú me miraste y contestaste: «Corre». Así que echamos los dos a correr, bajamos la montaña, tropezamos y seguimos rodando ladera abajo. Corrimos más, sin parar, hasta que ya no nos seguía nadie. Luego continuamos arrastrando los pies, sucios y polvorientos, bajo un sol abrasador, por un interminable camino amarillento, pero nos sentíamos tan bien, Abel. Yo me sentía tan ligera y feliz. Éramos completamente libres.

—¿Porque nadie nos perseguía ya?

Ella lo miró sorprendida.

—No, porque no teníamos maletas, ningún equipaje, ningún pasado. Solo éramos dos personas en el presente, juntas.

—¿Y no es eso lo que somos?

—Claro que no. A menos de cinco metros de nosotros está durmiendo un chico gitano fugitivo.

—Eso es temporal.

—Eso es lo que siempre dices, pero tampoco tú sabes lo temporal que va a ser. Ya hace tiempo que pasamos el límite crítico del 1 de enero, Pero no se trata solo de él. Tú estás atrapado. A tu exmujer, a...

—Eso se ha acabado por completo, ella...

—Está bien, Abel. No te culpo. Las cosas son así y ya está. Encima aún llevas su apellido. Estás apegado a ella, al pasado, a esa guerra. Y ahora también a ese chico. Quizá yo tenía la esperanza de que cambiaras, pero ¿sabes?, creo que la gente sigue siendo esencialmente la misma. Está bien. Mi psiquiatra dice que mi problema es que espero mucho de la gente.

—¿Tienes un psiquiatra? —«Solo las víctimas hacen terapia, nunca los agresores», una frase medio olvidada de Eva que ahora se le revelaba a Kaplan como una canción de cuna de su infancia. ¿Eso era Judith, una víctima?

—Sí, señor. ¿Te sorprende?

—Para serte sincero, sí.

—Bueno. Entonces, aún hay esperanza —dijo ella.

Permanecieron en silencio.

—No me aferro a esa guerra —farfulló él—. Bueno, sí lo hago, pero todos lo hacemos. Seguimos viviendo bajo la sombra de la Segunda Guerra Mundial, lo admitamos o no. Toda nuestra cultura está supeditada a ella.

—Yo no tengo en absoluto esa impresión, que vivamos completamente bajo su sombra. Como si después de Auschwitz cada sonrisa fuese un descaro. Y eso que yo soy...

—Y eso que tú eres judía de verdad —concluyó él. Ella asintió con cautela—. Y yo no —añadió Kaplan—. Hace poco, cuando comimos en aquel hotel aún me considerabas judío, ¿y ahora ya no?

Ella se encogió de hombros.

—No sé a qué te refieres.

—¿Por qué vosotros...?

Ahora fue ella la que lo interrumpió.

—¿Vosotros?

—¿Por qué habrían de tener los judíos el derecho exclusivo a sentir dolor? Tú y yo crecimos con los mismos sucesos crueles, vimos los mismo programas de televisión, oímos las mismas historias. Ese dolor es el que nos une a todos nosotros.

—¿Sabes una cosa, Abel? Creo que ahí es donde te equivocas. Mientras que otros hablan del derecho a la felicidad, tú hablas del derecho a la pena.

Cuando ella se dio la vuelta, él no se lo impidió.

El día despertó, Kaplan puso un par de calcetines encima del radiador para los pies fríos de Judith y luego fue a la cocina a preparar huevos revueltos. La mantequilla chisporroteaba en la sartén. Kaplan iba removiendo con la mano izquierda y con la derecha apretó la basura. Ahí estaba el deuvedé de Emmanuelle. La carátula crujió y se rompió.

Había necesitado tiempo y ayuda, y ahora disponía de las dos cosas. Todo lo demás era superstición. Por fin podía dedicarse al relato, al destino de los prisioneros, ya llevaban demasiado tiempo esperando su intervención. Por supuesto que no podía alterar sustancialmente su destino, la idea de un final feliz era blasfema, pero al menos Kaplan estaba con ellos, se podría decir que velaba por ellos. Siguió removiendo los huevos distraídamente. Hizo tres partes con una espátula y añadió un poco de perejil. Luego llevó la sartén a la mesa del comedor, donde lo estaban esperando tres platos y dos miembros de la familia.

Abraham imitaba a Judith, que tomó su primer bocado cuando Kaplan ya iba por la mitad de su parte.

—¿*Ai dormit bine*? —le preguntó Kaplan al chico en tono causal. Este se encogió de hombros.

—¿Y tú? —se dirigió a Judith—, ¿has dormido bien?

Ella hizo un gesto de asentimiento.

—¿Cómo fue con tu cita de ayer?

—No te mentiré —empezó a decir él para posponer su triunfo un poco más—. Van Stolk era sin duda el hombre adecuado. Comprendió exactamente lo que pretendo conseguir con mi libro.

—¿Y qué es lo que pretendes conseguir?

—Ya te lo contaré después, ¿de acuerdo?

Abraham engulló sus huevos, tenía un poco de perejil en la nariz. Qué sonrisa tan extraña tenía en el rostro. ¿Se estaba riendo el chico de él?

—Van Stolk se ocupará de los asuntos prácticos y yo me concentraré en el contenido —Judith no reaccionó—. Está bien ¿no? —preguntó él.

—Sí, muy bien —miró a Abraham y, de una forma muy femenina, dudó sobre si debía decir algo o no.

—Sé que quieres que estemos juntos, pero también tengo que poder trabajar. Tenemos que ganar dinero, de lo contrario no podremos mantenernos —en la mirada de Judith, Kaplan vio que ella sabía que él tenía razón—. Y con este libro es posible.

—¿De veras?

—Te lo prometo —dijo él de pronto.

—Jamás te había oído prometer algo.

—Eso es porque jamás había estado tan seguro de algo como ahora.

10

—¿Se ha confirmado la autenticidad de la obra?

Después de tres correos electrónicos y dos conversaciones telefónicas, Van Stolk había accedido a un nuevo encuentro. Era una pregunta rutinaria que el profesor le hizo a Kaplan sin establecer contacto visual, con los ojos puestos aún en la carta de bebidas.

No cabía dudar sobre la autenticidad del manuscrito original. Y, en cuanto el libro estuviese acabado, la calidad prevalecería sobre cualquier pregunta. Escribir iba sobre la ilusión de autenticidad. Kaplan reforzaría esa ilusión con otras fuentes, extrayendo el filtrado de todo tipo de literatura sobre campos de concentración e inyectándola en la obra. Con cada inyección, aumentaría el interés del libro. Hasta ese momento, debería manipular la verdad.

—Créeme, será auténtico.

—¿Será?

—Es.

—Muy bien. Veamos, te diré como veo yo las cosas, ¿vale? Dentro de unos pocos años, todos los escrúpulos y tabúes sobre la Segunda Guerra Mundial habrán desaparecido definitivamente. Casi todos los supervivientes han fallecido ya y la memoria colectiva está llena de otras guerras y conflictos, de bodas de famosos y películas de gatos. Holanda está formada en gran parte por inmigrantes que solo están interesados en la guerra como una especie de preludio a la presencia israelí en Oriente Medio. Mi viejo instituto cerrará o tendrá que fusionarse hasta que ya no tenga ninguna función. Entonces, la guerra habrá terminado de verdad en el silencio que sobrevendrá después. Si estás realmente decidido a sacar este libro, tiene que ser perfecto.

En cualquier caso, Judith se ocupaba del chico, se tranquilizó Kaplan. Últimamente solía hacerlo cada vez con más frecuencia cuando estaba nervioso, así repartía su vida en las pocas certezas que aún le ofrecía. Por la mañana, habían preparado juntos la pasta azucarada que tanto le gustaba a Abraham. Madre e hijo, amasando en la encimera.

—¿Y has podido seguir la pista de Abel Citroen? —preguntó Kaplan.

—Lo he buscado, pero no he encontrado su nombre por ninguna parte. Ahora debería tener unos noventa años, ¿no?

—Déjame pensar. Tenía treinta y dos cuando llegó a Auschwitz en 1942, así que ahora tendría noventa y cinco. Su hija apenas habla de él. Me extrañaría que aún siguiera con vida.

—¿Cómo llegó a tus manos el diario?

—Familia —dijo Kaplan—. Y preferiría que lo dejásemos así.

Pagaron la cuenta y se dirigieron a la plaza del Dam. Se detuvieron ante la fachada de De Groote Club, en la esquina con la Kalverstraat. Dos días antes de la capitulación, el 7 de mayo de 1945, mientras celebraban la liberación, los soldados de la Kriegsmarine abrieron fuego contra la muchedumbre desde el tejado: hubo decenas de muertos y más de un centenar de heridos. En ese edificio hay ahora un gran banco que ofrece muchas ventajas.

—¿Sabías que la antigua sede del Movimiento Nacional Socialista de la Maliebaan en Utrecht se convirtió en una guardería hace unos años? —dijo Van Stolk—. Ahora se llama Nido Feliz. ¿Qué te parece?

Poco después, mientras cruzaban el Barrio Rojo, Van Stolk le preguntó a Kaplan si había oído hablar de Binjamin Wilkomirski.

—Claro —contestó él sin faltar a la verdad, esperando en vano que el profesor añadiera algo más.

Apretaron el paso para esquivar a un grupo de turistas ingleses. Al entrar en el Nes, se acordó del incidente sucedido hacía cuatro años el día de la Conmemoración de los Caídos. Kaplan estaba presente entre la multitud silenciosa cuando oyó un ruido como la detonación de una pistola, había sentido oleadas de pánico, la histeria masiva que debió de reinar allí hacía sesenta y cinco años. Por un momento hubo guerra.

Aquella noche, Kaplan buscó información en Internet sobre Binjamin Wilkomirski, cuyo verdadero nombre era Bruno Grosjean. Wilkomirski era un profesor de clarinete e historiador aficionado suizo que en 1995 publicó *Bruchstücke*, un libro autobiográfico sobre su vida en dos campos de concentración donde habría estado encarcelado de niño. Más tarde se descubrió que todo era inventado.

Wilkomirski fue un fantasioso con mucho éxito. Su libro obtuvo una gran acogida, se tradujo a nueve idiomas, entre ellos al holandés. Recibió el prestigioso premio Memoria de la Shoah, apareció en documentales israelíes sobre jóvenes víctimas y se convirtió en un invitado fijo de las celebraciones organizadas por los recaudadores de fondos para el Museo del Holocausto en Washington.

¿Cómo pudo llegar tan lejos?

Kaplan leyó sobre su gran amigo Elitsur Bernstein, que en 1979 siguió clases de clarinete con Wilkomirski. Al parecer, ese año Wilkomirski estaba en un estado mental y físico deplorable, acosado por terribles pesadillas. Bernstein, psicoterapeuta de profesión, interpretó los problemas de Wilkomirski como recuerdos somáticos: huellas físicas de un trauma que su mente había tratado de reprimir. Bernstein pidió encarecidamente a Wilkomirski que pusiera por escrito sus pesadillas. Cuando más tarde leyó los escritos de su amigo, supo con certeza que los sueños tenían sus raíces en el Holocausto.

Después, fueron a visitar juntos un gran número de campos de concentración, lo que no hizo sino aumentar la identificación de Wilkomirski con las víctimas. Estimulado por la legitimidad terapéutica de Bernstein, la memoria de Wilkomirski tenía cada vez menos dudas. Los recuerdos contados se fijaron y solidificaron. Los apuntes fueron creciendo hasta convertirse en un libro que los especialistas consideraron auténtico... hasta que un periodista suizo llamado Ganzfried investigó el asunto y llegó a la conclusión de que Wilkomirski solo habría conocido los campos de concentración como turista. Posteriormente, se llevó a cabo una investigación a mayor escala, un estudio exhaustivo; el libro resultante era mucho más extenso que la propia obra de Wilkomirski.

La conclusión fue implacable, la reputación literaria del libro quedó destruida. Las palabras eran las mismas, pero el libro había cambiado para siempre. Una frase del estudio se citaba continuamente en Internet: «Lo que era una obra maestra, se convirtió en *kitsch*».

Kaplan no consiguió acercarse más al enigma de Wilkomirski. Imposible averiguar si Wilkomirski había sido inicialmente un impostor muy astuto, totalmente consciente de su engaño, o no había sido más que un perdedor depresivo, víctima de su propia imaginación. En realidad, Kaplan no sabía qué era peor. Todavía no entendía por qué Van Stolk había sacado el tema de Wilkomirski. Tal vez, a su manera, el profesor quería advertirle del riesgo. Leyendo sobre Wilkomirski, Kaplan acabó encontrando el caso de una escritora sueca nacida en 1953, Barbro Karlén, que parecía ser la reencarnación de Ana Frank. Cuando Karlén tenía tres años, le contaba a su madre recuerdos de una casa escondida. Después de varios meses, dijo por primera vez que su auténtico nombre era Ana.

En 1964, la familia viajó a Ámsterdam. La muchacha de once años llevó a sus padres a la casa de atrás. Una vez allí, se negó a abandonar la habitación de Ana y tuvo que venir un vigilante para sacarla. Un año más tarde, empezó a escribir textos breves y poemas en los que informaba de que había un «espíritu del mal» decidido a aniquilar a la humanidad. Ese espíritu preguntó a la gente de la Tierra si había alguien que quisiera colaborar con él. Solo hubo un hombre que se mostró dispuesto a ello y su nombre era Adolf Hitler.

Kaplan fue a la cocina para preparar un té. En comparación con Wilkomirski y Karlén, alguien como Friedrich Weinreb, que con todo había conseguido un lugar prominente en la historia holandesa, era un mentiroso descarado. Un hombre que se había unido al bando equivocado y quería enmendarse. El agua hirviendo le empañó los ojos. ¿Era esa la razón por la que Van Stolk le había hablado de Wilkomirski? ¿Acaso albergaba alguna sospecha? ¿Por qué había estado Kaplan tan seguro de que a él le esperaba otro destino que el de Wilkomirski? Un momento, él no era ningún fantasioso. Él estaba retocando un texto auténtico y, a pesar de todos sus añadidos, aquel texto estaba basado en la realidad. Todo lo que él inventaba era real. Con la tetera en la mano, Kaplan fue hasta la mesa del comedor.

Un último paseo por Internet lo llevó hasta la historia del holandés Jack van der Geest, conocido entre los académicos como el Forrest Gump de la Segunda Guerra Mundial por haber asistido físicamente a casi todos los momentos decisivos de la guerra. Según la página de la Wikipedia de Estados Unidos, Van der Geest fue una de las ocho personas que escapó con vida del campo de concentración de Buchenwald. Tenía diecisiete años cuando había estallado la guerra. Obviamente, se unió enseguida a la resistencia. Viajó a Róterdam, vio el bombardeo de la ciudad. Fue testigo del momento en que la reina Guillermina abandonó IJmuiden. Liquidó alemanes, vivió la gran hambruna que sobrevino entre 1941 y 1942. En Buchenwald, fingió estar muerto en una profunda fosa llena de cadáveres. Después de escapar, se unió a la resistencia francesa. Gracias a los franceses, llegó a Inglaterra, después de lo cual participó en el Día D como soldado británico. Al final de la guerra, emigró a Estados Unidos donde las cosas le fueron muy bien con su heroísmo. Sus memorias tituladas *Was God on Vacation?* fueron reeditadas muchas veces.

Kaplan suspiró. En suma, después de la guerra se produjo un espectáculo de fenómenos sin precedentes. Cuando Judith salió del dormitorio, Kaplan cerró el portátil.

Por la noche, se despertó sobresaltado y se llevó la mano al pecho. Un recuerdo que llevaba años ilocalizable lo atravesaba. Había hablado de ello con un psicoterapeuta, tres veces nada menos. Aquello ocurrió en el ocaso de su relación con Eva. A pesar de que para Kaplan sus accesos depresivos no eran más que las manifestaciones lógicas de su pena, su círculo social, o sea, Eva, no estaba de acuerdo con él.

Las conversaciones con el terapeuta, con gafas y bien provisto de caspa en los hombros, fueron singularmente cansinas. Le dijo a Kaplan que sus rasgos más característicos eran intentos de camuflar otra cosa, algo grande y sin nombre que habitaba en su interior. Instintivamente ese análisis cayó en terreno abonado, había algo que encajaba plenamente con la descripción: el miedo que jamás lo había abandonado desde su infancia.

Al comienzo de la tercera sesión, el psicoterapeuta le dijo que el hombre siempre necesita más a la mujer que al contrario. Kaplan aguantó los tres cuartos de hora conteniendo los temblores, se sentía desenmascarado, desnudo, humillado. Nunca hubo una cuarta sesión.

Judith tenía la boca algo abierta y respiraba apaciblemente. Kaplan decidió no despertarla. Las punzadas en el pecho cesaron. Cerró los ojos, decidido a conciliar el sueño. Sintió un fugaz vestigio de empatía hacia Wilkomirski y hacia todos aquellos que habían estado indefensos frente a las chapuzas del alma.

11

Kaplan había trabajado todo el día y, cuando anocheció, se sentía vacío y satisfecho. Era una pena no poder salir con Judith, pedir una *île flottante* y una buena botella de vino y después celebrar una noche de sábado como era debido, sin pensar en el tiempo ni en la dirección, una noche para beber y hablar libremente, reír sin parar sobre cosas que al día siguiente ya no parecerían graciosas. Abraham dormía, la televisión estaba encendida sin volumen. Judith y Kaplan estaban sentados en el sofá; los pies de ella descansaban cerca de las manos de él. De vez en cuando, él metía un dedo entre los dedos de ella, que olía ligeramente a sudor.

—Sería agradable salir a cenar por ahí, ¿no? —comentó—. Sin Abraham.

—¿Por qué lo dices? ¿No te ha gustado la dorada?

—No es eso. Sería agradable salir de casa los dos solos y entrar en un buen restaurante, hacer algo extravagante juntos.

—Nunca te he visto hacer algo extravagante.

Kaplan vio una raya de bolígrafo en el codo de Judith: obra de Abraham.

—Tú no necesitas hijos, ¿verdad?

Todavía podía asaltarlo de pronto la entrevista que Eva y él mantuvieron con el médico en el pasado, los retazos, las imágenes.

—No, no los necesito. He tenido periodos en que sí los deseaba. De vez en cuando vuelvo a tener uno de esos periodos. ¿Sabes una cosa? A veces, cuando miro la cara de Abraham, me parece ver tu boca y mis cejas. Sé que no tiene sentido, pero las veo. Y, en realidad, no sé si sería una buena madre.

—Claro que sí. Mira a Abraham. Un chico rebelde y salvaje que contigo es dócil a más no poder.

Pensando en su propia madre, a Kaplan se le ocurrió que Judith no era lo bastante cruel para explotar al máximo el poder que tiene una madre.

—No era salvaje antes y tampoco es tan dócil ahora. No es un animal —esperó un momento y suspiró—: ¿Sabes lo que significa el nombre de Abel?

—No me apetece mucho hablar de simbolismo judío. A mis padres les parecía bonito —ella no parecía convencida—. Está bien, procede de la palabra *hewel*, que significa «efímero» —dijo Kaplan, su voz le sonó sumisa.

—Exacto. Caín y Abel eran los dos hijos mayores de Adán y Eva. Tienes uno de los primeros cuatro nombres de la historia mundial.

El nombre Eva, pronunciado por Judith, le causó una punzada de dolor en el estómago.

—También sé que Caín significa «lanza» —añadió él—, pero no conozco a nadie que se llame Caín. Y todo el mundo llama Efímero a su hermano. ¿Qué dice eso de la gente?

—Es lógico que nadie le quiera poner a su hijo el nombre de un asesino, ¿no? —ella retiró los pies e hizo ademán de ir a lenvantarse.

—Abel existe por la gracia de Caín, ¿ no lo entiendes? —él volvió los hombros hacia Judith y le agarró los tobillos—. Sin Caín nadie hablaría de Abel. Todos esos Abeles, tan buenos, hombres desesperados que esperan la salvación divina. Caín sabía lo que quería y estaba dispuesto a hacer cualquier cosa para conseguirlo. ¿Por qué es Caín el vagabundo y no Abel?

Era domingo por la mañana. Los invariables programas de la cadena pública de televisión llovían sin cesar, cuando Judith dijo de pronto que tenía que salir un rato, «no aguantaba más». No era un deseo disparatado: exceptuando la ocasión en la que había ido a su casa a buscar ropa limpia, llevaba dos semanas sin salir del apartamento de Kaplan. Él la animó a que saliera, quizá su generosidad la haría cambiar de opinión. La puerta se cerró. Cuando Kaplan se volvió en dirección al dormitorio, vio a Abraham en la puerta con los brazos cruzados.

Un poco más tarde, todo se torció. Judith no debería haber estado fuera más de una hora. Kaplan había intentado trabajar, pero el chico pasaba por su lado cada pocos minutos y le daba un golpecito a la tapa del portátil con sus dedos manchados de grasa. Si Kaplan le decía algo, Abraham paraba, pero, al cabo de nada, empezaba otra vez. Hasta que Kaplan se hartó y cerró de golpe el portátil. Abraham tenía las mejillas coloradas y un brillo burlón en los ojos.

Cuando Kaplan se acercó, el chico echó a correr y él salió en su persecución. Los dos se atraían como imanes. Sin duda, Kuiper oiría las carreras por el piso; con cada paso que daban, el descubrimiento de Abraham estaba un poco más cerca, ¿por qué no lo veía así el chico?

Kaplan se detuvo.

Pasos en la escalera. El picaporte se movió, la puerta se abrió.

El chico echó a correr hacia Judith y se echó en sus brazos. Kaplan se dejó caer en una silla. Ella abrió mucho los ojos por la sorpresa y acarició la cabeza del chico. Entre el pelo rubio empezaban a crecer mechones oscuros. No tuvo que formular ninguna pregunta. Kaplan sacudió la cabeza e hizo un gesto de desánimo con los brazos.

—Ven —le dijo a Abraham—, vamos a ducharte.

Cuando ya llevaba un rato oyendo el relajante tic del calentador de agua, Kaplan fue al cuarto de baño. El chico se había dejado puestos los calzoncillos como de costumbre; Judith estaba vestida al lado de la ducha, había metido las manos entre la cortina para lavarle el pelo. Abraham miraba largamente los copos de jabón que se arremolinaban. La intimidad de aquella escena era francamente inquietante. Él no era bienvenido allí. Salió del baño y fue a sentarse al sofá, oyó a Judith secar a Abraham y ayudarlo a dibujar. Al cabo de un cuarto de hora, se acercó a Kaplan y le dijo:

—Trabajabas en un colegio. Sabes como tratar a los niños, ¿no?

El colegio. ¿Por qué pensaba tan poco en el lugar donde había pasado buena parte de su vida? ¿De veras no echaba de menos el colegio, los chicos? No, Duifman había contaminado los recuerdos de Kaplan. La expulsión era el único camino correcto.

Judith fue a sentarse a su lado, le puso la mano en la espalda.

—Abraham no es un pobrecito, Abel, en serio. Es listo, sensible y divertido. Míralo así tú también, por favor. Por el amor de Dios, míralo solo como un niño. Como un niño lleno de talento.

Encima del sofá había unos papeles llenos de escritos y dibujos del chico. Palabras holandesas que Abraham había aprendido de Judith o que había ido pillando él solo. Con una caligrafía tosca e impaciente: *PlaySteeshen* y *Dorade*. Las figuritas dibujadas representaban una familia: el chico era mucho más pequeño que en la realidad, Judith tenía el cabello largo y negro y llevaba una falda roja, el propio Kaplan se veía más regordete, alto y ancho, como si fuera más grande que el de verdad. Kaplan cogió el mando a distancia, fue cambiando de canal, se detuvo en las noticias de la BBC. Por segunda vez en dos semanas, habían encontrado a un chico rubio de ojos azules viviendo entre los gitanos. La primera vez fue la rubia María de cuatro años en Grecia. Su presunta familia se la había llevado, pero resultó ser la hija de unos gitanos búlgaros. Su madre biológica vivía en una situación de extrema pobreza y, según decía, había regalado a su hija a unos conocidos de Grecia que no tenían hijos. Los vecinos aseguraban que había habido dinero de por medio. Los medios de comunicación griegos llamaban a la niña «el ángel rubio».

Hoy, una niña de siete años en Tallaght, Dublín. A ella también la habían apartado de la familia que la había criado. A raíz de las noticias sobre el ángel rubio, un vecino había puesto la denuncia. A diferencia de María, la niña irlandesa resultó ser la hija biológica de los padres que la habían criado. La devolvieron enseguida a su casa, según su hermana mayor, muy traumatizada y confundida por la intervención de la policía. Se habían presentado en su casa veinte agentes y trabajadores sociales. Se la habían llevado solamente porque tenía los ojos azules y era rubia, pero en Rumanía la mayoría de gente tiene los ojos azules. Según las organizaciones de protección infantil y otros críticos, la actuación policial había sido un secuestro en toda regla.

El robo de niños a manos de los gitanos era un conocido mito de la Edad Media que su madre solía usar para asustarlo: sé bueno y vuelve temprano a casa o se te llevarán los gitanos. La voz de Abraham penetró en la sala, el chico estaba en el dormitorio hablando con Judith.

La amarga ironía de un chico gitano, acogido en una honesta familia holandesa. Kaplan sentía punzadas en las sienes solo de pensarlo. Dejar de pensarlo, debía dejar de pensarlo. Había obrado bien. Se acordaba de las palabras de la señora Aoussar: «Por el bien del niño». Kaplan vivía por el bien del niño.

Judith pasó la mano por la ropa que había colgada en el armario. Acababa de meter dentro a Abraham.

—Tengo ganas de ponerme otra cosa. Me vuelve loca mi propia ropa —dijo. Se detuvo al ver el vestido de Eva y le dirigió una mirada interrogante.

Él tuvo que asentir con la cabeza.

Judith se puso el vestido. Le quedaba mejor que a Eva, de eso no había duda. Ella lo vio pensar, cavilar, desaparecer.

—¿Qué fue lo que salió mal entre vosotros? —preguntó acercándose a Kaplan, las manos aferradas a las de él—. ¿Puedo preguntártelo? ¿El vestido es suyo?

Así fueron hasta la sala de estar, sus pasos adquirieron un cierto ritmo, él puso música —una canción en directo de la época temprana de Louis Armstrong, con su voz ronca y melancólica— y ambos empezaron a moverse despacio, bailar pegados, como se decía antes.

Le pasaron por la mente las decenas de explicaciones que él se había dicho a sí mismo en retrospectiva.

—Creo que hubo muchas razones. La respuesta más sincera es que los dos estábamos demasiado cansados para seguir luchando —Kaplan la guiaba, apretándole con fuerza la mano, húmeda y cálida y procurando seguir el sonido lento del trombón—. Había un músico al que siempre contratábamos: Elias Contrabas. Desafinaba terriblemente, pero todos los años lo contratábamos, era nuestro ritual —se movían a la izquierda y luego de nuevo a la derecha—. No, déjame que cuenta esta historia de otro modo —inspiró profundamente—. Al principio nos dejamos cegar por las ventajas de una relación, por las virtudes de nuestros carácteres, por la felicidad de haber encontrado a alguien —su entonación adquirió un tono de una gravedad que escapaba a su control—. Después, de un modo que solo se ve al echar la vista atrás, las ventajas empezaron a parecernos normales. Las cosas hermosas pasaron a ser evidentes, medíamos nuestra felicidad por las cosas que no iban bien, las desventajas —en efecto, así fue como sucedió, se dijo para sí—. Empezamos a tener fantasías en las que el otro ya no tenía ningún papel. En algún lugar del mundo debía de haber alguien que tuviera las mismas virtudes que ella, pero no sus mismos defectos. Alguien con quien todo sería más fácil. Y estoy convencido de que ella pensaba lo mismo de mí. Cuando íbamos por la calle, mirábamos a la otra gente. Nos convencíamos de que nuestra imagen ideal de un matrimonio era llegar a alguna parte, pasar la noche entera charlando con gente y volver a casa juntos. Todo era absurdo —él le apretó la mano dos veces y ella le devolvió el apretón—. ¿Quién sabe por qué no funcionan las cosas? Queríamos tener un hijo. Hubo un incidente en una fiesta. Hubo un sinfín de peleas, pero ¿quién puede saberlo con seguridad? —le crujía la garganta—. Cuando nos dimos por vencidos fue como si cediéramos a una especie de destino, como si durante años hubiéramos tenido que nadar a contracorriente y por fin pudiésemos dejarnos llevar por la corriente natural del agua. Fue un alivio puramente físico —Kaplan suspiró—. Pero pronto nos dimos cuenta de que las virtudes del otro son lo único que queda. ¿Sabes que pasó? Al final ella dejó de apreciar a Elias Contrabas. Quería violines perfectamente afinados. Tardé años en comprender lo que eso significaba en realidad.

Judith aflojó su mano. Apoyó la cabeza en el hombro de Kaplan y habló como si estuviese sonámbula.

—A veces tengo miedo de no estar a la altura de tu pasado. De Eva. Como si todos los acontecimientos importantes de tu vida ya hubieran sucedido, como si todas las personas importantes ya hubieran pasado por ella.

—Este es el momento más importante de mi vida —le dijo él sin reservas, mientras ponía la mano en la espalda de Judith, aquella tela, aquella tela de hacía tanto tiempo, ceñida y estática—. Y tú estás conmigo.

A la mañana siguiente, Judith llamó a Kaplan. La radio de la cocina anunciaba la noticia de que un niño gitano se había escapado de una célula policial de Ámsterdam. Al parecer, aquel chico tenía un historial de conducta criminal y había recibido ayuda para escapar.

La policía agradecía cualquier información al respecto.

—Apágalo —dijo Kaplan—. A ver si aún lo va oír el antipático de Kuiper.

—Claro que no, hombre.

Kaplan se puso la mano derecha en el cuello y se masajeó los músculos tensos.

—Esto no significa nada. No saben nada.

—¿Pero quién dice que no os andan buscando ya?

—¿Quiénes son «ellos»?

—La policía. El servicio de extranjería. O ambos.

Él se quedó pensativo.

—¿Crees que deberíamos quedarnos aquí sentados?

12

Durante años, el tiempo había sido para Kaplan algo que simplemente existía, siempre, en todas partes. Por primera vez en muchos años, debía aprovechar al máximo el tiempo que lograba con mucho esfuerzo apartarse de Judith.

No era fácil ponerse en contacto con Van Stolk, pero Kaplan tomaba aquello como un signo de su prominencia y no de su desinterés. Entretanto, el profesor había leído fragmentos del manuscrito digital y no parecía insatisfecho. Aunque sí había hecho preguntas sobre la fuente empleada y se había interesado por el resto del libro.

Kaplan le escribió diciéndole que respondería a todas sus preguntas a su debido tiempo y que el profesor no debía preocuparse por la calidad del trabajo. El principal problema que tenía ahora era que aún le faltaban por escribir los capítulos finales del manuscrito que tenía en mente, pero eso no lo sabía Van Stolk. Dentro de poco volverían a quedar para hablar.

Kaplan intentó quitarse de la cabeza la noticia de la radio. No podía desviarse del camino que había tomado, no entregaría a Abraham. Kaplan puso la mano sobre el montón de obras de consulta que tenía encima de la mesa de la biblioteca. Primo Levi, Durlacher, el libro de Van Stolk, Eddy de Wind, el libro *Anus mundi*, que contenía los cinco años en los que Auschwitz permaneció abierto: las fuentes de la imaginación debían apoyarse en hechos.

Tomó el primer párrafo del diario copiado, empezó a copiar algunas frases, hasta que su mano volvió a creerse que pertenecía al viejo Abel. Cogió el portátil.

Le temblaban los dedos, sin duda había mucho en juego. Había puesto todo su empeño en el trabajo. Cada vez le costaba más poner las primeras palabras en el papel. Notaba las manos tensas. El ardor que había sentido en las anteriores rondas de escritura y que conseguía hacer que todo el proceso fuese natural y correcto se hacía de esperar.

Lo que hacía era justo. No podía cambiar el hecho de no haber vivido la guerra. ¿Acaso lo hacía eso menos digno que Shostakovich, que tampoco llegó a empuñar un arma de fuego entonces? Sin embargo, sin la presencia amenazadora del terror de la guerra, él tampoco habría compuesto jamás su poderosa *Séptima sinfonía*. ¿Por qué un motivo para ausentarse del campo de batalla era mejor que otro?

No, decidió Kaplan, la pérdida física de la guerra no debía influir en su contra. Se hallaba en el lado justo de la historia, había pasado toda la vida para llegar hasta allí.

El texto debía ser bueno, esa era su única preocupación. Cuando se trataba de libros, la ética era sobre todo una cuestión de estética, se dijo. Cerró los ojos y dejó que los dedos se posasen en el teclado.

«La inspección matinal. La dirige el hombre que aquí llaman El Diablo. Tiene las mandíbulas apretadas y sus pequeños ojos azules brillan con intensidad. No solo nos inspecciona a nosotros sino también al médico del campo, quien de ese modo se ve relegado en la jerarquía. Hasta ahora era impensable que alguien lograra hacer que Mengele se rebajase.»

Kaplan reflexionó, analizó los hechos, intentó sentir por lo que estaban pasando los hombres. ¿Cuál era exactamente su situación? Enero de 1944: el chico sigue estando entre los hombres del barracón. Todos los días temen que lo descubran durante la inspección cuando los hombres van pasando uno tras otro por delante de Mengele, como impulsados por una correa de transmisión. Algunos se pellizcan fugazmente las mejillas para tener algo de color. Corren rumores de que van a construir más bloques e instalaciones, todos los días se trajina y se martillea. Algunos prisioneros dicen tener pruebas; otros desmienten todo. Hacen turnos entre los prisioneros encargados de la construcción, de modo que ninguno sabe exactamente en qué está trabajando. Ercole opina que al final todo el terreno quedará completamente cercado por los muros del campo y las alambradas. Slava opina que deben actuar antes de que sea demasiado tarde.

Los pensamientos de Kaplan tropezaron. Un recuerdo de Varilla. Una plaza en Ámsterdam bañada por el sol, el anguloso rostro de la mujer en perfecta calma. Pidió un Campari y de pronto le entró la risa tonta. Eva y Kaplan se miraron con asombro unos minutos. Parecía mentira que siendo tan débil de constitución, hubiese logrado sobrevivir a todo y en esos momentos se encontrara en pleno centro de Ámsterdam, alcanzada por aquella extraña y ligera idea de belleza y satisfacción. Aquel día no se esforzó por ocultar los números en su brazo.

El texto original había sido escrito en el pasado, por lo que el autor había podido jugar con unos conocimientos que daba por supuestos. Kaplan sopesó las ventajas y las desventajas de aquello y decidió perseverar en su elección del uso del tiempo presente que, sencillamente, era más emocionante. La biblioteca se iba vaciando, la gente saludaba a Kaplan al irse. Se chasqueó los dedos, un sonido sordo. Vio que los primeros cambios afectaban a la lengua.

«Hay una nueva palabra que ha cobrado importancia ahora: *Sonderkommando*. Grupos de personas seleccionadas para trabajos sobre los que no se puede hablar. Los llaman los iniciados: ellos saben lo que significa estar muerto en vida. Después de estar unas pocas semanas en uno de esos comandos especiales, en los que el contacto con otros prisioneros es poco menos que imposible, nadie sabe nada más de ti. Eligen a los hombres jóvenes y fuertes que acaban de llegar y que, por tanto, aún no saben nada del campo ni de los prisioneros.»

En un mundo que estaba determinado por rumores desagradables y catastrofismo, ¿habría creído Varilla aquel rumor que era verdaderamente inconcebible? ¿Cuánto podía saber ella entonces de lo que estaba a punto de ocurrir?

«Al principio, la mayoría de los recién llegados al campo eran en su mayoría polacos, pero, según Milo, ahora más de la mitad de los *Häftlinge* llevan una estrella de David. No sé exactamente cuándo sucedió, pero aquí todos son conscientes de lo que va a pasar, solo falta saber si podremos creerlo. En los barracones, la visión angustiante y la realidad inminente se han fundido en una. La gente habla de gas y de hornos.»

Deben intentar escapar. En *Vidas en los campos de concentración* se narraba la historia de Tomasz Serafiński, un hombre que en 1941 consiguió sacar información al exterior. Hubo una persona que logró incluso escapar, eso era posible, pero ¿cómo va a escapar el viejo Abel sin el chico, sin Miriam? Ni siquiera sabe si ella sigue viva.

En el caso de que así sea, al dejarla, ella perdería su última oportunidad, la estaría condenando a muerte.

13

Enero, el mes que iba a significar el fin de las fronteras nacionales, casi había acabado. Kaplan se sentía aliviado, por supuesto, pero en momentos en los que bajaba la guardia, descubría también cierta desilusión en su interior. Tal vez el golpe seguía las leyes de una bomba sísmica: la destrucción va siempre precedida de un momento de perfecta calma. Seguía siendo una irresponsabilidad dejar a Abraham en manos del destino. Mientras estaba bajo de la ducha, Kaplan siguió mirando mucho rato el chorro de agua, hasta que sintió los ojos rojos y doloridos.

En los últimos días, Judith había sacado a relucir varias veces el mensaje de radio y por las noches había adquirido la costumbre de apostarse delante de la ventana con los brazos cruzados, mirando fijamente la calle, los tendones de Aquiles se tensaban con cada sirena que oía. Cuando Kaplan le estrechó los hombros, ella se sobresaltó.

El día anterior había sonado el teléfono de Kaplan. Aquella era la primera vez que Van Stolk se ponía en contacto con él. El profesor le preguntó cuándo podría ver el original y, de paso, le aconsejó adelantar la fecha de publicación para dentro de pocos meses. Había una nota de apremio en su voz. Sonaba tan decidido que incluso había concertado un encuentro entre su editor y Kaplan para dentro de tres días en un hotel pretencioso.

Ahora que Kaplan sabía lo de la búsqueda de la policía, le convenía acelerar las cosas, pensó. En efecto, Van Stolk había cedido: su complicidad era un hecho. Que el editor de Van Stolk fuese el mismo que también había editado en su día los libros de Kaplan antes de desembarazarse de él era un detalle vergonzoso que debía olvidar. Kaplan aún tenía dos días para escamotearle el diario original a Judith.

En la cocina se oían los familiares sonidos domésticos, risas, ruido de las cazuelas, murmullos. La idea del toque de queda había quedado definitivamente descartada, la madre había ganado al padre. Él puso el agua de la ducha más caliente aún. Ella tenía la sartén por el mango. Quizá no tenía el poder de conseguir que el plan de Kaplan tuviese éxito, pero sí podía hacer que fracasara de forma espectacular. Él lo había ido posponiendo demasiado tiempo. Cerró el grifo, pero no salió de la ducha hasta que todo el vapor no se hubo disipado.

Kaplan estaba delante del armario, había decidido ordenar sus camisetas y calzoncillos. Cuantos más ruidos entrañables entraban en la habitación, hechos por el incombustible tándem de Judith y el chico, más se empeñaba él en doblar la ropa, con los dientes apretados. Las voces lo alejaban de la sala de estar. Al cabo de un rato, Judith entró en el dormitorio, permaneció allí quieta un rato y, al ver que él no hacía el menor ademán de interrumpir su proyecto de ordenar cajones, soltó un suspiró que sonó a resignación y regresó a la cocina. Él había empezado a doblar una nueva pila de calzoncillos cuando atisbó un reflejo en el nicho. Debajo de la manta polar había un objeto llamativo, una especie de destornillador sin la punta. Lo que Kaplan sostenía en la mano era un arma punzante. Fue a la sala de estar presa de escalofríos y puso el objeto sobre la mesa. Pasaron unos minutos antes de que Judith reparase en su presencia. Salió de la cocina, llevaba el jersey arremangado y olía a pasta.

—¿Qué pasa? —preguntó en tono casual.

—Un arma punzante.

Ella se acercó, cogió el objeto y lo observó detenidamente.

—Parece un destornillador, pero...

—Para ser exactos es el mango de un destornillador con un viejo trozo de hierro dentro.

—¿De dónde lo has sacado?

—Estaba en el nicho. Al parecer, ahora lo usa para guardar sus cosas.

Ella guardó silencio un instante. Tenía la piel de gallina en el brazo. Observaba el objeto.

—Qué ingenioso.

—¡No! —soltó Kaplan—. No lo defiendas. No lo atribuyas a su increíble inventiva, a su talento. Ha hecho un arma.

—Baja el tono —musitó ella conciliadora—. Recuerda a Kuiper.

En ese momento, Abraham salió también de la cocina, su sonrisa se esfumó nada más ver el objeto.

—¿Lo ves? —dijo Kaplan—. ¿Te das cuenta de cómo reacciona, poniendo cara de culpabilidad?

—Claro que reacciona así, has invadido su nicho, lo poco que le queda suyo en este mundo.

—Lo estás defendiendo.

—Yo no defiendo a nadie, no ataco a nadie. Venga ya... No pensaba matarte.

—Muy bien, suiza, ¿y qué crees tú que pensaba hacer con este chisme?

—En primer lugar no está confirmado que sea un arma.

—¿Confirmado? Esto no es un tribunal, es mi casa.

—En segundo lugar, en el caso improbable de que efectivamente fuese un arma, lo más probable es que sea para defensa propia.

—Si tú eres su abogado, ¿quién es el mío? —no hubo respuesta—. ¿Defensa propia contra quién o contra qué?

—No lo sé si lo sabes, pero lo estás criando aquí en un ambiente de miedo y amenaza permanente. Dices que el exterior aún no es seguro, bien, yo lo asumo, pero Abraham es un niño muy sensible. No es absurdo pensar que a veces sienta miedo y no sepa exactamente qué debe hacer con ese miedo.

—Así que fabrica un arma —Kaplan se dirigió entonces al chico—: ¿Por qué? —Tradujo de memoria—. *Why? De ce?* Yo te quiero. *Te iubesc.*

El chico se acercó a Judith y hundió el rostro bajo la axila de ella.

—Esta situación se está volviendo muy extraña, Judith. Esta noche tenemos que hablar de todo esto largo y tendido. Hay algo que debes saber.

Ella asintió sin fuerzas. Entre su pecho y su brazo apareció el ojo del chico, grande y culpable. Kaplan fue hasta la puerta y se puso el abrigo.

—Tengo que ir a trabajar.

—Pero Abel...

—Te traeré tarta. Sé lo mucho que te gusta la tarta. ¿De frambuesas?

—Estupendo —dijo ella, algo sorprendida.

—Hasta la tarde —dijo Kaplan antes de cerrar con fuerza la puerta del apartamento al salir.

La lluvia golpeaba contra los cristales de la biblioteca. Kaplan cerró el libro de Van Stolk, las obras de Primo Levi y Binjamin Wilkomirski seguían abiertas. Una mujer con un cuello de garza pasó por delante de su mesa, ajena a la realidad y satisfecha. Aquel silencio bibliotecario, tan depurado de todo, tan sereno. Kaplan cerró los ojos.

—Espera un momento. ¿Estás corrigiendo el diario de mi padre que pretendes editar como una obra de no ficción? —Judith dejó el platito sobre la mesa, sin tocar la tarta de frambuesa.

—Bueno, sí, pero siéntate un momento.

—Prefiero quedarme de pie. O sea que en realidad estás reescribiendo la historia de mi padre.

—Necesitaba unos cambios de redacción. Había que orientarla más a un gran público. Los hechos solos no bastan. ¿Estás segura de que Abraham duerme?

—Intervenir solo consigue empeorarlo.

—¿Por qué? Está bien que use mi imaginación, ¿no?

—No si se trata del Holocausto.

—¿Por qué no?

—Pues porque no. En realidad, creo que nadie debería escribir sobre ello, pero, en fin, supongo que haberlo vivido es una especie de excusa —Judith se quedó pensativa—. Hay un límite al que uno solo se puede acercar, nunca traspasar, si has experimentado el sufrimiento en carne propia, pero una copia... eso lo convierte en algo obsceno.

—¿Absolutamente nadie?

—Las palabras son arbitrarias y eso es precisamente lo que el Holocausto jamás debería ser. El lenguaje se queda corto.

—No, no, al contrario. ¿Sabes lo que es el giro lingüístico?

—¿Vas a darme una lección?

—No tenían razón. Las palabras no son relativas o arbitrarias. No, pueden serlo todo.

En una ocasión el rabino Josué ganó una disputa contra el rabino Eliezer al proponer que la interpretación de la Torá pesaba más que la voz divina que Eliezer decía haber oído. Y el Señor le dio la razón a Josué. El judaísmo era la única fe en la que el texto aventajaba incluso al Señor. Palabras y nombres del pasado venían de pronto a acompañar a Kaplan.

—En serio. Si pudiese hacerse de otro modo, lo haría.

Ella fue a sentarse en el sofá, fuera de la vista del dormitorio.

Kaplan se puso delante de ella, con la mirada fija en los pies de Judith.

—¿Sabías que el pequeño Ludwig Wittgenstein fue compañero de clase de Hitler en el Realschule de Linz y que probablemente fue víctima del primer comentario antisemita oficial del Führer? Entre 1903 y 1904, ambos estuvieron en el mismo colegio, en el mismo edificio. Hitler solo tenía seis días más que Wittgenstein, pero había dos cursos entre ambos, el pequeño Ludwig iba un curso adelantado mientras que Adolfito había repetido. Hay una foto en la que aparecen los dos. Están casi el uno al lado del otro, solo los separa otro niño. Es una foto aterradora. El pequeño Ludwig tiene un aspecto tan vulnerable e inteligente, mientras que Adolfito, con los brazos cruzados, tiene un rostro esculpido en piedra, en serio, solo le falta el bigote, por lo demás se le ve la misma cara que tendría después en el Campo Zepelín. Escalofriante. «*Du Saujud!*», debió de gritarle Hitler a Wittgenstein, que se quedaría pasmado porque no se enteró de que era judío hasta años más tarde, pero el pequeño Adolf ya lo sabía. Lo olía.

Judith miraba al techo, enfadada.

—¿Qué debo hacer con esta información?

—Es interesante, los dos austriacos más importantes del siglo XX llegaron a conocerse. En un momento dado de la historia, estuvieron a menos de un metro el uno del otro. Niños aún.

—¿Qué tiene que ver mi padre con todo esto?

—Tú ríete.

—¿Me ves reír, Abel?

Él se sentó a su lado, le puso la mano sobre la rodilla, volvió a retirarla. Judith se aclaró la garganta. Tenía los ojos enrojecidos.

—Es mi familia. Es nuestra historia, nuestro trauma.

—Ahí es donde te equivocas. Es la historia de todos. En cierto modo, todos estuvimos en el campo de concentración.

—¿En cierto modo? Además de falso, lo que dices es absolutamente asombroso.

—Por favor. Esta es la manera con la que puedo arreglar todo.

—A veces no sé si eres la persona más ingenua o la más pesimista que conozco. Lo más probable es que seas ambas cosas. Tú no tienes nada que arreglar. Bien, no te han dado el premio Nobel de Literatura, pero...

—No me menosprecies.

—¡No te estoy menospreciando! —gritó ella—. Digo precisamente que tienes muchas cosas de las que sentirte orgulloso. Durante años has tenido un trabajo bueno y útil, una bonita casa, has publicado libros, estás escribiendo de nuevo. Incluso la presencia de Abraham podría verse como un logro si así lo quisieras —tragó saliva—. Y hay personas que te quieren. Yo te quiero, Abel. ¿Lo sabes, verdad?

Él asintió con la cabeza.

—Yo también te quiero, pero no puedo esperar a llegar a viejo para hacerlo.

—Siempre acabo perdonándotelo todo, aunque tú ni siquieras me pidas perdón. Eso es lo peor. ¿Sabe ese Van Stolk lo que estás haciendo? —le temblaban las rodillas.

—Sabe lo suficiente.

—Dios, estoy hecha polvo —dijo ella. Ambos callaron. Luego ella añadió—: Y hay algo más. Otra razón por la que no puedes hacer esto, aunque quizá será mejor que la descubras tú mismo.

—Quiero pasar la prueba —dijo Kaplan, como si estuviera describiendo un sueño—. Que se pesen mis acciones.

—¿En una balanza de hace setenta años? ¿Para una prueba que ya no existe?

—Reaccionas como si yo estuviera haciendo algo muy raro, pero todo el mundo vive aún con las pruebas de entonces. Si tienes dudas sobre el carácter de alguien, te preguntas qué haría si los alemanes volvieran a invadirnos. Si no estás seguro de si puedes confiar en alguien, te preguntas si te esconderías con él. Hasta tenemos una expresión para ello: «cambiar de chaqueta». Todas las lecciones que la historia nos ha dado van sobre el presente.

—Suenas como Van Stolk.

—¿Qué tiene eso de malo? Es uno de los más destacados...

—Ya he leído la contraportada de su libro —Judith tenía las mejillas húmedas, pero Kaplan no la había visto derramar lágrimas—. ¿Qué quieres que te diga? ¿Quieres mis bendiciones? No las tendrás.

—Quiero que no me traiciones, eso es lo único que te pido. Cuando salga el libro, debe estar a salvo.

—Yo jamás te traicionaría, ya lo sabes.

—Y necesito que me prestes el original. Solo por poco tiempo.

Ella guardó silencio un momento y miró afuera.

—¿Cuánto tiempo?

—Gracias.

Ella resopló y se frotó los ojos.

—¿Cuánto tiempo?

—Un par de días. Muy poco.

—¿Y por qué accedo a esto?

—Gracias.

—No me des las gracias, eso no hace más que empeorar las cosas. De acuerdo. Vale. No puedo creer que todo esto vaya a suceder de verdad. Estoy dispuesta a darte todo lo que necesites, pero esto me resulta demasiado complicado. Comprenderás que no puedo quedarme aquí eternamente, a costa de todo, ¿no?

—Me sabría muy mal que te fueras.

—¿Y Abraham? —preguntó ella—. Lo están buscando.

—Aún debo pensar en ello. Tampoco sabía que te encariñarías tan pronto con él.

—¿Acaso no era eso lo que esperabas? ¿Que fuese una madre adecuada, en esta deforme imitación de familia?

—Lo has hecho genial —dijo él, y añadió bajando el tono—: Y no es ninguna imitación.

Judith cerró los ojos y suspiró hondo, inhalando oxígeno.

—A veces la gente necesita ayuda, lo sé. El primer año después de poner fin a mi matrimonio, me sentía completamente indefensa, ¿lo sabías? Casi todos los amigos que teníamos en común eligieron el bando de mi ex. Cuando tú y yo empezamos a vernos, yo no estaba preparada aún. En serio, un comentario inoportuno y me habría derrumbado. Tú jamás me restregaste el fracaso de mi matrimonio. Y no me recriminaste que no lo hubiera dejado antes. No me hacías demasiados cumplidos, lo que al principio me sorprendió, pero, a la larga, eso me hizo más fuerte. No juzgabas, me mirabas y escuchabas lo que tenía que decir. Era la primera vez que me pasaba algo así desde mi divorcio. Me resulta muy difícil poner en palabras lo importante que...

—No tienes por qué...

—No suelo dar las gracias a la gente. Acéptalo sin más, así podremos seguir adelante. Ahora estamos en paz.

A media noche sonó el teléfono, Kaplan buscó a tientas el teléfono, que resonaba encima de la mesita de noche.

—Hola, ¿quién es? —Kaplan se volvió hacia Judith y le susurró—: Tengo que contestar, ahora vuelvo —una vez en la sala de estar continuó—: Maaike, ¿qué pasa, por qué me llamas a media noche? ¿Y desde un número desconocido?

—No les dije nada, Abel, te lo prometo. Llamo desde una cabina telefónica.

—¿Qué pasa?

—Lo he intentado. He intentado llamar la atención sobre la primicia, sacar todo a la luz.

—Lo sé. No funcionó —lucecitas rojas y blancas en el cielo: un avión nocturno. Holanda era una gran pista de aterrizaje.

—Ese no era el problema —dijo ella categórica—. Fueron los del servicio de inteligencia. Me sabotearon. Me han interrogado, querían saber cómo me enteré de lo de la escuela. No les dije nada. Tengo que desaparecer durante algún tiempo. Una buena amiga me va acoger en su casa. Dentro de unos meses, todo habrá pasado.

—Seguro que sí.

—¿Eres consciente de que oficialmente has cometido un delito, que eres un criminal y que yo soy tu cómplice?

—No hemos hecho nada malo.

—No se trata de eso.

—¿No podríamos hablar de esto tranquilamente de día en algún café? —le preguntó él.

—No, de momento voy a esconderme. Les he dado direcciones, pero la tuya no. Adiós, Abel.

—Pero, espera, ¿cómo sabes que no están escuchando esta llamada? ¿Hola?

Cada respiración de Judith lo confrontaban con su insomnio. Kaplan se sentó a la mesa con la cabeza a punto de estallar. El silencio susurraba a su alrededor, sentía el cuerpo lleno de arena. Cogió el portátil.

El barracón.

«El descubrimiento está próximo —los dedos de Kaplan tocaron el teclado—, se percibe un final ineludible aunque sin contornos.» Los hombres, Kaplan se obliga a pensar en ellos, en su fraternidad, su miedo. Han vivido durante mucho tiempo con la idea de que nadie iba matarlos mientras hicieran su trabajo, pero esta mañana ha sido Ercole. Los guardias no pueden tener sospechas fundadas de sus planes, se dicen los hombres mutuamente, de lo contrario habrían fusilado a todos los del barracón.

«Sin el menor titubeo, Mengele ha posado su mirada esta mañana en Ercole. El hombre al que llaman El Diablo asintió en conformidad, Taube sacó a rastras a Ercole de la fila, lo empujó hacia atrás. Ercole se tambaleó y cayó agotado al suelo, levantando un montón de polvo. Ahí estaba, uno de los líderes de nuestro barracón, roto. Taube empezó a patearlo. El cuerpo de Ercole reaccionó a la defensiva, pero su mirada era inalcanzable. Empezó a reírse descontroladamente. Las patadas de Taube eran cada vez más fuertes, pero Ercole no paraba de reír.

»En cuanto se quedó en silencio, El Diablo avanzó hasta él y le disparó un tiro limpio entre los ojos. Ahora estamos en el barracón, callados. Después de haber guardado silencio una hora, Milo dice que la muerte de Ercole solo significa que tenemos que trabajar más rápido. Aún no le he dicho a nadie que no puedo emprender nada sin las bendiciones de Miriam.»

14

Kaplan se pasó la mañana siguiente buscando a Maaike. Miraba por encima del hombro cada dos por tres. Tomaba rutas extrañas para despistar a posibles perseguidores. El móvil de Maaike estaba apagado. Nadie abrió la puerta de su casa y los vecinos le dijeron que hacía algún tiempo que no la veían. Desde el bar Westerik, su último intento, se fue al centro de la ciudad. Le resultaba increíble que el Servicio General de Inteligencia pudiese interesarse por alguien como él.

No quejarse. Perseverar. Acabar el manuscrito, no delatar al chico, mantener a Judith a su lado: esos eran ahora los pilares de su vida. Acudiría a la cita que Van Stolk le había concertado con el editor. El profesor no podría acompañarlos porque habían solicitado urgentemente su presencia en un programa de televisión. Les parecía imposible hacer un buen debate sobre la conmemoración moderna de la guerra sin contar con la presencia de Van Stolk. Una opinión justificada, pensó Kaplan.

Un intenso rayo de sol, procedente de una única brecha en la masa de nubes, incidió justo en el trozo de asfalto que Kaplan acababa de pisar al cruzar la calle, a pocos pasos del Hotel Europa. En la cartera llevaba el diario original que Judith había ido a buscar a su casa por la mañana y que le había dejado prestado. El editor estaba en la entrada, las manos abiertas, los brazos estirados a ambos lados del cuerpo. El hombre no parecía haber envejecido nada.

Se estrecharon las manos.

—¡Cuánto tiempo sin vernos, hombre! —comentó el editor—. Bienvenido al bar de mi barrio.

Al parecer, no se había olvidado de Kaplan. El hombre, bastante más bajito de lo que correspondía a alguien de su altura, o sea, de su ego, se dio la vuelta y entró con parsimonia. Sin dejarse distraer por los camareros o los clientes, se dirigió a una mesita dispuesta en el mirador, con vistas al canal.

—Esta es mi mesa —dijo en un tono no carente de orgullo, y tomó asiento.

Kaplan se sentó frente a él. Llegó un camarero con la carta, el editor bromeó exclamando si tenía que leerse todo eso y mandó llamar al cocinero. Kaplan miró al frente tan neutral como pudo. Cuando el cocinero llegó a su mesa, el editor le dijo:

—Lo de siempre, por favor. Una ensalada con pescado frío por encima. Él tomará lo mismo. Y Perrier, mucha Perrier.

El cocinero se fue y el editor contempló el canal, sus ojos adquirieron un brillo frío.

—Bueno, aquí estamos —dijo con una voz ligeramente nasal—. No acabaste exactamente como habíamos esperado, ¿eh? Bueno, está bien, así son las cosas a veces. Vayamos al grano. El Holocausto. Para ser algo para lo que no hay palabras, se han escrito montonadas libros pero, como yo siempre digo, hay que poder venderlos.

Después de que el cocinero hubiera traído los platos, Kaplan puso el librito rojo sobre la mesa y dijo:

—Este es el manuscrito original.

El editor tomó un par de bocados de su pescado, se chupó los dedos, abrió el libro y empezó a hojearlo.

—Y, si lo he entendido bien, tú lo estás digitalizando y Johan escribirá la introducción. Dinero fácil para ti, ¿no?

—Solo yo puedo descifrar la caligrafía.

—Efectivamente, no es fácil de leer. ¿Y los herederos están de acuerdo? ¿A quién debo transferir el dinero?

Abraham tenía que comer, aprender y, más adelante, ir al colegio y, para todo eso, necesitaban dinero.

—A las tres partes: a Johan, a la familia del viejo Abel y a mí.

—¿Ese viejo Abel es el personaje principal?

—Así es.

—De acuerdo, me rindo, es ilegible —cerró el diario—. Ya os pondréis de acuerdo entre vosotros. Confío ciegamente en Johan. Y huelo el talento en cuanto lo veo. Propongo diez mil como anticipo, vosotros veréis cómo os lo repartís.

—Pero debes saber que Van Stolk... —Kaplan observó atentamente la expresión del editor y rectificó—: Johan aún no lo ha confirmado de forma oficial.

—Ah, ya lo llamaré esta noche. Creo que quería ver el original. Le diré que tiene buena pinta. Por razones que seguramente comprenderás, quiero publicar el libro antes del 4 de mayo. ¿Lo conseguirás?

Abel asintió.

El editor chasqueó los dedos y pidió vino. Un barco de paseo, *Príncipe Friso*, pasó ante ellos. Los turistas hacían fotos de las nubes. Recogieron la mesa. El editor paladeó el vino.

—No se puede decir, pero, en mi opinión, los libros sobre antisemitismo han sido siempre un poco *hype*. En fin, sería muy imprudente por mi parte cerrar los ojos a los *hypes*. Como un hombre sabio dijo una vez: «There's no business like Shoa business».

No quedaba claro si la grotesca falta de tacto que mostraba el editor era inconsciente o seguía alguna estrategia invisible. Kaplan se llevó la copa a los labios, el vino no saciaba su sed.

—Escucha —prosiguió el editor—, puedes representar el papel de artista atormentado e íntegro, porque a las personas como yo no les importa hacer de cabrones. El cabrón que dice: «Hay que ganar dinero», «Si quieres hacer esto, debes hacerlo bien». Yo me atrevo a dejar que tú te encargues del libro. ¿Te atreverás tú a dejarme que haga lo que sé hacer bien, o sea, lograr que el libro se venda lo mejor posible?

Había algo divertido en su tosquedad, pensó Kaplan, mientras uno no reflexionara en lo que estaba diciendo en realidad.

—De acuerdo —accedió Kaplan.

En el fondo, no necesitaba mucho más que un puesto en el mercado con un vendedor listo. El cielo se había despejado y los rayos caían como gotas de lluvia.

—Aclárame una cosa, ¿se trata de un libro judío? —preguntó de pronto el editor.

—¿Qué es un libro judío? —preguntó Kaplan desconcertado.

El editor se quedó pensativo.

—Bueno, supongo que es un libro escrito por un judío.

Desde luego que el viejo Abel era judío, pero Kaplan dijo:

—Yo, en cualquier caso, no nací judío.

—Así que tú no eres judío —comentó el editor aliviado.

—Pero me hice judío —dijo Kaplan.

El editor se quedó estupefacto.

—¿Quieres decir que te convertiste al judaísmo? ¿Por qué habría de hacer alguien algo semejante? —se hizo un silencio extraño y tosco.

—Desde entonces, me lo he preguntado muchas veces —dijo Kaplan sin saber exactamente adónde iban a llevarle aquellas palabras—. Para serte sincero, creí que allí encontraría mi lugar. Un pensamiento vano y estrafalario, sin duda, pero en fin...

Kaplan intentó explicar de la forma más clara y franca posible cómo fueron las cosas. El tranvía, la foto de los dos hermanos.

—Mi tío podría haber sido mi padre —comentó.

El editor lo miraba perplejo.

—Déjalo estar. Lo que está claro es que no habría quedado nada de mis padres si no se hubieran aferrado a su desdicha compartida. Me crié con la idea de que uno debía ganarse su propia desdicha. Pero me convertí por mi mujer, que era judía, si no, no nos habríamos podido casar. Los rabinos creyeron en mis buenos propósitos. Y yo también los creí. Más tarde, dijeron que el hecho de ser judío enaltecía las historias, los relatos, el sufrimiento. Lo que mi mujer llamaba la versión en cómic de la fe. Decía que yo era filosemita, lo que vendría a ser el vecino bueno del antisemita. Pero yo le daba poco valor a eso, por aquel entonces todo lo que nos decíamos era para herirnos.

Kaplan esquivó la mirada del editor.

—Me dijo que estaba vacío —añadió de pronto—. Lo dijo más de una vez, con insistencia, como si fuera un descubrimiento suyo. Nunca llegué a entender lo que quería decir con eso. En cualquier caso, de lo que sí estoy seguro es de que dentro de ese grupo existía una gran solidaridad, todos se reunían si alguien nacía y también si alguien moría. Había comida de sobra, se contaban historias y me dejaban participar. Funcionaba.

—¿Y después? —preguntó el editor con genuino interés.

—Después nos divorciamos y todo cambió.

—Sí, siempre pasa lo mismo —comentó el editor. Por su tono se diría que había estado casado por lo menos siete veces—. Y, sin embargo, todo sigue igual.

—En fin, no sé si es un libro judío. Hipotéticamente hablando, ¿es posible que un no judío escriba un libro judío?

Aquella era la última pregunta crucial que Kaplan podía formular y no comprendió por qué había tardado tanto en hacerlo. El editor miró al cielo, la combinación de las dos últimas y minúsculas nubes invernales, y calló.

Un café negro, café viejo. Por supuesto que era peligroso ceder el manuscrito y por supuesto que ni las palabras ni el tono del editor sonaban demasiado bien, pero la sutileza no entraba dentro de las obligaciones de un editor: él debía hacer negocio y este libro se merecía un lugar prominente en las librerías. Ahora, al menos, tenían una fecha con la que Kaplan debía trabajar y alguien que creía sin más en el proyecto. A principios de mayo, el libro que aún no tenía título, debía estar en las estanterías. Lo que significaba que Kaplan tendría que entregar el manuscrito a mediados de marzo, después de lo cual la obra pasaría por un breve proceso de edición antes de llevarlo a imprenta.

El teléfono de Kaplan sonó. Van Stolk. Al profesor le pareció perfecto publicar el libro en mayo. Sobre todo ahora que Alemania también estaba considerando organizar un día de la liberación, reflexionó, pero Kaplan no podía contárselo a nadie. Van Stolk no dijo nada sobre su parte en el proyecto, lo que a Kaplan le pareció buena señal: en aquel estadio era más difícil decir que no que decir que sí.

—¿Perdón, cómo ha dicho? —preguntó Kaplan.

—El Comité Nacional está en negociaciones con el gobierno alemán para el 4 y el 5 de mayo.

—¿Pero qué van a celebrar los alemanes? ¿De qué fueron liberados ellos?

—En el marco de la solidaridad europea...

Kaplan conocía el razonamiento subyacente que ahora se usaba a menudo: la deuda era un asunto personal y no colectivo. Pero lo que no comprendían era que esta cómoda forma de pensar eximía de la culpa a grandes grupos. A quienes vieron partir los trenes y no hicieron nada, a quienes se cegaron al ver oportunidades de hacer carrera, a quienes no se atrevieron a decir que no, a sus hijos. Si las naciones enteras elegían permanecer ignorantes en los momentos decisivos, la culpa recaía a la vez en todos los ciudadanos y sus descendientes.

—El Día de la Liberación no pretende ser una especie de descarga de conciencia, que después permita a todo el mundo irse de pícnic tan tranquilo —lo interrumpió Kaplan irritado—. Es un día en el que pensamos en el Mal, ellos, que perdieron, contra el Bien, nosotros. Ya va siendo hora de que alguien se lo explique con claridad.

Más tarde, Judith le estaba haciendo cosquillas en el costado. Estaban en el sofá, Abraham estaba dibujando, sentado a la mesa. Había tranquilidad en casa, como si todas las conversaciones difíciles de los últimos días, las advertencias y los ultimátums se hubieran desvanecido. Cuando Kaplan reaccionó con tan poco entusiasmo, Judith dijo que había dos reacciones primitivas a las cosquillas: alivio o miedo. Vio que él estaba pálido y le preguntó si todo iba bien.

El negó con la cabeza.

—No sé dónde ni cuándo, pero perdí la ligereza. Si pudiera empezar de nuevo...

—¿Por dónde empezarías? —lo interrumpió ella—. ¿En qué año?

De muy pequeño, pensó él, la primera vez que hizo una pregunta sobre el pasado que nadie le contestó. De niño, cuando oyó hablar de su difunto tío. De adolescente, sentado frente a su madre, con la botella de ginebra entre los dos. Debajo del dosel nupcial. En el momento en que le planteó su propuesta a Eva. La primera vez que vio al chico. La víspera, en la cama con Judith. Hacía cinco minutos.

—No lo sé. ¿Y tú?

—Para mí, una vez es más que suficiente.

—Antes pensaba que lo que me empujaba era la ambición, pero creo que no es así. La fama no me interesa en realidad. Antes odiaba el sentimentalismo. Ahora pienso que mientras haya ayudado a alguien, habrá merecido la pena.

—¿Y yo qué?

—Tú puedes vivir sin mí.

15

Era el 5 de febrero, un día sin ningún significativo precedente histórico en tiempos de guerra. Kaplan se hallaba delante de la ventana y miraba el camión de la basura que se llevaba la bolsa con el arma punzante de Abraham. El diario rojo estaba encima de la mesa. Judith lo hojeaba, comentó algo sobre una mancha de grasa y el olor a pescado. Kaplan le pidió disculpas y volvió a la mesa del comedor.

—Tengo cinco mil euros para ti. El anticipo.

—Abraham y tú los necesitáis más que yo —dijo Judith sin mirarlo.

—¿Por qué?

—¿Cómo crees que vas a seguir adelante, Abel? Ni siquiera sabes a qué estás esperando. Algún día tendrás que emprender alguna acción. Dirigirte al centro de poder, a La Haya o a Bruselas. O huir.

—¿Huir? ¿Adónde?

—Ni idea. Hasta que el dinero se acabe.

Él hizo una pausa.

—¿He dicho algo malo?

—Has dicho tal cantidad de cosas malas que ni siquiera sabría por dónde empezar.

—Hagamos algo divertido. Debemos intentar llevar una vida normal como sea —ella no lo contradijo—. Conozco un sitio en el centro de la ciudad para ir a comer *poffertjes*. Podremos comer tantos como queramos, al fin y al cabo, tenemos dinero.

Kuiper, las miradas de los vecinos, el Servicio Nacional de Inteligencia... por un momento todo parecía carecer de importancia. ¿Cuántas posibilidades tendrían los tres de disfrutar un poco de felicidad doméstica? Se dirigió a Abraham que estaba a pocos metros de él, en la entrada del dormitorio.

—*Poffertjes. Pof fer-tjes.*

—No es retrasado.

—Solo intento enseñarle la lengua. ¿Qué está haciendo?

El chico hacía agujeritos con un cuchillo en latas viejas de Coca-Cola que había encontrado en el balcón de Kaplan y luego las ataba unas a otras con alambre. El resultado era una balsa primitiva de latas. Había que reconocer que el invento era bastante ingenioso.

—Está jugando, Abel —Kaplan la miró detenidamente—. ¡Santo Dios! Vale, vamos a comer *poffertjes* —exclamó Judith.

En medio de la salón de té El Carrusel había un auténtico carrusel: con diez caballos y algunos coches que funcionaban. Kaplan le puso una capa de mantequilla a su tercer *poffertje*. Masticando la dulce tortita con azúcar que le recordaba a los días de infancia que todo el mundo había vivido, se le presentó el último obstáculo que debía afrontar antes de poder llevar su libro al final deseado. Su conocimiento sobre el Mal procedía fundamentalmente de los libros: por mucho que lo hubiera estudiado, jamás había visto el auténtico Mal y menos aún lo había experimentado. Él jamás había franqueado el límite del que había hablado Judith.

—¿En qué estás pensando? —le preguntó ella con la boca llena y los labios grasientos—. Por favor, de vez en cuando sueltas algún sinsentido y después te pasas minutos callado.

Kaplan intuyó que ella no reaccionaría demasiado bien a sus fantasías sobre la confrontación a la que él no se había sometido aún.

—Estaba pensando en estos *poffertjes* —dijo—. ¿Están ricos, Abraham?

El chico levantó el pulgar mientras se pasaba con el azúcar glas.

Judith tenía ojeras, las arrugas en el entrecejo se habían convertido en surcos.

—¿Va todo bien? —le preguntó a ella.

—*Biem, biem* —respondió el chico.

—Va —repuso ella—. Eso me parece lo máximo, ¿no crees?

—¿Quieres más *poffertjes*?

—Tengo el estómago revuelto de tanto comer —lo miró cansada—, así que no. Creo que nunca había estado en un sitio tan deprimente. Siempre que pasaba por aquí delante en bicicleta me preguntaba qué clase de gente habría aquí dentro. Y ahora aquí estoy yo.

Kaplan notó que ella buscaba su mirada.

—Entonces es una especie de victoria —sugirió él.

—No es así como la siento, Abel —tomó un sorbo de agua y tragó exageradamente—. ¿En qué estás pensando?

—¿Te has fijado alguna vez en que no sabemos lo que es la guerra? Hablo como país.

Judith se limpió la boca con rudeza.

—¿Qué me dices de Srebrenica? ¿Y Afganistán?

—Son misiones. Misiones de paz. ¿Qué guerra que se precie a sí misma se llamaría misión de paz?

Pocas horas después, Judith y Kaplan estaban en el sofá, Abraham estaba junto a la ventana, sus dedos presionaban el cristal, si se unieran los puntos, saldría la gráfica del crac de la Bolsa.

—Pero Abel... —dijo Judith de pronto.

—¿Qué pasa?

—Esperas tanto de ese libro. Como si...

—Como si fuera a arreglar todo.

En ese momento, él apartó los ojos del chico y la miró a ella.

—Es el libro de mi padre, son sus palabras. Si tiene que convertirse en tu obra maestra, ¿no deberías usar tus propias palabras?

—Esas son las palabras que han llegado hasta mí. Habría preferido que todo eso hubiera salido de mí originalmente, haberlo vivido yo en persona, pero la historia no me concedió esa oportunidad.

—Hombre, por Dios.

—Lo que hago —dijo Kaplan— es seleccionar, transcribir y pulir. Esa también es una clase de creación. Yo soy el intermediario.

El chico volvió la cabeza despacio hacia el sofá, sus ojos parecían completamente blancos.

—No dejes que me hunda, por favor —le susurró Kaplan tras un minuto de silencio.

—Hago todo cuanto puedo —dijo Judith.

Empezó a caer una lluvia fina, detrás de ella. Un gato callejero maulló. Judith se puso en pie y fue al dormitorio.

Kaplan se acercó a la ventana, la luna arrojaba un gélido resplandor sobre el agua. Sonó el teléfono. Van Stolk.

16

Kaplan esperaba a Judith sentado a la mesa. El chico aún dormía. Eran las seis y media de la mañana. Apenas había pegado ojo, pensando en lo que Van Stolk le había dicho. ¿Cómo reaccionaría Judith ante sus palabras, cómo reaccionaría él ante la reacción de ella? El único ruido de la calle, el tintineo de contenedor para vidrio, le provocaba dolor en los oídos. Quizá estaba demasiado cansado para decir algo. Cambió varias veces de lugar el salero y el pimentero, rellenó una grieta que había en la mesa con la cera de la vela y la alisó. ¿A qué hora se despertaría Judith? ¿Debía contárselo de inmediato o esperar hasta verla lo bastante fuerte?

Allí estaba, salió del dormitorio descalza, pálida y medio dormida aún. Se situó en el otro extremo de la mesa, se puso la taza de té caliente contra la mejilla y preguntó.

—¿Cómo es que te has levantado tan temprano?

—Hay algo que debo hacer —anunció Kaplan—. Ven a sentarte un momento.

La postura de Judith cambió. Como si se hubiera despertado de golpe.

—Aquí estoy muy bien. ¿Qué es lo que tienes que hacer con tanta urgencia?

—Es lo último. Debo ir a Róterdam para conocer a alguien. En breve.

Ella miró a la calle, la lámpara iluminaba la mitad de su rostro, la otra mitad estaba en penumbra.

—¿Es una mujer?

—Sí, pero eso no importa en absoluto.

Judith se sentó ahora por decisión propia.

—Es para mi libro. Labor de investigación. Es necesario. Estoy demasiado metido en ello como para echarme atrás. Primero hay que terminarlo.

—El chico, el diario, cada vez que me reconcilio con la situación llega una nueva prueba. ¿Cómo se llama?

—Maria Himmelreich —Kaplan preferiría dejarlo ahí, pero el silencio lo instaba a seguir—, su abuelo se llamaba Heydrich.

La expresión de Judith permaneció impasible. Tomó un sorbito de su té.

—¿Por qué quieres hablar con ella?

—No se trata de lo que yo quiero, pero he oído tantos testimonios, estoy tan absorbido por un lado de la historia, conozco a las víctimas.

—Pero no a los autores —añadió ella.

—Exacto.

—¿Es esa mujer una ferviente neonazi? ¿Ha dedicado su vida a defender el ideario de su abuelo?

Kaplan negó con la cabeza, abrió la boca para decir algo, pero Judith se le adelantó.

—Pues en ese caso no tiene nada que ver con lo que hizo su abuelo, ¿no? Y, por consiguiente, tampoco tiene nada que ver con el libro de mi padre.

—Más cerca no podré estar —Kaplan cerró los ojos, Judith tenía derecho a una total sinceridad por muy incómodo que fuera para él—. Reflexionar, leer, escribir, proteger a Abraham no me llevará más lejos de lo que ya he llegado, eso no basta. No puedo explicarlo bien, pero me debo a mí mismo ir más lejos. Sea lo que sea lo que me encuentre al final del camino. Debo averiguar qué voy a hacer. Quién soy.

—Llevas casi medio siglo sobre la faz de la Tierra, ¿qué es lo que no sabes aún? —Judith miró hacia fuera, hacia arriba, y en un tono más suave añadió—: ¿No está clarísimo quién eres?

—¿Qué? ¿A quién ves tú?

—A alguien que está preso en sí mismo. Alguien bueno. En el fondo.

—Quiero ser alguien fuerte.

—¿No empezamos a ser demasiado viejos como para creer que aún podemos cambiar?

—¿Me lo dices a mí o a ti misma?

—A los dos.

Todo el veneno parecía haber desaparecido de ella. Se cogió el tobillo derecho y lo apoyó contra su rodilla izquierda, como si su pierna fuera demasiado pesada como para moverse por sí sola.

—No voy a prohibírtelo. No voy a decirte que cometes un error. Si dices que ese encuentro es absolutamente necesario, te creo. Ya te lo he dicho otras veces: lo único que te pido es claridad.

—Ella es el auténtico motivo. La llamada telefónica de ayer por la noche era de Van Stolk. Fue una conversación breve, hablamos principalmente del libro, pero me comentó como de pasada que la próxima semana ella estaría en Róterdam. Es ahora o nunca.

—¿Sabe él lo que vas a hacer?

—No tiene por qué saber todo.

Judith se puso a temblar.

—¿Podrías abrazarme un momento?

Kaplan se levantó, se sentó junto a ella y la abrazó muy concentrado. La respiración de Judith sofocó todos los recuerdos de Kaplan, todos los pensamientos sobre el futuro.

17

En una ocasión, Kaplan había ido en tren con Varilla y Eva a ver una exposición de arte. El viaje había ido bien, habían estado charlando sobre las buenas anchoas y sobre el tiempo hasta que por uno de los altavoces se oyeron aquellas palabras:

«Estación final».

Fue como si toda la vida hubiera desaparecido del rostro de Varilla. Contuvo el aliento, parecía hipnotizada, tan vidriosa era su mirada, tan apagados sus ojos. Eva le había contado que los recuerdos que su madre tenía del campo de concentración habían ido cambiando conforme se hacía mayor. Lo que un día fueron hechos irrefutables y fotos nítidas, en las últimas décadas de su vida no eran más que imágenes borrosas, imágenes que lentamente se convertían en una sensación indefinida de inminente desgracia, algo insoslayable que estaba por venir, un Juicio Final que ella había visto en una ocasión. Su mano derecha agarró la muñeca izquierda y así permaneció, completamente inmóvil. Hasta que Eva le dijo por tercera vez que teníamos que bajar del tren. Su madre se sobresaltó, salió de golpe del trance y se pasó el resto del día sin decir ni una palabra.

Kaplan bajó del tren. Estación de Róterdam.

Puso las manos en la barandilla del puente de Erasmo. Los altos edificios de Róterdam, las oficinas, la imitación de una ciudad moderna y cosmopolita. Nunca más podría contemplar Róterdam sin ver la deformidad. Cómo debió de oler el aire aquel 14 de mayo de 1940, denso por el aceite y el fuego, cómo debía verse el cielo lleno de bombarderos Heinkel en el horizonte en llamas.

Un viento racheado lo despertó. El río Mosa estaba agitado. Había dos barcos, uno de ellos alcanzaría al otro en pocos segundos, pero no era una competición. Eran las once de la mañana, un sol bajo brillaba sobre el agua. El frío de la mañana mantenía a todo el mundo de puertas para adentro. Las gaviotas permanecían inmóviles en el aire. Kaplan había tenido que esforzarse para convertir el comentario tangencial de Van Stolk en un consejo fructífero. Faltaba poco más de un año. El 14 de mayo de 2015 se conmemoraría el septuagésimo quinto aniversario del bombardeo de Róterdam. Un extraña conmemoración, pero en fin, la otra posibilidad, el olvido, era aún peor.

Los planes no se habían dado a conocer de forma oficial, pero al parecer las autoridades municipales, en colaboración con el Ministerio de Asuntos Exteriores, estaban planeando utilizar la conmemoración para reforzar las relaciones con los alemanes, sobre todo con miras a esa ridícula idea de celebrar un Día de la Liberación alemán. Según ellos, el juego del agresor y la víctima, del bueno y el malo, era cosa del pasado. Al parecer, no se les había ocurrido pensar que solo se puede fechar la forma del mal, nunca su fondo.

La indignación de Kaplan había obligado a Van Stolk a darle toda la información. Uno de los puntos principales del Día de la Liberación sería un gesto de reconciliación por parte de la familia de Reinhard Heydrich. Su familia simbolizaría la Alemania de posguerra. Aunque era cierto que no eran culpables de las atrocidades perpetradas por el paterfamilias, tampoco podían vivir en la inocencia. Así pues, Heydrich tenía descendientes, sus genes seguían viviendo. La sobrina nieta de Göring se había esterilizado porque dijo que no quería llevar en su cuerpo la sangre de un monstruo. A Kaplan le había parecido una decisión excepcionalmente valerosa que merecía ser imitada.

Hacía unos meses, la familia de Heydrich había informado de que la nieta mayor, Maria, era la única que se planteaba aceptar la invitación para ir a Róterdam. Ese día o el siguiente tendría lugar una primera toma de contacto entre la descendiente y el concejal.

La información procedía de un sobrino de Van Stolk, funcionario en el departamento de economía del ayuntamiento. Algunas declaraciones y un presupuesto que hacía referencia a una suma considerable para gastos de viaje para una tal M. Himmelreich lo habían puesto en el camino correcto. Obviamente Kaplan no había informado a Van Stolk de sus planes, pero se dijo a sí mismo que el profesor no lo condenaría por ello. Primera fase: llamó a los hoteles de Róterdam hasta que dio con el que buscaba.

El hotel se hallaba a unos cien metros de donde se encontraba Kaplan. Veía las verdes cúpulas de cobre de la antigua sede de la Holland America Line, las letras de color rojo brillante de la entrada que señalaban hacia la esquina. Hotel de Nueva York.

La mujer con la que Heydrich se había casado en diciembre de 1931 se llamaba Lina Osten. Una boda típicamente nazi, circulaban algunas fotos por Internet. Una fila de saludos hitlerianos, esvásticas sobre el altar. Ella le daría cuatro hijos. Klaus nació en 1933; Heider, en 1934; Silke, en 1939 y, finalmente, Marte, en julio de 1942, seis semanas después de que su padre muriera en Praga a consecuencia de la Operación Antropoide checo-británica.

Esos eran los hechos acerca de la familia Heydrich que Kaplan había conseguido averiguar:

Klaus Heydrich murió a los diez años en un accidente de tráfico. En 1944, Lina sacó a Heider Heydrich, de nueve años, de las Juventudes Hitlerianas por temor a que su segundo hijo acabara muriendo de una manera que le recordara a la muerte de su marido y de su primogénito. Ahora, en 2014, Heider vivía en Baviera con su esposa y sus cuatro hijos. De Silke Heydrich solo había una noticia en Internet que decía que había emigrado a Estados Unidos. Kaplan no había podido demostrar su autenticidad.

Marte Heydrich seguía viviendo en la isla de Fehmarn, a medio camino entre Alemania y Dinamarca, donde la familia había huido en 1945. Allí regentaba una tienda de ropa. Su único contacto con los medios de comunicación había sido una entrevista que había aparecido hacía unos años en la revista alemana *Stern*, en la que decía que nadie podía imaginar lo que era tener como padre a Reinhard Heydrich y que su apellido la perseguía como una maldición. Por el contrario, el hijo de Marte había dicho que nadie sabía exactamente lo que su abuelo había hecho en tiempos de guerra. El nieto se llamaba Reinhard.

Maria Heydrich, la mujer por la que Kaplan había ido a Róterdam, era la segunda hija del tal Heider de Baviera y viajaba con el apellido de su madre. Delante de la puerta del hotel, Kaplan llamó a la recepción. Con un ligero toque nasal en la voz se presentó como el dueño de una floristería; antes de entregar el ramo de flores para la señora Himmelreich, quería asegurarse de que ella había reservado una habitación. La recepcionista le respondió que la llegada de la señora Himmelreich estaba prevista para esa misma tarde. Se guardó el teléfono, entró al interior por la puerta *art nouveau* del hotel, empujó la chirriante barandilla de madera que ponía en movimiento la puerta giratoria y le dijo, presumiblemente a la misma recepcionista con la que acababa de hablar, que había reservado una habitación a nombre de Kaplan.

Su habitación de hotel de la segunda planta tenía vistas a un aparcamiento y, un poco más lejos, se veía el puente de Erasmo. De la maleta, sacó la única foto de la Maria de dieciocho años que había conseguido encontrar en Internet. Tenía los mismos ojos duros de su abuelo, el mismo cuello de anfibio.

Kaplan aún no contaba con un plan para abordarla. Primero debía conseguir acercarse a ella. En sus ojos encontraría algo, algo que la condenaría o que por el contrario la absolvería, él debía saber si la locura aún sobrevivía o si, después de dos generaciones pacíficas, se hallaba en estado vegetativo.

Fue a sentarse al diván que había enfrente de su cama. De la maleta sacó un montón de papeles y libros y empezó a hojearlos. Mientras tanto, encendió el televisor, el documental en el canal History Channel sobre la Segunda Guerra Mundial que ya le resultaba familiar. La enfermera June Wandfrey había estado presente, narraba la voz en *off*, cuando las tropas aliadas liberaron los campos de concentración. Las conocidas imágenes de las atrocidades. Kaplan seguía leyendo. Reinhard Heydrich. El Carnicero de Praga. La Bestia Rubia. De quien el propio Hitler llegó a decir que era «el hombre con el corazón de hierro», el prototipo de la raza aria, rubio, alto, atlético. Uno de los organizadores de la Noche de los Cuchillos Largos, en los que las Schutzstaffel acabaron con sus competidoras, las Sturmabteilung. A partir de 1939, con Hitler absorbido por la guerra, el poder de Heydrich fue creciendo. La Reichssicherheitshauptamt, Oficina Central de Seguridad del Reich, se extendía ya por todo el continente y el cerebro de Heydrich se ramificaba cada vez más, reproduciéndose hasta los confines del Grossdeutsche Reich.

Heydrich se convertiría también en uno de los arquitectos del Holocausto.

La Conferencia de Wannsee. 20 de enero de 1942. La villa Marlier, situada a orillas del Gran Wannsee, un lago al suroeste de Berlín, alojaba a los quince altos oficiales nazis que habían sido invitados, Eichmann y Heydrich entre ellos. El plan inicial —conseguir que los judíos emigrasen voluntariamente a Madagascar, una isla donde el riesgo de «contagio» sería mínimo— nunca llegó a consumarse. Fue precisamente un polaco el que consideró al principio que Madagascar podía ser un lugar apropiado. En 1937, Polonia envió una comisión a la isla para evaluar la viabilidad de una emigración masiva judía. Mieczyslaw Lepicki, el presidente, se mostró abierto y estimó que podrían vivir allí entre cuarenta y sesenta mil personas. Él fue el único: para los otros miembros de la comisión y los expertos en agricultura no podría superarse la cifra de entre dos y cuatro mil personas. En cualquier caso, era un misterio cómo los alemanes pensaban trasladar a cientos de miles o incluso millones de judíos y alojarlos allí. Probablemente nunca tuvieran realmente la intención de hacerlo.

A medida que avanzaba la guerra, se hizo evidente que Madagascar se había convertido en una palabra en código, tal vez siempre lo había sido. Sinónimo de algo para lo que aún no existía ninguna palabra. Con un lápiz Kaplan hizo unos pocos cambios y la palabra «Madagascar» se transformó en «cámara de gas».

En julio de 1941, Göring, autorizado por Hitler para coordinar todas las medidas antijudías, escribió a Heydrich la primera petición de lo que sería recordado en la historia como la solución final de la cuestión judía. En la Conferencia de Wannsee, con una copa de coñac en la mano, rodeado de mosaicos antiguos, limaron todas las asperezas.

Alrededor del mediodía se reunieron los hombres en aquel elegante comedor, la estancia más hermosa de la mansión. Heydrich abrió la reunión y, una hora y media más tarde, la decisión ya estaba tomada.

Según la declaración de Eichmann durante su juicio en Jerusalén, aquel día Heydrich parecía relajado y tranquilo. Habría esperado toparse con bastante oposición, pero, al parecer, hubo poca. Todos los servicios y funcionariados involucrados prometieron su cooperación: la tasa de mortalidad era inevitable.

La solución final. Esa palabra fascinante —Lösung— que no solo podía referirse a la solución técnica de un problema o un asunto, sino también a la disolución existencial de una sustancia, algo que simplemente dejaba de existir, que desaparecía en otra cosa. La solución del viejo Abel, de Varilla, de Milo y Slava, de todo el campo de concentración, de todos los judíos de Europa. El destino. Hoy mismo Kaplan experimentaría la conexión física con ese destino.

Dejó a un lado los papeles y libros, bajó las escaleras, se sentó en el restaurante que daba a la entrada del hotel. Mientras daba cuenta de su trucha, levantó la vista y se topó con los ojos de Reinhard Heydrich.

Ella se hallaba a menos de un metro de distancia. Él había pedido que le llevaran las ostras a su habitación, se había acercado a la recepción donde ella se estaba registrando y se había puesto a hojear un librito sobre la historia del hotel mientras la vigilaba. Ella reservó una mesa para una persona en el restaurante a las ocho en punto.

¿Qué iba a hacer cuando estuviera frente a ella? Había hablado con Judith de un «encuentro», pero, una vez en Róterdam, no tenía la menor idea de lo que eso implicaba. Kaplan se pasó el resto de la tarde en su habitación, repitiendo un texto que no tenía, pensando en un plan que no existía. La lluvia dejaba una película sobre los coches del aparcamiento, sobre el puente, sobre el agua.

Kaplan había leído en una ocasión que el antisemitismo, el eje alrededor del cual giraba su libro, había sido en un principio una fantasía sexual. Mientras paseaba arriba y abajo por aquella habitación de hotel, aquella extraña teoría lo conmocionó más que nunca. Era una forma de sadomasoquismo, basada en argumentos seudocientíficos y seudorraciales, con el alemán inicialmente como víctima del judío y, después, «en defensa propia», como «necesario» agresor.

Una fantasía sexual, se convenció a sí mismo.

Tenía que eliminar los sentimientos de culpa. Judith confiaba en su juicio, lo amaba y él la amaba a ella. Sacó su traje azul de la maleta, se lo puso y se miró en el espejo del baño. Habiendo aprendido a jugar a aquel juego, esperaba no haberlo olvidado del todo. Se sacudió los hombros, se pasó la mano por las mangas. Él, Abel Kaplan, seduciría a la nieta de Reinhard Heydrich.

Ella estaba sentada junto a la ventana y llevaba puesto un vestido con tirantes de piel. Él pidió la mesa contigua. Después del segundo aperitivo, sus miradas coincidieron por primera vez. Ella fue la primera en sonreír. Mientras ella no miraba, él tomó su teléfono y comprobó si Judith lo había llamado, pero no era el caso. Se puso de pie, fue derecho a la mesa de la señora Himmelreich y le dijo algo acerca de la calidad de las ostras que servían allí. Él pidió la cena, ella lo llamó «misterioso bienhechor». Seguro de sí mismo, él le preguntó si podría tomar una copa de vino en su compañía.

Ella pidió carpaccio de pez espada de segundo plato, él grandes vieiras con salsa de crema de limón, un pecado contra los preceptos de alimentación judíos, pero a la nieta de Heydrich la *cashrut* le importaría aún menos que a él. Se obligó a sí mismo a disfrutar de los sencillos placeres que le ofrecía momento: las servilletas de lino, la cubertería pulida. Sus piernas estaban en calma, su respiración era regular, su encanto lo iluminaba. Creía en sí mismo y en cada palabra que pronunciaba.

Aquellos ojos eran verdaderamente iguales que los que tenía Reinhard Heydrich en la foto que Kaplan había copiado para la lección a Abraham II. Los párpados muy caídos, apenas había blanco alrededor del iris, como ocurría a una cierta raza de perros muy desagradable. Judith sabría a qué raza se refería Kaplan. Siempre que él veía el parecido de una persona con un cierto animal —uno de sus mayores talentos ocultos—, ella siempre sabía exactamente a qué animal se refería. Quizá no fuese un rasgo del amor auténtico, pero aquello era mejor que la incomprensión total mutua.

El estrecho puente de la nariz también era de su abuelo. Kaplan se atragantó y ella se echó a reír. Kaplan había visto todas aquellas fotografías, las caricaturas, la máscara de la muerte de la que se hizo un sello cuando murió, pero jamás había visto reír a Reinhard Heydrich... y tan adorablemente. Frente a él estaba sentada una mujer achispada, traviesa de un manera inocente, hasta atractiva.

No. La historia era mucho más llevadera cuando las personas no eran meras personas. Diablos, traidores, héroes... Todo menos personas.

Seguir bebiendo. El desapego que le permitía beber sin probar y hablar sin pensar era como un hechizo. Sin ese hechizo, él jamás sería capaz de hacer lo que debía hacer. El Kaplan que se veía constreñido por límites y acuerdos era un cobarde que nunca conseguiría nada. De modo que allí estaba él sentado, una réplica perfecta de Abel Kaplan. Le costó un gran esfuerzo elogiarla por su aspecto, pero lo hizo. Y ella le dio las gracias.

Ella miró alrededor, como si verdaderamente no tuviera la menor idea de dónde estaba. Había algo huidizo en ella, algo temeroso.

—Es la primera vez que vengo aquí —dijo ella—. No suelo frecuentar los hoteles.

—¿Por qué no, si se me permite preguntar?

Ella lo pensó un momento, meditando sus palabras.

—No se me había presentado la oportunidad.

El asunto no estaba resuelto aún, presintió él, ella todavía lo podía rechazar. Aquella posibilidad que le ardía en el estómago lo animó.

—A veces hay que dejar que nos lleguen las oportunidades —dijo él con convencimiento.

Al oír sus propias palabras, Kaplan dudó. ¿Qué significaba aquella frase? Por primera vez en mucho tiempo añoró su propia vida, en la que al menos no tenía que representar a alguien que no era. No debía reconocerlo. Debía disfrutar de la aventura.

Les sirvieron dos grandes copas de vino, brindaron, ella preguntó el motivo y él dijo:

—Por las promesas eternas de un hotel.

Los ojos se volvieron más llorosos, los movimientos perdieron coordinación y la mirada de ella se fijó en él. Los silencios estaban cargados. Ella tenía las mejillas encendidas, él buscaba palabras, pidió atún a la plancha para ella y filete de gallineta para él. Le preguntó acerca de su su vida, un tema seguro.

Ella se rio tapándose la boca con dorso de una mano —¡Dios Santo, un gesto que Judith también podía hacer!—, en la otra sostenía la copa.

—¿Me prometes no reírte?

Él levantó la mano para jurárselo.

—Te lo prometo.

—De acuerdo —dijo ella—. Vendo paraguas. Tengo mi propia tienda.

Bien. Así que la nieta de Reinhard Heydrich vendía paraguas. De pronto, Kaplan creyó ver todo: la crueldad de un simple deseo como regentar una tienda de paraguas y imposibilidad de lo que podía hacerse en una vida para hacer frente a lo que ya había sucedido en las vidas de otros, todo formaba parte de un conjunto perfecto y absurdo.

—¿Cómo lo llamáis vosotros, *toll*?

El alemán le salía con dificultad de la garganta. En el colegio había sido la asignatura que peor le iba, pero cada insuficiente era recibido por su madre con felicitaciones chovinistas. ¿Sería capaz de amar a alguien susurrándole: *Ich liebe dich, ich liebe dich, ich liebe dich, mein Schatz*? ¿Acaso sería capaz de hacerlo físicamente?

Ella se echó a reír, la copa se balanceaba en su mano. Hizo un gesto enfático con la mano libre.

—*Toll*, con una *T* fuerte.

Él asintió, no tenía ganas de repetir la palabra.

—¿Y cómo se llama la tienda?

—Muy sencillo. Himmelreich. Mi apellido.

Ella podía decir lo que quisiera, pero ese jamás sería su apellido.

Los dos tomaron un bocado.

—Frau Himmelreich, si quisiera venderme un paraguas, ¿qué me diría?

Y, mientras ella pensaba en la respuesta, él reparó en una pequeña cicatriz que tenía en el cuello, justo encima de la clavícula.

Compartieron una *crème brûlée*, ella le dio a probar una cucharada. Fue la primera vez que él se sintió realmente como un adúltero. Vio el rostro de Judith frente al suyo, la mujer cuya ayuda tanto había necesitado, cuya ayuda seguía necesitando. Él no hacía más que llevar al límite su capacidad de perdonar, pero que lo perdonara, significaba que había alguien que lo amaba.

Pobre Judith. ¿Qué era lo mejor para ella, que intentara mantenerla a su lado a toda costa o le diera por fin la razón definitiva para dejarlo?

Maria Heydrich rebañó los bordes del platito con la cuchara y con aire burlón la llevó en dirección a la boca de Kaplan. Él la abrió, pero ella retiró la cuchara. Él le asió la mano de forma rápida, fuerte, varonil, ella se estremeció. La luz de la vela resaltaba la fuerte mandíbula de la mujer. También el cabello rubio de su abuelo se reflejaba en el suyo.

—Eres hermosa, ¿lo sabías? —dijo él.

Ella no tuvo que bajar la mirada, sus ojos siguieron fijos en los de Kaplan.

—*Danke.*

—Nada de alemán. Estamos en Holanda.

Su severidad pareció gustarle.

—*Grasias* —rio ella, sin poder evitar el acento teutón.

Kaplan tuvo que perseverar un poco más. Mirándola con la cabeza llena de ligereza, sonriendo, esperando el momento adecuado.

Los últimos comensales se fueron, en algún lugar al fondo de la sala empezaron a poner las sillas encima de las mesas, encendieron una radio. El alcohol había llegado inadvertidamente a la vejiga de Kaplan y, por mucho que cambiara de posición, no podía seguir ignorando el dolor, antes imperceptible, que ahora le causaba.

Se disculpó, la llamó fräulein y fue al servicio. Una vez allí, le mandó un mensaje a Judith. Su respuesta, que a él le costó leer a causa de sus turbias lentillas: «No voy a preguntarte por qué me haces esa pregunta a la una menos cuarto de la noche, pero la respuesta es un bull terrier. Él se parece a un bull terrier. Besos».

Volvió a la mesa, la mirada suave y lánguida de la fräulein dejaba claro que la cuestión estaba zanjada. Él le retiró la silla, se apoyó hacia delante, llevó los labios a la cicatriz y la aspiró suavemente. Aquel fue el momento en que oyó gemir por primera vez a Reinhard Heydrich.

Se encontraban en el pasillo. Ella le dio la tarjeta de su habitación, estaba demasiado bebida y demasiado ocupada con él, besándolo torpemente en el cuello y desabrochándole los botones de la camisa, mientras él intentaba conseguir que se iluminara la luz verde de la puerta, lo que consiguió al quinto intento.

Aquello era como una representación, todo sucedía de un modo automático, cada movimiento parecía ensayado y evidente. Antes de entrar, él la empujó contra la pared que había junto a la puerta. Se arrodilló, le levantó el vestido y le bajó las bragas. Encaje negro. Luego rodeó sus tacones de aguja con las manos. No pensar en nada significaba no arrepentirse de nada. Metió la cabeza entre sus piernas y comenzó a lamer incontrolablemente.

Ella tiró de él para que se levantara. Si seguía así, se correría, le susurró en su inglés deficiente. Miró a derecha e izquierda, temiendo que aparecieran otros huéspedes del hotel o deseando que lo hicieran. Se pasó las bragas por debajo de los zapatos y de una patada las metió dentro de la habitación.

Él insistió en encender una lamparita, debía ver aquellos ojos a toda costa. Ella se quitó el vestido, que se deslizó por la cama con un susurro. Kaplan se desabrochó el pantalón y lo lanzó hacia la puerta de la habitación, se puso de rodillas en la cama frente a ella. Ella le agarró la cabeza y le tiró del pelo hacia atrás, olió su boca, gimió al olerse a sí misma en el aliento de él. Le mordió el labio y con la mano derecha tiró del elástico de su calzoncillo, cada movimiento le procuraba a él una nueva oleada de excitación. La mano de ella desapareció en el interior de su calzoncillo, le agarró los testículos, lo agarró: completa sumisión.

La mano de ella se deslizaba hacia arriba, a lo largo de su sexo, pero Kaplan le interceptó la mano antes de que llegara a tocar la punta circuncidada. Ella lo empujó hacia atrás, le presionó los hombros contra el colchón, le ordenó que se quitara los calzoncillos. Ordenó siempre con aquella sonrisa permanente en el rostro. El bull terrier.

Luego lo empujó hacia su interior. Levantó la cabeza, inclinó el cuello, con los ojos cerrados miró al techo. Así permanecieron unos diez minutos, de vez en cuando él gemía algo en holandés y ella gemía algo en alemán, a veces él le tocaba la cicatriz, a veces ella le apartaba la mano.

Entonces, de repente y sin lugar a dudas, Kaplan sintió el inminente orgasmo de ella. Notó como se inflamaba y se expandía por el pubis y el vientre, hasta que todo el torso de ella pareció palpitar por la sensación y, tras unas diez embestidas más, que él dio mordiéndose el labio inferior, ella se corrió con un breve grito. La rubia melena le cayó sobre el cuello.

Para él no podía suceder así, tan fácil, tan normal. Él debía deshacerse de la rutina de dos cuerpos que intentaban complecerse mutuamente, aquel estado carnal e hipnótico. Debía romper el hechizo, aquel sexo no debía parecerse a ningún sexo que hubiera tenido en su vida.

Tenía que encontrar algo para convertir el acto sexual en una acción real, para marcar ese momento en el tiempo. Y salió de ella, le dio la vuelta y le abrió las nalgas. Su ano le pareció inusualmente oscuro. Y las nalgas retrocedían continuamente. Así que él hundió las manos como garras en su carne y le abrió las nalgas de nuevo, ahora con más brusquedad. Ella no se resistió, pero por primera vez le preguntó qué estaba haciendo, aunque con voz ronca por el deseo. Él le levantó la pelvis, llevó las rodillas detrás de los muslos de ella e hizo un primer intento de penetrarla. La resistencia no hizo sino aumentar su excitación, su cuerpo se entregó por entero a su fanatismo. Aquello era allí donde los había llevado la noche, aquello era lo que él había buscado. En algún lugar de sus entrañas surgió la idea apasionada de que él era el legítimo cobrador de una vieja deuda pendiente.

Lo intentó de nuevo, vio como su glande desaparecía por el agujero, fräulein Heydrich emitió un gemido entre el placer y el dolor. Él escupió para humedecerse el miembro y después volvió a empujar hasta que los ruidos que ella emitió fueron de auténtico dolor. Notó que se hacía más espacio.

Ella mordió la sábana y con los dedos estirados se agarró al colchón. Él tardó cinco minutos hasta correrse con un empujón final. Ella gritó, el grito se apagó, en aquel silencio se encerraban setenta y cuatro años. Los dos yacían en la penumbra, ella tenía la cabeza apoyada sobre el hombro de él, el viento golpeaba la ventana, ella era una mujer y él era un hombre. Volvió la cabeza hacia él. Tenía los ojos cerrados, estaba medio dormida.

—No te conozco, ni siquiera sé cómo te llamas, pero bueno —dijo en inglés—. Los encuentros como este no suceden a menudo.

—Sé a lo que te refieres —dijo él.

Un encuentro como ese era una absoluta anomalía histórica. Sintió náuseas, la pierna derecha le temblaba. ¿Qué debía hacer un cuerpo después de haber saltado a la oscuridad y haber sobrevivido a la caída?

—Creo que debemos beber algo más —propuso él débilmente.

—¿No hay un minibar?

—Iré un momento abajo —le contestó él en inglés—. No hay problema.

—¿Por qué?

—De verdad, no hay problema.

Él intentó zafarse de su mano, pero ella se resistió.

—¿Volverás pronto?

—Claro que volveré pronto. Claro.

Él se levantó y fue al baño. El espejo le mostró una copia extraña y distorsionada de sí mismo. Comenzó a lavarse el sexo en el lavabo, primero lo enjuagó con agua tibia, después con jabón, después con champú, frotando hasta que hubiese eliminado el olor a sexo. Mientras lo aclaraba y lo secaba vio lo rojo que se le había puesto.

Buscó su ropa, ella no se dio cuenta de nada, quizá se hubiera quedado dormida. La escasa luz de la habitación cayó condenatoria sobre su cuerpo. Mientras se dirigía a su habitación descalzo, consiguió a duras penas evitar un ataque de pánico.

Había ido todo tan rápido, todos los límites que había transgredido pasaron vertiginosamente ante sus ojos. Se había bautizado a sí mismo en el mal, había ido más allá de lo que jamás había creído posible. Y había pensado en Judith mientras lo hacía, primero en Eva y luego en Judith, había usado su rostro y su cuerpo para soportar su prueba.

Sin que ellas tuvieran la menor idea de ello, las había arrastrado en su caída. Luchando contra el dolor de estómago, cogió la maleta, cogió una tacita de porcelana en la que estaba grabado el logo del hotel. Por último, se lavó los dientes. Bebió cinco vasos de agua seguidos y estuvo un buen rato enjuagándose la boca. Intentó recordar la voz del rabino, aquella voz tranquilizadora de hacía tanto tiempo. Lecciones, consejos, orientación. Pero al ver que la voz no llegaba, Kaplan sintió cierta inquietud. Quizá era ese el castigo por su traición, el alejamiento definitivo de aquella voz que lo guiaba. «No debes intentar tener algo, sino ser alguien.» La única voz que quedaba era la interior. Lo que hubiera allí era en lo que él se había convertido.

Esforzándose por mantener la compostura, Kaplan fue al mostrador de recepción y entregó la llave de su habitación. Debía volver inesperadamente a Ámsterdam, negocios. La recepcionista le preguntó si había disfrutado de su visita. Él respondió que había sido inolvidable.

En el muelle reparó en un gigantesco letrero blanco en el que se leía *Canada*, debía de tratarse de una obra de arte. No la había visto antes. En el taxi se volvió para mirar atrás, con los ojos húmedos, y, por última vez, la villa Marlier surgió entre la bruma de la lluvia.

Empapado y aterido de frío, entró en su apartamento. Todas las luces estaban apagadas, no registró ni un solo ruido. Judith y el chico dormían. Kaplan tomó una larga ducha y se lavó a conciencia, debía eliminar cualquier rastro de olor. Después se metió en la cama, Judith le aprisionó el brazo con la mano, murmuró algo en tono sosegado.

A la mañana siguiente, Kaplan estaba sentado frente a Judith, el desayuno tardío que ella había preparado estaba entre los dos. Abraham había dicho que no tenía hambre y se había tumbado en la cama grande. La preparación tan natural y amorosa —durante su ausencia, Judith había comprado orejones de albaricoque y cereales— hizo que Kaplan se estremeciera. En la húmeda palma de la mano izquierda que mantenía debajo de la mesa, tenía la tacita del hotel.

—Tengo que contarte algo —dijo él.

Ella no se sobresaltó, al parecer su voz no había sido lo bastante apremiante.

—¿Qué es? ¿No salió bien la cita?

Ella le había pedido sinceridad, nada más.

—Creo que he sido infiel.

Los ojos de Judith se encendieron y después se volvieron blancos y fríos. Tomó otra cucharada y masticó mucho rato. El silencio lo desequilibró.

—¿Creo? —preguntó ella lacónica.

—Bueno, por supuesto soy una fuente fiable en este caso. He sido infiel.

—¿Con la nieta de Reinhard Heydrich?

—Exacto.

Quiso disculparse, pero se contuvo. No se merecía poder expresar su arrepentimiento. Kaplan jamás había visto un rostro tan carente de emoción como el de Judith en aquel momento, una ausencia francamente alarmante. Él dejó la tacita sobre la mesa. Ella no la miró. Repitió:

—Has sido infiel. Con la nieta de Reinhard Heydrich.

Él dejó caer la cabeza. Había hecho lo que era necesario para el libro, había cometido su pecado. Cualquier castigo era justo. ¿Qué pretendía arreglar con un regalo?

Se produjo un largo silencio. La voz de Judith casi vibró cuando dijo:

—Siempre te he defendido —Kaplan quería decir algo pero no sabía qué, su boca permaneció abierta un instante—. ¿Por qué el sexo es tan importante para ti? —le preguntó ella—. Conmigo, con la nieta de Heydrich, con tu ex. No me mires tan sorprendido. Que no te haga preguntas no significa que no tenga intuición.

—No lo sé. Durante el sexo puedo olvidarme por un momento de todo lo que sé o siento sobre el bien y el mal.

—Sí, será eso, sí —Judith miró el tazón con el muesli, hizo ademán de ir a coger otra cucharada pero dejó la cuchara de nuevo sobre la mesa—. Querría poder enfadarme más, pero no sé cómo —el chico se acercó y se detuvo junto a ella—. Al final lo has conseguido —añadió con perplejidad—. Con este libro puedes vivir verdaderamente en el pasado, veo cómo te alejas lentamente y ya no tengo energía para retenerte, de verdad.

Kaplan no sabía qué decir.

—Eres solitario —prosiguió Judith—. Siempre lo has sido. Siempre tenías la cabeza en otra parte, justo fuera de mi alcance. No tienes ni idea de cuánto me excitaba eso al principio. Era misterioso, ¿sabes? Hasta que comprendí que cuando yo te miraba, tú, simplemente, estabas pensando en otra persona o en otra cosa. Adiós al misterio.

—¿Estás bien?

Ella suspiró profundamente. Apareció en su rostro el esbozo de una sonrisa.

—Acabo de darme cuenta de pronto de que ya me había esperado algo así de ti. Ahora al menos ya no tengo que elegir más. De alguna manera, me siento aliviada.

Se alejó de la mesa. El chico la siguió.

Kaplan siguió sentado, mirando la tacita que había sobre la mesa. Cuando el calentador se encendió al cabo de un rato, se levantó y metió un fajo de billetes en el bolsillo interior del abrigo de Judith. Ella debía cuidarse.

Quizá tuvo un presentimiento.

A la mañana siguiente no había nadie a su lado. Judith había desaparecido y, con ella, el diario original. Sobre la mesa había una nota. «Lo siento. Ocúpate de que coma bien y recupere la salud. Y luego deberás ponerlo a salvo. Cuento contigo. Besos.»

18

El sentimiento de culpa era un fenómeno extraño, anidaba profundamente en el cuerpo, como si un insecto venenoso se hubiera enterrado entre los omóplatos. Cada vez que Kaplan se estiraba hacia atrás para masajearse un hombro, sentía una punzada de dolor en el otro.

Había hecho lo correcto, no había podido hacer nada más. El manuscrito se había cruzado en su camino. Y la única manera de perderse por completo en él era superando las pruebas sobre lo que escribía o, al menos, las pobres variantes que tenía a su alcance. Por fin, el futuro se había vuelto tan inevitable como la historia. En una de las copias, dibujó a una mujer con la cara de un perro. Maria Himmelreich/Heydrich. Luego hizo un esbozo de Judith. Con el puño cerrado, tachó todo. Estaba prohibido echar de menos a Judith. Hizo cuanto pudo para sentir tanta ira como le fuese posible, para combatir su nostalgia. Ella lo había dejado en la estacada o, peor aún, había dejado al chico en la estacada. Quizá el fracaso de su relación con Judith solo demostraba que él no podía amar a nadie como a Eva.

Todo el espacio y el tiempo que la suave voz de Judith había llenado durante últimas semanas, toda la regularidad que ella había establecido en el hogar debía ponerse al servicio de la historia sobre la que Kaplan velaba. Las vidas de Abel, Ercole, Slava, Miriam y el chico se encaminaban al clímax que él le había prometido a Van Stolk y al editor. Era 13 de febrero, el mismo día en que se reformó el Consejo Judío, hacía setenta y tres años.

Abraham salió del dormitorio y se concentró en seguir perfeccionando su balsa. Después, con gesto serio, empezó a desplazarla por el suelo de forma mecánica, de acá para allá, de acá para allá. Kaplan le había dado una madre y se la había quitado igual de repentinamente, pero en el rostro del chico no había ningún rastro de reproche o de ira. De acá para allá.

Escribir. Aquel era el centro alrededor del cual flotaban los pedazos de la vida de Kaplan. No, no eran pedazos sino cuerpos celestes que giraban alrededor del Sol… mientras siguiera escribiendo. Los rostros de Eva, Maaike, Judith y Maria eran agujeros negros. Guardar la calma, ir paso a paso. Pero fuera cual fuera la dirección que tomara en su siguiente paso, le esperaba un final extremo. Sus dedos se resistían y las muñecas crujían bajo la presión.

Entre 1960 y 1975, Joseph Mengele, huido a América del Sur, llenó nada menos que tres mil quinientas páginas en cuadernos escolares de espiral. El trabajo incluía fragmentos de diario, digresiones seudofilosóficas, comentarios políticos y, sobre todo, interminables descripciones de los experimentos médicos que había llevado a cabo con los prisioneros del campo de concentración. Ninguna de estas páginas revelaba nada de arrepentimiento. Como era bien sabido, Mengele no llegó a ser nunca condenado, ni siquiera consiguieron capturarlo. Murió mientras nadaba en la costa brasileña y fue enterrado con un nombre falso.

En el verano de 2011, los documentos fueron subastados, las ganancias ascendieron a casi 175.000 euros. El comprador fue un judío ortodoxo, nieto de un *survivor* que dijo que deseaba donar los documentos a un Museo del Holocausto. El periódico inglés *Mirror* publicó una noticia sobre un extracto traducido: Mengele, el Ángel de la Muerte, estaba fascinado por los gitanos y los gemelos siameses.

Esas dos fascinaciones se unieron horriblemente en un experimento en el que Mengele cosió a dos gitanos para crear unos gemelos siameses. Una noche, Mengele hizo sacar a catorce gemelos siameses de los barracones y los puso sobre su mesa de disección de mármol. A cada uno de ellos inyectó cloroformo en el corazón, lo que causó una muerte inmediata. En las historias sobre el campo de concentración, Mengele aparecía siempre descrito como un hombre amable que se ganaba la amistad de los niños dándoles chocolate.

En 2014, solo había una fracción de los documentos de Mengele traducidos al inglés y en Internet corría el persistente rumor de que habían sido destruidos. Por supuesto que era mejor ir dosificando con cuentagotas las palabras del médico sobre la Tierra. Los océanos y los continentes podían contaminarse con una dosis demasiado alta. Pero las gotas tenían que llegar. Nadie había estado tan cerca del mal como esas hojas y solo las habían visto unas cuantas personas.

Empieza a escribir, se dijo Kaplan.

Los dos se hallaban enfrentados como dos polos magnéticos opuestos, escuchando las antiguas leyes de la naturaleza. A un lado de la línea divisoria: Primo Levi, el líder de los que habían recuperado la palabra, a quien Kaplan había dedicado tantos pensamientos. Por otro lado, Mengele, que había perdido para siempre su derecho a hablar. Palabras de fuentes opuestas, con un destino opuesto.

Allí estaba él, Abel Kaplan, en la frontera entre todo y nada. Paso a paso. Movió la mano hacia el teclado.

El viejo Abel tiene que conseguir ver a Miriam. Los otros opinan que no debe poner la misión en peligro al intentarlo, pero él debe saber si ella cree que él ha renegado de ella. Ella tiene que estar aún con vida para podérselo decir a él.

«Tiemblo menos que de costumbre tumbado en mi litera.

»Milo está al acecho, el chico se sienta en el suelo y, de un soplido, levanta una nube de polvo a su alrededor. En ese momento entra Slava. Todos los que lo ven saben que algo ha cambiado y que el cambio determinará nuestras vidas. Dice que todo es mucho peor de lo que había temido.»

Mayo de 1944. Ya no es posible dudar, dice Kaplan para sí mismo y para el viejo Abel. En efecto, han construido cámaras de gas y hornos con los *Sonderkommando* como creadores de la muerte. Cada día hay más transportes, más muertos. Por las noches, los raíles están al rojo vivo. En Birkenau hay cuatro crematorios en funcionamiento. Además, desde hace poco más de medio año, hay un *Zigeunerlager*, un campamento gitano. Caben cincuenta y dos caballos por establo, o sea, entre seiscientos y mil gitanos.

Los médicos realizan un sinfín de experimentos con ellos. Ensayos con agua de mar para adquirir conocimientos sobre la sed y la forma de calmarla, posiblemente para utilizarlos para la Luftwaffe. Inyecciones de azul de metileno en los ojos, con la esperanza de que llegue el día en que todos los niños alemanes tengan los ojos azules. A los gitanos con malaria no los tratan con quinina, sino que les sacan sangre y se la inyectan a los gitanos sanos.

El chico arrastraba su balsa móvil, esa forma brusca de moverla, metal chirriante, pero Kaplan no tenía energía para ordenarle que no hiciera ruido. Sacó la botella de ginebra. Abraham la señaló y dijo:

—*Jenibra*.

Kaplan seguía buscando cómo encontrar palabras para un intento de fuga que se había producido hacía casi setenta años. Hay que contar con medio año para los preparativos, proponen Milo y Slava, entonces las probabilidades de éxito serán mayores. Kaplan hizo un reajuste: tres meses. Se oye un murmullo, tres meses es un plazo inconcebiblemente largo. Pero la esperanza vencerá.

Todos confirman su participación. Nadie se atreve a dudar, nadie se atreve a delatar a Milo y Slava. Abel Kaplan tomó un trago de ginebra, suave y fría. La última frase del día. «Cuando me miran, digo: "Podéis contar conmigo".»

19

Kaplan estaba inmóvil sentado delante del televisor, a pocos metros de él estaba Abraham, que había parado de jugar con su balsa, presintiendo que el momento exigía un silencio absoluto. Kaplan acababa de recibir un mensaje de Judith en el que no decía más que: «Canal 2, ahora». Una sustancia borrosa y enlentecedora se había interpuesto entre la pantalla y los ojos de Kaplan, una niebla que se encargaba de que nada llegara a él de verdad. Y aun así le temblaban las rodillas, aún así notaba insensibles las yemas de los dedos. Inspiró profundamente tres segundos y expiró otros tres segundos. No acabó de entender del todo el segundo mensaje de Judith («Y ese dinero no es mío. Controla tu buzón»).

El título de la noticia estaba escrito en letras blancas en la franja roja que había en la parte inferior de la pantalla: Van Stolk, antiguo profesor del NIOD, desenmascarado. Kaplan tardó un rato en comprender lo que había pasado en realidad. Al parecer, Van Stolk había utilizado durante años fuentes poco fidedignas y no se descartaba incluso que hubiera empleado datos falsos. No se sabía con certeza cuánto tiempo llevaba empleando esas prácticas. Se había creado una comisión de investigación y la Universidad de Ámsterdam lo había cesado temporalmente.

¿Estaba el NIOD al corriente de ello y por eso había dejado ir al profesor?

Kaplan cogió su teléfono, pero Van Stolk no le contestó. El rector hablaba de grandes perjuicios en general y, en el ámbito de la historia, en particular. Según el presentador de las noticias, el propio Van Stolk no había hecho declaraciones.

En la pantalla aparecía la conocida fotografía del profesor.

Aquel tono extraño y apremiante que había empleado Van Stolk en su última conversación, los singulares consejos y fascinaciones resonaron en su oído. Kaplan miraba a Van Stolk pero veía a Wilkomirski.

¿Cuál sería ahora el destino de su colaboración, del libro? ¿Hasta qué punto el nombre de Van Stolk, que debía otorgar una garantía de rigurosidad científica, no haría sino despertar indignación? Kaplan estaba sentado a la mesa en la que tanto había trabajado durante las últimas semanas. Sus manos temblorosas descansaban sobre las fotocopias, pero el contacto con el papel no tenía en él un efecto tranquilizador. Abraham estaba a su lado, observándolo para tratar de averiguar qué ocurría. Entonces, como si el chico acabara de acordarse de algo, corrió a la cocina y regresó con un vaso de agua, que le tendió a Kaplan con orgullo, como si fuera un cáliz. Kaplan tomó dos tragos, abrió el portátil, miró los últimos pasajes que había escrito. Se miró las manos y no comprendió cómo aquellas letras habían podido llegar a la pantalla.

Por la noche, después de que el chico hubiera ido a acostarse dócilmente, Van Stolk contestó por fin a su llamada. Antes de que Kaplan pudiera hacerle ninguna pregunta, el profesor le dijo que lo sentía, lo que persuadió a Kaplan para formularle aquella única pregunta sentimental. ¿Por qué?

—Es muy sencillo —repuso el profesor, vivaz—. Al final, de lo que se trata es del deseo de llevar una vida más grande de la que uno lleva. Puede que suene extraño, pero me siento aliviado. He imaginado cientos de veces cómo me desenmascaraban y ahora ha sucedido. El tiempo en que no podía hacer nada mal y sin embargo estaba echando todo a perder ha quedado atrás. Me siento en calma, aunque el teléfono no cese de sonar.

Kaplan solo podía pensar en una cosa.

—¿Qué va a pasar con el libro?

—Bueno —la voz del profesor recuperó algo de su energía—, si valoras realmente el proyecto, deberás hacerlo sin mí. Ese es mi consejo. Es para protegerte. Puedo llamar al editor si quieres.

—¿Por qué nunca me contaste lo que pasaba?

—Empezó con algo insignificante, una interpretación extraña de un dato histórico existente aunque desconocido. Es una práctica muy común, todo historiador lo hace. Pero si das ese primer paso, ¿por qué no adaptar un poco el dato, cuál es la diferencia? ¿Por qué se le da un valor absoluto a unas fuentes oscuras que nadie buscará, a unas notas a pie de página que nadie controlará y ante una pequeña mentira que está al servicio de un análisis más amplio que ciertamente tiene sentido el mundo se muestra tan estrecho de miras?

Kaplan permaneció en silencio. Lo que oía eran variaciones de las racionalizaciones que él mismo seguía para su libro.

—¿Puedo llamarte Johan?

—Claro. Somos colegas. Historiadores los dos.

Fuera lo que Kaplan fuese, jamás había llegado a ser un verdadero historiador.

—Johan, he leído *Vidas en los campos de concentración* un sinfín de veces, te admiraba mucho.

No sabía lo que quería decir exactamente con aquello y no pudo hacer nada por evitar la infantilidad de su tono.

—Gracias. Aunque el uso del pretérito es sin duda menos halagador —se hizo un silencio—. Escucha —dijo Van Stolk, con cierta impaciencia—, escribir ese libro me llevó casi diez años de mi vida, fue la causa de mi divorcio y de un régimen de visitas muy desfavorable que he tenido que cumplir para ver a mi hijo. Siempre dije lo que hice, quien soy. Soy un historiador —Kaplan dejó que Van Stolk siguiera perorando—. La ciencia consiste en alcanzar otra mirada de las cosas, no de los datos en bruto. Esa debería haber sido mi herencia. Tolstói dijo una vez: «La historia no es más que una colección de cuentos y trivialidades sin sentido, sepultados bajo una masa de datos y nombres redundantes». Eso es lo que yo quería cambiar.

Van Stolk estaba perdido. No eran tanto las acciones del profesor lo que desagradaba a Kaplan, era su excusa de que las circunstancias externas lo habían seducido, escondiéndose detrás de rusos muertos y citas. Kaplan jamás huiría de las consecuencias de sus actos, por muy graves que estos fuesen.

—Lo haré solo —dijo, sin estar seguro de si hablaba en serio. Sintió crecer su ira, la confianza en sí mismo, su convencimiento—, mi libro no necesita tu ayuda —le reprochó al profesor antes de colgar el teléfono.

Cuando levantó los ojos, vio a Abraham en la puerta del dormitorio, le temblaban las piernas y tenía los brazos alrededor del cuerpo.

—*¿Onde esta Judi?*

«Mi libro no te necesita.»

Con estas palabras en los labios se despertó Kaplan a la mañana siguiente. Por fin el libro era completamente suyo, pero ¿de qué iba? Tenía la boca seca, el dolor de cabeza desbancó al cansancio. Recordó la insinuación que Judith había hecho sobre algo que haría desistir a Kaplan de sus planes con el manuscrito de su padre. Tal vez ella había tenido un presentimiento sobre Van Stolk. Él debería haber insistido más en que se lo dijese.

Su dolor de cabeza describía círculos ondulantes en el interior de su cráneo. Sacó las piernas de debajo del edredón y las plantó en el suelo, como si no formasen parte de su cuerpo, como si fuesen unos extraños zancos. En la cocina preparó la papilla de azúcar y espolvoreó una pastilla de vitaminas machacada que Judith había comprado.

Aquella noche, Abraham y él aplastaban sus patatas en silencio, mirando el espacio vacío donde debería estar el plato de Judith.

Desde su partida, se había instalado una nueva bruma entre ellos. Aquel dolor compartido, la rivalidad perdida hacía que el chico pareciese mayor. De momento, no había vuelto a las andadas con sus tonterías.

Se oía la radio de fondo. Van Stolk con su enésimo alegato de disculpas. La impecable construcción de la integridad en la que todas sus publicaciones, presentaciones y declaraciones públicas tenían su lugar, algunas de cuyas piedras databan de hace cuarenta años, de eso iba aquel murmullo sin gloria, aquel patético montón de escombros por el que todo el mundo pasaría de largo al cabo de pocos días.

—Yo estoy de tu parte, ¿lo entiendes? —dijo Kaplan al chico. Abraham asintió—. ¿Me lo prometes? —él asintió de nuevo.

Kaplan fue a la cocina y apagó la radio.

No había mensajes en su móvil. Ahora se había hecho tangible lo que significaba una mujer para Kaplan: una brújula. Su presencia en la vida de Kaplan daba una dirección en función de la cual se determinaban todas las posiciones y direcciones imaginables. El hombre siempre necesitaba más a la mujer que al contrario. Sonó el teléfono, un número desconocido. Kaplan contestó sin dudar. Era el editor.

—¡Vaya desastre con Johan! Si hubiera sabido que tenía tanta imaginación, le habría ofrecido un contrato por una novela.

—No creo que sea para tomárselo a risa.

—Al final, todo es una enorme broma, ¿no?

—Todo no... —replicó Kaplan.

—Bueno, vayamos al grano. ¿Qué hacemos con el libro? No podemos echarnos atrás, hemos invertido dinero. Dentro de poco necesito algo, un contrato es un contrato, ¿eh?

Kaplan era físicamente incapaz de decidir el destino de lo que debía ser su gran obra. El límite. Una publicidad indeleble o el olvido absoluto al no ser publicada.

—Mi libro no necesita su ayuda.

Kaplan se oyó a sí mismo decir esas palabras, un deseo que recitó de forma totalmente automática.

—¡Muy bien! Puedes llegar muy lejos en este mundillo, Abel Kaplan. Bien, mi gente llamará a tu gente. Mantenemos la fecha para principios de mayo.

—Yo ya no tengo gente —dijo Kaplan para sí.

Aquella tarde, Kaplan siguió escribiendo con la botella de ginebra a su lado encima de la mesa.

Diciembre de 1944. A lo lejos, un ave de presa bate sus alas despacio, desplegándolas casi por completo. Todo el mundo duerme, salvo el niño y Abel, que, sentados en el suelo, miran al cielo. Han esperado seis meses para llegar a este momento, el momento decisivo. ¿Siguen adelante con sus planes o no?

La razón de la demora es que recientemente ha habido otros intentos de fuga que han provocado que se estrechara más aún la vigilancia. Todo el mundo sabe que ha comenzado la cuenta atrás.

«Milo y Slava tienen todo pensado, todos dicen que se apuntan. Confían en mí. Les he jurado no hacer lo que estoy a punto de hacer. Un breve destello: la señal. A través del nicho del chico me deslizo por debajo del barracón y salgo al exterior a rastras. Un chico holandés, mi guía, al tanto de todos los ángulos muertos de los alemanes que patrullan, me está esperando. Voy a ver a mi mujer. Aún vive.»

Kaplan pone el dedo en el mapa del campo de concentración. Ella está en un edificio relativamente nuevo al que llaman la sauna, cerca de los crematorios IV y V. Otro trago. Las frases de Van Stolk siguen rondando a Kaplan, las excusas. En una ocasión, le había dicho a Van Stolk que el diario era una obra de amistad, de amor y de vida. Estaba en lo cierto, lo sabía ahora. Ante sus ojos, la figura de Miriam se transformó en la de Eva, los peinados se retocaron, los rasgos faciales se recolocaron o se agrandaron. Él podía pasar la mano por sus cabellos. Después de tanto tiempo volvían a encontrarse en la oscuridad, lo habían conseguido. Intentó por todos los medios regular su respiración. Mientras el viejo Abel luchara por su mujer, él debería hacer lo mismo.

Aquella noche, el chico estaba viendo una película de acción en el sofá. Kaplan, aún no repuesto del encuentro entre Abel y Miriam, hojeaba el libro de Wilkomirski, con las manos húmedas. Diseccionaba cada párrafo, con la esperanza de averiguar qué frase contenía la verdad y cuál no. Después, volvió a poner su manuscrito ante él.

En ese momento, un fuerte golpe en la planta baja ahuyentó los pensamientos de Kaplan. Ruido en la casa de Kuiper, pisadas extrañas, amenazadoras, fuertes. Kaplan le indicó por gestos al chico que apagara la televisión, abrió la ventana y vio que había dos coches de policía delante de su casa, luces intermitentes sin sonido parpadeaban sin cesar. El vecino de abajo fue conducido hacia fuera, llevaba las manos esposadas a la espalda. La puerta trasera de uno de los coches patrulla se abrió, el agente empujó a Kuiper al interior. El motor arrancó, el vecino de abajo desapareció en la lejanía, el otro coche patrulla permaneció donde estaba. Bajo los pies de Kaplan continuaba el barullo. Aunque jamás había presenciado uno, reconoció al instante los ruidos de un registro domiciliario. Mientras tanto, las luces del otro coche seguían reflejando colores en el rostro angustiado del chico.

Azul, rojo, azul, rojo, azul, rojo.

20

Kaplan se despertó desorientado y tosiendo, al parecer se había quedado dormido en el sofá. Se arrastró hasta la ventana, tenía los ojos llorosos. No se había quitado las lentillas. El sol estaba alto, había muchas nubes pero poco pronunciadas. Los dos coches patrulla habían desaparecido.

Quizá Maaike había mencionado a propósito el piso equivocado, quizá la policía había cometido un error, quizá habían arrestado a Kuiper por algún otro motivo. En realidad, no tenía importancia. Lo único que contaba era que Kaplan disponía de suficiente tiempo para adelantarse a la siguiente acción policial.

La sombra permanente que el libro arrojaba sobre su vida, la falta de sueño, la añoranza de Judith, la sensación de que su vida constaba de un número cada vez menor de posibilidades, todos los problemas turbios se convertían en un propósito claro, como una noche que se derrumbara y sin ninguna fase intermedia se conviertiera en pleno día. Kaplan no les daría una segunda oportunidad de coger a Abraham. Mientras el chico siguiera con él, había esperanza.

Encima de la cama puso dos maletas de piel con los cantos de hierro y empezó a empaquetar sus cosas. Abraham salió adormilado del colchón inflable. A los cinco minutos, Kaplan había representado su vida en dos pilas de ropa, un buen montón de papeles, un ordenador portátil y un diccionario de bolsillo en rumano. Para el chico, se llevaría la ropa que le había comprado a petición de Judith. Dejó que el colchón se desinflase, para doblarlo y volver a meterlo en el armario. Luego volvió a poner la tabla de madera en su sitio y alisó tres veces el vestido de Eva antes de dejarlo encima de una de las maletas cerradas.

Kaplan señaló la balsa.

—Nos la llevaremos también, así tendrás algo con lo que jugar.

El chico la llevó hasta la maleta sin hacer preguntas, la envolvió en un pequeño pañuelo y la metió con cuidado en un rincón. Kaplan se puso de rodillas, acercó su rostro al del chico, para que no se perdiera ningún matiz, y dijo:

—Vayamos donde vayamos, yo te protegeré.

Delante del espejo del dormitorio, se puso el traje azul. Las polillas habían hecho pequeños agujeros. El tejido parecía más pesado, los hombros se alzaban incómodos. Kaplan se miró de perfil, echó para dentro su escasa barriga y se apretó el cinturón.

—¿Y? —le preguntó al chico que, tras un leve titubeo, levantó el pulgar.

Mientras que el viejo Abel siguiera mostrándose combativo, Kaplan también lo haría. Él también debía buscar a su mujer y mirarla a los ojos, tanto rato como fuera necesario. Y entonces ella haría la elección por él, igual que en el pasado había decidido sobre la cena, sobre las portadas del libro, sobre las frases que no sonaban bien, sobre el futuro.

Hoy la elección era más clara: editar el libro, seguir adelante con valentía pero sin Van Stolk, o dejarlo de lado. Un posible desenmascaramiento o un fracaso seguro. Se miró fijamente al espejo, decidió no cambiarse. Ese sería el traje con el que Eva y él se verían por última vez. Una cota de malla de lana.

Los ladrillos del colegio Ibn Ishaq se veían apagados por años de dejadez. Solo en ese momento sintió nostalgia, añoranza por el edificio, por los estudiantes. Aquella ternura desapareció enseguida. Debía estar alerta y actuar deprisa. Eran las tres de la tarde, el comienzo de la octava clase, los de primaria ya se habían ido a casa, un chico de primero de secundaria pedaleaba detrás del último grupo de colegiales, pero no podría alcanzarlos, el viento tiraba hacia atrás de su mochila.

Kaplan se volvió hacia Abraham, quien, detrás del cinturón de seguridad, observaba la tapicería del Saab 900, como si jamás hubiera estado en el interior de un coche.

—Volveré dentro de diez minutos —dijo Kaplan—. No toques nada. Espérame. Esperar —cogió el diccionario—: *A astepta. Tu.*

Kaplan sacó del maletero un pequeño bidón de plástico. La dirección del colegio no había cambiado las cerradura. Kaplan siguió el familiar trayecto por el sótano de las bicicletas. Aquel olor de incipiente oxidación, de aceite y sudor; Kaplan cerró los ojos y se encontró en realidad en otro lugar y en otro tiempo en el cual la existencia solo causaba dolor.

Debía borrar todas las huellas que llevaran hasta él. La cerradura estaba forzada, la puerta se abrió sin más, pero crujió. El escritorio tenía una capa de polvo. Involuntariamente, trazó una raya con el dedo índice. Se habían llevado su silla y también la caja donde se sentaba Abraham I. Las carpetas de Kaplan seguían ahí, años de trabajo. Él contó rápido: no se habían llevado ninguna, tampoco habían añadido ninguna nueva. Quizá el colegio había digitalizado la administración. Quizá Kaplan era por fin tan superfluo como siempre había temido ser.

Del bolsillo posterior sacó su contrato de 2004, el único trozo de papel en el que había mentido de verdad. Lo arrugó y lo tiró al suelo. Con él había dado su propia señal de salida. Empezó a sacar las carpetas del estante, todo caía con estrépito al suelo. Por último, el artículo de periódico del dueño de la galería y las cartas que le había escrito a Duyf.

Todo salvo el retrato con gafas de Abraham I, que Kaplan se metió en el bolsillo. Aquella montaña de plástico y papel era la única prueba de que él había estado allí en el pasado. Un fuego controlado, no necesitaba más para hacer desaparecer todo aquello. Vació el bidón.

Le sudaban las sienes. Setenta y tres años después del decreto 6/41, que declaraba obligatorio el registro de los judíos, Kaplan hizo lo que se debería haber hecho entonces: destruir todos los dosieres, todos iguales, todos ilocalizables.

Duifman jamás debería haberlo expulsado.

Encendió una cerilla, la sostuvo en el aire y luego la arrojó al suelo. El montón empezó a arder entrecortadamente. Un olor de plástico quemado se elevó del suelo. Al salir del edificio, apretó la alarma contra incendios y se fue.

21

El Saab puso rumbo a la casa de Eva arrastrándose deprisa y se detuvo con un suspiro al lado del coche deportivo de Duyf. Kaplan volvió a rogarle a Abraham que permaneciera en el coche, el chico asintió. Kaplan cogió el vestido del asiento trasero y, a continuación, asegurándose de que nadie lo viese, con las llaves de su coche escribió en el capó del deportivo unas iniciales tan grandes como le fue geométricamente posible. Era maravilloso dejarse llevar por aquel irrefrenable infantilismo.

Tampoco le abrieron la puerta esta vez. Solo después de mirar fijamente a la cámara y decir que era una cuestión de vida o muerte —al menos era una cuestión de vida o huida—, el mecanismo se abrió.

—Hay agujeros en tu traje —fue lo primero que ella le dijo, casi sincrónicamente al abrir la puerta del apartamento. No lo invitó a entrar, pero dejó la puerta abierta después de darse la vuelta. Eso bastó para Kaplan. Puso un pie en el umbral y se hizo el propósito de grabar en su memoria todos los elementos del apartamento, incluyendo el cuerpo de Eva y las expresiones de su rostro, convencido de que tardaría años en analizar, entender y soportar por completo aquel encuentro.

Ella se sentó en uno de los taburetes de la isla de la cocina.

—Bien, Abel, ¿qué estás haciendo aquí?

—Esto es tuyo —le dijo él y puso el vestido frente a ella.

Eva se levantó del taburete, sacó una botella de vino blanco de la nevera y tomó un copa del armario, a Kaplan le pareció oír el tintineo del cristal. Eva no había mirado aún el vestido. Kaplan se situó frente a ella. Debía de haber algo en su expresión que la convenció de que aquella iba a ser una noche distinta a las anteriores: los ademanes hostiles que su rostro contenía fueron desapareciendo hasta que solo quedó la preocupación pura y sincera.

—Dime qué pasa. Me estás poniendo nerviosa.

—He escrito mi libro —había tenido que esperar un tiempo inhumanamente largo para pronunciar esa frase—, está casi acabado.

Durante un rato no dijeron nada, entonces ella lo miró.

—Lo creas o no, me alegro por ti. ¿Ha salido como esperabas?

—Mejor aún.

Ella se miró los zapatos, de piel con tacón alto.

—Me parece oír un pero.

—Para conseguir que mi viejo editor se interesase en él tuve que prometer que colaboraría con alguien más. Con Johan van Stolk.

Un primer y gran trago.

—Ay, querido, esa ha sido una mala elección —un segundo trago.

Eva se levantó, fue hasta la nevera y regresó con un vasito de ginebra para él. Parecían haber pasado siglos desde la última vez que ella le había servido algo sin que él se lo pidiera.

—Y ahora no sé si debería seguir adelante sin él. ¿Tú qué opinas?

Esa era la pregunta que debía hacer aflorar la naturaleza más esencial y profundamente oculta de Eva. Por fin. En ese momento, sonó el teléfono. El nombre de Hein apareció fugazmente en la pantalla. Ella contestó, escuchó atentamente la voz que hablaba al otro lado de la línea, volvió a cerrar los ojos.

—¡Qué desgracia! —dijo suavemente por teléfono—. Está bien, tómate el tiempo que necesites —miraba a Kaplan pero hablaba con otro—, me parece bien. ¿Me llamarás antes de venir? ¿Prometido? Vale, hasta luego.

En la comisura de sus labios, Kaplan notó que Eva se frenaba de emplear su despedida habitual, cualquiera que esta fuese: los pequeños gestos, costumbres de Eva y sus significados ocultos eran algo que él jamás llegaría a olvidar por completo. Para que ella también tuviera su turno de espera, Kaplan cogió su teléfono. Judith le había dejado un mensaje que no entendió. Volvió a meterse el teléfono en el bolsillo.

—¿Qué pasa? —preguntó él.

—Alguien ha intentado incendiar tu vieja escuela.

—Vaya —comentó él en tono apagado—, pero espera un momento, ¿tu amante está allí ahora? ¿No estaba su coche delante de la puerta?

—No, ese es el del vecino. Tienen la misma marca —dijo Eva encogiéndose de hombros—. Volvamos a lo tuyo. ¿Por qué vienes a mí con ese problema? Creía que ya te había traicionado. Al menos eso fue lo que me dijiste la noche en que estrellaste un gnomo contra el cristal. Un gnomo, Abel.

—Lo sé —repuso él—. No me traiciones una segunda vez, por favor.

Al cabo de media hora, Duifman seguía sin haber llamado. Kaplan dejó que Eva asimilase toda la historia. Ella había necesitado varias copas de vino y aún permanecía en silencio a su lado en el sofá. Kaplan no había adornado ni aligerado nada, le había contado toda la historia sobre el origen y el contenido del libro, solo había omitido a Abraham. No pareció muy impresionada por el hecho de que él quisiera dedicarle el libro.

—Bueno —dijo Eva por fin—, un libro sobre el Holocausto. Medio documental, medio ficción. Basado en la vida de alguien que nunca te dio su consentimiento para que utilizases su historia. Y ahora ya no cuentas con el apoyo de Van Stolk —la mirada de Eva parecía cada vez más preocupada—. Abel, por favor, no lo hagas.

Todo lo que Kaplan tenía que sentir y decir se hundió en él. Se sirvió otro vasito de ginebra.

—Pondrías en juego lo último que te queda, tu reputación, el nombre que te labraste con tus libros anteriores. A mí me perderías por completo y a Judith también —Eva le dio la mano, notó el cálido latido de la vena del pulpejo—. Puede que suene un poco extraño viniendo de mí, pero creo que Judith te conviene. ¿Qué opina ella de todo esto?

—Le parece espantoso. La entiendo y a ti también te entiendo, pero no volverá a salir nada de mi pluma si solo pienso en cuestiones morales —Kaplan se echó hacia atrás—. ¿Qué debo hacer ahora?

—Eres escritor, inventa algo nuevo.

—Pero yo quiero inventar algo viejo. Algo que sea ficticio y verídico a la vez.

Ella estuvo un rato acariciándole el brazo.

—Querías mi consejo. Pues es este: déjalo. Ya llegarán nuevas ambiciones.

Kaplan no podía imaginar nuevas ambiciones. No, no quedaría nada a lo que aferrarse. Acabaría convertido en un viejo, buscando a tientas a su alrededor, rodeado de polvorientos recuerdos sin sentido. Se le enturbió la mirada, era la bebida. No, era Eva. Esa no debía ser su respuesta.

—Por favor.

—¿Qué quieres oír de mí? —ella le tomó la cabeza entre las manos y le acarició el pelo.

—No quiero que me digas que debo inventar algo nuevo. No quiero que me digas que otra mujer me conviene.

Él presionó los labios contra la mano de Eva y ella no la retiró. Eva se acercó más y puso su frente contra la de Kaplan. Sus respiraciones coincidieron. Kaplan no tuvo más que adelantar un poco la cabeza para que sus labios se tocaran.

Se besaron suavemente, cuánto conocía Kaplan el olor de Eva, su sabor, los movimientos de su lengua. Era como si los dos entrasen en un éxtasis que hubiesen mantenido oculto durante años.

Le puso la mano en la espalda y la acercó más a él, ella husmeó en el borde de la camisa. Entonces Eva separó la cabeza de la de Kaplan, miró su teléfono, volvió a apartarlo y dijo:

—Ven conmigo.

22

Kaplan tenía el pecho sudoroso y el aliento entrecortado. Ella no se había corrido, pero sus gritos habían sonado sinceros y familiares. Eva debía de haber sentido que sus cuerpos se habían perdido definitivamente. El sexo había sido una clemencia póstuma. Aquella sería la última vez, aunque él no acababa de asimilar del todo aquella idea, la anestesia sexual era aún demasiado fuerte. Ella se apartó de él y fue al baño para lavarse, el somier crujió.

—¿Y tu amante? —le preguntó cuando ella volvió a estar tumbada a su lado. Sonó menos sarcástico de lo que había esperado.

—Esto es entre tú y yo. Confío en que no le digas nada.

—¿Por qué confiabas en mí? Me refiero a antes, cuando nos conocimos.

—Crecí con la idea de que no podía confiar en nadie. Tú fuiste el primero de quien sospeché que era tan desconfiado como yo. Sencillamente no había razón para andarse con juegos, con trucos. ¿A qué viene esa pregunta?

—Porque sí —dijo él—. Cuanto más pienso en ello, más me doy cuenta de lo especial que era todo.

—¿Quieres que vuelva contigo? —le preguntó Eva—. ¿Es eso? ¿Después de todos estos años aún lo deseas?

—¿Por qué me dices eso de pronto?

—No lo sé —contestó ella—. Aquí estamos acostados otra vez, aunque me había hecho el propósito de no permitir que sucediera nunca más. He tenido demasiada compasión contigo, Desde hace unos años corren rumores, claro que sí, a la gente le encantan los rumores. Yo siempre he negado todo, en parte por protegerte a ti, pero ya no quiero seguir haciéndolo. Seré una mujer divorciada. Total, mi madre ya está muerta. Para serte sincera, creí que las pocas veces que nos acostamos juntos bastarían para curarte de lo que a ti también te faltaba.

—A mí no me faltaba nada. Solo quería volver a acostarme contigo una vez más.

—Bueno, pues esa vez más acaba de ocurrir. ¿Cómo te sientes ahora? —quiso decir algo, pero ella lo interrumpió—: De ahí mi pregunta. ¿Querías solo sexo o seguías queriendo que volviese contigo? ¿Es eso lo que quieres? No tienes más que decirlo.

—¿Qué es esto?

—Solo hay una forma de averiguarlo.

—Tienes que oírmelo decir, ¿eh? ¿Por qué quieres humillarme de ese modo?

Fue como si el cuerpo de Eva hubiera estado esperando esa palabra para enfriar su temperatura, sus labios adquirieron un brillo azulado. Se zafó bruscamente de él.

—¿De verdad quieres hablar de humillación? ¿Sabes qué? Ven conmigo —dijo y le arrojó algunas prendas de ropa—. Vamos, date prisa —lo apremió mientras se ponía un kimono.

—¿Qué hora es? —preguntó él.

—Hora de que te vayas.

Él la siguió, sabía cuando no tenía sentido hacer preguntas. La madera del suelo estaba fría, sus pies descalzos hacían ruido a cada paso. De pronto, Kaplan supo a dónde iban. Todos los ruidos del exterior desaparecieron, solo quedaban los latidos de su corazón. Ella iba a su auténtico dormitorio. Se detuvo ante la puerta.

—¿Me permitirás que entre por fin? —le preguntó él con voz insegura.

—No es un momento glorioso, Kaplan. Sigues sin tener ni idea, ¿verdad?

Eva abrió la puerta. Ahí, encima de la cama donde ella dormía todas las noches, estaba colgado el gran retrato que él le hizo un día. Eva Kaplan, veintidós años, mordiéndose suavemente el pulgar, agitado el diafragma por la risa. Las sábanas húmedas que parecían montañas de un mapamundi, continentes aún por descubrir.

Él se acercó a la foto, intentó encontrarse a sí mismo de otra manera, su mano, su mirada, pero no conseguía cambiar de nuevo, ella rejuvenecía y él permanecía viejo. Le costaba respirar.

—¿Es por eso por lo que nunca me dejabas entrar aquí?

Ella asintió con la cabeza y miró al suelo. Su lenguaje corporal sugería que quería decir algo más, se inclinó un poco hacia delante, el pie derecho se deslizó fugazmente por el suelo, pero no dijo nada.

—¿Por qué ? —tartamudeó él.

—Es una foto bonita. He quedado bien —Eva trató de sonreír, pero el intento desató lágrimas que permanecieron suspendidas en las comisuras de sus ojos—. Era tan feliz por aquel entonces. Tú eras mi hombre, Abel.

—No era más que un muchacho. Quizá fue por eso por lo que...

Las lágrimas se desprendieron, pero ella halló nuevas fuerzas en los sollozos, pasó por delante de él en dirección al salón, él la siguió. Ella cogió el vestido de la isla de la cocina y lo arrojó a los pies de Kaplan.

—La noche en que lo llevé por última vez estaba segura de que habías sido tú quien había provocado los rumores. ¿Por qué si no crees que estuve tan callada, en el taxi, los días y los meses siguientes? Fue aquella noche cuando supe que no lo conseguiríamos. No tienes ni idea de lo duro que era sentirte a mi lado por las noches, pero tenía que pensar en mí también, en mi carrera. ¿Por qué solo ves lo que te hacen a ti y jamás ves lo que tú haces a los demás?

—He intentado amar a alguien tanto como te he amado a ti. Lo he intentado con todas mis fuerzas. La gente habla a veces de varios grandes amores, pero ¿y si yo solo tenía fuerzas para uno?

Los dos permanecieron inmóviles frente a frente. Cientos de palabras para las que en realidad ya era demasiado tarde acudieron a ellos, un creciente grito interior que pronto se convertiría en un abrupto y absoluto silencio. No había más palabras, ni en él, ni en ella, ni en esa casa. De todos los momentos que habían pasado juntos, aquel era el último, sin pasado, sin futuro. Un día empezó con vino, con virutas de corcho. Y un día acabó.

23

«Debes descubrirlo por ti mismo. Ruysdaelkade 158, planta baja. Besos. J.»

Con la cabeza chirriante, Kaplan releyó el mensaje que había recibido de Judith la noche anterior. Seguía sin comprenderlo del todo, pero tenía cosas más importantes en las que pensar. Ahora que había liquidado por completo el manuscrito, tenía que poner a salvo al chico.

No había pegado ojo. El asiento del conductor era más duro de lo que esperaba. Horribles jirones de un rostro de mujer que se parecía alternativamente a Eva, a Judith y a fräulein Himmelreich habían aparecido en sus sueños fugaces pero intensos y la luz del día había entrado al interior del vehículo hacia las ocho menos cuarto. Kaplan y Abraham estaban junto al Saab, en el aparcamiento que había junto a una fábrica que habían encontrado la noche anterior en el último momento. Se lavaron los dientes a la vez, sus ojos aún no podían soportar del todo la luz del sol.

Debían permanecer en movimiento, solo así pasarían desapercibidos. Llegar a un sitio y desaparecer antes de que posibles traidores pudiesen reparar en ellos. Escupieron la espuma de flúor en el asfalto, primero él y luego el chico. No habría más rejas, no habría más vidas ocultas. La verdadera seguridad se hallaba en el país de origen. Tenían que ir hacia el este. Cuando volvieron al coche, Kaplan le dijo a Abraham:

—*I'm bringing you home.*

Antes de tomar la autopista, podían pasar un momento por aquella dirección, se lo debía a Judith. Kaplan, aún con el traje azul puesto, miró de nuevo el mensaje. Bajó del coche. No había ningún nombre debajo del timbre. Después de llamar dos veces, se volvió y dio un paso hacia el coche. En ese instante, la puerta se abrió con un clic, Kaplan sintió una pesada mirada posarse sobre su espalda. Pocas veces se había dado la vuelta tan despacio.

Un viejo que no preguntó ni dijo nada lo miró con los ojos vacíos.

Kaplan no tragó, no respiró, se dejó apresar en su mirada. Diez segundos, quizá más. Luego se dio media vuelta y se encaminó al coche con aplomo aunque con las manos temblorosas.

El hombre permaneció en la entrada, callado y mirando.

Kaplan no se volvió a mirar mientras se alejaba de allí con el coche, pero cogió el manuscrito de la cartera. Abrió la ventanilla y lo tiró todo afuera. Doscientas cuarenta páginas cuidadosamente escritas fueron a parar al agua. Por un momento, el muelle quedó cubierto de papel. Por un momento, las palabras de Kaplan estaban por todas partes.

En una gasolinera cerca de Eindhoven, Kaplan abrió el periódico. Habían despedido oficialmente a Van Stolk y lo habían denunciado por falsificación y engaño en sus escritos. Abraham le preguntó a Kaplan si estaba *biem*; él asintió. En las últimas horas el chico se había portado mejor que nunca.

Volvieron a entrar en el coche. Kaplan se persuadió a sí mismo para dar un rodeo, no podían llegar a la frontera alemana tan deprisa. Ese país no podía estar tan cerca. Pasarían por Maastricht, decidió en un impulso, una bonita ciudad que apenas se parecía a Ámsterdam y que era más antigua que cualquier bombardeo. Kaplan conducía despacio y paró a la una del mediodía para tomar un refresco y un refrigerio. En un restaurante de carretera que había en los alrededores de Roermond vieron dos muñecos en la entrada. Cuando Kaplan se acercó, vio que los payasos eran en realidad máquinas de juguete. El chico quiso una pelota e hizo maniobrar el brazo mecánico tantas veces como fue necesario para obtenerla.

A la caída de la tarde, cuando faltaba un cuarto de hora para llegar a Maastricht, Kaplan se llevó la mano a su trémulo pecho. Por tercera vez en ese día sonaba el teléfono y por tercera vez era el editor. Kaplan apagó el aparato y se prohibió a sí mismo fantasear sobre una posible llamada de Eva o Judith.

Se registraron en el hotel Les Charmes, a menos de diez minutos a pie de la plaza Vrijthof. Kaplan se quitó los zapatos y los calcetines y se tumbó cuan largo era sobre la cama de matrimonio; el chico lo imitó. Por teléfono, Kaplan pidió que los pusieran en la lista de espera del restaurante Beluga, el único en todo Maastricht con dos estrellas Michelin. Sería la última comida que el chico y él harían en Holanda y eso se merecía un poco de lujo.

Media hora más tarde, salieron del hotel. Pasearon sobre las piedras de la ciudad antigua, las estrellas eran claras, de vez en cuando pasaba por su lado alguna bicicleta de estudiante, un chico al manillar y una chica detrás. Kaplan debía de haberse quejado menos de su frágil portapaquetes las veces que Eva se había montado detrás para volver a casa después de ir a una fiesta o al cine.

Como algunas de las parejas que tenían reservas no se habían presentado y él deslizó cien euros para el *maître d'hôtel*, Abraham y Kaplan consiguieron la mesa que estaba más cerca de los servicios. Kaplan pidió la comida. Apenas hablaron durante la hora y media que estuvieron en el restaurante.

Kaplan intentó seguir la mirada del chico. La mayoría de mesas estaban ocupadas por familias. Abraham miraba a las madres y a los niños, pero no miraba a los padres.

—Sabes que la amo, ¿verdad? A Judith. *Love.*

Abraham repitió:

—*Love. Iubire.*

—El amor es un poco complicado. No hay nada más difícil que hacer felices a las personas que más quieres.

Abraham asintió.

El chico no tocó las ostras y después de dar dos bocados del rodaballo holandés, lo dejó de lado. Una hora más tarde estaban en un bar, donde el chico se zampó dos hamburguesas.

Aquella noche, Kaplan dio un largo paseo por la ciudad. El chico se había quedado en la habitación. Daban una película de acción estadounidense por la televisión. La plaza Vrijthof bullía de gente. Dos chicos borrachos lo abordaron, uno le farfulló al otro:

—Déjalo, no te entiende, creo que no es holandés.

Uno de los bares que había al norte de la plaza había organizado una fiesta bávara: los camareros iban vestidos de mala gana con pantalones de cuero, hacían un buen descuento por una jarra de litro. Unos veinte hombres y mujeres bailoteaban al son de la música, eran felices de un modo que Kaplan jamás podría entender. Se preguntó qué era lo que más deseaba: hacer suya esa felicidad o demostrarles a los demás lo traicionera que era en realidad.

Cuando regresó a la plaza, empezó a nevar. Toda la frustración que había sentido en el café desapareció. La acera se veía blanca. La nieve virginal parecía irradiar algo lleno de esperanza. Kaplan llegó a un pequeño puente. El Mosa corría negro e inquieto. En las vallas laterales del puente había algunos candados de amantes que juraban no separarse jamás. Kaplan aspiró el aire frío, los copos de nieve se le quedaban prendidos en las cejas. Algunos candados estaban herrumbrosos, en otros habían grabado unas iniciales. Por primera vez en su vida, Kaplan estaba orgulloso de no haber amado a una sola mujer sino a dos. Cuando volvió al principio del puente, lo asaltó de pronto el mismo apremio que había sentido a menudo durante las últimas semanas. En su interior crecía una avidez que solo podía acallar de un modo. Debía escribir.

Abraham ya dormía, tenía la pelota que había conseguido en el restaurante de carretera aprisionada en su mano de cuatro dedos. La película de acción había terminado, pero la televisión seguía murmurando. Kaplan tapó al chico con la manta y fue a sentarse a la mesita que había delante de la ventana. Escuchando los movimientos de Abraham, contemplando la nieve fluctuante, intentó controlar la tormenta de sucesos de los últimos tiempos hasta que decidió que solo las personas que querían mantener el control podían perderlo. La ternura que le había inspirado su propia vida estando en el puente se extendió también a sus escritos. A pesar de que su libro ya no existía, se obligó a sí mismo a escribir el final. En efecto, Kaplan nunca había buscado la fama o el éxito. Por fin podía llamarse un verdadero escritor, alguien que se preocupaba solo por la historia. Cogió uno de los bolígrafos negros baratos que había encima del escritorio y trazó las primeras letras en el bloc de notas del hotel. Durante diez segundos contempló su propia caligrafía que se le antojó firme y suya. Las notas de la *Séptima sinfonía* habían desaparecido, pero no las echaba de menos.

Comienzos de 1945. Buena parte del campo de concentración ha sido evacuada. La autoridad central se ha debilitado, la anarquía es más convincente de lo normal. Todos saben que los rusos están llegando, nadie sabe cuánto tiempo tardarán. Entretanto, los hombres de las SS intentan pasar a cuchillo a tantos prisioneros como pueden. Los asesinatos sistemáticos se han acabado: las cámaras de gas dejaron de funcionar hace algunos meses, después de lo cual hicieron explotar los crematorios. Hacen todo lo que pueden para destruir cualquier prueba física de lo que ha sucedido aquí. Lo que queda es el caos.

«Hace cuatro meses que Slava y Milo y los otros cinco presos de nuestro barracón consiguieron escapar. No tengo ni idea de si lograron sobrevivir. Algunos aseguran que sí, la mayoría dice que no. Esperaba que en represalia las SS fusilarían a los demás del barracón, me había reconciliado con esa muerte.

»Pero justo en el momento en que iba a suceder, estalló una rebelión en el campo, que desvió la atención de nosotros. Desde entonces el chico y yo esperamos.»

Kaplan miró los pies jóvenes que sobresalían de las mantas del hotel.

«Decenas de miles de presos han sido evacuados en los últimos meses: se han ido a pie, avanzando por la nieve, sin saber adónde ir. Los que quedan se consideran demasiado enfermos para caminar, demasiado viejos, demasiado cansados. El chico y yo no cumplimos ninguno de estos criterios. Es posible que los alemanes nos hayan olvidado.

»25 de enero. El campo está prácticamente desierto. Los soldados de las SS se han ido. Los vimos partir ayer por la tarde. No nos alegramos. Algunos de nosotros creímos que era una trampa, algún experimento sádico que pretendía volvernos locos.

»Alrededor solo queda desolación y muerte. También se ve a algún que otro desertor alemán. Deambulan por aquí, como si no creyeran que el cuerpo haya perdido por completo su magia negra. Los prisioneros avanzan a ciegas torpemente, esperando órdenes que ya no llegan. Se habían oído rumores de que El Diablo se quedaría, que había sido devuelto a la vida para presenciar el final.

»Pero esta mañana por primera vez me desperté por mí mismo y de alguna manera supe que en cuanto mirara afuera y la niebla matinal se disipara del campo, él habría desaparecido. Sin confrontación, sin duelo, sin expiación, desaparecido en una niebla que se extenderá hasta mi muerte. Abraham y yo somos los últimos que quedamos.»

Mentalmente, Abel borró el último encuentro con Miriam, las palabras ahogadas en el agua del canal, palabras en las que él ya no podía creer.

«No volví a ver a Miriam», siguió escribiendo, luego tachó el nombre y acto seguido lo cambió por Eva y luego por Judith.

«Yo también tropiezo, la niebla es húmeda y densa, no veo más allá de mis pies. Izquierda, derecha, los pasos de un viejo. El chico anda detrás de mí, su mano me toca la espalda de vez en cuando, quiere tenerme cerca. Vemos pilas de cuerpos, cuencas vacías, decenas de bocas abiertas, sexos flácidos en la nieve. A veces uno de los cuerpos empieza a murmurar. Alguien se carga a un amigo a la espalda, por la forma en la que le cuelgan las extremidades de goma se reconoce la muerte.

»De la nada aparece una sombra, un viejo que se aferra a mí, me lo quito de encima de un empujón, se cae al suelo y permanece allí tendido. A pocos metros de distancia, como si todas las nieblas se hubiesen desvanecido, aparece el siguiente cadáver alemán, colgado en la alambrada, como una marioneta a la que le hubieran cortado los hilos. El fin ha empezado.»

A la mañana siguiente, a las doce, Kaplan pidió en recepción un mapa de la región. Aún estaba algo mareado por el sueño que había tenido, en el que lo perseguía una sombra que tomaba la forma de Eva y luego la de Judith. Durante el desayuno, sentado frente al chico que iba sorbiendo el té, Kaplan marcó una ruta: irían hacia el este, cruzarían Heerlen y saldrían de Holanda a la altura de Eygelshoven. Después conducirían en línea recta hasta Rumanía.

Satisfecho, animó a Abraham a meterse dos manzanas y un trozo grande de bizcocho en los bolsillos, lo que el chico hizo con una gran sonrisa. Esta vez robaban juntos.

Al final de la A79, a menos de diez minutos en coche de la frontera, el motor del Saab comenzó a fallar. Kaplan no se quejó. Todo el día había estado marcado por retrasos. Había conseguido cambiar la hora de salida del hotel y habían visto una película en la cama. Luego habían dado vueltas por el centro de la ciudad y habían comido un helado. Era como si temiesen la frontera, como si presintieran que su separación se asociaba con esa línea trazada en la tierra. No partieron hasta las cuatro de la tarde.

Y ahora salía un penetrante olor a quemado de debajo del capó y a duras penas consiguieron llegar a Heerlen. Kaplan dejó el coche en un aparcamiento, cogió las maletas del maletero y empezó a arrastrarlas. Sería a pie. Sabía que el plan de ir a Rumanía era imposible. Apenas se atrevía a reconocer lo mucho que lo reconfortaba esa idea. Lo importante ahora era salir de Holanda tan rápido como pudieran. Abandonar el país que había tratado al chico de un modo tan hostil. Dejaron atrás un hospital, edificios, una hilera de árboles pelados.

Kaplan calculó que tardarían una hora o poco más en llegar a la frontera. Las últimas páginas de la historia que nadie llegaría a leer y que había escrito la noche anterior le ardían en el bolsillo. Mientras recorría el último tramo de camino holandés, pensó en que se había reconciliado con el hecho de que no hubiera llegado a producirse una confrontación final con Duyf. Había desaparecido la susceptibilidad. Era capaz de llamarlo por su nombre sin problemas, aunque fuera solo en sus pensamientos. Lo había abandonado todo el odio y toda la energía.

Paz.

Una guerra tiene dos finales, pensó Kaplan. El primero es conocido: cuando se proclamó el alto al fuego, los agresores se dieron a la fuga. Los tanques del color adecuado entraron en la ciudad. Hubo aplausos, llanto, concepciones: miles de niños nacerían como ofrendas de aquella alegría.

El segundo se produjo mucho después, cuando la carga del pasado perdió su poder sobre la despreocupación del presente. Varilla le había hablado en una ocasión de las veces en las que iba a la peluquería. De cómo permanecía encogida en la silla, incapaz de distinguir aún la preocupación de la decadencia, incapaz de resistir la vista del cabello que caía revoloteando al suelo. Un día, el peluquero la estaba esperando en la entrada con una percha. En contra de su costumbre, ella llevaba puesta una camiseta de manga corta, había sido una semana muy calurosa. Su viejo nombre, no el que se escribía con letras sino el de números, seguía en su brazo, jamás se haría borrar la marca, la enfrentaría, haría imposible la negación, nunca les daría esa satisfacción. El peluquero le vio el brazo y, sin un ápice de ironía, le preguntó si seguía yendo mucho al mar.

El cielo estaba despejado y no se veía ni rastro de conciencia histórica. Kaplan y el chico pasaron por campos que parecían agotados. A unos cientos de metros, se encontraba la frontera alemana. Por primera vez en su vida, Kaplan comprendió lo que significaba el vacío. El vacío significaba nostalgia. En su caso, la nostalgia no residía en otro lugar o en otro tiempo, sino en otra vida.

Sin embargo, sus padres se habrían sentido orgullosos si hubieran visto lo lejos que él lo había llevado, de cuánta abnegación había sido capaz. Quizá habrían sentido envidia de él, que había forzado sus oportunidades para distinguirse.

El chico tarareaba una tonadilla que sonaba como una canción de guerra. La bandera alemana ondeaba perezosa e invitadora. No había control fronterizo, ni puesto de aduana, ni una barrera, nada. El sol vespertino forcejeaba para emerger de la masa gris de nubes. Cien metros como mucho y, por supuesto, Kaplan sintió en ese momento un mareo. Los brazos le pesaban, su paso se volvió renqueante. Cincuenta metros aún, tenían que conseguirlo.

Pasaron juntos por debajo de la bandera, el chico cantando y Kaplan jadeando. No necesitaron papeles, ni ruegos, nada. Lo habían conseguido. Kaplan le dio un codazo a Abraham, le dijo que se sentaran un momento, tenía una rampa en el muslo.

Salieron de la carretera, se acercaron a un árbol pelado. Kaplan dejó que las maletas se deslizasen de sus manos y se acuclilló en suelo alemán. Supo que no llegaría más allá de ese árbol, no tenía fuerzas para ello. Había logrado sacar a Abraham de Holanda, el chico estaba sano y salvo. Abel Kaplan no era capaz de más.

Sacó la foto de Abraham I del bolsillo y la enterró superficialmente. Abraham II sacó su balsa y se puso a moverla de acá para allá, de acá para allá.

Las estrellas fueron apareciendo, resignadas, una tras otra. Kaplan vaciló si debía hablar con Abraham sobre los años luz, sobre contemplar estrellas que habían muerto hacía mucho tiempo, sobre la vida en la historia, pero calló.

Frotándose la pierna dolorida, Kaplan no podía hacer nada más que mirar el rostro sereno del chico gitano, mientras la última frase del que debería haber sido el último libro de los últimos libros le rondaba por la cabeza como un grito mortal: aquí va Abel Kaplan, el último superviviente de la última guerra.

Sacó el teléfono y movió la mano con suavidad de un lado a otro, como si intentara sopesar el aparato. Lo encendió, pensó en todos los nombres que contenía la memoria del aparato, en Eva y Judith, en todos los otros números que podía marcar. El departamento de protección de menores, el consulado rumano. En ningún caso la policía. Mientras llevaba el dedo al teléfono, sin saber aún a quién quería localizar, se volvió hacia el chico:

—Dentro de poco vendrá alguien a buscarte. No te dejaré en la estacada. Esperaremos juntos. Quienquiera que venga a buscarte, sabrá qué hacer. Todo saldrá bien.

Kaplan calló un instante y luego preguntó:

—¿Confías en mí?

FUENTES

Para escribir este libro he recurrido a todo tipo de fuentes científicas, periodísticas y literarias. Las más importantes se encuentran mencionadas en ‹www.daanheermavanvoss.nl›.

AGRADECIMIENTOS

Le debo un agradecimiento especial a Emile Affolter de Amnistía Internacional; a Hubert Berkhout y René van Heijningen del Instituto Holandés para la Documentación de Guerra (NIOD); a Elias Fels; a Suzan Doodeman, Ronit Palache y Iulia Pana por su ayuda y experiencia.

Y, especialmente, muchas gracias a Doortje Smithuijsen, chiflada.